해석과 판단 · 3

지역이라는 아포리아

지역이라는 아포리아 해석과 판단 · 3

초판 1쇄 펴낸날 2009년 12월 30일

지은이 〈해석과 판단〉 비평공동체
펴낸이 강수걸
펴낸곳 산지니
등록 2005년 2월 7일 제14-49호
주소 부산광역시 연제구 거제1동 1493-2 효정빌딩 601호
전화 051-504-7070 | **팩스** 051-507-7543
sanzini@sanzinibook.com
www.sanzinibook.com

ISBN 978-89-92235-80-8 93810

값 17,000원

국립중앙도서관 출판시도서목록(CIP)

지역이라는 아포리아 : 지역에 대한 존재론적 사유와 실천적 질
문 / 지은이 : 〈해석과 판단〉 비평공동체. – 부산 : 산지니, 2010
   p. ;   cm. – (해석과판단 ; 3)

ISBN 978-89-92235-80-8 93810 : ₩17000

한국 현대 문학론[韓國現代文學論]
한국 문학 평론[韓國文學評論]

810.906-KDC4
895.709-DDC21   CIP2009004015

해석과 판단·3

지역이라는 아포리아

지 역 에 대 한 존 재 론 적 사 유 와 실 천 적 질 문

〈해석과 판단〉 비평공동체 지음

산지니

'지역'에 관한 12개의 좌표, 그 사유의 성좌

〈해석과 판단〉은 문학의 위기는 비평의 위기에서 비롯되었다는 생각에서 비평의 정상(正常)을 회복해야 한다는 열망으로 출발한 지역 비평가들의 비평공동체이다. 그것의 출발점으로 1집 『2000년대 한국문학의 징후들』이 2000년대 한국문학의 현장에 대한 탐색이었다면, 2집 『문학과 문화, 디지털을 만나다』는 문학과 그 주변을 감싸고 있는 여러 문화적인 지형들도 함께 고려해보자는 의미에서 디지털을 매개로 한 문학과 문화의 만남에 대해서 살펴보았다.

이 두 권의 책을 세상에 내놓았다고 해서 〈해석과 판단〉이 처음 의도대로 옹골찬 비평공동체가 되었다고 자신하지는 않는다. 오히려 자족적이고 닫혀 있는 '비평적 에콜'을 알게 모르게 만들지는 않았는지, 혹 우리가 놓치거나 망각하고 있는 그 무엇이 있지는 않은지 조심스러웠다. 구성원들 저마다 개성이 강하고 비평 성향이 다양했던 까닭으로 때때로 격론이 오갔으며, 이 때문에 생겨난 '상처'와 '응전(應戰)'은 우리 자신을 되돌아보게 하는 밑거름이 되었다. 다시 비평의 원점을 더듬으며 찾게 된 것은 지역 인문학 연구자들에게 '지역'이라는 조건이 갖는 함의와 그 실체에 대한 물음이었다. 이는 자연스럽게 제3집의 주제를 '지역'으로 수렴하게끔 만들었다. 이러한 분위기 조성은 우리 모임의 '정체성'에 대한 논의와 아울러 부산에 근거지를 두고 있는 위치에서 지역에 대해 말할 수 있어야 한다는 '당위'와 맞닿아 있는 문제이기도 했다.

'지역'에 대해서 말하는 것이야말로 지역 연구자가 반드시 해야 하는 일이라는 각성과 함께, 우리가 아니면 '아무도' 그것을 하지 않으리라는 일종의 오만으로 작업을 시작했다. 이러한 선택은 어쩌면 우리가 가장 잘 할 수 있는 일일 것이라는 판단에서 촉발된 것이기도 하다. 그러나 우리는 작업을 하면서 그러한 생각이 큰 오산이었음을 뼈저리게 느꼈다. 중심으로부터 떨어진 공간에 살고 있다는 것이 중심이 행사하는 힘의 양상을 실체적으로 인지할 수 있을 뿐만 아니라 그러한 힘이 발현되는 장(場)인 '지역'에 대해 조금 더 정확하게 파악할 수 있는 조건이 되는 것은 분명하지만, 그러한 이점은 지역에 거주함으로써 받는 혜택에 대한 것까지 동시에 진술해야 하는 입장에 처하게 된다는 사실을 작업을 진행하는 동안 자각하지 않을 수 없었기 때문이다.

그것은 그간 우리가 누리고 있었지만 인지하지 못했던 자명한 것들에 대해 회의해야 함을 의미하는 바, 제2의 도시 '부산'이 누리는 혜택과 함께 그 속에서 살고 있는 우리들이 누리고 있었던 혜택과도 긴밀하게 관련되어 있음을 알 수 있었다. 그러므로 1년간 함께 벼려왔던 날카로운 칼끝은 중앙과 주변의 이분법적 구분과 지역을 초토화시키는 중앙집권적(더 나아가 '전 지구적 자본주의') 힘을 향하는 것으로 작업이 끝나는 것이 아니라 그 칼끝을 우리 스스로에게 돌려야 한다는 것이다. 사정이 이러하기에 작업을 하면서 크고 작은 논쟁이 발생하지 않을 수 없었다. 자신이 벼린 칼끝에 손을 베이기도 했고 상대가 내리치지 못한 부분을 대신 내리쳐주기도 했다. 이 결과물 앞에서 우리가 마주하는 것은 무언가를 이루어냈다는 성취감보다는 파헤쳐진 어떤 상흔(傷痕)에 가까울 것이다. 그러나 이 상처는 안으로 더 곪아가는 것이 아니라 함께하는 젊은 연구자들의 사유를 통해 새로운 살을 틔어내는 것이기도 했다. 여기에 놓인 한 권의 책은 함께했던 치열한 사유의 격전이 남긴 상처와 그로부터 솟아난 새살이라고 해도 좋다.

명명하기는 쉽지만 말하는 순간 위태로운 자리에 서게 되는 '지역'이라는 곤란한 개념을 두고 나누었던 '말' 들은 그 자체로 다양한 사유들이 충돌하는 격전지라고 해도 과언이 아닐 것이다. 이 과정 속에서 우리는 '부산' 이라는 도시의 특별함을 규명하는 것을 목적으로 했던 기존의 지역 담론이 가진 한계를 극복할 수 있는 경로들을 가늠할 수 있었다. 예컨대 우리들이 터하고 있는 공간으로부터 일정한 거리를 두는 것, 그것은 부산을 특권적인 지위를 누리는 도시가 아닌 다른 공간과의 관계 속에서 매번 새롭게 규정되어야만 하는 곳임을 자각하는 것에 다름 아닐 것이다. 그리하여 '지역' 에 대해 말하기 위해 우리는 중앙집권적 국토 재편에 의해 급속하게 변모해온 '부산' 이라는 도시를 경유하지 않을 수 없었다. 만약 부산이라는 지역이 획득하고 있는 특이성이 있다면 그것은 기왕에 언급되어왔던 바다를 끼고 있다는 지정학적 요인으로부터 비롯되는 개방성이나 해양성 등에 있는 것이 아니라 대한민국의 대부분 지역이 노정하고 있는 근대도시에서 탈근대도시로 변모하는 양상을 압축적으로 내장하고 있다는 데서 찾을 수 있을 것이다. 지역에 대한 다양한 사유들의 모임집인 이 책의 1부와 2부가 부산이라는 공간에 집중하고 있는 것은 이 때문이다.

먼저 1부에서는 부산 지역의 문학을 사유한 글들을 묶었다. 부산이 지역이기 때문에 가질 수 있는 여러 가지 가능성과 한계에 대한 탐색들이다.

허정의 「바다에 모인 상처 입은 자들의 연대」는 오늘날 지역을 어떻게 사유할 것인지를 고민하면서 지역을 문제틀(problematique)로 사유하는 방식을 제안한다. 즉 국민국가의 예속력을 채 떨쳐버리기도 전에 세계화의 새로운 식민지로 지역이 전락해가는 부당한 현실전개 속에서, 근대 이후 인간의 삶을 지배해왔던 국민국가나 신자유주의 세계화의 부당함이나 폭력적인 논리를 성찰하고, 이에 대해 문제제기를 하는 거점으로 지역을 사유하고 있다. 필자는 이러한 관점에서 이상섭의 소설을 분석하고 있다.

박형준의 「장소성, 텍스트, 교육 콘텐츠」는 고착 상태에 빠진 지역문학 담론의 실천적 지평을 모색한 글이다. 필자는 지역(성)의 구체적 현현인 장소(성)를 하나의 현상학적 텍스트로 이해할 때, 장소(성)의 비결정적 특질이 주체의 다중적 의미 생산에 기여할 수 있는 교육 콘텐츠가 된다고 본다. 지역문학 텍스트를 문화 콘텐츠로 재구성하는 도시문화 전략의 한계점을 극복하기 위해서 지역문학 텍스트의 콘텐츠 구성 방향이 '문화'에서 '교육'으로 전이되어야 한다는 선언적인 주장을 하고 있다.

손남훈의 「거리 두기 전략을 통한 지역 시의 존재 방식」은 지역문학이 자기 지역에 대한 지나친 장소 사랑을 형상화할 때가 아니라, 도리어 이에 대한 거리 두기를 시적 전략으로 채용함으로써 작품 속에서 역설적으로 장소의 장소성이 드러날 수 있음을 밝히고 있다. 이를 2006년부터 2008년까지 생산된 부산지역 시인들의 작품들을 통해 검토하고 체계화함으로써, 지역문학이 나르시시즘으로 떨어지지 않고, 보편 문학이 될 수 있는 전략적 가능성을 모색하고 있다.

조춘희의 「위태로운 지상에 詩/時를 새기다」는 지역문학을 더욱 활발하게 논의하기 위해서는 무엇보다 지역문학 비평이 본격화/체계화되어야 한다는 문제의식 아래, 시인 최영철을 조명한다. 도시화 속에 은폐된 하위 주체들의 삶과 그 삶의 공간을 재현하는 최영철의 시 작업을 지역문학이 추구해야 할 방향의 하나로 긍정하는 동시에, 최영철이 하위 주체들의 삶을 클로즈업하면서 놓치고 있는 지점이나 간과하고 있는 문제점들을 보완할 수 있는 여러 개의 '다른' 시각들이 필요함을 주장한다. 동시에 꾸준한 비평 작업의 수행을 통해 다양한 시선들에 의한 다층적인 작업이 지역에서 이루어져야 한다고 본다.

2부는 영화, 사진, 스포츠 등 다양한 매체와 문화 전반을 대상 텍스트로 삼아 '부산'에 다가간 경우로, 임회록, 김대성, 김필남의 글이 놓여 있다.

임회록의 「부산의 정체성과 롯데 자이언츠」는 정의내릴 수 있는 부산의 본질이라는 것은 없음에도 불구하고 부산시가 롯데 자이언츠를 통해 구성하려는 '부산성'의 정체는 무엇인가를 규명하는 글이다. 다시 말해 부산시가 부산의 정체성을 만들어가는 과정, 즉 부산의 상징이라고 할 수 있는 것을 통해 '부산성'이라는 것을 어떻게 조작하는가를 프로스포츠인 야구를 통해 살펴보는 글이다. 더불어 이러한 상징 조작과 정체성 정치를 통해 부산시가 얻고자 하는 것은 무엇인가에 대해서도 살피는 글이기도 하다.

김대성의 「부산스러운, 하나가 아닌 여럿인」은 '이중의 회의' 라는 방법론을 통해 지역을 사유하는 새로운 관점을 제시한다. 그것은 '부산이라는 도시를 어떻게 사유할 것인가' 라는 문제와도 긴밀하게 이어져 있는데, 이 글은 사진과 비디오 아트뿐만 아니라 문학의 영역에까지 그 범위를 확장하여 다양한 매체에서 재현되는 부산의 모습을 파악함으로써 '부산스러움' 이라는 형용사의 중층적 함의를 해명하고 있다. 이러한 전방위적인 접근에 의해 부산이라는 도시가 하나의 정체성으로 환원될 수 없는, 겹의 모습을 가지고 있는 '부산스러운' 도시임을 확인할 수 있게 될 것이다.

김필남의 「아무도 들어주지 않는 '말건넴' 의 영화들」은 부산을 재현하고 있는 영화들을 분석한다. 먼저 영화 〈범일동 블루스〉를 통해 부산이 고정된 공간이 아니라 '나' 를 통해 늘 변화하는 공간임을 주장한다. 여기서 더 확실한 영상을 제공하는 영화가 바로 〈성냥팔이 소녀의 재림〉이다. 이 영화는 부산에서 올 로케이션 된 작품이지만, 부산이라는 이미지를 상상할 수 없다는 것이 특징적이다. 왜냐하면 영화는 부산을 환상의 공간으로 제시함으로써 여러 다양한 시각이 개입할 수 있는 여지를 제공하기 때문이다. 필자는 이 두 편의 영화를 통해 (부산)지역이란 표상만으로 사유해서는 안 된다는 것을 지적하고 있다.

3부는 지역(문학)에 대한 담론 차원의 문제부터, 공간에 대한 주체의 역할, 공간을 활용하는 자본의 형태 등 다양한 시각을 보여주는 5편의 글들로 묶었다.

전성욱의 「부재하는 것의 공포, 지역이라는 유령」은 중앙과 지역이라는 이분법에 구속된 지역 담론의 허구성을 비판적으로 고찰한 글이다. 지배하는 '중앙' 과 지배당하는 '지역' 이라는 구도는 가해와 피해라는 쌍형상화의 도식을 통해 희생자 의식에 사로잡힌 '지역'을 탄생시킨다. 그럼에도 '지역'이라는 심상지리의 피해와 소외는 엄연한 현실적 상황이다. 전성욱은 이런 생각을 따라 진정 '지역'의 나은 삶을 모색하기 위해서는 부정적으로 담론화된 지역론의 구도를 벗어나 삶의 구체성과 사건의 특이성을 살피는 것을 변혁을 위한 실천의 중핵으로 삼아야 한다고 역설한다.

고은미의 「'시/공간'과 조우하는 몇 가지 방법」은 정신분석학적 주체에게 '원초적 장면'이 숨겨져 있는 것처럼, 어떤 장소에 대해서도 현재 상태(공간을 둘러싼 이미지와 담론, 상품성에 대한 규정들)의 근원이라 할 '원초적 순간'이 존재한다는 주장에서 시작한다. 공간을 사유하는 주체에게 공간의 '원초적 순간'을 대면하는 일은, 공동체 터전의 실존적 탐색이라는, '잔인한 인식'의 순간을 체험하게 한다는 것이다. 필자는 박훈하의 『나는 도시에 산다』와 몇몇 영화 작품을 예로 들어 '원초적 범죄'로서의 '시공간'과 주체가 의미 있게 만나는 방식들에 대한 고민을 보여준다.

김주현의 「마산, 그 거대한 우울증을 씻는 길」은 근대 초기 마산의 대표적 문인인 지하련과, 4·19세대 작가 이제하의 소설에 나타나는 주체의 신경증에 주목해, 지역의 주체가 역사의 중앙을 동경하는 선원형 이야기에 매혹하는 과정을 추적하고 있다. 이는 식민지 항구도시로 성장한 지역문학이 공통적으로 안고 있는 '원죄'이며, 근대 이후 지역문학이 중앙 문단과 관계 맺는 방식의 전형일 터이다. 두 작가를 통해 보았을 때 마산 지역의 '근대문학'은, 벤야민의 용어를 빌리면, 농부를 버리고 선원을 택한 결과 도리어 지역을 지우는 결과를 낳고 있다. 그러므로 지역을 분명한 정치적 주체로 자리 매기고 초국적 자본에 맞서는 단위체로 사유하기 위해서는 농부의 기억과 같은 농적(農的) 감수성을 되살릴 필요가 있음에 주목한다.

윤인로의 「파국의 문턱으로: 유비쿼터스의 공간적 지배에 관한 단상」은 '공간'이라는 것이 명백히 정치경제적 힘을 행사하는 '사회적 산물'이라는 사실에 기초해 있다. 자유와 해방이라는 비물질적 감정을 생산하면서 삶의 즐거움을 선전하는 대도시의 유비쿼터스화가 축적의 한계상황을 돌파하기 위한 현 단계 자본의 구체적 전략임을 밝히고 있다. 이는 다음과 같은 물음을 던지기 위한 예비 작업이었다. 주입된 자유와 해방의 저 '즐거운 삶'에 대한 거절과 응전마저 '기쁨과 우정'의 유쾌한 정치학에 기초한 것이어야 하는가. 필자는 그러한 물음에 확고한 단안을 내리기보다는 그 물음 곁에 '권태'의 사상이라는 또 다른 물음 하나를 세워두고 있다.

정훈은 「생성의 조건: 지역 담론 작품의 새로운 관계 인식을 위하여」에서 과거의 지역문화운동이 오늘날 지역 담론으로 자리 바꾸는 과정에서 변위된 '정치'와 '문화'의 무게 이동과, 이러한 변화를 작품 속에 나타나는 지역성과 지역공간의 형상화에 개입하는 작가의식에 비판의 초점을 맞춘다. 지역공간을 '중성화한 상징'과 '현실성 소거'로 수렴하는 몇몇 작품들이 실린 『부산을 쓴다』가 텍스트가 된다. 그는 국지(local)의 생성과 현재성을 말하면서 지역 담론과 연구가 '생명의 원리'에 바탕을 둔 신성한 주체들이 이끌어내는 무궁한 가능성을 염두에 두어야지만 오늘날 '지역(성)'이 처한 난제를 푸는 실마리를 얻을 수 있다고 역설한다.

이처럼 『해석과 판단』 3집에 실린 열두 편의 글들은 지역이란 무엇인가, 라는 존재론적인 질문에서 시작하여 신자유주의 세계화시대에 지역은 어떤 구실을 해야 하며 또한 할 수 있는가, 라는 실천적인 질문에 이르기까지, '지역'이라는 여전히 풀리지 않는 아포리아에 도전한 글들이다. 그 도전의 과정이 순탄하지는 않았지만 지역 연구자로서의 자신을 돌아볼 수 있는 뜻 깊은 시간이었다. 이 열정을 늘 간직하여 비평공동체 〈해석과 판단〉은 현장의 작품과 이론을 아우르는 성실한 비평 작업을 앞으로도 이어나갈 것이다. 끝으로 '지역'을 사유하고 연구하는 연구자들에게 이 책이 조그마한 디딤돌이 되었으면 하는 바람이다.

2009년 12월
〈해석과 판단〉비평공동체

차례

3부 지역-장소를 생각한다

1부

부산-지역, 문학을 생각한다

바다에 모인 상처 입은 자들의 연대

장소성, 텍스트, 교육 콘텐츠

거리 두기 전략을 통한 지역 시의 존재 방식

위태로운 지상에 시(詩/時)를 새기다

허정

바다에 모인 상처 입은 자들의 연대

1. 대안세계화를 주도해나갈 거점으로서의 지역

그동안 한국 사회에서 지역은 국민국가가 그 위상을 굳히기 위해 고안해낸 타자성의 범주에 예속되어 있었다. 식민지적 중앙집권을 관철시킨 일제의 식민지배와 박정희 군사독재에 의해 더욱 강하게 고착된 중앙 중심적인 서열화의 체계 속에서 지역은 국민국가 내부의 식민지 처지를 벗어나지 못했다. 1990년대 이후 세계화의 영향 아래 지역에 대한 관심이 높아졌고, 지역은 근대민족국가의 구심력에 반발하며 지역 삶에 대한 정당한 인정을 요구하기 시작했다.[1] 그러나 지역은 IMF 외환위기 이후 초국적 자본의 영향 아래 재편성되고 있다. 지역은

---

[1] 세계화의 흐름 속에서 전 지구적인 공간과 지역이 부상하는 반면, 그 중간에 있는 국가의 역할은 줄어들고 있다. 강상중 · 요시미 순야, 김경원 옮김, 『세계화의 원근법』, 이산, 2004, 60쪽, 66쪽

국경을 자유롭게 넘나들며 지역에 직격탄으로 쏟아지는 초국적 자본의 공략지점이 되었고, 지역 역시 산업이나 관광수입을 통해 그 투자를 이끌어내기 위한 자본 유치의 장으로 그 모습을 바꾸어가고 있다. 그래서 지금의 지역은 자본과 권력이 집중된 국민국가 중심부의 압박을 채 풀어내기도 전에, 지역의 현실을 더욱 단단하게 조여오는 자본주의 세계화의 새로운 식민지로 종속되어가고 있는 실정이라고 할 수 있다.

이러한 현실 속에서 지역은 어떻게 사유되어야 할 것인가? 오늘날 지역은 그동안 지역이 당면해온 부당함 때문에 지역을 이야기하는 것 자체가 마치 해방의 계기가 되는 듯 착각하는 견해들이 많았다. 필자는 우선 지역 붐을 등에 업고 흔히 거론되는 다음의 견해들을 경계하고자 한다.

첫째, 결핍감 보충을 목적으로 그동안 지역이 직면했던 소외와 피해의식만을 부각시키는 견해다. 지역 소외 문제가 이미 상식이 되어버린 현실에서 이를 강조하는 것은 '우는 애기한테 떡이나 하나 더 달라'는 식의 치기 어린 투정으로 오해될 위험이 있다. 그리고 지역 내에서 지배와 피지배의 관계가 반복되고 있다고 할 때 그 요구는 지역 권력의 이익 강화로 이어질 공산이 크다.[2] 소외를 이야기하더라도 그것을 지역 권력의 강화가 아니라, 지역이 직면한 문제를 풀어나가는 힘

---

2   지역성을 주장하는 숱한 논리들은 그 내부의 상충적인 갈등을 은폐할 수도 있고, 지역 내의 특정세력들은 지역 시민들을 배제한 채 자신들의 이익을 위하여 지역을 전유할 수도 있다 (김용규, 「반주변부 지역문화의 전망」, 《작가사회》, 2001년 겨울호, 79쪽). 지역 논의가 지역 행정기관이나 관료층의 이익, 유력인사들의 정치적 몸 가꾸기를 거드는 일에 이용될 수도 있다(박태일, 『한국 지역문학의 논리』, 청동거울, 2004, 23쪽). 사정이 이러하다면 지역 붐은 지역 소외의 극복이 아니라, 지역을 좌지우지하는 이들에 의해 소외를 더욱 강화시킬 위험이 있다.

으로 동력화할 필요가 있다.

둘째, 중심 따라잡기의 열망이다. 지역은 후진이라는 인식이 유포되는 곳으로 중심을 욕망하는 따라잡기의 강박증이 맹렬한 곳이다. 이제까지 지역이 직면했던 결핍감 때문에 이러한 욕망은 지역에서 매우 강하게 일어난다. 그리고 지역에서는 이러한 따라잡기를 통해 이룰 수 있는 외형적인 발전을 지역 소외의 극복방법으로 오해하고 있기도 하다. 그러나 따라잡기는 소외의 극복이 아니라 예속성을 더욱 심화시킨다. 그것은 기준을 내부가 아니라 외부에 두는 것이고, 외부를 뒤쫓는 것이기에 그 모델을 추월할 가능성도 희박하다. 그리고 그렇게 된다고 하여도 지역을 소외시킨 중심을 닮아갈 수밖에 없다. 또한 경쟁 시스템을 구축함으로 인해 연대해야 할 타자들을 적으로 삼고, 자기 지역보다 낙후된 하위지역을 타자화하는 문제점을 낳기도 한다. 그래서 따라잡기는 지역을 소외시킨 폭력적인 서열화 구조를 더욱 강화할 위험이 있다.

셋째, 지역적 차이를 절대화하는 시각이다. 지역적 차이는 문화를 표준화시키고 문화적 다양성을 위협하는 세계화의 논리에 맞서는 것으로서 의의를 가질 수 있다. 그러나 이것을 강조하게 되면 협력해야 할 외부를 배제할 위험이 있다. 더군다나 그러한 차이는 우월성으로 쉬이 전화되는데, 그것은 " '차이'를 구별할 필요에 기초한 정치를 추진하는 것이, 결과적으로 나치의 사례에서 보았듯이 '차이'를 '우월

타자의 문화 내부에도 계급적 · 지적 위계가 존재하며 타인의 불행으로부터 자원을 끌어내면서 특권을 부여받는 존재가 있음을 언급하는 초우의 견해 역시 지역 내부의 권력관계를 성찰하는 데 참조점이 될 수 있다(레이 초우, 장수현 · 김우영 옮김, 『디아스포라의 지식인』, 이산, 2005, 30 13쪽).

성'으로 전환시키는 데서 생기는 억압을 끌어낸다"[3]는 언급처럼 외부에 대해 파시즘적인 억압을 초래할 위험이 있다. 나아가 지역적인 차이를 부각시킨 지역 축제가 지역의 전통을 문화 상품화하는 데 혈안이되어 있듯이, 현 시점에서 그것은 지역을 자본 유치의 장으로 전락시킬 공산이 크다. "종속된 문화를 예찬하고 보존하고 강화하려고 노력할수록 문화연구는 자신이 원래 대항하고자 했던 정치질서의 재생산에 더 많은 도움을 줄지도 모른다"는 힐리스 밀러의 언급[4]처럼, 그것은 전 지구적 자본주의의 작동질서를 더욱 강화할 수도 있다.[5]

넷째, 지역에 온존해 있는 전근대성을 지역의 가치로 미화하는 태도다. 지역은 가장 억압적이고 가부장적이고 후진적인 지배의 공간이기도 했다.[6] 가령, "내가 소냐고/걸핏하면 대"[7]들던 지역 여성의 항변에서 암시되듯이, 지역은 가부장제의 억압이 심각하게 드리워졌던 곳이다. 과거에서 가져온 청사진은 스스로의 역사성 인식을 거부하고 근대성의 경험과 전망에서 태어난 열망들을 거부하는 전통주의적 우익복고주의가 제시하는 것일 수도 있다. 많은 경우 문화적 다양성이라는 미명하에 퇴행적이고 억압적인 사회적 실천들이 부활하기도 한다.[8] 그

---

3 레이 초우, 앞의 책, 76쪽.
4 J. Hillis Miller, "The Work of Cultural Criticism in the Age of Digital Reproduction", *illustration*, Cambridge: harvard University Press, 1992, pp. 19-20. 레이 초우, 앞의 책, 78쪽에서 재인용.
5 비슷한 맥락에서 네그리와 하트는 국지성의 방어가 실제로는 자본주의적 제국 기계의 발전에 연료를 공급하고 그 발전을 지지하기 때문에 해롭다고 본다. 나아가 그것은 제국 안에 현존하는 현실적인 대안들과 해방을 향한 잠재력을 흐리게 하고 심지어 부정하기도 한다. 네그리·하트, 윤수종 옮김, 『제국』, 이학사, 2001, 82-83쪽.
6 김용규, 앞의 글, 97쪽.
7 이상국, 「홍종이처」, 『집은 아직 따뜻하다』, 창비, 1998.
8 아리프 딜릭, 황동연 옮김, 『포스트모더니티의 역사들』, 창비, 2005, 426쪽.

래서 지역의 전근대성 자체가 대안이 될 수는 없다. 전근대적인 것이 현 시점에서 가치로 격상되기 위해서는 그것이 어떻게 진보적이고 변혁적인 것으로 재맥락화될 수 있을 것인지에 대해서 철저한 논증이 뒤따라야 한다.

오늘날 지역은 이런 점에서 탈피하여 조금 더 생산적인 차원에서 사유되어야 한다. 이를 위해서는 지역을 어떤 맥락에서 어떻게 이야기할 것인가가 중요하다. 여기에 대해 필자의 입장은 아직 막연하지만, 이 글에서 지역을 문제틀(problematique)로 사유하는 방식을 제안하고 싶다. 문제틀이라는 용어는 가시적인 체계로 명료화된 것이라기보다는, 특정한 문제들을 제기하고 일정한 방식으로 그에 대한 답을 산출하는 이론적 틀을 일컫는 말이다.[9] 지역에 대해 아직 명료한 가시적 체계를 세울 수는 없지만, 지역을 문제틀로 사유하는 방법을 통해 이 시대 삶의 양식에 대한 문제를 제기하고, 이 문제를 풀어나갈 해법을 지역을 통해 찾아볼 수 있지 않을까 한다. 즉 국민국가의 예속력을 채 떨쳐버리기도 전에 세계화의 새로운 식민지로 지역이 전락해가는 부당한 현실전개 속에서, 근대 이후 인간의 삶을 지배해왔던 국민국가나 신자유주의 세계화의 부당함이나 폭력적인 논리를 성찰하고, 이에 대해 문제제기를 하는 거점으로 지역을 상정할 필요가 있다. 물론 여기에는 지역을 국민국가나 세계 자본주의와 관련시켜 고찰하는 거시적인 시각과 지역이 그러한 중심부에 억압당해온 곳이라는 주변부의 시각(나아가 주변적 시각을 다시 주변화하는 시각)이 동반된다. 나아가

---

9 Louis Althusser, *For Marx*, NLB, 1977의 「용어해설」. 여기서는 문성원, 『철학의 시추』, 백의, 1999, 39쪽에서 재인용

지역을 통해 중심부의 폭력적인 논리와는 다른 삶을 모색하고, 이를 통하여 전 세계적인 차원에 형성되어 있는 자본의 수직적인 질서[10]를 무너뜨리고 아래로부터의 민주주의를 실질적으로 고양시켜나갈 거점으로 지역을 사유할 필요가 있다.

그러한 모색의 한 방법으로 지역에서 타자성 인식과 연대의 가치를 증진시켜가는 방안을 찾을 수 있다. 지역은 중심부에 비해 상대적으로 타자의 발견과 그들과의 연대가 용이한 곳이다. 지역은 그동안 지역에 축적되어온 소외로 인해 스스로가 타자로 내몰렸다는 사실을 쉽게 인지할 수 있는 곳이다. 물론 중심부에도 권력과 자본에 의해 소외당한 이들이 존재하고 주변부 지역 역시 지역 내의 권력과 자본에 의해 중심과 주변의 논리가 반복될 수 있다. 그래서 중심과 주변의 이분법 아래 어느 한쪽만의 억압과 소외를 거론하는 것은 곤란하다. 중심의 중층성과 주변의 중층성을 이야기해야 옳을 것이다. 그러나 이러한 중심 내부의 타자나 지역의 토호와 같은 존재들을 감안한다 하더라도 지역의 소외가 사라지는 것은 아니다. 과거뿐만 아니라 지금도 자본과 권력의 중심부 집중 현상은 개선되지 않고 있으며, 오히려 악화되고 있다고도 할 수 있다.[11] 앞서 중심부와 주변부 모두 중층적이라고 했지

---

10 자본의 운동은 메트로폴리탄 중심 아래 전 세계를 지방화하고, 국지적인 차원에서는 주변부 나라의 중심 도시 아래 나라 안의 모든 지역을 다시 지방화함으로써, 인천은 서울을, 서울은 도쿄를, 도쿄는 뉴욕을 경배하는 수직적이고 현기증 나는 계서제(階序制)를 창출한다. 최원식, 『황해에 부는 바람』, 다인아트, 2000, 28쪽.

11 포스트 민족 시대라고 불리는 이 시대 세계도시와 그 경쟁도시 간의 넓어져 가는 격차가 서울과 부산 사이에서도 반복되고 있다. 중심은 새로운 형태의 자본의 요구에 발 빠르게 대응하는 데 반해, 주변은 그 요구에 대처할 만한 역량도 구조도 갖지 못하기 때문에 중심의 논리를 계속 좇게 된다. 오늘날 이런 지체현상은 중심과 지역 간의 간극을 더욱 벌려놓는 계기가 된다. 김용규, 「추상적 공간으로 변하는 부산」, 《오늘의문예비평》, 2002년 봄호, 35-36쪽.

만, 지역에는 중심에서 발견하기 힘든 몇 겹의 억압이 중첩되어 나타난다. 지역 소외를 강박관념으로 치부할 수 없는 이유는 이러한 차별적인 구조가 여전히 바뀌지 않는 데 있다. 이러한 소외 때문에 지역은 스스로 타자됨을 중심부보다 더 쉽게 발견할 수 있는 곳이다.

더불어 그와 유사한 처지로 전락하여 소외되고 있는 타자들을 발견할 수도 있는 곳이다. 그래서 지역은 자신의 소외를 단순히 피해의식으로 돌리거나 따라잡기로 해결하려고 하는 대신, 그와 동일한 처지에 있는 타자, 나아가 지역 안에서도 소외되고 있는 다양한 하위 주체들을 향해 시선을 돌릴 필요가 있다. 그때 중심에 소외당하며 공통의 문제에 시달리는 타 지역의 소외를 이해할 수 있게 된다. 나아가 지역 안에서도 소외되고 있는 존재들, 즉 일반적인 의미의 소외로는 접근하기 어려운, 몇 겹의 억압상태에 놓여 있는 다양한 타자들의 삶을 이해할 수 있게 된다. 가령, 지금의 신자유주의 체제하에 양산되어 한국인들이 버려둔 지역 내부로 이입되고 있는 이주민, 그리고 지역 내부에서 질곡 상태에 놓인 지역 여성, 지역의 하위 계층, 지역 장애인 등의 삶[12]을 압박감을 느껴가면서 이해할 실마리를 포착할 수 있게 된다.

이렇게 지역은 지역의 존재양상인 타자성에 대한 인식을 바탕으로 이 시대 다양한 타자들을 발견하기 용이한 곳이다. 여기서 지역은 그동안 지역에 축적되어온 국민국가나 신자유주의 세계화의 부당함이

---

12 가령, 부산여성사회교육원에서는 지역 여성들의 삶이 보편적인 여성 억압으로만 설명되어질 수 없는 것이기에, 지역적 차원에서 여성주의의 문제설정을 할 수 있어야 한다고 말한다 (부산여성사회교육원, 『함께하는 여성지역문화』, 신정, 2007, 304-310쪽). 비슷한 맥락에서 김석준은 부산지역의 장애인의 실태를 다루고 있다(김석준, 『전환기 부산 사회와 부산학』, 부산대학교 출판부, 2005, 127-154쪽).

나 폭력적인 논리를 성찰하고, 이를 토대로 소외된 자들의 연대와 같이, 국민국가나 신자유주의와는 다른 논리나 삶을 모색해나갈 수도 있다. 물론 이 연대는 중심부에서도 이뤄나가야 하는 것이다. 그러나 그것은 몇 겹의 억압과 소외가 중첩되어 나타나는 곳, 그래서 중심에 비해 타자됨을 깨닫기 쉬운 지역에서 더욱 강력한 양상으로 촉발되어 다른 지역으로, 나아가 중심부를 향해 뻗어갈 수 있을 거라는 것이 필자의 생각이다.

이러한 점을 촉발시킬 수 있다면 지역은 지금 그 한계를 노출하고 있는 국민국가나 신자유주의 세계화와는 다른.삶을 창출해낼 수 있는 가능성의 땅이 될 수도 있을 것이다. 중앙중심주의의 결박을 풀지 않았던 민족국가(이는 자본주의 민족국가이건 일국사회주의이건 모두 마찬가지였다), 초국적 자본의 권한을 강화시켜나가고 있는 신자유주의 세계화는 그 중심성과 통일성 때문에 아래로부터의 민주주의라는 요구를 외면하고 있지만, 사람들이 직접 발 딛고 살아가는 지역에서 타자성의 연대를 끈끈히 맺어나갈 수 있다면 지역은 실질적인 민주주의를 꽃 피우는 가능성의 땅이 될 것이다. 그리고 지금 국가의 역할을 약화시키며 전 지구를 자유롭게 횡단하고 있는 신자유주의 역시 어느 시점에는 몰락하고 말 것이라는 진단이 있다.[13] 지역에서 타자성의 연

---

13 월러스틴은 2040년쯤 자본주의의 세계경제가 아닌 새로운 체제가 도래할 것을 믿으며, 그런 미래를 위해 역사적 자본주의에 대한 비판들이 과거의 실패를 되풀이하지 않도록 그것을 변혁할 것과 이때 인간의 상상력을 완전히 활용할 것을 주문한다(이매뉴얼 월러스틴, 강문구 옮김, 『자유주의 이후』, 당대, 1996). 특이한 점은 월러스틴에게 있어 현실사회주의의 몰락은 자본주의 극복의 대안 종식이 아니라, 오히려 이를 넘어설 계기로 수용되고 있다는 점이다. 사회주의자들이 생산 수단을 발전시키는 일을 최우선적으로 추진한 점을 근거로, 월러스틴은 사회주의 국가나 사회주의 진영을 '역사적 자본주의 현상' 으로 보아야 하고, 그 틀

대를 끈끈히 맺을 수 있다면, 지역은 전 지구적인 차원에 형성되어 있는 수직적인 계서제를 무너뜨리며 신자유주의의 세계 장악력을 저지 · 타격하고 대안세계화를 주도해나갈 거점이 될 수도 있을 것이다.[14] 사회적 삶의 기본단위이자 최소단위인 지역에서 대안세계화를 꿈꾸어 보는 일, 그것이 바로 지역을 문제틀로 사유해보는 방법이라고 할 수 있다.

　지역문학 역시 지역을 문제틀로 사유할 필요가 있으며, 지역에서 찾을 수 있는 이러한 가능성을 살려나가야 한다. '타자성 발견과 연대'와 관련하여 이상섭 소설은 가능성과 한계를 동시에 보여준다.

2. 상처 입은 자들이 모인 냉혹한 현실

　이상섭의 두 번째 소설집 『그곳에는 눈물들이 모인다』(창비, 2006)는

안에서 평가할 것을 제안했다(이매뉴얼 월러스틴, 나종일 · 백영경 옮김, 『역사적 자본주의/자본주의 문명』, 창비, 1993, 92-114쪽). 그래서 월러스틴은 1989년 구소련의 몰락으로 공식 판명된 사회주의 몰락을 근대 세계를 지배해온 자유주의의 몰락으로 보고 있다.

14 강상중과 순야가 거듭 이야기하듯이 단수형의 세계화가 있는 것이 아니라 다양한 세계화가 있다. 세계화는 어떤 일관된 원리에 근거하는 체계적인 운동이 아니라 통합과 분열, 균질화와 이질성의 증대, 자본의 지배와 노동력의 초국가적인 재편 등이 불균등하게 동시적으로 뒤얽히는 모순투성이의 과정이다. 그래서 전 지구적 자본의 문화에 균열을 일으키고 거기에 대항하는 내러티브를 포함하는 것으로서 세계화를 파악하는 일도 필요하다(강상중 · 요시미 순야, 앞의 책, 49쪽). 다중이 제국과는 다른 대안적 방식으로 전 지구적인 협력의 네크워크를 구성해나가는 과정인 역제국(a counter-Empire)을 논의하는 네그리와 하트의 견해(네그리 · 하트, 조정환 · 정남현 · 서창현 옮김, 『다중』, 세종서적, 2008, 391-424쪽) 역시 같은 맥락에 있다. 글로벌 대 로컬의 이분법을 해체하며, 주변이나 특수로 파악되었던 지방적인 장을 보편성의 수면 위로 부상시켜 새로운 공공공간을 구상하는 순야의 견해(강상중 · 요시미 순야, 앞의 책, 243쪽)는 지역을 대안세계화의 단위로 설정한 주목할 만한 견해에 해당한다.

밀접한 연관성을 지닌 2편의 중편
과 5편의 단편으로 이루어져 있다.
여기서 밀접한 연관성을 지녔다고
했던 이유는 작품집 속의 소설 대
부분이 바다를 배경으로 한다는 소
재적 차원의 공통점과 바다를 사유
의 중심에 둔 작가의 시선[15] 외에
도, 이 작품들이 '바다에 모인 존재
들의 연대' 라는 주제를 일관되게
지향하고 있다는 점 때문이다.

　작품에서 실제 배경이 되는 바다는 부산과 거제 지역이다. 이 바다
는 그동안 생태계를 무시한 개발지상주의 국가 정책에 의해 오염되어
왔고, 한일어업협정이나 어업에 적대적인 수산정책 때문에 황폐해져
가고 있는 곳이다. 작가는 이번 소설집에서 바다를 향해 모여드는 인
물들을 예의 주시하고 있다. 남편이 암으로 죽고 친정마저 IMF로 파산
한 뒤 자갈치어시장 좌판에 뛰어든 하얀 피부의 새댁(「그곳에는 눈물들이
모인다」), 변심한 애인을 잊기 위해 원양어선을 타고 대처를 헤매다가

---

15 그 예로 사람·사물·배경의 묘사, 세상사의 이치 등을 바다에 빗대어 진술하는 점을 들 수
　있다. 바다를 사유의 중심에 두고 오래 고민해서 그런 것인지, 작가는 이러한 비유를 통해
　바다와 상관없는 것마저도 바다 일색으로 만들어버린다. 구체적 사례는 다음과 같다. "아
　내의 볼은 물먹은 멍게처럼 잔뜩 부풀어 있었다"(35쪽), "은희의 손을 보는 순간 떠오르는
　건 목 없는 생선이었다"(45쪽), "작은 물에 큰 배 가라앉는다는 말처럼 그냥 두다간 무슨 일
　이 벌어질지 몰라"(81쪽), "없는 거래처를 물어와도 힘든 판에 든 괴기까지 놓치몬 우야는
　교"(88쪽), "비린내도 안 나는 고기"(133쪽), "이 겨울에 산에 갔으몬 바다 위나 마찬가진데"
　(199쪽). 이하 이 책에서 인용할 경우 본문에 쪽수만 표시한다.

고향 섬마을로 돌아와 뱃일하는 배남우, 경찰을 피해 배남우의 배에 숨어든 여자(「불어라 바람」), 도시로 갔다가 한쪽 손을 잃고 22년 만에 고향으로 돌아온 은희(「바다는 상처를 오래 남기지 않는다」)가 바로 그들이다. 뿐만 아니라 "이 바닥은 어데 임자도 없다카더나? 눈군영은 됐다가 어디 쓸끼고"(78쪽)라고 외치며 시장바닥의 터줏대감 행세를 하는 장모 역시 사실은 "나이 마흔에 혼자 되어 팔남매를 위해 시장바닥"(123쪽)으로 유입되어온 인물이다.

　이러한 이주는 국내인에 그치지 않는다. 국경의 문턱이 낮아진 이 시대 그 양상은 가두리 양식장에서 일손을 돕는 몽골인 바성과 조선족 장씨(「수평선, 그 가깝고도 먼」)와 같이 세계적인 차원에서 이루어진다. 그들은 제3세계 민중들에게 고난을 가중시키는 신자유주의 세계화의 파고 속에서 가난과 굶주림을 피해 한국의 어촌으로 월경해온 이들이다. 만약에 배남우가 자신의 배에 뛰어든 여자를 만나지 않았더라면 그는 천상 빚을 내어 베트남 여성(송출비용을 감당할 수 없어 생의 중대사인 결혼을 통해 이주해온 자본주의 세계체제의 하위 주체)을 데려와야 했을 것이다(「불어라 바람」).[16] 그리고 뭍에서 만신창이로 살아야 했던 「자장가」의 주인공이 자살을 결행하지 않았다면 그 역시 결국에는 바

----

16 아파두라이는 세계화를 에스노스케이프(ethnoscape), 미디어스케이프(mediascape), 테크노스케이프(technoscape), 파이낸스스케이프(financescape), 이데오스케이프(ideoscape)라는 다섯 가지 흐름이 빚어내는 지형의 이접적인 관계로 파악한다. 이 중에서 에스노스케이프는 여행자·이민·난민·망명자·외국인 노동자 등 공동체의 경계를 넘어서 이동하는 사람들이나 집단의 흐름과 그들이 구성하는 지형을 말한다(아르준 아파두라이, 차원현·채호석·배개화 옮김, 『고삐 풀린 현대성』, 현실문화연구, 2004, 61-68쪽). 이상섭 소설에서 국경을 넘어 한국으로 들어온 몽골인 바성, 조선족 장씨, 베트남 여성들은 에스노스케이프에 해당한다. 또한 이 에스노스케이프는 자본의 흐름을 좇아 진행되는 것이기에 파이낸스스케이프와 밀접하게 연결되어 이루어진다.

다로 갔을 것이다. 구조조정으로 은행에서 퇴출당한 「고추밭에 자빠지다」의 막내 도련님은 소설 속에서 행방이 묘연하지만 그 역시 바다행을 택하지 않았을까 추측된다. 이렇게 바다는 상처 입은 자들을 끌어당기는 마력이 있다. 소설집 제목 『그곳에는 눈물들이 모인다』처럼 가슴 속에 상처를 간직한 그들은 세상의 가장 낮은 곳에 위치한 바다에 속속 모이고 있다.

그러나 이들을 맞이하는 것은 "몸담고 살아가는 사람들에게 넉넉한 사랑을 베풀던 바다의 넓은 품"(「바다는 상처를 오래 남기지 않는다」)이 아니다. 그들을 맞이하는 것은 냉혹한 현실이다. 그 현실이 냉혹하다고 한 것은 "바다에 매인 짐승"(「수평선, 그 가깝고도 먼」)처럼 바다에서 힘든 노동일을 해야 하기 때문이 아니다.

몸담고 살아가는 사람들에게 넉넉한 사랑을 베풀던 바다의 넓은 품은 이제 깨지고 뭉개지고 멍이 들었다. 적조는 해마다 반복되고 바다는 미친년 치맛자락처럼 날뛰기만 했다. 활어값이 금값이라고 해도 워낙 고기가 잡히지 않으니 소용없었다. 더군다나 인근의 조선소 탓에 물속은 탁해지기만 하니 이러다간 몇 년 후면 바닷일은 종치기 십상이다.

바닷속이 마르니 사람들도 하나둘 떠나기만 했다. 자연 여객선 부두도 손님을 잃게 되었다. 불과 몇 년 전까지만 해도 부두 앞은 택시로 만원이었고, 사람들로 북적거렸다. 여객선이 끊어지고 식당이 하나둘 문을 닫자 점점 을씨년스런 거리로 변하고 말았다. 심지어 어판장 앞까지 오던 버스노선을 바꿔버려 어판장은 소금비 맞은 배추마냥 시들해졌다.

　생태를 무시한 난개발로 인해 생명의 보고였던 바다는 오염되었다. 덩달아 물고기의 씨도 말라버렸다. 「그곳에는 눈물들이 모인다」의 천영감 말처럼 어자원 확보를 위해서 물고기들에게 러브호텔을 차려주어야 할 판이다.(77쪽) 게다가 한일어업협정 이후로 어획금지 대상이 생겨 많지도 않은 물고기마저 골라잡아야 한다.(52쪽) 그렇다면 양식업은 어떤가? 그마저도 중국산 활어의 수입과 소비를 염두에 두지 않고 기르는 어업으로 전환한 잘못된 정책 탓에 똥값이다.(192쪽)

　그래서 왁자한 활기를 띠던 그곳은 "소금비 맞은 배추마냥 시들어가"고 있다. 「바다는 상처를 오래 남기지 않는다」의 덕수처럼 어업만으로는 생계가 어려워 진작 구멍가게 일을 병행하는 이들이 있는가 하면(51쪽), 한일어업협정 이후 배를 처분하고 뭍에서 "데친 시래기꼴"로 살고 있는 「고추밭에 자빠지다」의 남편처럼 하나둘 대처로 떠나가기도 한다. 그리고 「그곳에는 눈물들이 모인다」에서처럼 황폐해진 바다는 범죄의 온상으로 전락하기도 한다. 이렇게 작가가 주목하는 바다는 호시절의 바다가 아니다. 이곳에 이주해오는 이들은 사람들이 외면한 그곳을 마치 삶의 막장을 찾는 심정으로 찾고 있다. 그들은 삶의 종착지나 다를 바 없는 그곳에서 살아남기 위해 새댁처럼 어시장 좌판에 끼어들려 하고 있으며, 은희처럼 구멍가게를 열려 하고, 배남우처럼 바다에 그물을 던지려 한다.

　그러니까 바다로 모여든 이들은 중앙중심적인 결정방식 아래 생태가 파괴되고 활력이 사그라진 바다를 찾고 있는 것이다. 즉 바다는 지역모순과 더불어, 성·계층·인종·장애와 같은 모순이 뒤얽혀 이중

삼중의 소외를 당하는 이들이 집합하는 장소로 그려진다.[17]

> "그래, 누구 이기나 한본 해보자, 이년아!"
> 말리고 자시고 할 새도 없었다. 비호같이 달려든 장모가 새댁의
> 블라우스를 잡아챘다. 순식간에 새댁의 블라우스 단추는 힘없이
> 떨어져 내렸고 하얀 브래지어가 드러났다. 새댁의 얼굴이 벌겋게
> 달아올랐다. 잠깐 주춤하는 듯하던 새댁이 드잡이로 나섰다. 급기
> 야 장모의 깡마른 가슴도 튀어나와 시장바닥을 향해 출렁거렸다.
> ―「그곳에는 눈물들이 모인다」, 116쪽.

황폐해진 바다에 뿌리 내리려는 이주민들의 몸부림과, 생업의 터전
을 빼앗기지 않으려는 현지인의 드센 몸부림은 또 다른 긴장감을 불러
온다. 「바다는 상처를 오래 남기지 않는다」에서 아내와 덕수의 옛 애
인 은희는 구멍가게 상권 때문에 얽혀 싸우고, 「그곳에는 눈물들이 모
인다」에서 새댁과 장모는 알몸이 드러날 정도의 육탄전을 벌인다. 이
러한 이유로 그곳에 안 그래도 낯익은 악다구니는 더욱 격해진다.

3. 바다, 밑바닥에서 싹트는 연대

① 손님은 새댁의 등을 향해 소리를 지르며 달려갔다. 장모는

---

17 가령, 「바다는 상처를 오래 남기지 않는다」에서 한쪽 손을 잃고 바다에서 살아가고 있는 은
  희의 경우 지역 소외와 더불어 계층문제, 젠더문제, 장애문제가 결합된 채 몇 겹의 소외가
  중첩된 존재에 해당한다.

넋을 놓고 새댁의 뒷모습만 보았다. 비는 멎을 기세도 없이 퍼부어 댄다. 새댁과 손님이 달려간 길을 장모는 한동안 박힌 말뚝처럼 서 서 바라보기만 했다. 장모에게도 새댁의 사연이 가슴에 얹힌 모양 이다. 나이 마흔에 혼자되어 팔남매를 위해 시장바닥에 퍼더버리 고 앉아야 했던 장모. 그때 장모의 등에 업혀 있던 막내가 말순씨 아니던가.

—「그곳에는 눈물들이 모인다」, 123쪽.

② 그리고 돈이 뭔지 초원을 버리고 무작정 낯선 땅을 밟았다는 바썽. 그에게 죄란 것은 돈을 벌기 위해 이 나라에 온 것밖에 더 있 겠는가. 강물이 끝내 바다에 이르듯이 어쩌면 일자리를 찾아 두 사 람도 이 수평의 바다까지 흘러들었을 것이다. 그렇게 본다면 강희 도 다를 바 없다. 수평세상을 꿈꾸는 산에 올랐을지도 모른다.

—「수평선 그 가깝고도 먼」, 200-201쪽.

그러나 쉽지 않지만 그러한 알력도 결국에는 풀린다. 바다가 이질 적인 것들을 그 품 안에 포용하듯이, 바다에 모인 그 축축한 눈물들도 결국 엉켜버린다. ①에서 장모는 머리끄덩이를 끌어당기며 싸웠던 새 댁이 간직한 사연에 그만 가슴이 얹혀버린다. 뒷모습을 보이며 달아나 는 새댁에게서, 순간 40년 전의 자기 모습을 보았기 때문이다. 일손을 구할 수 없어 어쩔 수 없이 고용했지만 손발이 맞지 않고 눈썰미가 없 는데다가 고문관처럼 굼뜨고 사고까지 연발하는 바썽의 행동 때문에 늘 언짢았던 그도 ②에서 태도를 바꾸게 된다. '양식장에서 다리를 다 친 바썽이 답답함을 이기기 위해 배를 타고 겨울바다를 질주한 것'과

'한쪽 다리가 불편한 딸 강희가 대학졸업을 앞두고 마음을 정리하기 위해 겨울 산에 오른 것'을 포개어 생각하는 과정에서 드디어 바쎙을 이해하게 되었기 때문이다. 「바다는 상처를 오래 남기지 않는다」에서는 수호와 내가 벌써 은희를 받아준 것과 달리, 은희를 내심 못마땅해 하던 아내는 결말에 이르러 은희와 대판 붙는다. 작가는 뒷일을 모르는 척 시치미 떼고 소설을 종결짓고 있지만, 제목이나 소설집 전체에 나타난 작가의 태도로 보아서 이 뒤에 아내와 은희의 화해가 필연적으로 뒤따를 것 같다.

이러한 화해가 가능한 이유는 그들 사이의 처지가 비슷하다는 공통성을 확인했기 때문이다. 즉 타인의 존재에서 자신의 상처를 읽어낼 수 있었기에, 그 응시의 과정 속에서 자신도 그들과 다를 바 없음을, 냉혹한 자본주의 체제 아래 자신 역시 타자로 내몰린 존재였다는 타자성을 현지인들이 각성할 수 있었기 때문에 그들 사이의 화해는 가능했다. 이러한 화해로 인하여 바다는 소외의 장에서 치유의 장으로 변모해간다. 그 밑바닥에서 싹 트는 이러한 교감을 믿었기 때문에 그들은 삶의 막장으로 바다를 선택하였을 것이다. 바다가 그들을 끌어당긴 마력은 바로 이것이다. 이 대목은 현실의 논리를 무시한 낭만적인 해결 혹은 인성(人性)에 대한 순진한 믿음으로 비판받을 수도 있다. 그러나 필자는 이 대목이야말로 지역의 소외를 타자성 발견과 연대의 가치로 격상시켜낸 부분이라고 적극적으로 평가하고 싶다. 상처 입은 존재들이 그곳에 여전한 갈등을 넘어서 연대하게 되는 이 지점이 바로 필자가 파악한 이 소설집의 주제다.

그러나 이러한 연대는 자신의 타자성에 등 돌린 채, 따라잡기의 미망에 사로잡힌 이들에게서는 불가능하다. 작가는 이 점을 명확하게 인식하고 있다. 소설집에서 연대하는 이들과 대극점에 있는 인물 유형이 바로 「웨일맨, 나의 아버지」에 나오는 영희와 모던뽀이로 입성한 '나'다. 그들의 시선은 자기가 발 디딘 장소와 분리된 채 동질적이고 추상적인 가치를 향해 있다. 대화 속에 늘 영어를 섞어 쓰는 영희는 영어로 된 혀를 갖기를 원하며, 나를 버리고 빅버거를 물듯이 미국 유학생을 물어버린다. 맥도날드 아르바이트생이 된 나는 그 매장의 아르바이트생이 된 것만으로도 자신의 입지가 격상되었다고 착각하고 햄버거와 피자에 맛을 들이게 된다. 그들은 주변부로 소외된 그들의 삶에 무감각하며 오로지 세계자본주의 중심부와 거기서 유통되는 문화에 혈안이 되어 있다. 이 시대 그들 역시 무적자(無籍者)이되, 그들은 자신들의 타자성에 대해 성찰하지 않는다. 그러기에 그들에게서 연대를 기대할 수는 없다.

한편 중편 「그곳에는 눈물들이 모인다」에서 이상섭이 자갈치 인근에서 주목하는 연대는 지역의 구체적 역사에 대한 복원과 관련 있다. 부산의 해안은 뿌리 뽑힌 자들이 다른 지역으로 이동해간 경계였고, 때로는 유입되어 터전을 내리고 정착했던 장소다. 왜관을 비롯하여 개항 이후에는 일본 거류민들의 거주지였으며, 식민지 시기에는 민족이산의 통로인 동시에 도일 노동자들의 집결지이자 임시 거주지였고, 한국전쟁 당시에는 피난민들의 피난처였으며, 산업화 이후에는 이주해온 인구들을 저임금 노동자들로 양산해낸 공간이었고, 최근에는 외국인 노동자나 이주여성들이 보금자리를 튼 곳이다. 외부의 이질성이 흡입되고 뒤섞이는 과정에서 이 지역에는 갈등과 반목도 심각했을 것이지만, 이러한 접촉을 통해 이질적인 것들이 공생하고 소통하는 독특한 문화가 형성되었으며, 부산은 결국 이를 특유의 활력과 역동성으로 수용해왔다. 부산이 지닌 성격의 하나로 이야기되는 개방성은 외부와 접촉하는 이러한 과정에서 생성되었을 것이다. 타 지역에 비해 외부와의 접촉이 많았던 만큼 부산이라는 도시는 외부에 대해 그렇게 배타적이지만은 않은 도시라고 평가할 수 있다.

그러나 지금 그 모습은 사라져가고 있다. 지금 부산의 해안선은 관광도시에 맞는 경관으로 재구성되어가고 있다. 부산의 해안선은 생활공간이 되지 못하고 해안공간을 상품화한 복합주거단지가 펼쳐져 있고, 오락시설·숙박시설·유흥시설 위주로 계발되어가고 있다.[18] 저소득층이 살고 있는 곳을 개발하여 신 중간층들이 살도록 함으로써 개발업자와 중간층 모두 큰 혜택을 본 반면, 예전부터 그곳에 살던 주민들이 그곳을 떠나가는 것이 일반적인 도심 재개발의 과정[19]이라고 할 때, 이는 부산의 해안선에도 적용된다. 살던 주민들이 떠나간 해안을 점령한 신 중간층들은 주위와의 소통을 끊고 고층건물 속에서 단자화된 채로 살아간다. 이상섭이 주목하는 자갈치 인근의 바다 역시 세계도시로 비약하겠다는 미망을 포기하지 못하는 부산시에 의해 제2부산 롯데월드 건설을 위시하여 그 일대가 재개발 중에 있다. 대형건물로 재정비된 자갈치시장에는 자본력을 가진 상인들이 새 건물에 입주하

---

18 김기수, 「해안도시 부산 지정학」,《오늘의문예비평》, 2008년 가을호, 160-170쪽. 「도시 및 지역 재구조화의 역사지리」를 논하는 자리에서 소자(E. W. Soja)는 경관을 독해 가능한 텍스트성을 지닌 것으로 본다. 그는 자본이 결코 경관의 역사지리를 단독으로 형성하는 것은 아니며 유일한 작가나 권위자도 아니지만, 처음에 그 지도를 그릴 때에는 적어도 자본주의의 윤곽을 놓쳐서는 안 된다고 본다. 즉 줄거리 자체가 복잡하게 얽혀 있지만 그렇다고 지속적인 중심 주제가 지워질 정도는 아니라는 것이다(소자, 이무용 외 옮김, 『공간과 비판사회이론』, 시각과언어, 1997, 205-206쪽). 부산의 해안 경관이 이렇게 된 데에는 복잡한 요인이 얽혀 있겠지만, 여기에서도 자본이라는 중심 주제를 우선적으로 고려해야 한다

19 김석준, 앞의 책, 375쪽.

였고, 어시장까지 내몰려 좌판을 깔았던 수많은 노점상들은 또다시 어디론가 떠나가고 있다.

이상섭의 소설은 이러한 흐름에 맞서 현재 부산이 망각해가고 있는 이 장소의 구체적인 역사를 복원하고 있다. 이 소설은 그 장소가 신산스러운 삶들이 모여 결국에는 어우러져 살았던 곳임을, 그것이 이곳의 장소성이었음을 상기시키고 있다. 이러한 복원은 어떠한 의의가 있는가? 외부를 향해 열려 있는 이 장소의 역사성은 지금도 이 지역으로 유입되고 있는 이들과 더불어 살아가는 데 있어 돌이켜보아야 할 지역의 소중한 기억에 해당한다. 그것은 특히 동일한 지역을 살아가야 하지만 다른 문화를 갖고 있는 국외 이주민들과 갈등이 아니라, 더불어 살아가기 위해 적극적으로 되새겨봐야 할 역사의 지층에 해당한다. 즉 그의 작품은 이러한 변화를 무주체적으로 추종하는 삶 이면에 은폐되고 있는 부산의 역사성과 대면할 것을 주문하고 있다.

4. 세계자본주의 시스템과의 관계

이 시대 지역에서 공통성 발견과 연대를 형성하기 위해서는 거시적 시각이 동반되어야 한다. 지역적 특수성에 갇혀서는 이주민들과의 연대 형성이 불가능하기 때문이다. 잘 알다시피 근대도시는 지역의 토박이가 아니라, 국내외의 수많은 이주민들로 구성되는데, 지역적 특수성을 강조하게 되면 그것은 외부를 배제하는 배타성으로 발현되어 협동적 중심을 발견하는 데 장애가 된다.

말루프는 이 시대 사람들에게는 각 개인이 속한 특별한 소속 못지 않게, 자신이 '인류'라는 공통적인 운명을 지닌 존재라는 더 폭넓은 정체성이 필요하다고 말한다. 문화를 표준화시키고 문화적 다양성을 위협하는 세계화의 논리에 맞서기 위해서는 특수한 정체성을 지킬 필요가 있다. 이와 더불어 자신이 인류(세계시민)에 속한다는 새로운 정체성을 수용할 필요가 있다. 왜냐하면 특수한 정체성에 갇히게 될 경우, 외부를 배제하는 살인적인 정체성으로 발현될 위험이 있기 때문이다.[20] 즉 지역적 특수성이라는 것도 세계적인 보편성과의 길항관계 아래 제시되어야 한다.

바다를 응시하는 이상섭의 시선은 주변부 지역에 기초하고 있으되 지역의 특수성에 고립되어 있지 않다. 그는 이 시대 지역을 전 지구적인 관점 아래 조망하고 있는데, 그렇게 말할 수 있는 근거는 다음과 같은 점 때문이다.

앞서 말한 바와 같이 그의 소설에는 몽골인 바썽, 조선족 장씨, 베트남 처녀와 같이 세계적 차원에서 일어나는 빈익빈 부익부 현상 때문에 국경을 넘어온 인간 부초들이 등장한다. 그들은 이득이 자본주의 중심부로 흘러가고 손실이 민중들에게 고스란히 전가되는 신자유주의 세계화에 피해를 입은 제3세계 민중들이다.

뿐만 아니라 그의 소설에 나타나는 국내인 역시 신자유주의 세계화로 인해 피해를 입고 있다. 한국 사회에서 신자유주의가 본격화되는 시점은 IMF 경제체제 이후다. 한국정부는 IMF로부터 구제 금융을 받기 위해 공기업 민영화, 금융시장 개방, 노동시장 유연화, 재벌지배구조 개혁과 같은 프로그램을 수용한다. 특히 노동시장의 유연화 정책은

---

20 아민 말루프, 박창호 옮김, 『사람 잡는 정체성』, 이론과실천, 2005, 123-125쪽.

숱한 비정규직 노동자들을 양산했고, 명예퇴직과 조기퇴직의 바람을 불러일으켰다. 소설집에서 주목하는 IMF 이후 어시장 좌판으로 내몰린 새댁(「그곳에는 눈물들이 모인다」), 구조조정으로 인해 실직하게 된 막내 도련님(「고추밭에 자빠지다」), 맥도날드에서 아르바이트를 하는 나 또는 월마트에서 청소부로 있는 어머니(「웨일맨, 나의 아버지」)와 같은 비정규직은 신자유주의 세계화 아래 무적자로 내몰린 이들이다. 「웨일맨, 나의 아버지」에 나타난 괴물고래 역시 신자유주의와 관련 있다.

> 저 바닷길을 통해 낯선 세계로 나갈 수도 있지만 낯선 것들이 들어오기도 한단다. 어떤 것요? 이를테면 나쁜 이기심, 폭력, 전쟁, 포르노 같은 것들이지. 그걸 괴물고래라 부를 수도 있겠지. 그것들 때문에 이미 이곳 사람들이 병들기 시작했다. (…) 어쨌든, 지금은 아이엠에프시대였다.
>
> ─「웨일맨, 나의 아버지」, 173-174쪽.

아버지는 바다를 통해 유입되는 것(폭력, 전쟁, 이기심, 월마트 등)을 괴물고래라고 부른다. 그것은 '평화수호'를 명분으로 폭력적인 전쟁을 일으키고 있으며, 세계시장을 잠식하려는 욕망 아래 거대한 자본을 이용하여 "괴물처럼 사람들을 족족 빨아들"(176쪽)이고 있다. 작살을 구입하여 괴물고래와의 일전을 대비하는 몽상가 아버지의 말에 의하면 그것은 "모든 세상을 지배하려는 인간들이 만든 괴물"이다. 즉 괴물고래는 신자유주의 세계화를 주도해나가며 한편에서는 자유경쟁을, 다른 한편에서는 무자비한 폭력을 휘두르며 세계를 복속시켜나가는 전 지구적 통치권력의 다른 이름이라고 할 수 있다, 이 괴물고래의 소행 아래 주인공의 가족들은 신음하고 있다.

그런데 인용문처럼 작가는 괴물고래가 들어오는 통로로 굳이 바다를 고집한다. 그것은 세계사적인 맥락에서 바다가 식민지를 통해 자국 내의 모순을 해결하려 했던 제국주의의 야심을 실현시키는 통로였다는 점, 한국의 경우도 근대 초창기부터 바다가 근대문물의 이입경로이었던 동시에 제국주의의 침탈경로였다는 역사적 사실에 착안한 것이다. 그리고 그런 침탈이 과거의 자유방임주의를 방불케 하는 착취와 사회적 배제를 기본내용으로 하는 신자유주의 세계화 아래 지금 이 시대에도 지속되고 있다는 연속성을 강조하기 위해서다. 나아가 작가가 이 소설에서 형상화한 바다의 황폐화가 이런 신자유주의 세계화와 무관하지 않음을 강조하기 위한 포석이 여기에 깔려 있다고 할 수 있다.

이렇게 소설 속 인물들은 신자유주의 세계화로 인하여 아픔의 무게가 가중되고 있다. 이는 그의 시각이 주변부 지역의 특수성에 고립되어 있지 않고 이를 세계자본주의시스템이라는 거시적인 안목에서 조망하고 있다는 증거다.[21] 아래의 「작가의 말」도 여기에 대한 간접적인 증거가 된다.

> 바다에 수평선이 살고 있듯이 이 땅에도 '수평세상'이 다가올
> 수 있도록
>
> —「작가의 말」, 251쪽.

---

21 이렇게 이상섭의 소설은 주변부 지역에 기초하고 있지만, 그 외부를 향해 열려 있다. 작품 전면에 지역의 구체적인 삶을 반영한 토박이말이 구사되는데, 그것이 지역적 정체성을 드러내면서도 외부에 대한 배타성이나 공격성을 드러낸다는 느낌이 들지 않는 이유는 그의 시각이 전 세계적인 안목을 향해 열려 있다는 점과 밀접하게 상관있다.

작가는 바다를 바라보며 평등의 가치로 충만한 수평세상을 떠올린다. 그러한 평등은 소외된 이들의 연대를 통해 만들어지는 것이다. 자본으로부터 소외된 이들을 관통하고 있는 공통성을 발견하고 서로에 대한 위무가 가능함을 강하게 감지했기 때문에 작가는 바다에서 수평세상을 떠올리고 있는 것이다. 여기서 주목할 대목은 "이 땅에도 '수평세상'이 다가올 수 있도록"이라는 구절인데, 여기서 작가는 지역에서의 연대를 타 지역으로, 나아가 중심부로까지 촉발시켜가겠다는 의지를 표명하고 있다. 여기서 암시되듯이 작가는 지역을 그 상위의 단위와의 관계 속에서 사유하고 있다.

이 점을 좀 더 적극적으로 평가해본다면 다음과 같이 말할 수 있다. 그의 소설에 나타난 연대는 전 지구적인 차원에서 소수자를 양산하는 신자유주의 세계화에 맞선 연대 쪽으로 문을 열어두고 있다. 오늘날의 전 지구적인 통치는 인종이나 종교, 피부색이나 젠더, 성 등 제반 차이에 대해 일견 중립적이면서, 한없이 확대되는 경계 안에서 차이를 지닌 다양한 정체성을 포섭하려고 한다. 그러면서도 그것이 지닌 정치적 함의를 무력화시키고 관리하려고 한다.[22] 그런데 이 연대는 그러한 전 지구적 통치가 무력화하고 관리하려 했던 정치적 함의를 일깨우는 것이라고 할 수 있다. 그것은 바다에서 만나게 될 이들이 전 지구적 통치 아래 수동적으로 수탈당하는 입장에서, '신자유주의 세계화 아래 박탈당한다'는 공통된 입장에 대한 자각을 바탕으로 연대를 형성한 것이기 때문이다. 즉 이 연대 속에서 전 지구적인 통치에 대항하고 새로운 삶을 구성해나가려는 다중[23]의 단초를 읽을 수 있다.

---

22 강상중·요시미 순야, 앞의 책, 55쪽.

5. 이상섭 소설에 바라는 점

앞서 이 소설집은 '상처 입은 자들의 연대'를 '조금 더 거시적인 차원에서의 연대' 쪽으로 나아갈 가능성을 열어두고 있다고 했다. 그러나 그것은 적극적인 의미 부여를 했을 때의 말이고, 좀 더 냉정하게 평가한다면 이번 소설집에서 그 가능성은 아직 옅게 나타난다. 거시적인 차원에서의 '조망'과 상처 입은 자의 '연대' 사이에 균열이 존재하기 때문이다. 소설 속에는 '조망'과 '연대'는 있지만, 그 연대가 거시적인 차원에 이르기 위해 필요한 연대의 다음 단계, 즉 연대한 이들이 새로운 구성체를 만들어가려는 구성능력이 드러나지 않는다. 다중이 수동적인 집단인 대중과 다른 점은 특이성의 네트워크인 공통성을 구성해나가는 능동적인 실천에 있다. 자본주의 세계화에 맞서 새로운 구성체를 창안해나가려는 의지는 「작가의 말」속에 암시될 뿐, 소설 속에는 빠져 있다. 그래서 소설 속의 연대라는 것이 바다에 모인 사람들이 그저 서로를 위로해주는 자족적인 양상에 머무는 것으로도 오인될 수 있다. 바다에서의 연대를 작가가 조망한 거시적인 차원으로 이어나갈 구성의지가 소설 속에 형상화되었으면 한다.

그리고 그 연대가 간혹 타인의 고통에 대한 배려 수준으로 전락하는 점도 보완해야 할 부분이다. 가령, 「수평선, 그 가깝고도 먼」에서

---

23 이상섭이 국경과 민족의 경계를 초월하여 이루어진 연대에 주목한 점, 전통적인 노동자들의 연대와 달리 좌판에 나선 여성들의 연대에 주목한 점 등에서 다중(multitude)의 단초를 찾을 수 있다. 그들은 단일한 동일성으로 환원된 민중(people, 근대의 주권자)과는 달리 그 연대 내부의 차이가 사라지지 않고 있다. 또한 그들은 산업노동자만을 뜻하는 노동계급과는 달리 사회적 생산을 하는 다양한 주체들로 구성되어 있다. 다중과 민중, 대중의 차이에 대해서는 네그리・하트, 앞의 책, 18-20쪽과 135-136쪽 참조.

작가는 이주민을 한국의 장애인에 빗대어 사유한다든지, 그들을 정적인 인물로 고립시키는 시각을 드러내는데, 여기서 연대는 타인의 고통에 대한 책임이나 배려의 수준 이상으로 나아가지 못한다. 이런 구도 속에서는 이주민과 한국인 사이의 상호협동의 네트워크는 생성되지 않고, 오히려 자신들을 이주민들과 다른 존재로 차별화하는 민족우월주의적인 시선을 드러낼 위험이 있다.

또한 작가는 지역의 역사성에 대해 좀 더 고민할 필요가 있다. 앞서 이야기한 것처럼, 그가 주목한 지역에서의 연대가 부산의 역사성을 환기시키는 대목도 있다. 그리고 첫 소설집 『슬픔의 두께』는 포로수용소라는 거제의 역사를 거론하기도 한다. 그러나 2권의 소설집과 그 이후 발표된 5편의 단편[24]에서 이런 부분은 찾기 어렵다. 대신 그가 대면하는 바다는 대부분 과거에 좋았던 곳으로 이상화되어 나타난다. 물론 여기에는 현재를 응시하며 지역에서의 가능성 타진에 주력하겠다는 작가의 의도가 깔려 있을지도 모른다. 그러나 지역에서의 가능성은 소외의 부당함과 그런 소외를 자행한 폭력적인 구조를 비판의 동력으로 삼는 과정에서 더욱 강하게 촉발될 수 있다. 그간 국가 폭력이나 현기증 나는 전 지구적인 자본의 계서제에 의해 지역이 억압당해온 역사적 지층이 부가될 수 있을 때 그러한 가능성 모색은 더욱 탄력을 받을 수 있을 것이다. 그래서 그가 흘끗 보면서 단순하게 처리하고 있는 지역의 소외된 역사에 대해서도 좀 더 정치하게 주목해나가길 바란다.

흔히들 이상섭을 부산을 대표하는 지역 작가의 한 사람으로 꼽는

---

24 「지금도 어딘가에」, 《작가와사회》, 2007 봄; 「악어」, 《좋은소설》, 2007 가을; 「천국의 기원」, 《실천문학》, 2007 겨울; 「바닷가 그 집에서, 이틀」, 《창작과비평》, 2008 가을; 「플라이, 플라이」, 《문학과의식》, 2008 가을.

다. 과연 그러한가? 나는 이 글을 쓰는 내내 이러한 질문에 시달렸다. 이상섭은 부산에 살면서 이 지역을 소재로 한 작품을 많이 쓰고, 전술한 바처럼 지역을 고민하고 있다. 그러나 그것만으로 그를 이 지역을 대표하는 작가의 한 사람이라고 말하기는 어려웠다. 무엇 때문일까? 잘은 모르겠지만 그 이유 중 하나는, 그가 이 지역의 역사성에 대한 관심을 깊이 드러내지 않는다는 데에 있는 것 같다.

박형준

장소성, 텍스트, 교육 콘텐츠

: 장소성의 재개념화와
 지역문학 담론의 실천적 지평을 위하여

> 지역은 장소감을 지닌 작가의 내부에 있고, 그가 쓰는 것은
> 피상적 기술이 아니라, 지방색을 넘어서는 의미를 가지기도
> 하고, 모든 사람들이 실제로 느끼거나 느낄 수도 있는 장소
> 의 분위기를 말해주기도 한다.
>
> —에드워드 렐프

1. 지역문학 콘텐츠, 자본주의 문화산업의 기제

지역에서 문학은 문화가 되었다. 지역에 대한 관심과 이해가 다양한 문화 콘텐츠를 통해 활성화되고, 지역민의 지역 이해와 지역 사랑을 촉구할 수 있는 방향으로 전개되고 있는 것이 지역문학운동의 현실태이다. 예를 들어, 부산지역에서는 〈향파 이주홍 문학제〉와 〈요산 김정한 문학제〉가 대표적이다. 이 양대 문학제는 부산지역의 문학 건

통을 문화 콘텐츠로 재구성하고, 지역문학의 전통을 지역문화 축제로
자리매김하는 데 중요한 역할을 하였다. 이것은 학술 담론에 있어서도
마찬가지이다. 한국문학회는 2008년 12월 13일 〈요산 김정한 탄생
100주년 기념 학술논문 발표대회〉를 개최하였다. 한국문학회는 이미
2006년에 〈향파 이주홍 탄생 100주년 기념 학술논문 발표대회〉를 가
진 바 있는데, 이 행사는 "부산지역 문학인으로서는 처음 맞는 탄생
100주년"이라는 기념비적 성격에 걸맞게 백일장, 연극제, 문학답사 등
대대적으로 진행되었으며, 이것은 '요산 탄생 100주년' 행사의 경우
에도 다르지 않다.

부산지역 문학계의 이 양대 기념사업은 지역문학의 전통을 발굴·
계승하고, 지역민과 함께하는 문화 실천의 장을 마련한다는 차원에서
분명히 긍정적인 효과를 기대할 만하다. 그러나 이처럼 부산지역 문학
계의 학술 담론이 주요 작가에만 집중되는 양상은 여러 가지 측면에서
문제적이다. 왜냐하면 이와 같이 지역의 중심인물과 사건, 생활양식,
문화 등에서 지역의 의미를 찾는 지역문화운동의 방법은 자칫 "지방
주의의 이율배반적 지향성"[1]과 문화산업화 전략의 병폐를 고스란히
답습할 수 있다는 한계를 지니고 있기 때문이다. 지역문학의 전통을
표상하는 방식이 지역의 핵심 인물을 전경화하는 방식과 박물관식 문
화 축제로 산업화하는 방식으로 전개되는 양상을 보이는 것은 비단 부

---

1 지방주의의 이율배반적 지향성은 중심의 문화표상을 거부하면서도 중심의 문화표상을 동
경하는 모순을 의미하는데, 지방의 경험과 유산 그리고 기억들이 지닌 순수성을 전면에 내
세우는 것과 지방 스스로 문화적으로 자립해야 한다는 자립주의가 그것이다. 전자와 후자
모두 지역 배타주의에서 벗어날 수 없으며, 역설적으로 중심주의를 승인하고 강화하는 역
할을 한다. 구모룡, 「지역문학: 문화적 생성 공간으로서의 경계영역」, 『지역문학과 주변부
적 시각』, 신생, 2005, 16-17쪽.

산지역의 문제만은 아닐 것이다. 물론 이 글에서 핵심적으로 다룰 문제도 이러한 지역화 전략의 긍정적·부정적 효과 여부가 아니다. 그것은 보다 근본적인 질문으로, 역설적이게도 이와 같은 방식의 지역화 전략이 지역의 문학적 전통을 획일화하고, 근대적 표상공간으로서의 '지역'을 기억하거나, 중앙에 의해 호명되거나 균질화된 '지역'의 개념과 위치를 재생산한다는 데 있다.

'지역성'은 이데올로기이며 담론 효과이다. 지역성 연구와 지역사 기술의 방향이 정치, 경제, 사회, 문화, 교육 등을 포괄하는 통일성을 지향함으로써, 중앙 관제 중심의 지역 관념을 해체하고 지역의 본원적 의미를 찾아야 한다는 주장은 이미 중앙/지역의 이분법적 논리를 전제로 하고 있다.[2] 또한 이와 같은 문제 인식이 지역 작가의 무차별적인 발굴을 통해 한국문학사 기술의 접근 회로를 다양화해야 한다는 논의로 직결되는 것도 바람직하지 않다. 왜냐하면 지역문학에 대한 관심과 이해가 문학정치학의 담론 효과에서 비롯된다는 주장 또한 이데올로기적이기 때문이다. 특히, 지역성과 지역문학을 논하는 자리에서 가장 문제가 되는 것은, 아이러니하게도 지역에서 지역민의 문학적 이해와 실천 방식에 대해서는 관심을 두지 않는다는 점이다. 지역에서 지역민이 접할 수 있는 '지역문학'이란 결국 콘텐츠화된 문학 형식—문학 아카데미, 독서토론회, 문학제, 백일장, 문학답사 등—에 불과하다.[3] 따

---

2 부산광역시는 '부산광역시시사편찬위원회'와 '부산발전연구원'을 산하기관으로 두고, 부산지역의 역사를 복원하는 작업을 하고 있다. 특히, 부산광역시시사편찬위원회는 『항도부산』이라는 학술지를 통해 부산지역의 역사를 공시적·통시적 차원에서 기술하고 이를 종합하고자 하는 작업을 폭넓게 실시하고 있다.

3 부경역시연구소에서 편찬한 『시민을 위한 부산인물사』의 「제4부 문화·예술」 편을 보면,

라서 조금 더 생산적인 차원의 지역성 논의를 위해서는 지역의 문학적 전통을 문화 콘텐츠로 개발하는 단계에서 한 걸음 더 나아가, 지역을 올바르게 이해하고 또 지역 사랑을 실천할 수 있는 구체적인 방안을 마련하는 것이 필요하다.

　지역성은 역동적이며 다층적이며, 비결정적이다. 어느 지점에서 의미의 '누빔점'이 형성되기도 하지만, 지역의 정체성은 원천적으로 고정되거나 균질화된 것이 아니다. 그렇기 때문에 지역성은 상상의 제도이면서 가능성의 공간이다. 지역성에 대한 관심이 사회·심리학적인 영역으로 확장되어야 하는 것은 이 때문이다. 지역성은 일종의 '상상의 제도'이며, 그것은 "사회적으로 인가된 상징적인 관계망으로 그 안에서 기능적인 구성요소들과 상상적인 구성요소가 가변적인 비율과 관계로 결합되어 있"[4]는 것이다. 즉, 지역의 정체성 역시 기능적인 구성요소와 상상적인 구성요소에 의해 접합되어 있는 제도적 개념인 셈이다. 지역에 대한 정감, 향수, 추억 등의 상상적 구성요소를 통해 지역공동체의 연대(동일성)를 형성·유지하는 기능적 구성요소를 활성화할 수 있으며, 이것은 도시문화 산업의 전략적 기반이 된다. 그런데 문제는 지역의 문학적 전통이 자본주의의 문화산업 전략과 접합되어 지역성과 지역문학의 특성을 획일화하는 결과를 초래한다는 점이다. 문학에서 지역성에 관한 논의를 할 때, 문학 장의 제도 분석에 집중하는 것은 자연스러운 현상이다. 하지만 지역문학 담론을 중심으로 이루

부산지역을 대표하는 문학인으로 유치환과 이주홍을 들고 있다. 이를 통해 '지역민'의 '지역 작가'에 대한 이해와 체험이 상당히 제한적이라는 사실을 짐작할 수 있다(부경역사연구소 편, 『시민을 위한 부산인물사』, 도시출판 신인, 2004 참조).

4　C. 카스토리아디스, 양운덕 옮김, 『사회의 상상적 제도 1』, 문예출판사, 1994.

어지는 문학제도(창작, 연구, 비평 등)에 대한 비판적 접근만으로는 지역성 논의의 전체 결을 조망하기 어려울 뿐 아니라, 실천적 대안도 마련하기 힘들다. 왜냐하면 지역문학의 전통을 생산하고 이를 유지하기 위해서는 부득이하게 제도가 지닌 기능적 속성을 강조할 수밖에 없기 때문이다.

이처럼 지역의 문학적 전통을 문화 콘텐츠화하는 것이 불가피한 상황이라고 한다면, 이제는 관점을 바꾸어, 제도의 기능적 구성요소를 지역문학 담론의 새로운 실천 형식으로 활용할 수 있는 방안을 모색할 필요가 있다. 특히, 이 글에서는 지역성의 구체적 실현 형태인 장소성의 비결정성에 주목하고 지역문학의 장소성을 문학 창작과 수용의 내용으로 삼을 수 있는 제도적 방안을 마련하고자 한다. 이를 통해 지역민의 지역 이해와 지역 사랑을 실천할 수 있는 가능성—이 글에서는 지역성, 그리고 그 구체적 실현 공간으로서 장소성에 대한 제도적 실천 방향을 문학제도의 바깥쪽, 특히 교육제도 안쪽에서 구상해보는 것—을 범박하게나마 모색해볼 것이다.

2. 실천의 논리: 장소성의 재개념화와 교육 콘텐츠

지역성은 장소에 대한 구체적 체험을 바탕으로 형성된다. 장소는 지역의 구체적 능동태이며, 창발적 담론 생성의 공간이다. 공간은 비물질적 추상화를 그 속성으로 하고 있기 때문에 장소화의 과정을 거치지 않고서는 구체화될 수 없다. 역으로, 장소성은 비결정성을 그 특질로 하고 있기 때문에 주체의 장소 '경험'을 중요시한다. 왜냐하면 주체의 장소 '경험' 이야말로 장소의 정체성을 형성하는 중요한 요소이자 과정이기 때문이다.[5] 이처럼 장소화의 과정은 가치중립적인 현상이 아니다. 대상과 장소는 가치지향적이며, "장소에 대한 우리의 경험이 총체적일 때 즉 적극적이고 반성적인 정신을 통해서, 그리고 모든 감각을 통해서 이루어질 때, 대상과 장소는 구체적인 현실성을 얻는다."[6] 다시 말해, 장소화에 대한 과정은 주체의 구체적 장소 체험을 중심으로 구성된다는 것이다.

그러나 지역성에 대한 근대적 기획은 장소성을 중앙 관제적인 시각에서 포섭하고 구획화하는 방향으로 나아갔다. 근대사회 이후, 지역의

경남·부산지역 매체 발간의 전통을 보여주는 순문예지 《영문》을 통해 문학 매체 투쟁의 역사를 엿볼 수 있다.

---

5 장소의 본질과 장소의 정체성은 구분해야 한다. 장소의 본질이 더 철학적이며, 근본적인 차원의 문제라면, 장소의 정체성은 더 경험적인 차원의 문제라고 할 수 있다. 에드워드 렐프에 따르면, 장소의 정체성은 물리적 환경, 인간 활동, 의미라는 세 구성 요소의 변증법적 결합을 통해 형성된다. 그리고 장소의 정체성은 이 구성 요소 외에도 장소의 이미지를 통해서 사회적으로 구조화된다. 에드워드 렐프, 신승희 옮김, 『장소와 장소상실』, 논형, 2005.
6 이-푸 투안, 구동회·심승희 옮김, 『공간과 장소』, 도서출판 대윤, 1995, 37-38쪽.

장소화 전략, 혹은 장소성의 구성 방식은 지역을 분절 · 구획화하고 위계화하는 방식으로 전개되었으며, 이것은 지역의 장소성을 획일화하는 결과를 가져왔다. 이 결과 지역성은 변방의 목소리를 간직한 곳으로, 또 향토화된 특수성을 간직한 공간으로 인식되게 된다. '지역구심주의'[7]를 표방하고 나온 지역문학론이 장소에 터를 잡고, 지역의 장소성 회복을 외치고 나온 것은 이 때문이다. 지역의 장소를 전진 기지로 선택하고 중앙 관제적 지역 구성 전략에 의해 왜곡된 장소성을 회복하기 위한 강력한 욕망, 이것은 잊힌 시인과 작가, 텍스트를 발굴하고 이를 통해 문학매체 투쟁의 역사와 한국문학사 기술의 새로운 기반을 생성하는 것에 다름 아니다. 또한 그것은 지역문화운동의 일환이자, 지역 사랑을 실천하는 문학적 대응 방식이라고 하겠다.

그러나 지역구심주의 담론의 층위에서 제기되는 장소성 찾기는 어느 지점에 이르러서 곤혹스러운 상황에 빠질 수밖에 없다. 왜냐하면, 장소성은 고정된 실체가 아니기 때문이다. 개별 주체는 장소의 정체성을 다양하게 인식하고, 어느 지점에서 상징적으로 '누빔점'[8]을 설정하게 된다. 그러나 그렇다고 해도, 그것은 대단히 혼종적이며 다층적인 성격을 지닐 수밖에 없다. 그만큼 장소성은 비결정적인 것이다. 그런

---

7   박태일, 『한국 지역문학의 논리』, 청동거울, 2004; 박태일, 『경남 · 부산 지역문학 연구』, 청동거울, 2004.
8   '누빔점'으로 사용한 'point de capiton'의 번역은 세 가지 정도이다. ①고정점, ②정박점, ③누빔점. 정박점은 『에크리』의 영역자 쉐리단의 번역이다. 이것은 의미의 '고정'이 닻을 내리는 것처럼 가변화될 수 있는 것임을 강조하려는 뜻에서 나온 것이다. 누빔점은 슬라보예 지젝이 '봉합(suture)'이란 개념과 함께 후기 라캉 철학을 강조할 때 사용하는 용어인데, 이는 실재계와 상징계의 관계 속에서 행해지는 '누빔 작용', 즉 의미 고정의 잠정성을 강조하는 입장이다. 이 글에서는 장소의 의미 비결정성과 의미 고정의 잠정성을 강조하는 차원에서 '누빔점'이라는 용어를 비유적으로 사용하였다.

데 지역구심주의의 장소성 회복 전략은 현재의 상황을 볼 때 대타적 성격—지역/중앙이라는 이분법적 구도 속에서—을 지닐 수밖에 없으며, 또한 지역문화운동의 측면에서도 기념비적 도시문화 산업이 보여주는 한계점을 반복할 가능성이 다분하다.

장소성은 고정된 실체가 아니다. 장소는 감상과 해석, 가치판단의 공간이며 열린 텍스트다.[9] 그렇기 때문에 "장소성이야말로 지역 다시 쓰기 작업이 되며, 지역 다시 쓰기는 결국 장소성에 기반"[10]한다. 지역에서 장소는 하나의 텍스트이며, 이것은 문학 생산과 수용의 관점에서 장소 형상화의 방법을 통해 구체화된다. 장소를 경험하는 주체의 일상적 활동은 시 · 공간적 상황에 따라 매우 다양하게 나타나고, 또 동일한 장소에서도 상이한 인지, 행위양식을 가지고 있기 때문에 각각 다르게 나타날 수밖에 없다. 장소는 장소 경험의 주체—직접적이든, 간접적이든—와 상호 교섭함으로써 새로운 장소성을 생성한다. 아래의 인용문을 보자.[11]

---

9 텍스트는 비결정적이며, 텍스트성은 그 자체의 비결정성에 근거하고 있다. 장소를 하나의 현상학적 텍스트로 이해할 때, 장소의 감각, 혹은 정체성 역시 비결정성이라는 특질을 내포하고 있는 것으로 이해할 수 있다. 텍스트의 '비결정성'에 관한 글은 다음의 책을 참조할 것. 휴 J. 실버만, 윤호병 옮김, 『텍스트성 · 철학 · 예술-해석학과 해체주의 사이』, 소명출판, 2009, 156-157쪽.

10 문재원, 「문학담론에서 로컬리티 구성과 전략」, 『한국민족문화』32, 한국민족문화연구소, 2008, 15쪽.

11 이 글에서는 구체적인 장소 형상화의 양상과 방법을 보여주기 위해 부산지역의 시 전문 계간지 《신생》(창간호-2009년 봄호)에 수록된 시를 분석 텍스트로 삼았다. 왜냐하면 《신생》은 지역 문예지의 전통을 잇고 있는 매체이며, 또 당대의 시적 감각을 선명하게 보여주는 작품들을 수록하고 있기 때문이다. 문학교과서에 수록된 작품을 분석 텍스트로 삼지 않은 것은 장소성의 재개념화를 통한 문학 교육이 다양한 조건의 텍스트를 통해 구현 가능한 것임을 보여주기 위한 것이다.

① 물풀속/제모습을 가꾸기 위한 네 번의 탈바꿈동안/그 오랜 경작의 침묵의 늪에서/제갈길 조금씩 갉아내는 밭/맨 땅 두둑의 고랑따라/세월의 몸이 흔들리고 있다/털어내고 남은 자의 여유를/가늘게 뽑아내고 있는 물억새의 가지처럼/우리는/샷다내린 어느 기슭에서/오무려 설렘으로 오가는 각시붕어를/통발의 잠속에 가두고/수억년의 비늘을 벗겨낸다/나무가 잘리고 두 손 들어/비닐의 몸 감싸/부력으로 몸 풀고 있는 가시연꽃/푸른 여름에서 갓 피운/가시 돋친 눈/여긴, 살 수 있다고

　　　　　　　　　　　— 이진욱, 「우포늪」, 《신생》 제4호, 전망, 2000, 172쪽.

② 여명은 없었으나/물살이 추적대며 잠 깨는 소리 들렸다/푸른 물이끼의 눅눅한 이부자리 헤치고/늪 가까이 다가서자/낯선 발소리에 컹컹 동네 개 한 마리 짖었다/긴 밤을 엎드려 있던 게으른 안개가/그때마다 몸을 일으키자/풀썩풀썩 품 안에 갇혀 있던 새벽이/수초 틈을 헤집고 나왔다/그 중 초겨울 서리로 하얗게 얼어붙은 눈썹 몇/억새 위에 맺혔다/새벽이 빠져나간 여백으로/오랜 기회를 엿보았을 습지 새들이 줄행랑을 쳤다/후드득 붕어잡이 어부들이 그물을 거두어들이자/긴 휘파람 소리 따라/지상으로 거처를 옮기는 참붕어떼,/돌아 나올 때 아까 짖던 개가/잠자코 꼬리를 흔들고 있었다/내 뒤를 따라 나선 새벽안개를 반기는 중이었다.

　　　　　　　　　— 최영철, 「새벽 우포에서」, 《신생》 제10호, 전망, 2002, 128쪽.

인용한 ①과 ②는 '우포'라는 동일한 장소를 대상으로 형상화한 작품이다. 비슷한 장소감을 보이고 있으나, ①에 비해 ②는 더 관조적이다. 이진욱의 작품은 "세월의 몸"을 흔들고, "수억년의 비늘을 벗겨낸" 후, "살 수 있"는 공간으로 육화하여 '우포'를 생명 탄생의 시원으로 묘사하고 있다면, 최영철은 화자의 담담한 시선 이동을 통해 '우포'의 근원적 생명력과 시적 화자가 조응하는 양상을 그리고 있다. 이두 작품은 장소성에 대한 비슷한 장소감을 보이고 있지만, 세계인식의 미세한 차이와 수사학적 차이로 인한 장소성의 차별성을 보여주고 있다.

이처럼 장소성은 경험 주체의 인식, 체험, 상황 등에 의해 재구성되는 텍스트이다. 장소의 정체성은 비결정적이기 때문에 경험 주체의 상황과 장소 형상화 방법에 따라 달라지기 마련이다. 이 지점에서 장소성에 관한 수사학적 전략이 문제시된다. 대상에 대한 수사학적 전략은 의도지향적이며 가치지향적이다. 동일한 텍스트를 어떤 관점에서, 어떤 방식으로 재현할 것인가, 이것은 장소성의 경험적 대상을 감상, 해석, 평가하는 수사학적 전략의 과정(process)이며, 이 과정은 지역문학의 제도적 실천 가능성을 내포하고 있다. 그것은 다름 아닌 지역문학의 장소성에 대한 교육적 가능성이다. 이것은 지역문학 담론의 실천적 지평을 모색해볼 수 있는 단서가 되는데, 지금까지의 지역문학 논의가 학술 담론의 장을 벗어나지 못한 것과 달리, 이 아이디어는 장소 경험의 주체가 지역문학의 장으로 진입하게 하는 제도적 장치를 마련해줄수 있다.

그러나 초·중등학교 교육 현장에서나 국가 수준의 교육과정 및 교과서 개발 과정에서도 지역의 문제는 여전히 담론의 바깥에서 표류하였을 뿐, 그 의미와 위상을 올바르게 담아내지 못하였다. 특히, 지역문학에 관한 논의는 최근에 와서야 어느 정도 이루어지기 시작했을 뿐이다.[12] 지역문화의 참된 가치를 이해하는 중요한 가치와 방법을 담고 있는 지역문학의 실체 확인이 문학 교육을 통해 가능하다는 논의로 확장되어나가고 있는 상황임을 감안한다면, 지역문학에 대한 학술 담론이 더 적극적인 실천 형식으로 재구성되어야 한다는 데는 이견의 여지가 없을 것이다.[13]

3. 실천의 모색 : 문화 콘텐츠에서 교육 콘텐츠로

문학은 문학 그 자체로 존재하는 것이 아니며, 다양한 사회적 심급 속에서 그 위치를 부여받고, 다양한 사회학적 실천을 통해 구체화된다. 이것은 지역문학 담론과 그 효과에 있어서도 마찬가지이다. 문학 텍스트가 문학 그 자체의 논리가 아닌 문화운동의 일환—문화 콘텐츠

---

12 현재 부산지역에서 지역문학론 관련 강좌를 개설하고 있는 4년제 대학은 한 곳도 없다. 부산대학교 사범대학 국어교육과에서는 〈지역문학론〉 강좌를 2010년부터 개설할 예정이며, 부산외국어대학교 한국어문학부는 2004년까지 〈부산지역문학〉이라는 강좌를 개설하였으나, 현재는 개설하지 않고 있다. 학교는 '지역 사회의 문화적 구심체 중 하나'이다. 그럼에도 불구하고, 지역을 이해하고 지역을 연구하는 과정에서 유독 '지역'에 관한 교육에는 무관심했다. 지역문학에 대한 관심은 부산지역보다 경남지역에서 더 활발한 편이다. 마산의 경남대학교 국어국문학과에서는 대학원 강좌로 〈지역문학연구〉라는 교과목을 개설하고, 지역문학의 실체(작가·작품·매체 등) 발굴과 조명에 힘을 기울이고 있다. 또 진주의 경상대학교 국어교육과, 국어국문학과, 경남문화연구소, 교육연구원 등에서는 지속적으로 경남지역의 문학, 문화, 역사, 교육 등의 분야에 대한 연구를 활발하게 전개하고 있다.
13 안동준, 「지역 문학교육의 실천 방안에 대한 연구」, 《배달말》27, 배달말학회, 2007, 392쪽 참조.

전략 구성의 방법으로, 또 자본주의 문화산업 전략의 내용적 · 기능적 수단—으로 전유되는 양상을 보이는 것은 새삼스러운 일이 아니다. 다만, 이와 같은 자본주의 산업 전략이 지역문학 담론의 또 다른 권역 설정을 조장하고, 초점화된 문화 콘텐츠 사업과 기념화 사업으로 지역이 지역성 스스로를 제한하는 결과를 초래할 가능성이 있다는 데 유의해야 한다.

지역성, 그리고 그 구체적 실현 공간으로서 장소성에 대한 제도적 실천 지평을 문학제도의 바깥쪽, 특히 교육제도 안쪽에서 구상해보는 것. 이것은 지역문학의 이항대립적 세계 인식 구조를 극복하고, 지역에 대한 새로운 이해와 실천 방식을 제시할 수 있는 하나의 가능성을 제공해준다. 물론 지역성을 화두로 한 지역문학 담론의 실천적 지평을 구상하기 위해 문학 장의 바깥에서 지역문학의 교육적 가능성을 사유하는 것은 교육기계의 바깥에서 교육의 사회학적 성격과 가능성을 사유하는 것만큼 쉽지 않은 일이다. 지역문학의 교육적 개념과 필요성에 관한 학술 담론을 분석해보면, 이와 같은 사실을 잘 확인할 수 있다.

국어 교육에서 지역화 교육은 토박이말로써 삶의 터전인 지역을 교육내용의 중심으로 삼아 가르쳐야 한다는 생각을 구체화한 것이다. 이는 교사들이 먼저 학생들 주변의 삶에 관심을 가지고 그들의 삶에 필요한 교육을 그들 삶의 터전에서 구현할 때, (…) 여기서 다룰 지역문학 교육은, 중앙 통제형 국가 교육에서 다루지 않은 지방 분권형 교육의 필요에 따른 것이다. 단일 언어를 토대로 중앙 집권적 국가교육의 체제를 구축하는 과정에서 소외된 토박이말과 토박이말로 이루어진 문학을 교육의 관점에서 살펴보려는 것이다. 지역문학 교육은 한편에 있어서는 지역의 균형적인 발전을 도모하기 위해서도 필요하다. 산업화 과정에서 경제적인 안정을 도모하기 위해 삶의 터전인 마을을 버리고, 사회적 신분 상승을 위해 지역을 떠나 결과적으로 도시 집중화와 가족 개념의 해체 등을 초래한, 부조리한 현실에 대한 교육적 대응이기도 하다. 지역의 언어와 문화를 보전한다는 것은 이른바 '지역 박물관'을 건립하는 데 있는 것이 아니라, 궁극적으로는 그 문화를 향유하고 계승하며 발전시키는 집단과 그 집단이 생존할 수 있는 삶의 터전을 보전한다는 것을 뜻한다.[14]

지역문학 교육에 관한 학술 담론 역시 "지역적으로는 중심부가 아닌 주변부 문학"[15], "중앙집권적 국가교육의 체제를 구축하는 과정에서 소외된 토박이말과 토박이말로 이루어진 문학"에 초점을 두고 있음을 확인할 수 있다. 이것은 지역문학에 대한 교육적 접근 방식 역시 향토주의나, 지역구심주의를 탈피하지 못하고 있음을 보여주는 것이다.[16] 지역문학에 대한 교육적 접근 방식의 핵심이 "삶의 터전인 지역

---

14 김수업 · 조규태 · 안동준, 「국어교육의 지역화」, 『한국교육의 지역화 연구 II』, 교육과학사, 59-60쪽.
15 강영기, 「지역문학과 문학교육」, 『지역문학연구』12, 경남 · 부산지역문학회, 2005, 164쪽.
16 이것은 지역문학을 교육의 장에서 재구성하고자 하는 학술 담론에서 찾아볼 수 있는데, '지역화 교육' 운동이 대표적이다. 지역화 교육 운동은 학술 담론을 바탕으로 구성된 지역문학 · 지역문화운동의 실천 양식 중 하나인데, 진주 경상대학교 사범대학 국어교육과를 중심으로 활발하게 전개되고 있다. 그러나 '지역화'라는 용어가 시사하고 있는 것처럼, 지역화 교육은 균질화된 지역의 정체성과 이미지를 재생산하고 고착화시킬 수 있다는 한계를 내포하고 있다. 다음의 연구 논문을 참조할 것. 김수업 · 조규태 · 안동준, 『한국교육의

을 교육내용의 중심으로 삼아 가르쳐야 한다는 생각을 구체화"하는 것이라는 주장은 타당하다. 다만 지역문학의 교육적 설계 방향이 국가 수준의 교육과정 설계 및 범위 설정에서 독립하지 못하고, 지역 바깥의 문학 텍스트와의 차이성만 강조하는 방향으로 전개되는 것은 경계해야 하는 부분이다.

지역문학의 교육적 필요성과 구체적 실행 방안을 설계하는 데 있어 가장 문제가 되는 것이 '지역문학 교육'의 개념을 어떻게 설정할 것인가 하는 점이다. 이것은 지역문학의 교육내용을 구성하는 밑바탕이 된다. 현재까지의 지역문학 교육론에서 제시하고 있는 개념을 정리하면 첫째, 지역에서 이루어지는 문학 교육과 지역을 제재로 하는 문학 교육, 둘째, 특정 지역에서만 교육 활동이 가능한 문학 교육과 지역에서 창작된 문학에 대한 교육 등으로 나눌 수 있다.[17] 특히, 후자는 지역 중심의 교육내용과 교육과정 설계시 중요시되는 맥락이며, 지역문학에 관한 일반적인 시각이라고 할 수 있다. 그러나 지역문학 교육을 '특정 지역에서만 교육 활동이 가능한 문학'과 '지역에서 창작된 문학'으로 한정하는 것은 특수성의 논리에 함몰되어, 문학적 보편성의 원리를 간과하는 오류를 내포하게 된다. 지역문학은 내부자의 시선으로, 혹은 외부자의 시선으로, 또는 내부자와 외부자의 시선이 겹침으로써 창출된 비결정적 의미 구성의 다채로운 향연이다. 그럼에도 불구하고, 지역문학 교육의 개념과 범주를 경직된 의미로 제한할 필요성이 있을까.

지역화 연구 II」, 교육과학사, 2005; 안동준, 「지역 문학교육의 실천 방안에 대한 연구」, 《배달말》27, 배달말학회, 2007; 김연희, 「국어 교육 지역화의 실천 방안에 관한 연구」, 경상대학교 박사학위논문, 2008.

17 김수업 · 조규태 · 안동준, 앞의 글, 62쪽.

지역성은 균질화된 의미 생산의 과정을 초극한다. 지역성은 고정화되고 획일적으로 부여되어 있는 개념이 아니라, 경험 주체의 의미 구성 과정을 통해 매 시기 재구성되는 개념이다. 그리고 그것은 지역성의 구체적 체험과 재현 형식을 통해 구체화된다. 지역성의 구체적 실현 양태인 장소성이 문제시되는 것은 이 때문이다. 예를 들어,

　　빼꼼 열면/바람도/몸을 모로 틀어 들어가는/산동네 발꿈치 창문//식구들 말갛게 씻겨 한 데 올린 옷가지들/바람이 우루루 업어준다//다음번 바람에는 더 높이/부풀어 올라갈까 말까//팽이처럼 아이들/막무가내 달려간다/밤아잎 뒤 숨은 벽에 긁어 쓴 글씨/수정이 바보/희망 슈퍼 파란 바구니에는 빨간 사과 몇 알//그 위,/아무리 가마니로 들어오는 햇볕이라도/발꿈치 창문은/하루 양식만큼만 제 안에 들여놓고//공터에 더 많이 남겨 놓았다.
　　　　　　　　─이선형, 「안창마을」, 《신생》제37호, 전망, 2008, 79-80쪽.

　이 작품의 배경으로 제시된 '안창마을'은 행정구역상으로 부산광역시 동구 범일동에 위치해 있다. 그러나 이 작품은 행정구역상의 물리적인 지리 감각이 없다고 하더라도, 시적 화자의 장소감을 이해함으로써 시인이 제시하는 '안창마을'의 장소성을 쉽게 이해할 수 있는 작품이다. '바람'조차 '몸을 모로 틀어'야 들어갈 수 있고, 따뜻한 '햇볕'도 '하루 양식만큼만 제 안에 들여놓'을 수밖에 없는 가난한 산동네의 풍경을 행간의 여백 조정을 통해 서정적으로 그려냈다. 시인은 여백의 미감을 적절히 활용함으로써, 근대사회의 이면적 풍경을 간직하고 있는 산동네 '안창마을'의 장소성을 고스란히 보여주고 있는 것

이다. 이선형의 작품을 감상하고 해석하는 데 있어, 시인의 이력이나 물리적인 지리 지식은 불필요하다.

> 황령산 숲길을 걸으면서 무릎 아래/山間마을을 유심히 보고 있으면/사람이 자연과 함께 사는 법을/터득하게 된다/가령, 슬레이트 지붕 곁에/형형색색의 빨래들이 얼굴을 마주 보고/웃고 있는 모습 하며/새잎 돋아난 느릅나무 아래/소주잔을 들고 있는 노인네들의/순한 눈빛 하며/장끼울음에 산이 놀라 껄껄대는/진풍경 하며/비탈길을 오르는 아낙들의 어깨 위에/함박눈 같은/산벚나무의 흰 꽃잎,/아, 여태 내가 살아온 길과/사뭇 다른/사람냄새 물씬 나는 물만골.
>
> —박철석, 「물만골 서정」, 《신생》제20호, 전망, 2004, 90쪽.

박철석의 「물만골 서정」은 평이한 작품이다. 시적 화자는 황령산에 올라 산 아래로 내려다보이는 물만골의 풍경을 진솔하게 표현하고 있다. 주체는 '물만골'이라는 장소와의 거리 두기를 통해 그 전에는 미처('사뭇 다른') 인식하지 못했던 장소성의 새로운 모습을 확인하게 된다. 이 작품에서 '물만골'이라는 장소는 구체적인 장소 정체성을 지닌 공간이다. 그러나 '물만골'의 장소성은 결정되어 있거나 확정되어 있는 것이 아니다. 장소성은 경험 주체와 대상의 상호 조응을 통해 구체화되고, 그 의미가 기억되거나 대체된다. 이처럼 장소성은 지역성을 구체화하는 상징적 텍스트인 것이다.

장소성의 비결정성을 고려한다면, '특정 지역에서만 교육 활동이 가능한 문학'과 '지역에서 창작된 문학'이라는 개념 설정은 국가 수준의 교육과정 개발에 맞게끔 양식화된 구분 체계에 지나지 않는다는 사실을 확인할 수 있다. 지역문학의 교육적 설계 방향을 논의할 때, 중요한 것은 창작과 수용 주체의 문학적 이력과 물리적 지리 감각이 아니라, 창작 주체의 장소 체험을 적절한 수사학적 전략을 통해 구성해 낼 수 있는 교육내용이다. 장소 형상화를 위한 수사학적 전략을 지역 문학 작품을 통해 고안하고, 이를 통해 초·중등학교는 물론이고 대학에서도 교육내용으로 선정할 필요성이 있다. 장소(성)에 대한 관심과 표현은 지역민으로서 지역(성)의 삶을 올바르게 인식하고 영유해나가는 방법론이 된다.

> 인간답다는 것은 의미있는 장소로 가득한 세상에서 산다는 것이다. 인간답다는 말은 곧 자신의 장소를 가지고 있으며 잘 알고 있다는 뜻이다. (…) 장소가 정말로 인간이 세계에 존재하는 데 근본적인 속성이라면, 또 개인이나 집단에게 있어 안정과 정체성의 원천이라면, 의미있는 장소를 경험하고 창조하고 유지하는 방법을 잃지 않도록 하는 것이 중요하다.[18]

이처럼 장소의 구체화는 삶의 기반이자 원동력이다. 지역민은 경험 주체의 장소 형상화를 통해 장소감을 재진술하고, 장소성을 재구성하게 되며, 이를 통해 지역사회 이해와 지역 사랑을 실천할 수 있는 계기를 마련할 수 있다. 즉, 장소에 대한 교육적 설계를 통해 지역의 문학적 전통을 문화 콘텐츠로 재구성하는 도시문화 전략 및 장소 마케팅

---

18 에드워드 렐프, 심승희 옮김, 앞의 책, 2005, 25-35쪽.

(place marketing)과는 다른, 보다 적극적인 실천 방안이 마련되는 셈이다. 물론 장소와 장소성의 재개념화를 통한 교육내용 구성, 즉 장소에 대한 감각을 익히고 그것을 경험 주체의 표현 형식으로 구체화하기 위해서는 더 세밀한 작업과 연구가 뒷받침되어야 한다.

그것은 장소를 경험하고 이해하는 과정에서부터, 장소를 문학적 형식으로 재진술—예를 들어 장소감을 표현하는 과정과 장소 형상화를 위한 수사학적 전략 등을 통해서—하는 것까지 모두 포괄한다. 이것은 제도 문학 교육의 현상적 문제점을 해결하기 위한 대안적 의미도 지닌다. 왜냐하면 장소성에 근거한 문학 독해와 문학 창작은 경험 주체의 표현 의지를 중요하게 여기기 때문에 주해와 섭렵식의 문학 교육 방식을 탈피할 수 있다는 장점이 있다. 장소와 장소성의 개념을 이해하고, 또 경험 주체에 의해 재구성된 장소감과 장소성을 표현하는 과정에서 각 장소의 의미는 기억되거나, 다른 의미로 대체될 것이다. 교육의 장에서 이것은 문학 작품의 '수용'과 '창작' 교육의 내용과 방법이 될 수 있을 것이며, 이 과정에서 지역문학 작품은 하나의 중요한 텍스트가 될 수 있을 것이다.

물론 이때의 교육적 텍스트는 소극적인 의미에서의 지역문학 작품이 되어도 좋고, 반드시 그것이 아니라도 관계가 없다. 왜냐하면, 지역문학은 학습자의 지역적 정체성, 지역적 전통, 지역문화 등을 모두 습합하고 있다는 점에서 교육적 당위성과 필요성을 가지고 있기 때문이다. 또한 장소와 장소성의 비결정성에 근거한 문학 활동 및 문학 교육 활동은 '지역화' 및 '지역화 교육'에 근거하고 있는 것이 아니라, 지역과 지역성의 해체와 재구성을 목적으로 하고 있기 때문이다. 하지만 과연 지역문학, 그리고 지역의 세부 장소를 테마로 한 문학 작품들이 제도 교육의 내용으로 선정될 가치가 있는 것인가, 그리고 그만한 콘텐츠를 가지고 있는 것인가, 하는 점은 여전히 문제적이다.[19]

4. 실천의 지평: 문학기계의 바깥에서

제도는 기능적 구성원리를 그 속성으로 한다. 포스트콜로니얼리즘을 이론적 기반으로 하고 있는 지역문학 담론이 지역/중앙의 이항대립적 구조를 극복하기 위해서는 지역에 속한 주요 작가와 작품들을 기념비 형식으로 재현하는 전략보다, 문학 창작과 수용의 주체를 지역민 및 지역성의 의미 구성 주체로 전유하는 인식 전환이 필요하다. 그것은 장소와 장소성에 기반을 둔 지역의 문학적 전통을 교육적으로 재구성함으로써 가능하다. 구체적으로 말해, 이것은 교육 콘텐츠 개발과 구축을 의미한다.

지역과 지역성의 구체적 실현 양상을 보여주는 것은 장소와 장소성이며, 그것의 문학 양태들은 수많은 지역문학 텍스트이다. 교육 콘텐츠 개발 과정에서 지역문학 텍스트는 중요한 연구 대상이 된다. 그러나 지역의 문학 작품이 문학교과서에 수록될 정도의 가치를 지니고 있

---

19 우리의 초 · 중등학교 교육은 국가 수준의 교육과정에 의해 그 내용이 결정된다고 해도 과언이 아니다. 국어과 교육과정의 담론 효과는 국어교과서나 문학교과서 개발에 직접적인 영향을 주며, 이것은 문학 정전(canon)의 확정 과정에도 강한 영향력을 행사한다. 지역문학이 교육내용으로 선정되어 있는 문학교과서는 없다. 넓은 의미의 지역문학 관점을 받아들인다고 하더라도 김정한, 오영수 등에 국한되는 것이 현 실태이다

는가 하는 점,[20] 그리고 지역문학 텍스트를 국가 수준의 문학교육과정 및 문학교과서의 교육내용으로 삼을 때, 고려해야 할 것은 무엇인가 하는 점 등은 여전히 논의의 대상이 된다. 따라서 장소와 장소성에 근거한 문학 교육의 내용 마련을 위해서는 지역문학에 대한 관심과 연구가 자연스럽게 요청되는 것이다.

장소와 장소성의 재개념화를 통해 문학 콘텐츠의 표상 회로를 다양화하는 것은 몇 가지 측면에서 유용하다. 첫째, 지역에서 잘 알려진 주요 작가를 기념비적으로 전경화하지 않아도 된다는 것이다. 왜냐하면 장소와 장소성을 바탕으로 한 문학 활동은 이미 주어진 장소성의 내용이나 주제 파악에 중점을 두는 것이 아니라, 장소의 형상화 전략을 파악하는 데 중점을 두기 때문이다. 둘째, 막대한 국고를 들여 지역의 중심인물이나 사건, 생활양식, 특정 장소 등을 문화 콘텐츠로 개발하지 않아도 된다는 점이다. 반드시 국가 수준의 교육과정이나 교과서 개발이 병행되지 않더라도, 지역에 대한 이해와 지역 사랑을 촉구할 수 있는 방향으로 얼마든지 교육내용을 (재)구성하고 또 실행할 수 있기 때문이다. 셋째, 작가가 경험한 장소감과 장소성만을 일방적으로 수용하는 것이 아니라, 독자의 경험과 인식에 근거하여 새로운 장소 정체성을 생산할 수 있다. 그것은 경험 주체의 상황 맥락에 따라 장소성을 재

---

20 물론 이와 같은 질문은 지역문학 자체가 지닌 문학적 성과와 한계를 되새김하는 차원에서 제기된 것이라기보다, 지역문학에 대한 해석과 정전(正典) 선택의 구조적 불평등 문제를 확인하는 차원에서 제기된 것이라고 보는 것이 옳다. 우리는 지역의 시인을 담론의 장(場)으로 끌어낼 때, 이중의 딜레마에 빠지곤 한다. 그것은 첫째, 중앙의 패권주의에 의한 정전 선택 및 가치 부여에 저항하는 담론을 생성하기이며 둘째, 지역 구심주의 및 지역 이기주의를 넘어선 문학 텍스트의 가치 발견하기이다. 그러나 전자와 후자는 모두 지역문학 텍스트의 해석과 가치 평가보다 문학제도 및 문학교육제도에 더 관심을 두고 있다는 한계를 지닌다.

구성하는 기본 전략을 교육-재진술함으로써 가능해진다.

　이처럼 지역의 구체적 형상인 장소에 관한 문학 활동을 통해 경험 주체의 능동적인 의미 생산이 이루어질 수 있다. 지역은 장소에 바탕을 두고 있으며, 지역성은 장소성의 구체적 현현으로 생성된다. 장소감을 각인하고 이를 통해 독특한 장소성을 형성하는 것은 경험 주체인 바로 '너'이며, 또 '나'이며, '우리'이다. 장소를 도시문화 콘텐츠로 개발하는 단계에서 한 걸음 더 나아가, 장소와 장소성에 초점을 둔 문학 활동과 교육 콘텐츠 개발에 관심을 기울여야 하는 것은 이항대립적 지역 개념을 해체하고, 지역 그 자체의 다양성을 표현하기 위한 방법론이 될 것이다. 이것은 제도적 실천 형식이며, '너', '나', 그리고 '우리'가 함께 살아가기, 그 자체이다.

손남훈

거리 두기 전략을 통한 지역 시의 존재 방식

1. 지역문학의 당위

지역에서 행해지고 있는 일부 비평 중에는, 특정 지역의 작가가 특정한 장소와 맺고 있는 '장소애'를 검토하고, 그것이 그 작가의 문학적 자양분임을 구체적인 작품에서 확인하는 경우가 있다. 그런데 이러한 비평은 우리 지역 작품들을 다른 지역 작품들과 구별하고, 우리 지역 '만'이 갖고 있다고 생각되는 문학적 특수성을 주로 부각하려 한다. 이때 특수성이란, 장점과 동의어가 되며, 이러한 장점을 가진 지역의 문학이야말로, 지역문학의 당위성과 다양성을 옹호하게 하는 논거가 된다.

그런데 이러한 논리에는 어떤 전제가 깔려 있다. 비평가가 지역문학을 실정적인 차원이 아닌, 당위적 차원으로 고양시키려는 욕망이 선행하고 있는 것이 그것이다. 지역문학의 실정성만을 강조해서는 지역문학 논의가 중앙/지역의 이분화된 문단 지형도에 개입할 수 없으므로, 지역문학의 자기 정체성을 확립하고, 중앙을 넘는 새로운 문학적 역량을 제고하기 위해, 먼저 지역문학의 특수성을 장점으로 옹호하려 하는 것이다.

이는 결국 지역문학을 말하는 자리에서는 늘 중앙/지역이라는 비평적 고민이 전제가 될 수밖에 없으며, 지역문학이 이를 어떠한 방식으로 극복해낼 수 있을 것인가에 대한 진단 내지는 처방이 이슈가 될 수밖에 없다는 사실을 말해준다. 그런데 역설적이게도, 이러한 이슈가 중앙에 대한 대타의식을 내면화한, 당위로서의 지역문학론이 되기 쉽다는 데서 지역문학론이 가지는 한계가 있다. 중앙에 대한 대타의식을 강조하고 당위적인 지역문학론을 주장할수록, 지역문학 논의는 도리어 중앙/지역의 이분법적 구조를 강조 · 반복하는 구심력으로 작동해버리고 만다.

지역에서 개최되는 문학제, 지역에서 다루는 작가, 지역에서 고민하는 글쓰기 등이 자신의 우연한 개별성을 필연적인 고유성으로 과도하게 가치 부여할 때, 그것은 때로 종래의 목적을 잃고 도리어 중앙 문단에 대한 '지방'의 예속을 역설적으로 인정하는데 기여해버리고 만다. 왜냐하면 중앙에 대한 대타의식에서 비롯된 자기 증명으로서의 지역문학론은 중앙에 대한 지방의 우열과 성패를 가르는 것으로 쉽사리 결론 내려지며, 이 결론은 중앙이 세워 놓은 암묵적 기준—사실은 비평가 자신이 만들고 중앙이라는 비실체적인 것에 떠넘긴 기준—에 근거하기 때문이다.

그렇다고 해서, 서울지역 문단이 모든 지역문학에 대해 실정적인 '메타 지역문학'으로 작동한다는 사실을 부인한다고 문제가 해결되지는 않는다. 하지만 지역문학이 모든 지역의 모든 문학, 다시 말해 보편적 실천으로서 문학학이 되기 위해서는, 먼저 지역문학을 논하는 전제에서 중앙에 대한 강박적 대타의식을 폐기해야 한다. 다시 말해, 지역문학은 중앙이라는 메타 지역을 상정하고, 이에 대한 대타의식에서 출발하기보다는, '모든 지역의 모든 문학이 지역문학' 이라는 보편적 범주 안에서 특정 지역의 특정 문학이 차지하는 지정학적 위치를 고민해야 한다.[1] 이는 중앙/지역의 이분법적 실정성에 대한 비판을 중지하자는 의미가 아니다. 오히려 그러한 실정성에 균열을 가할 수 있는 논리의 전제를 지역문학의 당위—보편적 실천으로서 문학—와 일치시킴으로써, 특정 장소·작가·향토성을 드러내는 지역문학이 소위 중앙의 작품과 비교되어 선/후, 우/열, 선/악, 미/추 등의 이분법적 심급으로 환원되지 않아야 함을 의미한다.

---

1 서울지역 출신 문학가가 소위 메이저 출판사와 결탁하고 있는 지면(紙面)을 통해, 지역문학 담론을 펼칠 때 나타나는 효과와 특정 지역의 특정 문학가가 지역문학 담론을 펼칠 때 나타나는 담론의 효과가 미치는 범주는 분명 차이가 있다. 나아가 지역문학에 대한 심도 깊은 논의 자체가 아예 불가능한 지역도 엄연히 존재한다. 지역문학 담론의 생산에 나타나는 이러한 위계와 서열화는 지역문학 논의가 어디서부터, 누구에게서 생산되고 있는지, 어떠한 의도로 구현되고 있는지를 따지지 않고서는 그 실정성과 적실성을 따지기 어렵다는 점을 분명히 한다. 이는 역설적으로 지역문학의 논의 자체가 논의 주체의 자기 모순을 외화하는 것임을 보여준다. 이에 대한 분명한 자각 없이 이루어지는 지역문학은 필연적으로 특정 지역·특정 작가에 대한 과도한 의미 부여와 애정, 소위 '중앙 문학' 에 대한 근거 없는 비난으로 귀결될 수밖에 없다. 본고는 이러한 내적 모순을 극복하기 위한 하나의 대안으로 주체의 '장소(지역)에 대한 거리 두기' 를 제안하고, 구체적 실천 방안으로 '장소 이미지 형상화 방식' 에 주목하고자 한다. 시 속에서 구현된 장소가 작가의 '장소애' 에서 비롯되었다는 점을 전제로 하지 않고, 장소에 대한 거리 두기를 통한 이미지 형상화 방식의 다양성을 검토함으로써, 역으로 구체화된 장소성을 지닐 수 있음을 증명하고자 한다. 이를 통해 특정 장소에 대한 거리 두기가 장소에 대한 사려 깊은 장소애로 나타나고, 문학적 성과도 거둘 수 있음을 확인하고자 한다.

요컨대, 중앙에 대한 비판적 성찰은 중앙/지역의 이분법적 틀을 전제함으로써 논리적·실천적 보편성을 획득하는 것이 아니라, 그 전제가 가지고 있다고 가정되는 자연스러운 외양(중앙의 문학은 메타문학이다)에 거리를 둠으로써, 역설적으로 모든 지역문학이 보편 문학의 위치를 차지할 수 있게 된다.

지역문학은 특정 공간의 문학, 그 공간을 둘러싼 역사적 지형의 탐색이 전제되는 문학, 특정 공간에 뿌리박고 사는 인간들의 문학이기에, 존재의 문학학, 해석의 문학학이 되어야 한다. 그리고 그것은 윤리와 당위로서의 문학학으로 나아가야 한다. 지역문학은 존재의 자기 증명을 넘어, 중앙의 폐쇄적 자기 동일성에 대하여 일정한 균열을 가하고, 선/후, 우/열의 구별을 철폐하는 행동의 문학을 의미론적 귀결의 내적 동력으로 삼아야 한다.

그것은 동시에, 무엇이 지역문학인가라는 고민이 전제되어야 함을 의미하는 것이기도 하다. 막연히 그것이 특정 장소의 문학이나 특정 작가가 거주하는 문학, 특정 공간의 향토성을 부각시키는 문학만을 의미해서는 그것에 대한 진단과 모색의 과정이 논리적·실천적 개연성을 잃어버리게 된다. 또한 특정 지역의 자기 동일성을 확인하는 이상의 의미를 갖기 어렵게 된다. 자기 동일성으로서의 지역문학은 중앙에 대한 지역의 푸념이나 해바라기화만을 반복 생산할 뿐이다.

요컨대, 지역문학은 먼저 그 개념적 범주를 명확히 하고, 나아가 현실적 진단과 가능성의 모색을 탐구, 실정적인 행동의 자리를 마련할 때에야 비로소 생산적인 담론이 가능해진다. 지역문학이 단지 중앙에 대한 안티테제 역할의 가능성만을 발견하는 데 그치는 것을 우리는 지겹도록 목도해오지 않았던가.

그렇다면 문제는 처음부터 다시 시작되어야 한다. 지역문학은 특정 지역의 특정 작가들이 보여주는 장소애의 검토에서 시작되는 것이 아니라, 작가들이 장소를 형상화하는 다양한 방식을 검토·체계화하여 각각의 이미지들이 지닌 가치를 부여·부각함으로써 말이다. 이는 지역문학을 위계질서화하지 않고 보편 문학으로 바라보는 한 방식이 될 수 있을 것이다. 특정 지역의 작가가 자신이 살고 있는 특정 장소를 문학의 소재로 다루었다고 해서 장소애라는 한정된 개념으로 환원하는 태도는 중앙의 결여를 지역이 채우고 있음을 증명하려는 강박적 대타의식의 산물일 뿐이다. 또한 그것은 작가가 작품 속에서 그 장소를 말할 수밖에 없었던 여러 중층결정적인 메커니즘을 단일화시키는 우를 범하는 것이기도 하다.

본고에서는 이러한 문제의식을 바탕으로 2006년에서 2008년까지 생산된 시들을 중심으로 장소 이미지를 어떠한 방식으로 형상화하고 있는지에 대해 집중하려 한다. 이를 통해 보편적 실천으로서 지역문학이 지닐 수 있는 가능성을 찾고자 한다. 그럼으로써 지역 비평이 지역 문학에 끼칠 수 있는 자기 갱신의 한 방식을 제시하고자 한다. 비평이 지녀야 할 사명은 시인들의 지난한 작업의 결과물에 대해 의미 있는 자기 지위를 당대의 문학적 지형도 안에서 쥐어주면서, 동시에 그에 대한 갱신의 가능성을 끈질기게 발견하는 성실성을 담보해야 한다. 그렇다면 본고는 그들의 소중한 작품들에 대해 필자가 취하는 문학적 응대의 한 방식으로서 비평이 갖는 실천적 의미를 모색하는 과정이라 할 수도 있을 것이다.

2. 장소성의 구체화 양상

1) 부족한 거리 조정과 장소성의 말살

시인에게 장소는 시적 공간을 형성하는 배경의 기능을 담당하거나 시적 전개 양상의 구체적 사유의 대상이 되기도 한다. 특히 특정 시인은 특정 장소에 갖는 '장소애'를 그 장소에 대한 독특성을 부각시킴으로써 드러내기도 한다. 아래의 시를 살펴보자.

세상에서 제일 큰 우체통 하나 있어/저마다 그 아래 앉아 편지를 쓰고 있다/쪼그린 무르팍 위에 바다 한 장 얹어 놓고.//몽돌처럼 닳아버린 동해만한 사연들을/출렁출렁 비망록에 받아 적는 파도 소리/아득히 그 음계를 밟고 걸어오는 미명이여!//누구나 바다에 오면 우표 닮은 섬이 되나/풀칠하고 쓰다듬어 수평 끝을 마무르면/새하얀 그대 주소 위 햇살 찍는 소인 하나.
　　　　　―이서원, 「간절곶에서」, 《서정과현실》, 2008년 봄호, 264쪽.

위의 작품을 이해하기 위해서는 먼저 시조가 자아와 세계의 동일성을 표현하기 용이한 장르적 형식을 지니고 있다는 점이 전제되어야 한다. 이는 현대시가 자아와 세계의 갈등을 두드러지게 표현하고 있는 사정과 대비된다. 그러므로 시조는 현대적인 의미에서 서정의 회복을 꿈꿀 수 있는 최후의 보루라는 점에서 빛을 발하거나, 혹은 이와는 반대로 더 이상 시대적으로 호응될 수 없는 장르가 되어버릴지도 모르는, 양가적 의미를 지니고 있다.

위 시조에서 "간절곶"이라는, 시인에게 특별히 의미 부여된 장소는 시인과 호응하여 하나의 동일성을 확보하고 있다. 이때 시조라는 장르적 특성은 위 시조가 시조답게 쓰일 수 있는 어떤 내적 필연성을 확보해둘 수 있는 근거가 된다. 장소와 시적 화자 사이에 갈등이 없고 상호 근거의 효과를 발생시키므로 "새하얀 그대"에 대한 '간절'한 시적 화자의 마음이 "간절곶"이 될 수 있다.

그런데 문제는 장소에 대한 일방적인 동일시가 안겨주는 불편함이다. 시인은 간절곶에 대해 설명하면서 "제일 먼저 해가 뜨는 곳"이라느니, "세계 최대의 우체통"이 있다느니 하면서 그곳에 대한 각별한 애정을 드러낸다. 그러나 그 애정의 근거가 최고·최선에 있다는 설명은 그리 온당해보이지 않는다. 간절곶이 제일 먼저 해가 뜨기 때문에, 최대의 우체통이 있기 때문에 자신이 서 있는 장소를 사랑할 수는 없지 않은가. 장소와 존재가 서로 연결되고 있다면, 중요한 것은 '최대의 수사'가 아니라 그 장소와 자신이 맺고 있는 내적 결합, 그 나르시시즘적 욕망에 대한 근본적인 의심이어야 한다. 그리고 이를 통해 존재가 그 장소에 갖는 의미 부여에 대한 당위나 강박이 아니라 이를 되새김질하는 반성으로 나아가야 한다. 그것이 그 장소를 실존적 장(場)으로 탈바꿈시키는 근본적인 역동성을 확보할 수 있게 하고 나아가 존재의 자기발견에 이르게 하는 힘이 될 수 있다.

조선조 시조들이 장소에 대한 음풍농월로 감정을 소비해버린 것이나 위 시조가 장소에 대한 각별한 애정, 그 자체에 아무런 자의식을 보여주지 못한 것은 어쩌면 시조가 지니는 근본적인 형식적 한계에서 비롯되고 있는지도 모른다. 시조는 의심하지 않게 하고 동일성에, 내부에 머무르게 하는 무의식적 강박으로 치달을 위험이 늘 상존하기 때문이다.

그러나 '시조' 앞에 붙여지는 '현대'는 단순한 장식적 수사가 아니다. 하이데거의 말[2]처럼, 현대는 "가 버린 신들과 도래하는 신들" 사이에 있는, "이중의 결여"에 속한 시대이다. 시인은 도래하는 신을 위한 장소를 예비하고 현실의 궁핍함을 다른 사람들에게 알려야 하는 사명을 지니고 있다. 때문에 시인의 언어란 세계와 쉽사리 화해하는 악수가 아니라 세계의 위악에 맞서는 주먹이어야 한다. 갈등과 화해 사이의 간극을 시적으로 육화하고 그 목소리를 자기화하는 힘을 통해 '현대'에서 '시'를 쓰는, '시조'를 쓰는 시인의 존재 가치가 있게 된다. 대상으로서 장소에 대한 부족한 거리 조정(자기 나르시시즘)이 시적 긴장을 유발하는데 실패함으로써, 위의 시조는 시적 형상화에 실패하고 있다. 그리고 "간절곶"을 말하기보다 "간절곶"에 근거한 시적 화자의 격렬한 감정을 "간절"히 토로하는데 그침으로써, 역설적으로 "간절곶"은 온데간데없는 장소가 되어버리고 말았다.

2) 거리 두기와 일상적 장소의 비일상화

퇴근길, 지하도 계단을 올라선다/맥도날드 불빛을 등지고 일톤 트럭 한 대/가파른 작은 불빛을 밝히고 있다/그 불빛 아래 손짓으로만 말하는 두 사람/이마에 맺힌 근심을 닦으며 말을 굽는다/말과 말 사이, 사이 숨을 고르는 손으로/묽게 풀린 소리의 반죽

---

2   마르틴 하이데거, 「횔덜린과 시의 본질」, 『시와 철학-횔덜린과 릴케의 시세계』, 박영문고, 1975, 61-63쪽.

을 틀에 붓고/그 위에 잘 발효된 침묵을 한 줌 얹는다/설익은 말들 숨을 죽이고 돌아눕는다/반죽 묻은 손으로 간을 맞추고/삐걱거리는 관절의 안부를 묻는 동안/젖은 말들 불의 온기를 들어마시고/완숙의 음절로 한껏 부풀어올라/두꺼워지는 어둠을 몇 걸음 뒤로 밀어낸다/종이봉지 안에서는 단골이라고/한 마디 더 얹어준 덤의 말/속에 든 말없음표까지 골고루 뜸이 든다/보드랍게 말랑거리는 말을 받아든 나는/목에 걸린 고등어 가시 같은 누추한 설움에/목 메인 일상을 천천히 목으로 넘긴다/무성한 차가운 말들이 파놓은/캄캄한 지하도 같은 숨은 함정들 용서한다/오늘도 두실역 일 번 출입구 놓아 부부/소리 없이 따뜻한 느낌표를 굽는다

　　　　—최정란, 「두실역 일 번 출입구」, 『여우장갑』, 문학의전당, 2007.

　최정란의 시에서 장소는 매우 구체적으로 나타난다. 그것은 단지 그가 묘사하는 장소가 일상적이기 때문만이 아니라 그 속에서 부대끼며 살아가는 삶의 모습들을 자기화하는 힘이 돋보이기 때문이다.

　그런데 위 시는 "두실역 일 번 출입구"라는 장소에 대한 강박적인 장소애가 나타나지 않는다. 그보다는 "두실역 일 번 출입구"에서 만나게 된 "놓아 부부"와의 일상적인 에피소드를 다루고 있다. 위 시에서 화자는 "목 메인 일상"을 살아가면서 "무성한 차가운 말들이 파놓은/캄캄한 지하도 같은 숨은 함정들"과 늘 부딪쳐왔다. 그것은 그에게 "누추한 설움" 같은 것이다. "놓아 부부" 역시 "가파른 작은 불빛"에 의존해 "이마에 맺힌 근심을 닦"고 있는, 화자와 다를 바 없는 사람들이다. 따라서 화자에게 있어 그들은 쉽사리 정서적 감흥의 대상이 될 수 있다. 그러나 화자는 장소뿐만 아니라, 그 장소에 있는 "놓아 부부"

에게까지 부족한 거리조정을 경계하고 붕어빵을 "말"로 돌려 말함으로써 거리를 유지하기 위해 애쓴다. 그러면서도 동시에 그들의 붕어빵 굽기를 끝까지 지켜본다.

이 시의 미덕은 바로 여기에 있다. 화자는 "농아 부부"에게서 받은 감동을 노래하면서도, 그들에게 일방적인 찬사 내지는 연민을 보내지 않는다. 또한 타자를 화자의 일방적인 추측으로 잠정적인 결론에 이르게 하지 않는다. 대신 지나칠 정도로 "농아 부부"가 굽는 붕어빵을 "말"로 바꾸어놓으면서 반복한다. 이는 화자가 "농아 부부"에 대해 정서적 감응을 받으면서도 동시에 그에 대한 거리를 조정하는 효과를 낳는다. 정서적 동일화로 이끄는 힘과 이에 저항하는 힘 사이의 긴장이 일어나는 것이다. 그러나 긴장은 한 순간에 깨어진다. 그것은 내가 끝까지 경계를 놓지 않았던 "농아 부부"가 "한마디 더 얹어준 덤의 말", "안부"를 내게 전함으로 인해서이다. 화자에게 그것은 "소리 없이 따뜻한 느낌표"로 안겨지는, 세상에 대한 위안, 나아가 "용서"를 수락하게 되는 근거가 된다. "농아 부부"는 내게 세상을 용서하는 법을 말없이, 그러나 어떤 "무성한" 말보다도 감동적인 "느낌표"의 언어로 말하고 있다. 누구보다 말을 고민하는 시인이 말없는 "느낌표"를 받아들였을 때, 그는 "퇴근길, 지하도 계단을 올라"서는 일상의 피로한 공간이 용서와 구원의 장소가 되는 소중한 체험을 하게 된다.

이제 시인에게 이곳은 그리고 이 체험은, 시인의 시 쓰기의 원동력이자, 자신의 시가 지녀야 할 방향을 제시하는 이정표가 될 수 있을 것이다.

그런데 화자가 체험한 "두실역 일 번 출입구"는 그 장소이기 때문에 그러한 체험이 가능했던 것은 아니다. 그곳은 "퇴근길" 일상의 일부분으로서 우리가 만날 수 있는 일상적인 장소일 뿐이다. 소중한 체험을 한 화자에게(또는 시인에게) "두실역 일 번 출입구"는 장소애의 장소이지만, 그것은 평범한 일상적 장소가 비일상적 장소로 그에게 체험되었기 때문이지, 그 장소가 선험적으로 비일상성을 겨냥하고 있었기 때문은 아니다. 다시 말해 시적 화자에게 장소애의 공간이 반드시 독자에게도 그렇게 주어져야 할 이유는 없다.

최정란의 시는 일상적 장소에서 조우하는 비일상적 체험이 직관적으로 보편적인 의미 맥락을 확보할 수 있음을 보여준다. 그것은 장소애에 대한 나르시시즘적 강박 없이도 특정 장소에 대한 구체적 묘사를 가능하게 한다는 점에서도 의의가 있다.

이와는 달리, 박선희는 일상/비일상의 구분을 전제하지 않은 채, 구체적 장소에 대한 마술적 상상력을 통해 장소의 실체성을 체험한다.

> 포구를 따라 월전 간다//얼마나 많은 달을 경작하길래/月田, 달밭이라고 하나//밤마다 바닷길 몇 갈래 몰고 오는 달, 조개 굽는 연기에 꺼멓게 그을린 달, 허기 몇 잔에 비틀거리는 외로운 달, 몰래 갖다 버린 연탄재처럼 허접한 달, 길을 잘못 들어 왼쪽 골목길로 빠져나가는 달, 수천 년 동안 한 줄의 수평선을 탄금하는 달, 풍찬 노숙하는 달, 원시의 깊은 곳까지 오류의 그물을 내리는 달, 아슬아슬 생의 벼랑 끝에 매달린 달, 돌아오지 않는 알바트로스를 기다리는 달, 메밀꽃 필 무렵이라는 간판을 내 건 달, 폐허가 된 황학대 발목까지 밀물지는 달, 달, 달//그렇구나, 저 많은 달을 돌보느라/휘영청 달빛도 허리 굽혀/빈집처럼 쭈그리고 앉은 포구, 月田
>   —박선희, 「月田에 가다」, 『사람거울』, 문학의전당, 2008.

"포구" "월전"의 야경을 인상적인 이미지로 그려놓고 있는 위의 작품은 "월전"이라는 구체적이고 특수한 장소가 아니면 이루어질 수 없다고 해도 과언이 아니다. 특히 "달"의 이미지들이 "월전"의 일부분을 이루고 있는 2연의 경우, 구체적 장소성이 일상적 체험의 공간을 넘어 "월전"이라는 장소 전체를 필연적으로 구성해내고 있음을 알 수 있다. 그것은 "월전"이 다른 장소보다 밝은 달빛을 만날 수 있다는 화자의 주관적 인식과 체험에서 비롯된다. 그러나 달빛은 인간 군상들과 주변 풍광이 그 자체로 존립하지 않고 "달"로 치환되면서 하나로 융화하게 하는 압도적인 힘을 갖고 있다. 이리하여 "월전"이라는 구체적인 장소의 낱낱 사물들은 그의 상상력을 통해서 총체적인 마술적 장소가 된다. "월전"의 일상이 시인에게 비일상의 마술적 장소로 다가온 것이다.

박선희 시인은 자신의 주관으로 달 '만' 그려내고 있으나 그렇게 함으로써 자신의 감정으로 과잉치장하지 않고 "월전" "포구"와 야경 전체를 그려낸다. 그것은 은유와 환유의 배치라는 시의 수사적 측면과 수평·수직 조응으로 시를 직조해냈던 상징주의적 기법이 상호결합되고 있기 때문이다. "월전" "포구"의 일부분을 이루는 대상들은 모두 "달"로 치환된다. "달"은 월전의 일부분이지만 동시에 전부를 대표하는 환유다. 그 환유는 하늘과 지상을 인접케 하는 수직 조응의 비유이자, 월전포구를 이루는 부분들을 연결하는 수평 조응의 상상력이다. 그런데 포구가 쭈그려 앉은 늙은이의 이미지와 겹칠 때, 그것은 은유가 된다.

공중과 지상이 동일성으로 조응되고 다시 인접성으로 확장되는, 환유의 구체성을 은유가 확정하는 공간 구성 방식을 시인은 보여준다

두 가지 비유와 입체적 조응이 만나는 데에서 시의 긴장이 생성되고, 바다 냄새 생생한 삶의 날것을 보여주게 된다. 그것은 장소를 시적 화자의 감정을 드러내기 위한 배경으로 삼지 않고, 장소 그 자체를 미학적으로 직조해내려는 태도의 산물이다. 다시 말해 시인의 장소애가 시를 시적 화자의 낭만적 감성으로 충만되는 발화의 연속으로 기능하게 내버려두는 것을 시인은 경계했다. 대신, 장소의 미학화 과정을 거치는 돌려 말하기의 전술을 수립함으로써, 달-포구-화자로 이어지는 시적 공간을 통합적으로 제시하는 데 이를 수 있었다.

그런데 박선희가 시적 화자와 대상 장소 간의 거리를 지우기 위해 역설적으로 거리를 두는 전략을 세우고 있다면, 송진은 시적 화자와 장소 사이의 거리 지우기가 실패하는 과정을 그로테스크한 상상력으로 제시함으로써 독특한 긴장감을 형성한다.

이 여름 우울하세요? 그러면 부산역에서 16시 20분 물금행 무궁화호에 마음을 실어보세요 호포역 화명역 지나면 물금이랍니다 역 앞 냇가 마음에 고인 노란 물 쏟아버리고 왼쪽으로 난 길 따라가세요 목재소, 석류나무, 무화과나무, 멍석 말듯 제 몸 말아 발 앞에 꽃잎 떨구는 무궁화나무, 신선나무, '시인과 나' 카페, 고인돌처럼 넓적한 돌 평상, 물금취수장 지나면 무궁화 입에 문 새 한 마리 길 막을 거예요 용화사 가는 길 어디냐고 물어보세요 길 끊어진 어두컴컴한 굴다리 지나가라고 일러주지요//굴다리 앞, 온몸으로 등불 켠 까만 잠자리 날개 퍼덕이며 지키고 있어요 매미 소리 들리지 않는 한적한 길 조금 무섭겠지만 굴다리 속 걸으면 옆으로 흐르는 냇물 소리 녹슨 전깃줄 더욱 으시시하겠지만 벽 깊게 패인 곳 죽은 고양이 여인 튀어 나올까 봐 머리끝 쭈뼛거리겠지만 걸음 멈추지 마세요 굴다리 빠져 나와 오른쪽 돌계단 오르면 시루떡 허물어진 듯한 입구 석등 두 개 대웅전 향해 합장하고 있지요 나무 발판 딛고 대웅전으로 고개 밀어 넣으면 우물천장까지 닿은 석조여래좌상, 저승사자처럼 옆으로 길게 찢어진 음산하고 매서운 눈빛 저 기운에 질 수 없지 들어가 넙죽 삼배하면 금방이라도 석가여래좌상 손 뻗쳐와 목덜미 잡을 것 같지요//무심한 채송화 곁에 앉아 무섭지 않아 무섭지 않아 씩씩하게 걸어야지 다시 굴다리 지나지는 햇살 따라 걸어 나오면 아까 만난 검은 잠자리 여전히 온몸으로 등불 켜고 서 있지요 앞장 서 길 밝혀 주지요 꿈에서도 본 적 없는 검은 등불 잠자리 윤기 나는 날개 몇 발 앞서가다 오솔길 나오면 무성한 풀숲으로 되돌아간답니다 물금취수장 지나 눈에 환삼덩굴 휘감기고 요란한 매미소리 귀에 도깨비바늘 요정처럼 꽂히지요 옥수수, 파초, 금낭화 줄지어 서서 오가는 기차에게 손 흔들지요 파란 논두렁 사이 누워있던 고인돌 짚신 신으며 백치 아다다처럼 웃는 하얀 무궁화 볼우물 바라보지요

—송진, 「잠시 지옥에 다녀오다」,
『지옥에 다녀오다』, 문학의전당, 2008.

오르페우스가 하데스의 땅으로 가기 위해 망각의 강을 건너야 했듯, 화자는 "용화사"로 가는 길에 "역 앞 냇가"를 통과해야 한다. "용화사"는 "우울"함을 위로받기 위해 시적 화자가 가고자 하는(또는 시적 화자가 내포 독자에게 제안하는) 곳이지만 "마음에 고인 노란 물"을 "쏟아" 버리지 않고서는 갈 수 없는 곳이기도 하다. 저승에 가기 위

해서는 망각의 강에서 모든 기억을 지워야 하듯 화자는 용화사에 가기 위해 자신을 비워야 한다.

　이렇게만 보면 시적 화자가 가고자 하는 용화사는 오르페우스가 당도하고자 한 저승과 마찬가지로 일상적 장소와 절연된 공간으로 이해하기 쉽다. 그러나 오르페우스가 이승/저승의 이분법적 틈을 비집고 들어간 험난한 영웅의 행보를 했다면, 화자는 아무렇지도 않은 일상의 연장선에서 그 지옥 속으로 걸어 들어간다는 점에서 차이가 있다. 화자에게 그곳은 "무궁화호"를 타는 일상의 연장에서 이루어진다. 그러므로 "용화사"라는 저승은 일상의 한 단면에서 마주할 수 있는 장소이다. 그렇다면 화자가 다녀온 곳은 "지옥"이 아니다. 사실 그는 늘 지옥에 있었다. 용화사는 지옥으로서의 일상을 가장 극단적으로 보여주는 장소, 자신을 살해 위협하는 실존이 흔들리는 공간에 다름 아니다. 일상 공간의 세밀한 묘사처럼 그려지고 있는 용화사 가는 길은 "검은 등불 잠자리"가 안내하는 환상 공간(이승/저승의 이분화된 공간이 전제된 저승 혹은 지옥)으로 진입하는 여정처럼 보이지만, 동시에 그곳은 일상의 무서움과 마찬가지로 "무섭지 않아 무섭지 않아"를 스스로 다짐해야 하는, 세상과 난투극을 벌여야 하는 장소에 다름 아니다. 그래서 이 시의 "지옥"은 일상/환상이 붕괴하는 지점을 보여주는 것이자 하루하루를 힘겹게 영위하는 인간 생존의 처절한 기록으로서의 일상을 되새기게 하는 은유이다.

　이처럼 일상의 견고한 자장을 벗어나 탈출로로 삼은 곳은 환상적 공간처럼 보이지만 그곳은 지옥과도 같은 일상의 연장이며, 동시에 살해 위협의 섬뜩함마저 느끼게 된다는 진술에는 일상/비일상의 구분의 철폐가 전제되어 있다. 그렇다면 그에게 일상을 벗어난 "극락"이 되어야 할 "용화사"가 "지옥"이었다는 체험은 지옥/극락의 이분법이 아니라 지옥=극락이 되고 있는 것은 아닐까? 특정 장소를 단지 하나의 관념으로 치환하지 않고 극단적인 양가성에 천착함으로써 송진의 시는 이처럼 독특한 긴장감을 조성한다. 여행은 일상을 유보하고 비일상으로 진입할 때 만끽하는 과정이 아니라 일상의 연장이자 긴장과 갈등의 새로운 확인일 뿐이라는 그로테스크한, 그러나 적확한 지적이 시인이 말하고자 하는 바이다. 그렇다면 우리는 그 속에서 "백치 아다다"처럼 웃을 수밖에 없다.

시인은 이처럼 특정 장소를 낭만적 대상으로 환원하는 나르시시즘을 경계하고 그 극단적 양가성, 간극을 제시함으로써 장소를 전경화한다. 장소에 대한 낭만적 동일시를 의도했던 화자가 그 장소에서 도리어 위협적인 일상의 연장을 확인함으로써 그의 그로테스크한 이미지들은 설득력을 갖는다. 그리하여 일상 탈출(극락으로서의 용화사)과 일상 연장(지옥으로서의 용화사)이라는 양가적 의미로서의 장소가, 그 간극이 자연스럽게 드러나게 된다.

3) 거리 두기와 일상적 장소의 구체화

신호등 앞에 늘어선 포장마차/잔술과 낱담배를 판다고 적혀 있다/한 단위에 묶이지 못하고 떠도는 사람들이/한 개비의 시간에 불을 붙이고/엉덩이 붙일 여유도 없이 선 채로/소주 한 잔을 급히 털어 넣고 있다/저녁이 포장마차 어깨를 비집고/컴컴한 목구멍을 끌고 온다/시계탑은 털갈이 하는 짐승처럼 시간을 떨군다/돌아오는 비둘기 발톱이 하나같이 새까맣다/빗줄기가 가로등 밑으로 뛰어내리고/그 아래 일가를 이뤄본 적이 없는 사람들이/낡은 수첩을 펴고 오래된 안부를 뒤적인다/빈 대합실 유리창에 불빛이 그렁그렁 맺힌다/터미널을 휘감은 검은 치맛자락 밑으로/행선지 모를 바람이 끝없이 태어나고 있었다

—이영옥, 「노포동 터미널」, 『사라진 입들』, 천년의시작, 2007.

이 시는 앞서 박선희와 유사하게 특정 장소를 이루는 일부분을 통해 시적 화자가 바라보는 장소 전체의 분위기를 환기한다. 그런데 이영옥은 그 장소의 특수성보다는 그 일부분들이 갖는 특징들을 다른 부분의 특징들과 세심하게 연결시키는 이미지의 중첩에 역점을 둔다. "잔술과 낱담배"가 "한 단위에 묶이지 못하고 떠도는 사람들"로 연결된다거나 "소주 한 잔을 급히 털어 넣"는 사람들이 "컴컴한 목구멍을 끌고 온다"거나 하는 시적 진술들은 이렇게 짜여진다.

그런데 부분들의 유사성을 시적 전술로 채택하고 있는 것과는 반대로, 등장하는 군상들의 모습은 자못 역설적이다. 그들의 욕망은 그들 삶의 양태와 반대되고 있기 때문이다. "한 단위에 묶이지 못"한 "사람들"이 "불을 붙이고" 있고, "일가를 이뤄본 적이 없는 사람들이" "오래된 안부를 뒤적인다." 날아다녀야 할 "비둘기"까지도 하나같이 새까"만 "발톱"을 갖고 있다.

이영옥의 시가 갖는 장점은 이처럼 장소의 이미지를 구성하는 방식이 장소에 거하는 존재자들에 집중하여 전체 이미지를 환기하면서도 횡적 이미지, 종적 이미지, 소멸 이미지, 생성 이미지의 대치와 결합으로 다채롭게 구성한다는 데 있다. 그리하여 그 이미지들이 그들의 모

순되고 중첩되며 긴장되는 삶의 실체들을 적확하게 지적한다는 데 시
적인 힘이 더해지고 있다. 다소 감상적이지만 "유리창" "불빛이 그렁
그렁 맺"히는 것 역시 그들에 대한 시적 화자의 공감이라는 점에서 궤
를 같이한다.

　그러나 마지막에 제시된 이 이미지는 다소간 실패처럼 보인다. 그
것은 시적 화자의 연민과 동정, 다시 말해 장소를 자기 나르시시즘화
해버리는 태도이기 때문이다. 시인이 다양한 이미지들을 직조해낼 수
있었던 것은 장소에 대한 거리 두기의 태도를 유지하고 그것을 자기화
하는 힘을 갖고 있기 때문이다. 그리고 그것이 "노포동"이라는 특정
장소 전체를 환기하는 구체성을 띠게 했다. 그러나 위 구절은 지금까
지 유지한 시적 긴장을 일거에 소멸시켜버리는 자기 동일화로 귀결되
게 한다. "노포동"은 "눈물"의 공간이 아니라 존재자들이 각자 사연을
간직한 채 삶을 영위하는 실체로서의 장소이기 때문이다.

　하지만 이영옥은 이러한 혐의에도 불구하고 장소를 구성하는 이미
지들의 설득력 있는 연결고리를 통해 시적 완성도를 확보하고 있다.
이에 비해 이광석은 지나치게 먼 거리에서 장소를 바라봄으로써 시적
형상화에 실패하는 장소 이미지 구성 방식을 택하고 있다.

4) 지나친 거리 조정과 장소성의 외면

　　강물 위에 눈발이 압핀처럼 꽂힌다. 맨발의 억새들이 세찬 바람
　을 걷어내고 있다. 우주가 기우뚱 잠시 중심을 놓친다. 강물 따라
　내 우수(憂愁)도 조금씩 흔들린다. 멍든 강물 자락에 하이얀 목덜

미를 적시던 고니 한 마리. 건너 마을 산그늘 불러내 툭툭 쪼아댄
다. 사악한 세상의 멀미를 피해 깊이 주저앉은 월척의 고요. 술 취
한 노을이 낚시를 드리워도 입질을 하지 않는다. 지난 세월 가슴
붉힌들 무엇하리. 어둠이 내려와 치다만 미완의 수묵화 한 점 건져
들고 강을 떠난다.

　　　　　　　—이광석, 「겨울 낙동강 · 2」,《서정과현실》, 2008년 봄호, 94쪽.

　이광석의 위 산문시 또한 앞서 작품들과 같이 장소와 시인이 밀접
하게 연결되어 있다. "세찬 바람"에 "맨발의 억새"들이 흔들리는 모습
에서 시인은 "우주가 기우뚱 잠시 중심을 놓친다"라고 생각한다. 강
물, 억새, 고니, 산그늘, 노을, 낚시와 같은 수사들은 "낙동강" 옆 강태
공들이 흔히 만날 수 있는 시각적 이미지이다. 그런데 시인은 이 장소
에 머물고 있으면서도 "사악한 세상의 멀미"를 상상한다. 시적 화자가
머물고 있는 장소보다는 그곳과 대비되는 "세상"을 강하게 의식하고
있는 것이다. 비록 "세상"이 시인에게 부정적인 수사로 점철된 것이기
는 하지만, 그래서 역으로 시적 화자가 머물고 있는 한적하고 고요한
장소가 그의 시선을 강하게 붙잡아두고 있는 것이기도 하겠지만, 그럼
에도 그가 잠시 정주하고 있는 이 공간은 언제든 "수묵화 한 점"으로
남아 "강을 떠"날 수 있는 곳에 지나지 않는다. 화자는 세상과 자연
("강")을 이분화하여 절연하면서도, 자연 속에서 세상을 늘 의식하는
자이다. 때문에 화자에게 "강"은 "낚시를 드리워도 입질을 하지 않
는", 자신의 "우수"만을 확인할 수 있는 공간, 그 이상의 의미를 갖지
않는다. 그러므로 "겨울 낙동강"은 시인에게 "장소"가 아니다. 다만
인상 깊었던 곳, "수묵화"로 기억 속에 각인될, 제 존재의 한계 상황만

을 확인할 수 있는 곳에 불과하다.

그래서 위 시는 가볍다. 위 시에서 낙동강은 세속과 단절되어 있기에 도리어 세속을 강하게 부정할 수 있는 자기 배설의 공간일 뿐, 그리고 세속적 삶의 모습을(세속과 단절되어 있다고 생각하면서도) 확인하는 데 그치는 공간일 뿐이다. 나아가 "강을 떠"나 세속으로 돌아갈 때, 세속과 낙동강 사이는 이분화되어 있기에, 도리어 세속의 삶을 강화시켜주는 곳으로만 작용할 수밖에 없게 될 것이다. 그렇다면 위 시에서 "겨울 낙동강"은 장소로 존재하지 않고, 다만 자기 "우수"의 확인만이 가능한 '부정관사'로서의 공간에 지나지 않게 된다.

지나친 장소애가 감정의 과잉으로 나타나는 것도, 지나친 자기의식이 자기 배설로서 장소를 상정해두는 것도 장소 구체화 전략의 실패를 야기하는 태도임을 확인할 수 있다.

이는 비단 이광석에게만 확인되는 것은 아니다. 많은 지역 시인들이, 자신이 지역 시인임을 자치하는 근거로, 지역의 구체적 장소를 장소애로 환원하여 단일한 의미 맥락에 포섭되어 아무런 보편적 공감도 정서적 긴장도 제시해주지 못하는 경우를 너무나 쉽게 만날 수 있다. 또한 지나친 자기의식에 치우친 나머지, 장소를 단일한 의미 맥락으로 환원하고 시적 긴장감을 상실해버리는 경우도 자주 확인할 수 있다. 그러나 이러한 '편안한' 시작 활동이 그 시인의 지역 시인으로서의 존재감과 세계관을 정초하지 못한다는 사실은 자명해 보인다.

그렇다면, 소박한 비유와 수사적 군더더기를 제거한 조향미의 시는 이러한 단점을 극복할 수 있는 한 가능성이 될 수 있다.

5) 변죽의 언어를 통한 지역 시의 가능성

　　오른쪽 지면이 많이 비어 있는/작고 간결한 시 한 편/여백은 바
다를 향해 펼쳐져 있다/시늉만 해놓은 낮은 담벼락으로/물살이 밀
려와서 찰박찰박 손장난을 쳤다/반짝이는 조가비도 건네주었다/
연잎만 한 운동장에서 아이들이 공을 차면/바다까지 둥실 날아가
곤 할 것이다/공을 건져내지 못한 날은 닿을 듯 닿을 듯/찰랑이는
물소리가 꿈결까지 따라오겠지/대여섯 칸 교실 뒤편으론 작은 대
숲/언덕에 청청한 소나무 몇 그루/서너 채 집과 함께 마을을 지키
고 있다/하늘은 밝고 바다는 쪽빛이다/섬을 갈라놓은 넓은 도로
차들은 휙휙 달려가고/건너편 육지에는 발전소도 우뚝우뚝 솟았
지만/아직 사람의 눈에 뜨이지 않은 유물처럼/펜으로 단아하게 쓴
시편처럼/석양녘 삼천포초등학교 늑도분교/깨끗이 빛나며 그래
서 조금은 외롭게/그 선명한 화폭에선 늘 찰랑찰랑 물소리 들린다
/햇살도 파아랗게 소년기처럼 빛난다

—조향미, 「삼천포초등학교 늑도분교」,

『그 나무가 나에게 팔을 벌렸다』, 실천문학사, 2006.

　　이 시는 하나의 근본비교로부터 출발한다. "작고 간결한 시 한 편/
여백은 바다를 향해 펼쳐져 있다"에서 힌트를 얻을 수 있는, "펜으로
단아하게 쓴 시편처럼/석양녘 삼천포초등학교 늑도분교"에서 확정되
는, '시집=늑도분교'의 비유가 그것이다. 한 편의 단아하고 소박한 시
처럼 학교는 여백으로 들어차 있고 그 여백은 "조금은 외롭게/그 선명
한 화폭"을 이룬다. 이러한 시적 착안이 이 시의 장소 구성 방식이자

주제 전달의 근본 지점이다.

이 시의 장점은 화자의 주장을 특정한 발화 내지는 정치적 목적성으로 환원하여 강조하지 않는다는 점에 있다. 이 말은 숨김으로써 드러내는 서정시의 미학에 근접해 있다는 것인데, 그것이 이 시의 "햇살도 파아랗게 소년기처럼 빛난다"라는 진술을 행복한 자기 동일성으로서의 결말로 봉합하지 않게 한다.

주지하다시피, 이 학교는 폐교 여부를 놓고 많은 갈등이 빚어졌던 곳이다. 한때 모 회사의 광고 배경으로 촬영됐을 만큼 아름다운 경관을 자랑하던 이 학교가 교육청과 학부모 사이의 갈등으로 인해 전국적인 이슈가 된 것은 2005-2006년 무렵이다. 시인이 그 사실을 모른 상태에서 단지 이 학교의 아름다운 경관과 아이들의 깨끗한 동심만으로 이 장소를 채색하고 있지는 않았을 것이다.

위 시에서 시인은 이 갈등의 양상들을 직접 거론하지는 않는다. 그러나 그 갈등의 근본에는 "건너편 육지"의 "발전소"와 "섬을 갈라놓은 넓은 도로"로 상징되는, 자본의 무차별 침입이 있음을 시인은 짐작하고 있다. "마을을 지키"고 있던 이 학교의 폐교가 무엇을 말하는지도 시인은 말하지 않고서도 말한다. 단지 아름다운 학교일 뿐이라면 (이곳을 배경으로 한 광고는 그것만을 보여주었다) 시인이 굳이 이곳을 말할 필요는 없었을 것이다.

이러한 실정성의 장소, "삼천포초등학교 늑도분교"가 이 시를 그저 아름다운 장소의 목도와 동심의 순수한 회복으로만 주제를 한정할 수 없게 하는 이유가 된다. 그 주제는 폐교된 현재의 "삼천포초등학교 늑도분교"에서는 더 이상 확인할 수 없다. 동심을 동심으로 내버려두지 않는 정치적 알력이 이 시의 배경에는 녹아 있기 때문이다. 그러나 이 시는 이러한 갈등의 양상을 시적 화자의 주장으로 점철시키지 않고 '변죽의 언어'로 발화함으로써 간접적으로 환기한다.[3] 그것이 이 시를 대상 장소와 일정한 거리를 유지하게 하는 장치가 되게 했다. 비록 근본비교의 소박한 시적 비유를 채택하고 있지만(이것도 난해한 시로 포장하지 않으려는 시인 나름의 시적 전략일 것이다. 따라서 근본비교를 통해 시를 구성한다고 해서 폄하되어야 할 이유는 없다) 단순하지 않

---

3 이러한 전략은 김정한의 소설이 보여준 장소애의 천착과는 다른 방식이라는 점에서 주목을 요한다. 필자가 김정한을 거론하는 이유는, 그가 부산문단의 거목으로서 오래도록 자신의 독점적 위치를 고수해왔기 때문이다. 김정한은 부산 작가로서 부산지역(특히 낙동강 하구)에 대한 천착과 문학적 형상화를 통해 부산지역문학의 당위적 모범으로 자리잡아왔다. 곧 부산 문학계에서 김정한은 리얼리즘의 전범으로서의 이미지와 지역문학이 중앙 문학에 대해 가지는 상징적 우월함을 증명하는 자로서의 이미지를 동시에 갖는다. 때문에 김정한 문학이 보여주는 장소애에 대한 천착은 부산지역 문단으로 하여금 지역문학만이 가질 수 있는 독점적 가치로 여겨지게 했다. 그러나 김정한의 장소애의 천착은 자기 나르시시즘만으로 귀결할 수 없는 독특한 거리 두기의 방식을 갖고 있다. 그는 부산지역의 구체적인 장소를 거론하면서도 그에 집중하기보다는, 그 속에서 살아가는 복잡다단한 인간 군상들을 부조리한 권력에 항거하는 인물로 만듦으로써 그 장소가 가지는 가치를 부각하려 했다. 즉 그의 소설 속에서 특정 장소는 단순한 배경이 아니다. 그 주어진 배경으로서의 장소가 권력의 욕망과 그에 대한 항거를 생산해낸다는 점에서 그 장소는 특별하다. 「사하촌」, 「모래톱 이야기」, 「인간단지」에 등장하는 인물들은 그들이 거주하는 장소의 가치 때문에 투쟁하며 투쟁의 수위가 높을수록 그 장소의 가치 역시 상승한다. 김정한 소설에서 갈등의 원인은 장소에 있다. 장소의 가치는 갈등의 크기만큼, 세기만큼 더욱 부각된다. 그를 '지역 작가'라 부르려는 욕망은 이러한 독법과 상관물이 되어야 한다. 김정한의 장소 구체화 방식이 보여주는 돌려 말하기를 뺀 채, 장소에 대한 거리 두기가 역설적으로 장소애를 드러내는 국면을 제외한 채, 장소애 자체만으로 상상적 공간을 재구성하려는 감정 과잉은 김정한의 전략도, 지역 문학인으로서의 존재감도 사장해버리는 결과를 낳는다.
필자가 본고에서 단순화의 위험을 무릅쓰고 조향미의 시 한 편을 김정한의 소설과 비교하는 것은 부산지역 문단에서 특정 작가가 차지하는 위치를 가늠하기 위한 근본 틀로서 김정한이 어느 정도 합의가 되고 있으며, 장소에 대한 거리 두기를 모색하는 또 다른 가능성을 조향미에게서 만날 수 있기 때문이다. 즉 김정한이 갈등을 통해 장소의 가치를 돌려 말한다면, 조향미는 갈등이 되는 장소 그 자체만을 형상화함으로써 그 장소에 의해 빚어진 갈등들을 환기시킨다. 갈등을 말하는 직설의 언어가 아닌 변죽의 언어로 그는 장소애에 천착하는 것이다.

은 시적 진술의 시점을 확보함으로써 장소에 밀착하면서도 일정한 거리를 유지할 수 있었다. 시적 화자 자신의 지나친 장소애의 집착 또는 당위를 벗어나 장소에 대한 객관적 거리를 유지하는 방식을 조향미의 시는 참조적으로 보여주고 있다.

부산지역에서 김정한의 문학은 문학적 권위와 가치를 상징하는 암묵적 기준이 되어왔다. 사진은 요산문학관 입구에 설치된 김정한 대형 사진.

3. 결론

지역문학의 장소 구성은 장소애에 대한 탐구보다 일정한 거리를 유지할 때 문학성의 재고가 가능해진다. 본고에서 확인할 수 있었던 바와 같이, 최근 부산지역 시인들의 시 쓰기는 장소에 대한 매우 다른 구체화 방식을 통해, 시적 화자가 취해야 할 거리 조정에 성공하는 모습을 보이고 있다. 물론 지역 문학인이라는 자기 과잉이, 지역의 장소를 형상화하면서도 시적 성공도에 의문이 제기되는 시도 여전히 만날 수 있다. 문제는 문학성을 충분히 확보하고 있는 작품들조차도 납득하지 못할 이유로 사장되어버리는 문학제도의 불합리성에 있다.

지역 비평이 지녀야 할 자세는 여기서 도출된다. 지역 비평은 특정 지역의 문학에 대한 과시와 자기 증명으로서의 문학이 아니라 특정 지역의 문학에 나타나는 독특성을 보편적인 지평에서 상상해낼 수 있는 문학 읽기를 지향해야 한다. 그렇다면 지역 비평이 가져야 할 당위는 지역의 작품 하나하나에 세심한 결을 다듬어 그것을 보편 문학화하고, 작품이 갖는 특수성과 보편성 사이의 길항을 밝혀주어 그들의 작품이 어떤 위치를 점유하는지 살펴야 하는 것이 된다. 지역 비평, 지역문학은 자기 지역이라는 구심점을 끊임없이 회고하기보다는 그에 대한 비판적 거리 두기를 통해서 나타나는 효과, 지역/중앙의 이분법적 간극에서 발견되는 모순을 드러내는 데 집중해야 한다. 지역문학의 존립 근거는 '지역'이 아니라 '지역'이기에 나타나는 모순을 발견하고 갱신하려는 노력에 있는 것이다.

문학은 일종의 제도적 장치이다. 때문에 있지 말아야 할 많은 모순들을 야기해온 것이 사실이다. 단지 중앙의 문단에 속한 중앙의 작가라고 해서, 그리고 그들이 메이저 출판사, 비평과 결탁하고 있다고 해서 그들의 작품이 널리 알려지는 것은 분명 잘못이다. 생경하고 날렵한 글쓰기가 어지러운 외국이론에 적확하게 적용된다고 해서 문학적 가치가 있다고 증명되는 것은 재고되어야 한다. 문학은 삶이지, 이론이 아니기 때문이다. 지역문학이, 그리고 지역 비평이 가져야 할 어떤 중심이 있어야 한다면, 그것은 하늘을 바라보는 해바라기가 아니라 내 발을 굽어보는 삶에의 천착이어야 한다. 그러나 그것은 발 '만' 을 바라보는 데서 찾아지는 것이 아니라 그 '발'이 어떤 땅을 딛고 있는지, '발'은 누구의 발인지를 알 수 있는 적절한 거리를 가짐으로써 문학적 실정성을 확보할 수 있다. 그럴 때에야 비로소 문학이, 독자가 없다는 푸념을 잠재우고 삶의 적실한 굽이들을 적확한 언어로 표현할 수 있는, 그래서 감동이 될 수 있는 보편적 지평을 발견할 수 있을 것이다.

위태로운 지상에
시(詩/時)를 새기다

: 최영철의 시와 부산

1. 카메라 옵스큐라, 풍경을 훔치다

사진은 사물을 보는 새로운 방식을 제공한다. 사진은 미추(美醜)의
경계를 허물고, 모든 '것/곳/존재'에서 새로운 가치를 발견함으로써
아름다움의 영역을 끊임없이 재편한다. 빛의 작용으로 이미지를 복제
하는 카메라 옵스큐라(camera obscura)를 통한 응시는 모든 사람/사
물이 피사체가 될 수 있는 가능성을 보여준다. 이때 복제된 이미지는
프레임의 내부와 외부를 경계 짓는다. 프레임의 내부는 순간을 고정시
켜 영원을 부여하지만 외부는 휘발되어 버린다. 그렇기에 사진은 은폐
를 용인하는 양식이자, 파기하는 양식이다.

수전 손택의 말처럼 "현대사회에서는 카메라로 만들어진 이미지가
우리가 직접 경험할 수 없는 현실에 다가가는 주된 경로다." 그리고
"어떤 것이 '실재'가 되려면 이미지가 있어야 한다."[1] 복제된 이미지

가 실재로 수용되는 현실에서, 사진은 지각의 수단이 된다. 그렇기에 현대를 살아가는 우리는 영상언어인 '사진-언어'로 소통하게 되는데, 이때 사진의 다양한 기법은 소통의 지반을 넓혀준다. 사진은 파편으로 보는 새로운 방식을 제공함으로써 현실이 파편으로 기억되거나 파괴된다는 것을 보여준다.

사진작가 최민식의 프레임 안에는 많은 사람들이 살고 있는데, 특히 「부산, 1985」[2]라는 작품은 한 남자의 삶을 포착하고 있다. 작가의 프레임에 포착된 남자는 시대의 파편이 되어 언제든지 호출된다. 외다리, 외팔의 신문팔이인 남자의 개인적인 이력은 1980년대라고 하는 역사적 굴곡 안에서 해석될 수밖에 없기에,

사진 「부산, 1985」

1 수전 손택, 홍한별 옮김, 『문학은 자유다』, 이후, 2007, 174쪽.

2 최민식 · 조은, 『우리가 사랑해야 하는 것들에 대하여』, 샘터, 2004, 67쪽.
   최민식은 1928년 황해도 연안에서 태어났으며, 에드워드 스타이켄의 사진집 『인간 가족』을 통해서 사진에 매료된다. 이후 한국과 인도 등지에서 소외된 계층의 삶을 포착하는 데 열의를 쏟는다. 그의 사진의 주제는 '인간'이다. 대표적인 사진집으로는 『인간』시리즈가 있다. 최민식, 『진실을 담는 시선』, 예문, 2006, 부록 참조.

남자는 더 이상 1985년에 정지해 있지 않다. 스냅숏(snapshot). 남자의 담담한 얼굴 표정, 아무렇게나 흔들리는 빈 옷자락, 간신히 무게를 지탱하고 있는 오른쪽 다리의 힘줄까지 사진 속에 고정되어 있다. "스냅숏은 '결정적 순간'의 시간성과 공간성을 기록하는 데 훌륭한 촬영기법"[3]이다. 이는 순간촬영에 유용한 기법으로, 시간과 공간 그리고 대상을 현실성 있게 포착할 수 있도록 돕는다. 작가가 셔터를 누르는 순간, 남자가 사진 속으로 들어옴으로써, 작가와 피사체의 동일화가 가능해진다. 이처럼 사진은 시간과 공간의 전유를 통해서 사람과 사람, 그리고 체험과 체험을 이어주는데 유용하게 작동한다.

영상을 매개로 한 '사진-언어'가 '문학-언어'와 만나는 자리에 최영철 시인이 있다. 최영철은 최민식의 사진을 보고 "인간의 눈보다 카메라의 눈이 얼마나 더 정확한지를 깨닫는다. 인간의 눈은 자신이 가진 편협한 선입견으로 세상을 보지만 카메라의 눈은 아무런 감정의 개입 없이 세상을"[4] 볼 수 있다고 말한다. 가령, 최영철은 처음 「부산, 1985」를 봤을 때 "숨이 멎는 듯한 충격"을 받았다고 기술하면서, "외다리만으로도 자신의 존재를 세계에 뿌리내린 그가 경외스"럽기까지 했다고 진술한다. 그런데 "이상하게도 그 남자에 대한 느낌은 현실에서보다 사진에서 받은 인상이 더 강렬"(『나들이』, 80쪽)했다는 최영철의

---

3 최민식, 『사진이란 무엇인가』, 현문서가, 2005, 33쪽. 이후 이 책의 인용은 본문에 『사진』과 쪽수로 표기한다.
   '결정적 순간'이라는 용어는 1952년 카르티에 브레송의 사진집 『결정적 순간』이 출판되면서 사용되었다. 브레송은 자신의 사진을 연출하지 않는 것, 트리밍하지 않는 것을 원칙으로 하며, '빛과 구도와 감정이 일치된 순간'에 셔터를 누르는 것을 작품 활동의 기본으로 했다. 이것이 '결정적 순간'의 미학이다.
4 최영철, 『나들이 부산』, 해성, 2002, 81쪽. 이후 이 책의 인용은 본문에 『나들이』와 쪽수로 표기한다.

말처럼, "여러 풍경들 속에 섞여 있을 때는 주변의 빛나는 것들에 가려서 잘 보이지 않지만 카메라의 눈이 포착하면 본래의 가치와 의미를 회복하는 것이다."(『나들이』, 81쪽) 결국 사진은 우리가 타성으로 보아 넘기는 것들을 집약해서 보여주는 데 유용하다.

이러한 인식을 바탕으로 한 최영철의 시적 상상력 역시 삶에 대한 고찰에서 비롯되었으며, 삶과 사람을 형상화한다는 점에서 최민식의 작업과 닮았다. 예컨대 최영철은 최민식의 작품 「부산, 1985」를 '문학-언어'로 새롭게 재해석하고 있다. 바로 "외다리 외팔로/중앙동 거리를 뛰어다니던 신문팔이가 있었다"라는 사실은 "침묵을 끌어안고 녹인/한쪽 팔다리에 훈김이 솟고/신문팔이 어깨 위로 날개가 돋았다/푸드덕 활자들이/바다 너머로 일제히 솟구쳤다"(「눈부신 아침」, 『일광욕 하는 가구』)라는 시적 상상력으로 확장되는 것이다.

이처럼 최영철의 시작(詩作)은 최민식의 사진과 닮아 있는데, 최민식이 "삶을 위한 사진"(『사진』, 15쪽)을 찍듯이, 최영철은 삶을 위한 시를 쓴다. 이들의 작업이 리얼리즘 예술정신으로 통하기에, 이들이 지향하는 예술은 일상생활 속에 위치하게 된다. 결국 최영철은 시 장르를 통해서 과거형의 양식인 사진을 현재의 자리로 불러낸다.

사실을 기록/증언하는 최민식의 사진과 최영철의 시가 만나는 자리에 클로즈업(close-up)된 하위 주체가 있으며, 나아가 이들이 살아가는 장소가 있다. 사진도 시도 결국에는 작가의 사상이다. 그렇기에 실재인 풍경은 시인의 프레임에 포착됨으로써 일정 부분 조작될 수밖에 없다. 최영철의 시는 실제 풍경이 갖고 있는 거리 감각을 무시하고, 카메라의 특정 기법을 극대화한 듯 보인다. 시인은 소외되어 있는 하위 주체들을 부각하기 위해서, 현실 너머의 (소외된)현실에 시선을 둔다. 이러한 '시선을 통해야만 현실이 되'[5]는 것들이 있다. 최민식이 이러한 현실을 보여주기 위해서 작업을 하듯이, 최영철 역시 그러하다. 곧 최영철 역시 이러한 '시선들'을 만들어내기 위해서 시작(詩作)을 한다.

최영철 시인은 부산에 산다. 그렇기에 시인의 시에 클로즈업된 하위 주체들의 삶의 공간 역시 대개 부산이다. 예술은 이러한 삶에 대한 미학적 형상화 작업이며, 이때 삶이 속해 있는 장소의 재현은 불가피하다. 지역(local)은 구체적인 삶의 공간이며, 이 삶을 영위하는 주체의 공간이다. 그렇기에 지역은 그것 자체로 역사적이며 혼종적이다. 지역 자본과 권력이 외면한 곳에, 지역 안의 또 다른 지역이 있다. 이질적인 지역과 지역은 차이로 연계되어 끊임없이 유동한다. 그렇다면 우리는 부산의 지역성을 어떻게 설정할 수 있으며, 지역문학의 가능성을 어디서 찾을 수 있는가. 이 글은 시를 통해서 리얼리즘적 '사진-이미지'를 구현하는 최영철의 작업을 살펴봄으로써 지역문학의 가능성을 가늠해보고자 한다. 이때 시인의 시선은 침묵 너머를 말하고, 명상 너머를 사유한다. 그리하여 잊고 있었던 것들을 호명한다.

2. 시(詩)를 새기다

최영철은 8권의 시집과 3권의 산문집, 그리고 어른을 위한 동화집 2

---

5 "어떤 것은 (다른 먼 곳에 떨어진 채, 그 어떤 것을 '뉴스'라고 받아들이는 사람들에게는) 사진을 통해서 현실이 되기도 한다." 수전 손택, 이재원 옮김, 『타인의 고통』, 이후, 2004, 43쪽.

권을 출간한 바 있다.[6] 무엇보다 시인은 시를 통해서 말한다. '날것' 의 발길을 고스란히 담은 산문보다는 은근히 그 '날것' 을 덮어놓아 거칠지 않은 시를 따라가 보자. 우리는 시인의 활자 속에서 시인의 시선과 만날 수 있다. 조르주 브라크는, "화가는 형태와 색채(라는 언어)로 생각한다. 화가의 목적은 이야기적 사실을 '재구성하는 것' 이 아니라 회화적 사실을 '구성하는 것' 이다"[7]라고 말했다. 반면 시인 최영철은 시를 통해서 이야기적 사실을 재구성한다. 그림이나 사진 등이 실상은 일종의 오브제일 뿐이듯이, 시인의 시작(詩作) 역시 하나의 오브제이다. 그렇기에 우리는 시인이 시를 통해서 보여주는 것 너머를 사유해야 한다. 최영철은 특정한 프레임을 형성함으로써 지역을 파편화하고, 소외되어 있던 하위 주체들을 호출한다. 그리하여 하위 주체들의 삶을 클로즈업함으로써, 그들의 삶과 삶의 장소를 문학 속에 재배치한다. 최영철의 시작(詩作)은 그 처음과 마지막 모두, 하위 주체들과 맞닿아 있다.

낮잠에 빠지려는 내 이마빡 주위를 맴도는 파리/좀 쉬어 가도 되겠습니까? 묻는다/세상천지 온갖 더러운 구덩이에 발 빠지고 와

---

6 시집은 『아직도 쭈그리고 앉은 사람이 있다』(열음사, 1987), 『가족사진』(생각하는 백성, 1991), 『홀로 가는 맹인 악사』(도서출판 푸른숲, 1994), 『야성은 빛나다』(문학동네, 1997), 『일광욕하는 가구』(문학과지성사, 2000), 『개망초가 쥐꼬리망초에게』(문학과경계사, 2001), 『그림자 호수』(창비, 2003) 그리고 『호루라기』(문학과지성사, 2006)가 있다. 이 중에서 『개망초가 쥐꼬리망초에게』는 1부만이 창작시이고 2, 3부는 첫 번째, 두 번째 시집에 발표했던 시들을 다시 실은 것들이다. 그리고 산문집은 『우리 앞에 문이 있다』(도서출판 빛남, 1993), 『나들이 부산』(도서출판 해성, 2002), 『동백꽃, 붉고 시린 눈물』(산지니, 2008)이 있으며, 끝으로 어른을 위한 동화에는 『사랑하게 되면 자유를 잃게 돼』(문학과경계, 2002), 『나비야 청산가자』(문경주니어, 2005)가 있다. 이후 시 인용은 제목 다음에 시집과 쪽수만을 밝히기로 한다.
7 톰 울프, 빅순힐 옮김, 『현대미술의 상실』, 아트북스, 2003, 15쪽.

서/좀 앉았다 가도 되겠습니까? 묻는다/세수하고 면도한 이마빡에/실례가 안 되겠습니까? 묻는다/글쎄, 단칼에 내치고 싶지만/나같이 물렁물렁한 인간을 만나기까지/너는 얼마나 많은 문전박대를 당했을까/이렇게 잘 닦인 이마빡을 찾아 헤매느라/얼마나 많은 시간을 허비했을까/반질거리는 대청마루에 올라앉고 싶었던/내 궁색한 유년처럼/주인장으로부터 아무 전갈이 없자/파리는 한쪽 엉덩이를 슬쩍 걸치고 본다/실례가 아니면 좀 쉬어 가도 되겠습니까?/묻는다.

─「어느 날의 손님」, 『야성은 빛나다』, 71쪽, 전문.

파리와 같은 미물에게도 귀를 열어두는 시인의 시선은 따뜻하다. 만약 우리에게 "실례가 아니면 좀 쉬어 가도 되겠습니까?"라고 묻는 파리의 목소리가 행여나 들린다 해도, "온갖 더러운 구덩이에 발 빠"진 그놈에게 순순히 한 자리 내어놓을 수 있을까. 그런데 시인은 "너는 얼마나 많은 문전박대를 당했을까" 하고 먼저 어루만져 준다. 시인 최영철은 "이마빡에" 잠깐 앉았다가 가는 파리 한 마리를 두고도 이처럼 애정 어린 시선을 가지는데, 하물며 그 시선으로 인간사를 돌아볼 때는 어떻겠는가. 파리를 통해 자신의 "궁색한 유년"과 조우하는 시인은, 이러한 시적 사유로 사물을 응시한다. 결국 시인이 형성하는 프레임은 주관성의 형식 속에 존재할 수밖에 없다. 그러나 시인의 응시는 항상 대상의 편에 있기 때문에 온전한 주관성의 형식이 아니라, 그 너머를 사유한다.

그는 사회의 구석진 곳, 소외된 곳, 혹은 잔잔한 일상에서 무심코 놓친 것들을 끌어안는다. 지하도 입구에 쭈그리고 앉아 채소를 파는 노파나 송편을 파는 아낙을 보면 "허기"가 지는 시인은, 잠들 때까지 "국밥 한 그릇 될 것 같지 않은/웬 아낙이 시들어 있을"(「특이체질」, 『가족사진』) 것만 같아서 편히 잠들 수가 없다. 이처럼 최영철은 카메라의 시선으로 하위 주체들과 그들의 삶을 클로즈업하여 특정 프레임 안에 시를 새긴다. 그것은 가시적 세계이면서 동시에 비가시적 세계를 형성한다. 우리는 시인이 포착한 프레임 안의 일상을 통해서 현대 사회의 성격을 재규명해갈 수 있을 것이다.

그렇게 말해 놓고 마음이 아프구나/그러나 너는 수시로 마음이 아파야 할 몸/언제까지 너에게 사탕발린 치사나 하고/비단옷에 잘 익은 쌀밥만 먹일 수 없다/너도 네 이웃이 입는 누더기를 걸치고/저자로 나가 뒤섞여 보아야 하리라/서툰 각설이타령으로 문전 박대 끝에/겨우 찬밥 한 그릇 얻어/남의 집 처마 밑에서 눈물로 삼켜 보아야 하리라/시여 너를 이 따뜻한 방에 두지 않고/빈 깡통 하나 채워 내쫓아 놓고/상소리로 욕하고 다시는 돌아오지 마라고 옥박질러 놓고/나는 혼자 운다 너의 어여쁜 속살과 향기를 생각하면/마음이 아프구나 너도 철이 들기 위해서는/밖에 나가야 하리라 시여 세상 물정을 알기 위해서는/저 냄새나는 세상의 시궁창을 건너와야 하리라/너를 짓밟고 찬바람 속에 내몰아/그 온유하던 얼굴 갈수록 거칠고 볼품없어/바라보는 나는 갈기갈기 찢어지지만/시여 네가 오래 사는 길이다/네 어깨 갈수록 넓어지고 그 속에 내가 묻히는 길이다.
　　　　—「시여 시여」, 『개망초가 쥐꼬리망초에게』, 78-79쪽, 전문.
이 시는 최영철의 시작(詩作)의 지향성을 적확하게 보여준다 그에게 시는 소시민적 삶을 살아가는 이웃들과 몸을 뒤섞고 난 다음에야 질긴 생명력을 가질 수 있는 것이며, 시가 "철이 들기 위해서는" 밖으로, "저자로", "세상의 시궁창"으로 나가서 "세상 물정을 알"아야 한다고 말한다. 그것만이 "시여 네가 오래 사는 길"이며, "네 어깨"가 넓어져서 "그 속에 내가 묻"힐 수 있다고 말한다. 이처럼 시인 최영철은, 세상과 소통할 수 있는 시를 원하고, 무엇보다 소외되어 있거나 '날것'의 생활세계[8] 그 자체를 시가 노래하기를 원한다. 결국 시인은 자신의 시작(詩作)이 삶의 현장 속에서 하위 주체들과 함께 호흡할 때, 비로소 가치 있다고 생각하는 것이다. 시인이 끊임없이 과거를 되돌아보고, 공동체 지향의 삶의 공간과 그 삶의 양상들을 반추하는 까닭은, 그의 시작(詩作)이 현재 도시 공간이 결여/상실하고 있는 부분에 대한 보충작업인 탓이다.

시인이 이러한 시적 전략에 충실할 때, 시(詩)는 시(時)가 된다. 시

---

8 '생활세계'는 훗설이 현상학에서 전제한 바 있듯이, 일상적으로 우리가 경험하는 세계를 일컫는다. 이는 렐프의 장소 개념의 토대가 되는 것이기도 하다. 최영철이 전제하고 있는 '공간' 개념은 렐프나 투안의 '장소' 개념에 해당하는 것으로, 장소 경험을 전제로 한 말로 이해하는 것이 옳다. 렐프와 투안은 공간과 장소를 구별 짓는다. 우선 렐프는 "인간이 살아가면서 경험하게 되는 직접적이고도 구체적인 다양한 장소와 장소 경험들을 어떤 범주로 묶어 유형화 또는 개념화한 것을 공간으로 보았다. 일종의 사실과 개념과 같은 관계, 즉 개념(공간)은 사실(장소)을 토대로 존재하게 되며, 사실(장소)은 개념(공간)을 통해 자신의 맥락적 의미를 획득하게 되는 관계"라고 말한다. 이에 비해 투안은 "공간은 아직 인간의 경험과 의미가 투영되지 않은 세계이다. 공간은 장소보다 추상적이며, 인간이 공간을 더 잘 알게 되고 가치를 부여하게 되면 공간은 장소가 된다. 즉 경험을 통해 낯설은 추상적 공간은 의미로 가득 찬 구체적 장소가 된다. 공간은 '개방성, 자유, 위협', 장소는 '안전함과 안정성'의 특성을 가'진다고 본다. 장소애(토포필리아, topophilia)는 투안식 용어이며, 렐프식 용어로는 진정한 장소 경험이다. 에드워드 렐프, 김덕현·김현주·심승희 옮김, 『장소와 장소상실』, 논형, 2005, 47쪽, 305쪽. 이후 이 책의 인용은 본문에『장소』와 쪽수만 표기한다.

간/기억은 장소 경험을 토대로 생성되는데, 결국 시간/기억(時)으로서의 시(詩)는 최영철의 기억의 산물이자 동시에 체험적 삶의 공간을 상정하게 된다. 장소를 순회하면서 시인은 끊임없이 과거/기억(時)을 되새김질하고, 그 자리에 현재적 삶의 시간(時)을 채워 넣고 있으며, 또한 미래적 가능성으로서의 시간(時)을 맞이할 준비를 한다. 이처럼 시인은 장소에 적층된 시간을 파편화함으로써, 그 장소의 가능성을 타진하고 있다. 최영철의 시작(詩作)이 공동체적 삶을 지향함으로써 과거 회귀적 성격을 띠는 것은 이 때문이다. 시인은 한 장소의 시간/장소 경험(時)을 호명한다. 그 자리에서 시(詩)가 태어난다.

시(詩)가 최영철에게 왔을 때 그것은 시(詩) 이상의 것이 된다. 단순히 언어 차원의 정서 표현이나 자아와 세계의 동일성 구현에 그치지 않고, 시인에게 삶의 채찍이 되어, 생을 지탱해준다. 그리고 무엇보다 시인과 세상을 연결해주는 소통의 매개가 되어, 세상을 향한 시인의 비판적 사유를 표출할 수 있게 한다. 이런 점에서 시인의 발화체인 시(詩)는 감히, 시인의 전부이다.

3. 장소, 시(時)를 새기다

최영철은 산문집에서, "부산의 진면목을 들추고 밝히는 방법이 여러 가지가 있겠으나 나는 부산의 풍경과 부산을 제재로 한 작품을 통해 부산을 다시 보고자 했다. 오랜 세월 스스로 그러하였던 자연풍경과 시간의 흔적이 켜켜이 쌓인 구조물들이 부산의 외형적 표정이었다면, 부산을 그린 문학 영화 그림 사진 가요 등은 그 내면적 표정이 되어 주었다. 그 안에 부산의 과거와 미래, 영광과 회한, 빛과 그늘이 있다"[9]라고 말했다. 결국 최영철의 화두는 '부산'인 셈이고, 이때 부산을 "다시 보고자" 하는 시인의 의도가 반영되어, 시들이 전체적으로 과거지향적인 성격을 띤다.

장소는 개별 또는 역사적 체험을 전제로 기억/인식된다. "우리의 기억은 시간보다 공간에 더 많이 의지한다"(『동백꽃』, 75쪽)는 시인의 말처럼, 장소는 시인으로 하여금 기억을 토해내도록 종용한다. 시인이 시선을 두고 있는 부산은 휘황찬란한 아파트 단지나 백화점의 집산지가 아니라, 질펀한 시장 거리의 삶이며 소시민들의 삶이 살아 있는 현장 그 자체이다. 이처럼 최영철 시인이 하위 주체들의 삶을 응시하는 까닭은, 그들의 삶과 그 삶의 터전에 시인이 갈망하는 삶의 형태가 존재한다고 믿기 때문이다. 나아가 하위 주체들을 삶의 구체성을 획득한 존재들이라고 판단한 것이다. 기 드보르는 "현대적 생산조건들이 지배하는 모든 사회들에서, 삶 전체는 스펙터클들의 거대한 축적물로 나타난다"[10]고 보았다. 시인은 '지금-여기'의 삶이 이러한 스펙터클들로 채워지는 것의 위험성을 알기에, 과거/기억을 향해 뒷걸음질칠 수밖에 없다. 이는 시인이 과거로 퇴행함으로 현대가 상실하고 있는 가치, 즉 공동체적 삶의 지향이나 주체 중심의 휴머니즘 회복을 도모하고자 하는 의도이다.

자정 지나 내 돌아갈 곳 명륜동/택시 잡기 위해 '명륜동'이라

---

9 최영철, 「맺는 글」, 『동백꽃, 붉고 시린 눈물』, 산지니, 2008, 270쪽. 이후 이 책에서 인용은 본문에 『동백꽃』과 쪽수만 표기하기로 한다.
10 기 드보르, 이경숙 옮김, 『스펙타클의 사회』, 현실문화연구, 1996, 10쪽.

외치다가/ '성대 앞' 이라 악써서 부르기도 하며/낯선 마포 어둑한
담벼락에 어깨를 기대고/지금 당장 애절하게 소리쳐 가고 싶은 곳
/무엇으로 바꾸어 불러도 앞에 멎지 않을/아득한 마을 하나/무엇
으로도 부를 이름 하나 없이/손 들지 못하는/부옇게 밝아오는 새
벽/생각할수록 서러움에 목이 막히는/내 어서 가야 할 마을 하나.
　　　　　　　　　　　　　　　　　―「그 마을」, 『가족사진』, 46쪽, 전문.

　2년 정도 서울생활을 한 적이 있는 시인은, 그로 인해 고향의 가치
를 여실히 느끼게 된다. 그는 "부산에 살면서 바다의 존재를 잊고 살
았던 것도 사실은 바다가 늘 곁에 있다는 사실을 너무 낙관한 탓이었
을 것이다. 부산 바다와 천리나 떨어진 서울의 한 귀퉁이에서 나는
뒤늦게 내 가슴 속의 뿌리에 잠자고 있었던 바다의 존재를 깨워 일으
켰다"[11]라고 고백한다. 결국 시인은 "낯선 마포"의 "명륜동"이나 "성
대 앞"이 아니라, 부산에서 살았던 명륜동 옛집에 다다르고 싶은 것
이다. 이처럼 부산은 사는 동안이 아니라 떠나 있는 동안 애타게 그리
워지는 장소로 상정되며, "무엇으로 바꾸어" 부를 수 없는 기억 속의
장소가 된다. 단일한 정체성으로 규정할 순 없지만, 시인에게 부산은
그리움이며, "서러움"을 치유해줄 수 있는 공간이다. 시인이 부산에
있는 동안에는 부산의 모든 것이 고향 그 자체였지만, 그것을 떠났을
때는 타자의 시선으로 표상된 고향의 이미지만이 남게 된다. 결국 시
인은 고향의 다양한 층위를 망각하고, 부산을 바다와 등치시켜버리

---

11 최영철, 「바다, 천리 밖에서 깨달은 그리움」, 『우리 앞에 문이 있다』, 도서출판 빛남, 1993,
　101쪽 이후 이 책에서 인용은 본문에 『우리』와 쪽수만 표기하기로 한다.

게 되는 것이다.

사람들은 개별 주체가 삶의 구체성을 획득하지 못한 채 '가짜 장소' 즉, 자신이 주체이지 않은 장소(장소의 타자 지향성) 속에서 살아가고 있으면서도 그것이 진짜라고, 날것의 현실이며 생활세계라고 믿는다. 어느 순간 체험적 주체의 소통이 차단된 가짜 장소만이 난무하는데, 이는 주체가 사라져버린 오늘날 도시의 자화상이기도 하다. 더 이상 주체가 주체를 만나 공동체를 구성하여 체험을 구체화하던 공간은 없다. 관광산업으로 인해 부산은 이미 타자 지향의 공간이 되었다. 사람들은 관광을 위해 혹은 축제(영화제나 불꽃축제처럼 자본화된 정치적·경제적 축제의 장)를 위해 부산을 찾는다. 이제는 부산시민들조차도 부산공간에서의 체험적 구체성을 획득하지 못하고 있는 실정이다. 그렇기에 체험적 주체가 사라져버린 부산에서 우리가 해야 할 일은 주체를 회복하는 것이다. 시인은 이러한 주체를 회복하기 위해서 애초 주체의 공간이었던 장소의 재현을 갈망한다. 즉 삶의 구체성을 획득한 주체의 회복과 그러한 주체가 호명되는 공간으로서 장소를 구축하기 위해서 시인은 장소의 과거를 재현하고자 한다. 시인이 과거/기억을 재생산할 수밖에 없는 이유가 바로 여기에 있다. 시인은 기억의 회복과 과거의 재생산을 통해서 스펙터클로 변모한 도시를 고발하고자 하는 것이다. 앙리 르페브르의 말처럼 "현대세계에서 일상은 '주체'(주관성이 풍부한)이기를 그치고 '객체'(사회적 조직의 대상)가 되"[12]어 버렸다. 이처럼 시인은 자본에 의해 객체화된 일상을 고발하고, 나아가 주체의 회복을 갈구한다.

---

12 앙리 르페브르, 박정자 옮김, 『현대세계의 일상성』, 기파랑 에크리, 2005, 133쪽.

강 이쪽의 들판을 가로질러/기적을 뿜으며 가끔 열차들이/꽁무니를 흔들며 밀고 들어온다 반도의 남단/서울에 살며 몇 개월에 한 번씩/하행열차를 타고 낙동강 하류/유연한 줄기 위로 뻗은 다리를 넘으면/그리운 구포/우리나라 중앙 서울에서도 내 의식의 중앙은/이곳에 있었다 거대하고 씩씩하여/소름이 끼쳤던 한국의 수도는 나에게 변방/교각 밑 바위 모서리, 김해 벌판을 건너보며/시름에 젖던 스무 살처럼/중년의 나이 서울에서 자주 눈시울을 적셨다/앞지르지 않으면 뒤로 밀려나야 하는 줄서기에서/나는 변방이었다 깡소주와 홍합 국물에 취해/지겹게 흐르는 낙동강을 향해/죄 없이 돌을 던지던 구포여/너는 이제 내 의식의 변방이며 중앙/이 땅을 가로지른 태백산맥의 줄기로 달려와/곳곳에 보기 좋은 산들을 내려놓고/칠백 리 낙동강이 반도의 아픈 허리를 쓰다듬다/바다에 이르기 전 잠시 가쁜 숨을 멈추는 곳/그곳은 내 의식의 종점이며 시발/끝없이 열린 길로 내 걸어가야 할/마지막 도정의 구포여.

　　　　　　　　　　　－「그리운 구포」, 『홀로 가는 맹인 악사』, 72-73쪽, 전문.

나 어느날 지방으로 가리라/지리멸렬과 상호비방이 난무하는 곳으로/야간열차에 몸 실어/정처없는 발길 터벅터벅 걷기만 하면/악취와 우유부단의 고향/오, 그곳은 우리 흔히 얕잡아 마지않는 지방/나 이제 그곳으로 가리라/철 지난 뽕짝과 주정꾼이 득실대는 곳/아무 곳에나 발 뻗고 늘어지게 코 골며 자고 싶은/생선 비린내와 소금기의 포구로/촌스럽고 경박한 사투리 속으로/나 어느

날 가리라 일 대 일의 맨몸으로/서울은 싫어 중앙은/모든 것의 중
앙이므로 서울은/나 변방에서 제 흥에 겨워 비틀거리다/삼손처럼
소리치다 울다가/어두운 골목에서 누구든 만나/껴안기고 말리라
나 마침내 지방에 당도하여.

—「지방주의」,『가족사진』, 25쪽, 전문.

　구포는 낙동강을 사이에 두고 경상도(김해)와 부산이 마주보는 곳
이다. 이곳은 낙동강물이 바다와 합류하는 곳으로, '굿을 하는 나루'
라는 의미인 '굿개'에서 비롯되었다고 한다.[13] 과거에는 인간이 신에
게 닿으려고 했던 곳이었다면, 현재는 부산의 경계가 되는 곳이기도
하다. 그러고 보면 구포는 단절과 연결, 두 층위를 넘나드는 이중적 공
간인 셈이다.
　시인은 스스로를 중앙의 속도전에서 패배하고 돌아온 패잔병으로
생각한다. 어쩌면 애초부터 "의식의 중앙"을 부산(구포)에 두고 떠났
기에 패잔병이 될 수밖에 없었으리라. "한국의 수도"에서 살아본 적이
있는 시인은, 그곳이야말로 자신에게는 "변방"이었음을 말한다. 주지
하다시피 서울에는 사회 모든 영역이 집중되어 있기에, 지방에 뿌리를
두고 있는 시인으로서는 중첩된 권력의 장인 서울이 불편했을 것이다.
　강준만은 "한국의 초집중 체제는 가혹한 '레드오션' 체제를 몰고
왔으며, 이를 깰 수 있는 '블루오션'이 바로 지방"[14]이라고 지적한다.
그런데 현재 지방은 과도한 스톡홀름 증후군에 빠져 있다.(『지방』, 140

---

13 부산시청 홈페이지 http://www.busan.go.kr 시대별 부산역사 참조.
14 강준만,『지방은 식민지다』, 개마고원, 2008, 100쪽. 이후 이 책의 인용은 본문에『지방』과
　쪽수만 표기한다.

쪽) 적절한 비유인지 모르겠지만, 지방은 서울의 인질이다. 스톡홀름 중후군에 빠진 인질은 서울을 동경하고 지향한다. 그렇기에 지방이 가장 먼저 할 일은 이 스톡홀름 중후군에서 헤어나는 일이다. 그때 비로소 '중앙/변방'의 이분법을 극복할 수 있을 것이며, 지역의 가능성을 타진할 여력이 생길 것이다.

"앞지르지 않으면 뒤로 밀려나야 하는" 서울에서의 "줄서기"와 같은 속도전은 고향에 대한 그리움을 극대화할 수밖에 없다. 그것이 비록 "식민지일 것만 같은 그리움"(「후지를 보며」, 『야성은 빛나다』)일지라도 말이다. 구포는 고향을 버리고 온 사람들에게 "성공하기 전에는 절대 돌아갈 수 없다고 배수진을 친 곳이었으며 문득문득 치미는 향수를 달래며 고향의 기억을 꺼내 혼자 만지작거리던 곳"(『동백꽃』, 129쪽)이다. 그러니 구포는 차마 고향땅을 밟지 못하는 가난한 이주민들의 한이 서려 있는 곳으로, 정착하지 못하고 유목하는 경계의 땅이다.

우리는 장소가 가진 가치 또는 그 경험을 도식적으로 이해하는 대신, 개인적 삶의 체험에 따라서 다양한 의미 맥락으로 해석해야 한다. 최영철 시인에게 부산은 생활공간이며, 실존적 장소로서 작용하기에, 시인은 퇴색되어가는 부산의 이러한 장소성을 회복하고자 하는 것이다. 최영철은 그의 산문집 서두에 "釜山이라는 말/釜山이라는 말//가마뫼라는 말/가마솥처럼 생긴 뫼라는 말/앙다문 솥뚜껑 아래 부글부글 끓는 뫼라는 말"(「여는 시」, 『동백꽃』)로 시작하는 시를 남긴다. 결국 시인에게 부산은, 부산이라는 지형 속에서 "부글부글" 사람들이 뒤섞이면서 살아가는 삶과 동의어임을 알 수 있다. 그래서 시인은 외곽/외부/변방으로 밀려난 삶의 주체들을 호명함으로써, 삶의 구체성을 회복하고자 하는 것이다.

「지방주의」에서는 "지리멸렬과 상호비방이 난무하는 곳"이자 "흔히 얕잡아 마지않는 지방"일지라도, "제 흥에 겨"울 수 있는 체험적 공간으로 가겠다는 시인의 강한 의지가 반영되어 있다. 그곳에서는 "어두운 골목에서" 마주치는 어떤 이도 기껍게 맞이할 수 있겠노라고 시인은 말한다. 결국 시인에게 있어 부산은 사람과 사람이 살내 섞는 곳이며, "언제나 가 닿을 수 있는/그리움의 마지막 길"(「만덕터널」, 『아직도 쭈그리고 앉은 사람이 있다』)이다. 그는 "나는 변방에서 나의 장기인 휴머니티를 회복하였다"(『우리』, 18쪽)라고 고백하는데, 이는 최영철 자신의 주체 회복을 의미하기도 하고 동시에 삶의 구체성이 실현되는 장소로서 부산을 발견했다는 의미이기도 하다. 결국 휴머니즘의 회복이야말로 시인이 자신의 시작(詩作)을 통해서 획득하고자 하는 가치인 셈이다. 이처럼 최영철은 부산이라는 장소를 통해서 비로소 주체와 그 주체의 삶을 회복하게 되는 것이다. 투안이 지적했듯이, '자신의 고향을 세계의 중심으로 간주'[15]하기 때문에, 부산의 공간은 최영철의 장소애(topophilia, 진정한 장소 경험)로 가득 차 있다.

지금도 서면 천우장 앞이라고만 하면 다 통한다/ 30년 넘게 애용한 약속장소/ 비밀스런 상처를 서로 덧내지 않으려고/ 누구도 '그거 옛날에 없어졌잖아,' 하고 말하지 않는다/ 천우장 앞에서 시작하고 끝낸 사랑이 어디 한 둘이었겠는가/ 10년도 전에 20년도 전에, 그 전의 전에도/ 천우장이라는 고급 음식점에는 도통 들어가 본 적이 없지만/ 서면 천우장 앞이라고만 하면 다 통한다/ (…)/ 주

---

15 이-푸 투안, 구동회 · 심승희 옮김, 『공간과 장소』, 도서출판 대윤, 1995, 239쪽.

머니에 든 몇 닢 동전을 만지작거리며/한번은 환하게 달려와 줄 것 같은 사랑을 기다린 곳/없어진지 오래인 서면 천우장 앞/그때 매정하게 돌아서 간 청춘이 불쑥 돌아올 것 같아/스무 살 시절이 걸어 나간 길 저편을 악착같이 바라보며/조금 두둑해진 주머니를 만지작거리는데/천우장 없어지고 들어선 새 건물 3층 천우짱노래방이/하염없이 목을 빼고 있는 첫사랑을 비틀고 있다/천우장으로는 간이 싱거워 천우짱 천우짱/숨 가쁜 맥박소리로 쿵덕쿵덕/흘러간 세월을 비틀고 있다

　　　　　　─「서면 천우짱」,《열린시학》, 2007 여름, 87-88쪽, 부분.

　　행정적으로 부산진구 부전동에 속하는 서면은 부산 상권과 교통의 중심지이다. 최영철은 서면을 부산의 가장 중심이 되는 곳으로 지목하면서, 그 장소가 갖는 복합성을 다음과 같이 적확하게 진단한다. "오늘의 신세대들에게 서면은 자신들의 열정과 욕망을 마음껏 발산해보는 곳이며, 기성세대들에게는 지나간 젊음을 반추하고 복구해보는 곳이다. 서면에는 모든 세대가 향유할 수 있는 문화가 권역과 층위를 달리하며 공존하고 있다."(『동백꽃』, 44-45쪽) 그럼에도 시인이 서면 지하상가를 걸을 때 젊은이들의 눈치를 살피며 발걸음을 재촉하게 된다고 고백한 것처럼 오늘날 서면 중심가는 젊은이들의 독무대라고 할 수 있다. 세대 간 혼종과 이질성의 장소인 서면조차도 그 외곽의 기성세대와 중심의 젊은 세대로 이분되어, 세대의 계층화 양상을 보인다. 그 안에서 시인은 자신의 청춘을 기억하고 있는 (과거의)부산을 호명하기 위해서 "흘러간 세월을 비틀고 있다." 시인은 청춘의 한 때를 보낸 서면에서의 기억을 통해서 체험적 주체를 재구하고 있는 셈이다.

주지하다시피 장소는 변화한다. 한 지역의 장소 변화를 보면 그 지역의 이데올로기가 어떻게 변화되어왔는지 알 수 있을 뿐만 아니라, 그 살림살이의 규모까지도 짐작할 수 있다. 그만큼 장소는 그 안에서 살아가는 사람들의 삶과 불가분의 관계에 있다. 30년 넘게 "천우장"을 기억하는 시인은 그 장소와 온전히 동일화되는데, 이는 장소를 기억함으로써 자신의 존재감을 구축하게 되는 것이다. 비록 그 장소가 사라져버렸다 할지라도 장소가 가지고 있는 시간의 더께로 인해 장소는 현존하게 되는 셈이다. 시인은 천우장이 있던 장소의 변화로 과거의 시간을 비틀고 있지만, 10년 전, 혹은 이삼십 년 전에 천우장 앞에서 만날 약속을 했던 사람들은 앞으로도 천우장 앞에서 누군가를 기다릴 것이다. "저를 밟고 간 세월에 딱지가 앉아"(「곰보 다리」, 『일광욕하는 가구』) 무엇으로도 그 딱지를 떼어낼 수 없을 테니까. "오랜만에 가본 문화호텔 뒷골목의 막걸리집이/자취도 없"이 사라지고 "새로 지은 고층 건물"이 떡하니 버티고 있다 해도 "바닥에 질펀하던 막걸리 냄새"와 그 "냄새에 빌붙어 살아남은" 굶주림의 "북소리"(「막걸리북」, 『호루라기』)는 잊히지 않는다. 시인은 이러한 기억과 흔적 속에서 부산의 가능성을 찾는데, 과거 장소의 현재화와 기억의 재구성을 통해서 장소가 갖는 현재적 의미를 도출하는 것이다. 결국 시인은 시간이 멈춘 풍경으로 존재하는 부산의 과거를 호출함으로써 현재의 삶에 결여된 부분들을 보충하고, 나아가 오늘날 부산의 지형도를 삶의 장(場)으로 재구축하기를 소망한다.

장소는 낡거나 사라져버리지만, 마치 순간을 포착한 한 장의 사진이 영원한 것처럼 그 장소에 새겨진 시간들은 영원하다. 하지만 카메라 옵스큐라의 프레임 밖에 있던 것들이 은폐되고 폐기되었듯이, 한 시절을 다 보낸 장소의 상실은 그 시절을 기억하는 사람들이 사라지고 나면 더 이상 되돌릴 수 없는 시간이 되고 만다. 이처럼 최영철의 시 속에는 중앙에서 바라보는 지방으로서의 부산과 기억의 공간으로서의 부산이 있다. 그리고 이러한 부산을 재현함으로써 부산의 정체성과 부산 사람의 주체성을 회복할 수 있기를 갈망한다. 최영철 시인의 시는 흑백사진이다. 휘황찬란한 스펙터클들 사이에 놓인 흑백은 컬러보다 더 강렬하다. 셔터의 속도와 조리개로 빛의 양을 조절할 수 있는 카메라처럼 시인은 삶이 안고 있는 미묘한 농담을 포착한다. 빛을 이용하는 흑백사진처럼 시인의 활자는 과거/기억의 삶 속에 숨어 있는 입체적이고 환상적인 질감들을 표현하는 데 주저하지 않는다.

시(時)를 새기는 일은 과거의 것을 넘어 현재적 삶의 의미를 재현하는데, 그 가치가 있다. 문학이 삶의 형상화를 그 목적으로 삼듯이, 시인은 시를 통해 삶의 지반을 형상하고자 한다. 즉 최영철은 체험적 주체가 살아 있던 공동체적 과거와 기억을 호출함으로써, 스펙터클한 현대 도시의 프레임이 놓치고 있는 지점을 포착하여, 다층적인 지역의 면모를 더 세밀하게 바라볼 수 있는 일종의 대안을 제시한다. 그렇기에 최영철이 과거에 대한 애수나 기억에 집착하는 것은, 이러한 담론적 전략을 시를 통해 구현하기 위함으로 볼 수 있다.

4. 위태로운 지상, 부산

최영철은 삶의 흔적을 포착하기 위해 리얼리즘 시를 쓰는데, '지금-여기'에 놓인 인간의 자리에 집착하고 하위 주체들의 삶 속으로 뛰어드는 것은 이 때문이다. 기억과 회상을 통해서 삶의 주체를 회복하고자 했던 시인은 지금-여기의 왜곡된 공간과 대면하게 되는데, 객관적인 '지금-여기'의 시/공간에, 경험된 과거의 시/공간을 덧씌움으로써 타자화된 지형에 대한 문제의식을 제기한다. 시인은 현대의 실상, 그 스펙터클한 두께가 가지고 있는 폭력성을 고발하기 위해서 스펙터클로 채워진 현대적 삶의 공간에서 구경꾼으로 내몰린 주체와 고립된 하위 주체들의 삶을 응시한다. 이 때문에 시인은 변모해가는 현재 부산의 에스노스케이프[16]를 의도적으로 숨기고, 그것이 감추고 있는 하위 주체들의 에스노스케이프를 파헤치는 것이다.

　　물 맑고 물 많은 곳/산비탈 어느 지점에서 마을버스가 핸들을 꺾으면/거기 어스름한 새벽 정기에 신천지처럼 불쑥 나타나는 곳/지난 철거 때 반쯤 부서지거나 풀썩 내려앉아버린/집터가 내다버린 쓰레기처럼 그대로 꿇어앉은 곳/거적대기를 밀치고 아이들이 햇볕을 쬐려고 기어나오는 곳/억장 무너져 쓰러진 반신불수 영감의 머리 위로/후두둑 철거반의 망치가 지나간 곳/쓰다 버린 합판을 얼기설기 세워/비바람 피하러 모여든 곳/올망졸망 닭도 치고 돼지도 기르는지/그윽한 거름냄새 솔솔 불어오는 곳/잡목 베고 길 닦으니 이제 그 길로/금수강산 더럽혀 결탁한 어르신/졸부들

---

16 에스노스케이프(ethnoscapes)는 우리가 그 속에서 살아가고 있는, 변하는 세계를 구성하는 사람들의 풍경을 말한다. 아르준 아파두라이, 차원현·채호석·배개화 옮김, 『고삐 풀린 현대성』, 현실문화연구, 2004, 62쪽.

호화판 탈법으로 히히닥거리며/불법으로 좌우경관 살피며 올라오
는 곳/(…)

—「물만골」, 『홀로 가는 맹인 악사』, 30-31쪽, 부분.

코딱지만 한 단칸방 가득 피어나던/따습던 저녁이 없다/오랜
만에 걸어보는 길/희미한 외등만이 비추는 철거지는/여남은 집
어깨 나란히 하고 오순도순 살던 곳/쌀 한 됫박 연탄 한 장 빌리러
갚으로 가서/절절 끓는 아랫목에 발 집어넣던 곳/한글 막 깨친 아
이 하나/밥상 위에 턱 괴고 앉아 소리 높여 글 읽던 곳/희미한 외
등 따라 내 그림자 길게 늘어져/고단한 생의 흔적이 말끔하게 지
워진 길/한 발 두 발 내 구두 소리만 흥얼댄다/일가족 칼잠으로
누웠던 머리맡/(…)

—「철거지를 지나며」, 『호루라기』, 57쪽, 부분.

물만골은 영화 〈1번가의 기적〉의 배경이 되었던 곳이다. 영화에서
는 서울 봉천동 청송마을 1번지로 설정되어 있으니, 부산의 물만골이
아니라 서울의 철거촌으로 의미를 가진다. 한국전쟁의 기억이 고스란
히 남아 있는 부산의 지형에는 유난히 산동네가 많다. 그러나 영화 속
물만골은 부산 지형으로서 갖게 되는 의미 맥락이 사라져버린 곳이다.
대부분의 산동네들이 도로확장 혹은, 아파트단지 조성을 빙자해서 사
라지고 있으며, 그곳에서 살아가던 사람들도 강제적으로 터전을 잃어
가고 있다. 영화 속 청송마을은, '물만골'이 가지고 있는 차이와 다양
성, 그리고 그 고유성을 무시하고, '철거지'라는 균질화되고 정치화된
시선만이 남은 곳이다.

부산시청 홈페이지에 게재된 시대별 부산역사 자료를 보면, 황령산 북쪽자락으로 물이 많이 나오는 골짜기라고 해서 물만골이라는 이름이 지어졌다고 한다. 그러나 더 이상 "물 맑고 물 많은 곳"은 없으며, 대신 "철거반의 망치가 지나"가고, 남은 "잡목"마저 모조리 "베"어 낸 자리 "불법으로" "길 닦"아, 마을은 사라져버렸다. "코딱지만 한 단칸방 가득" "칼잠"을 뉘던 가난한 사람들은 쫓겨나고, 남은 것은 "고단한 생의 흔적이 말끔하게 지워진 길" 뿐이며, 그 길 어디에도 한때 그곳에서 살았던 주체들의 삶은 없다. 부산 지형 내의 다른 장소들 역시 그 특이성을 잃고 균질화되어가고 있으며, 주체들이 살아가던 삶의 지반은 자본과 정치권력이 대신하고 있는 실정이다.

최영철의 말처럼, "부산은 인간의 구체적인 삶을 드러내려는 리얼리즘 예술가들에게 더없이 좋은 작업 공간"(『동백꽃』, 113쪽)인 만큼 시대적 굴곡을 고스란히 감내한 도시이다. 오늘날 부산은 자본주의의 횡포에 무방비 상태로 노출되어 있다. 거대자본과 권력은 "무허가 판자집"에서 살아가는 이들의 삶은 안중에도 없으며, 그들의 "무허가 산동네 통반없는 인생사"(「묵은 똥은 냄새가 나지 않는다」, 『아직도 쭈그리고 앉은 사람이 있다』) 같은 것에는 처음부터 관심도 없었다. 그들은 오로지 부산이 기억하고 있는 사람이나 그 사람들의 역사가 아니라, 더 큰 이윤창출을 위해 부산이 대한민국에서, 아시아에서, 나아가 세계에서 뒤지지 않는 도시가 되기를 희구할 따름이다. 따라서 현대 도시의 삶의 양상은 장소애를 체화한 주체를 잃은 채, 아파트라는 벽으로 분할/계층화되고 있다. 이처럼 현대 도시에서의 삶은 자본으로 계층화될 뿐이기 때문에, 그 안에서 사람 냄새를 찾는다는 것은 도리어 사치로 여겨진다. 이러한 현상에 내포되어 있는 위험성을 목도했기에, 최영철 시인의 시는 (최민식의 사진처럼)클로즈업된 얼굴들을 담고 있다. 이런 작업을 통해서 시인은 깊은 주름의 굴곡들이 고스란히 포착된 피사체들의 주변부적 삶의 애환을 위무(慰撫)한다.

> 지하에서 희희낙락한 사이 고층빌딩 하나 섰다/양정에서 초량 지하철 타고 초량에서 양정/바쁘게 오가느라 지상을 놓친 사이/ 눈에 익은 길모퉁이 책방 흔적 없다/서울 종각 근처 15층 밤 사이 슬쩍 내려놓은 듯/지하공장에서 속성조립 지상으로 발사한 듯/잘 빠진 고층빌딩 하나 솟았다/저 빌딩 아마 며칠 이내로 무너질지 몰라/길 모퉁이 유리창에 '점포정리' 쪽지 보지 못하였으니/날마다 버스 타고 가며, 남은 책들을 옮기는/늙은 책방 주인 보지 못하였으니/저 빌딩 아마 며칠 이내로 무너질지 몰라/(…)
> —「지상은 위태롭다」, 『홀로 가는 맹인 악사』, 40-41쪽, 부분.

산업구조의 변모로 인해 부산은 관광산업 등을 적극적으로 추진함으로써 서비스도시로 재빠르게 변모하였고, 이에 따라 도시 공간도 재배치되었다. 그러나 시인은 아직 그런 부산을 수긍하지 않는다. 시인의 시선은 의도적이라 할 정도로 철저하게 변두리만을 응시하고 있으며, 거대 도시로부터 추방당한 자들/곳들을 조명함으로써 자본/계급의 폭력성을 고발한다. 자본화된 계급의 조건에 따라 재구성된 도시는 더 이상 변두리에 스포트라이트를 비추지 않는다. 그렇기에 시인의 눈에는 하위 주체들의 삶의 지반이 사라져버리는 도시의 공간 변화가 위태롭게 보일 수밖에 없다.

"희희낙락" "바쁘게 오가느라" 삶의 자리를 놓친 사이, 서울에 있던 고층빌딩이 떡, 하니 부산에 내려와 있다. 아주 잠시 놓쳤을 뿐이지만 도시는 그것보다 더 빠른 속도로 변해가고 있었던 것이다. 더 이상 부산과 서울, 두 도시의 구조적 차이를 찾기는 힘들며, 더욱이 부산의 다양한 지형들조차 그 특이성을 상실한 지 오래다. 부산의 서비스산업화 · 관광도시화는 결국 부산을 '보여지기 위한' 도시로 재배치함으로써, 삶의 현장으로서의 부산을 소거해버리고 관광객들의 시선을 사로잡는데 급급하게 만들었다. 속도에 쫓겨 바삐 이동하는 사이, 자본의 힘을 빌려 얼마나 많은 것들이 허물어지고 다시 지어지는가. 그러는 사이 진짜 부산을 말해주던 골목이며 시장은 사라져버렸고, 그 안에서 살아가던 사람들도 어디론가 떠나버렸다.

최영철은 시를 통해서 일상과 생활의 자리 안에서 호흡한다. 그의 시에는 클로즈업된 피사체만 있는데, 변두리에 있던 하위 주체들을 클로즈업함으로써 현실에서의 점경을 확대한다. 현대 사회구조 안에서 프레임 밖으로 밀려날 수밖에 없는 피사체를, 시인은 클로즈업 기법을 차용함으로써 포착하고 있는 셈이다. 시인 최영철은 보이는 것 그대로의 풍경이 아니라 풍경에 대한 주관적인 재해석을 통해서 현대인들이 놓치고 있던 현실감각을 자극한다.

5. 부산, 지역문학을 말하다

지역문학이란 무엇인가. 이 물음에는 묘한 긴장감이 느껴진다. 가볍지도 무겁지도 않게 이 물음에 답하기란 쉽지 않다. 나아가 부산의 정체성은 무엇인가. 아민 말루프의 말처럼 "정체성이란 우선 상징에 관한 문제이며 또한 외양의 문제이기도 하다"[17]면 역시 '부산은 바다이자 항구다.' 그러나 이와 같은 단일한 규정은 일종의 폭력으로 작동한다. 즉, 바다를 빼고는 부산을 말할 수 없다는 위험한 경계 짓기를 '무심코' 해버린 것이다. 또한 이것은 부산을 지역 안에 가두어두고자 하는 억압의 한 방편이며, 부산 내부에 산재해 있는 모순과 갈등을 은폐하는 것이다. 정의 내리고 규정짓는 일은, 결국 계층화를 묵인해주는 일에 불과하다. 말루프의 말처럼 단일하고 고정된 정체성이 아니라 고유한 다양성으로 이루어진 정체성이어야 한다. 개인의 정체성을 구성하는 요소들 사이에 어떤 위계질서가 존재한다면, 이는 시대에 따라서 상이한 양상으로 드러나 한 개인의 행동을 근본적으로 변화시킨다.(『사람』, 23쪽) 그랬을 때 부산의 정체성은 무엇이라고 말할 수 있을까. 적어도 시인 최영철에게 부산은 그 자신의 정체성을 구성하는 하나의 요소라고 말할 수 있겠다.

역사가 마르크 블로크는 "인간은 그 아버지의 자식이라기보다는 오히려 그 시대의 자식이다"(『사람』, 125쪽)라고 말했다. 그렇기에 오늘을 살아가는 우리가 해야 할 몫은, 이 시대와 소통하는 일이다. 문학 연구는 현재적 의미를 획득해야 한다. 그러므로 지역문학 연구 역시 지역의 현재와 호응해야 한다. 그런 점에서 "언젠가는 현실의 더께를 걷어낸 백지 상태의 무적자가 되고 싶다"(「작가의 말」, 『호루라기』)라는 시인의 말처럼, 최영철의 시작(詩作)은 더께 속에 숨겨둔 현대 일상을 파헤치는 일이다. 시인은 전략적으로 현대 도시의 스펙터클한 변화의

---

17 아민 말루프, 박창호 옮김, 『사람 잡는 정체성』, 이론과 실천, 2006, 146쪽. 이후 이 책의 인용은 본문에 『사람』과 쪽수만 표기한다.

장을 외면하고 있는데, 그것은 현재의 시간(스펙터클한 도시)을 은폐하는 것이면서 동시에 또 다른 현재(스펙터클 안에서도 하위 주체의 일상은 여전하다)를 발견하는 일이다.

바로 여기에 최영철의 시적 전략이 갖는 가능성이 있다. 지역이 도시화될수록 하위 주체들의 삶과 그 삶의 공간은 은폐될 수밖에 없다. 또한 변화와 진보를 모토로 한 도시 공간에서 더 이상 과거를 반추할 여유를 찾아볼 수도 없다. 이런 측면에서 최영철의 시작(詩作)은 '말할 수 없는' 하위 주체와 그들의 삶을 대변한다는 데 그 의미가 있다. 시인은 편리와 합리주의의 산물인 현대 도시, 그 이면에 숨겨진 계층화되고 철저하게 계산된 경제적 불균등의 지점들을 폭로함으로써 소외된 하위 주체들의 삶을 비로소 '말할 수 있는' 것으로 재배치한다. 최영철의 시작(詩作)은 일종의 대안적 시선을 제공하는데, 카메라의 시선으로 세상을 들여다봄으로써 새로운 방식으로 대상을 사유하게 한다. 이 시선은 프레임 밖으로 물러나 있는 대상을 피사체로 불러들임으로써 자본주의적 원근법을 극복하고, 단일한 소실점을 거부함으로써 복수의 시점이 갖는 가능성을 제시한다. 이를 통해서 점경으로 대체되던 하위 주체들과 그들의 삶의 지반이 클로즈업될 수 있으며, 소통을 이끌어낼 수 있는 것이다.

이와 같은 최영철의 시작(詩作)의 가능성은 동시에 일종의 한계이기도 하다. 최영철의 입을 통해서 하위 주체가 말해짐으로써 역으로 그들 스스로는 말할 수 없는 존재로 만들어버리게 된 셈이다. 또한 그들의 삶의 양태를 단정적으로 규정함으로써 조금 더 복합적/다층적/혼종적인 삶을 은폐하게 되는 것이다. 나아가 하위 주체들의 삶을 클로즈업하면서 실상의 점경을 사유의 중앙에 위치하게 하는데, 이는 결국 이미 시대적 변화 아래서 변모한 라이프스타일을 간과하게 만들 뿐 아니라, 현대적 삶의 양식 속에서 발생하는 제반 문제들을 해결하기 어렵게 한다. 이처럼 공동체적 삶의 형태를 지향함으로써 전근대적인 가치를 격상시키고자 하는 시인의 의도만으로, 변혁적인 현대의 공간을 재배치할 수 있을지 의문이다. 우리는 변화의 자장 안에서 근대성의 산물들이 야기한 문제점들을 극복할 방안을 세워야 하는데, 최영철은 전근대적 가치 구현을 회구함으로써 일종의 퇴행적 삶의 양태를 주장하고 있는 것이다. 이런 점에서 최영철의 작업은 지역문학의 가능성과 그 한계를 동시에 보여준다.

다시 지역문학이란 무엇인가. 연고주의로만 치부하기에 지역문학은 너무 다층적인 층위를 가지고 있다. 지역 혹은 그 지역을 보는 시선이 중요한 것은 아닐까. 그리고 중앙/변방이라는 이분법적 간극에서 비롯되는 여러 모순을 간파하는 작업이 선행되어야 할 터이다. 그러나 문학의 영역은 조금 더 복합적이다. 그것이 지역문학으로서 장소의 구체성을 띠고 있다고 하더라도, 문학은 단순히 담론만을 담는 그릇이 아니기에 문학성이나 미학성을 간과한다면 회자되기 힘들 것이다. 지역문학의 빈곤은 어디에서 비롯하며, 우리는 어떻게 그것을 극복할 수 있는가. 그들이, 혹은 우리 모두가 정체되어 있는 까닭은 무엇인가. 결국 지역 문인과 연구자들이 서울 중심의 문단을 추수하기 때문이다. 서울을 중심으로 만들고 지방을 변방으로 밀어낸 것은, 어떤 측면에서는 우리 스스로 자초한 일이기도 하다. 이제 우리는 자신이 살고 있는 토양에서 문화/문학을 생성하고 이를 향유해야 한다. 이를 위해서는 서울이라는 기득권에 영합하지 않고서는 다른 도리가 없다는 식의 안일한 패배의식을 버려야 한다. 또한 강준만의 지적처럼 '생활밀착형' 지역연구로 나아가야 한다. 연구자와 문인들만의 잔치로 끝나는 문화/문학운동이 아니라, 전 지역민과 소통할 수 있는 창구를 모색해야 한다.(『지방』, 259쪽) 나아가 서울이 부산 등의 지역을 변방화 했듯, 부산 역시 타 지역을 변방화/타자화할 수 있는 위험이 있음을 늘 인지해야 한다.

지역문학의 한 모습으로 최영철을, 그의 문학 활동을, 그리고 그의 부산을 던져놓아 본다. 무엇보다 새로운 방식으로 사물/대상/시대를 보고자 하는 그의 시선을 본다. 최영철의 시선으로 만든 지도[18]가 있다. 그의 '부산지도'는 담론을 날것으로 부르짖다가도 어느 순간 시의 풍경 속으로 숨어들어 버린다. 우리는 이 부산지도에 담긴 부산에 대한 그의 담론이나 애정, 그리고 부산에서 살아온 그의 체험적 시간을 읽어냄으로써 비로소 그와 소통할 수 있다. 시인은 카메라의 시선으로 스펙터클 속에 던져져 있는 현재의 부산을 응시함으로써 주변에 있던 것들을 포착한다. 즉 최영철의 시작(詩作)의 프레임에는 시인의 리얼 리즘적 욕망이 투사되어 있다. 손택의 말처럼 "현실은 늘 이미지에 기록된 대로 해석되어 왔다."[19] 그렇기에 부산(혹은, 부산 너머)의 지역 문학에는, 최영철이 전유하고 있는 부산의 면모를 더 다양화시킬 수 있는 '다른' 여러 시선들이 만들어내는, '다른' 이미지들이 필요하다. '다른' 시선들이 담론을 다양화시킬 때, 비로소 최영철이 사유하는 부산이 갖는 한계를 극복할 수 있는 방안이 마련될 수 있을 것이다.

---

18 와카바야시 미키오는 지도가 현실을 모방하는 것이 아니라 현실이 지도를 모방한다고 말한다. 곧 지도란 표현은 그것이 만들어진 사회의 다른 담론이나 정보의 상호 관계 속에서 만들어내는 것이다. 와카바야시 미키오, 정선태 옮김, 『지도의 상상력』, 산처럼, 2006, 12쪽.
19 수전 손택, 이재원 옮김, 『사진에 관하여』, 이후, 2002, 219쪽.

2부

부산-지역,
문화를 생각한다

부산의 정체성과 롯데 자이언츠
부산스러운, 하나가 아닌 여럿인
아무도 들어주지 않는 '말건넴'의 영화들

부산의 정체성과
롯데 자이언츠

1. '구성' 되는 부산의 정체성

그간에 부산은 대한민국 제2의 도시로 서울에 버금간다는 자부심
이 강한 곳이었다. 그런데 지금은 인천에도 뒤처진다는 위기의식이 만
연해 있다. 그래서 부산시는 어떻게 하면 다른 지역과 차별을 두면서
부산을 서울에 버금가는 도시로 만들지에 대해 끊임없이 고민하고 있
다. 이러한 고민은 부산의 정체성에 대한 새로운 모색으로 이어진다.
부산은 바다와 접해 있다는 지리적인 위치로 인해 사람들은 부산을 생
각할 때 "부산은 항구다"라는 명제를 먼저 떠올린다. 그리고 이러한
지리적 조건 때문에 부산은 최첨단의 유행을 받아들이는 통로였으며,
이러한 해양적 특성이 개방성으로 이어지곤 했다. 또한 새로운 문물을
자유롭게 받아들이는 개방은 폭압적인 권위에 굴복하지 않는 저항
성으로 연결되기도 한다. 부산은 4 · 19와 부마항쟁 등에서 알 수 있듯

이 독재정권에 항거하는 기지가 되었다는 것이다. 그래서 지금까지 많은 사람들이 부산의 정체성을 "진취적, 개방적이면서 직선적이고 화끈하다. 그리고 거칠다"[1]라고 정의한다.

그러나 '부산의 정체성'이라고 정의할 수 있는 부산의 '본질'이란 것은 없다. 부산의 정체성은 그 시대의 사회적인 관계 속에서 구성되고 만들어지는 것에 불과하다. 그럼에도 불구하고 부산시는 부산의 정체성을 끊임없이 만들어내면서 마치 '부산성'이라는 무언가가 존재하는 듯한, 그래서 그 만들어진 것들이 '부산성'의 내재적인 본질의 발현인 것처럼 만든다. 그렇다고 해서 이 글이 '지역은 더 이상 존재하지 않는다'거나 '부산성이란 것은 없다'라는 주장을 하자는 것은 아니다. 민족과 국가, 지역이 상상의 공동체라 하더라도 엄연히 하나의 물리력을 행사하는 실체로서 우리 생활에 영향을 미치고 있다면 그것이 허구라고 외칠 수만은 없는 것이다. 그래서 이 글에서는 부산시가 부산의 정체성을 만들어가는 과정, 즉 부산의 상징이라고 할 수 있는 것을 통해 '부산성'이라는 것을 어떻게 조작하는가를 프로스포츠인 야구를 통해 살펴보고자 한다. 또한 그러한 정체성 형성을 통해 부산시가 얻고자 하는 것은 무엇인가에 대해서도 살펴보겠다.

부산시는 최근에 스포츠 분야에 많은 예산을 투자하고 있다. 얼마 전 올림픽유치에 본격적으로 뛰어든 것이나, 부산지하철 3호선 '종합운동장역'에 442m^{2}의 공간을 '스포츠테마'로 조성한 것이 그 예이다. 이 '스포츠테마'는 부산시가 예산을 들여 조성한 것으로 2008년 9월

---

1 『부산의 정체성』, 부산발전연구원, 2003, 118쪽. 부산광역시에서 발간한 책자에서도 부산인의 정체성으로 해양성, 개방성, 저항성을 들고 있다(『부산광복60주년』, 부산광역시, 2006, 278-285쪽).

에 완성되었다. 이곳에는 롯데 야구단을 비롯하여 KTF매직윙스 농구단, 현대아이파크 축구단의 선수들과 감독의 브로마이드가 벽과 기둥에 붙여져 있다. 이 중에서도 특히 롯데 야구단에 대한 정보가 많다. 롯데의 상징이 되는 엠블럼의 변천과 롯데 야구단의 역사 등 여러 가지 볼거리가 그곳을 가득 채우고 있다. 부산시가 시 예산을 들여 이러한 공간을 조성하는 것은 스포츠, 특히 야구를 통해 지역민을 통합함과 동시에 야구를 부산의 새로운 상징으로 만들려는 움직임으로 볼 수 있다. 물론 사직 야구장의 열기가 부산시의 의도대로만 되는 것은 아니다. 천정환의 지적처럼 사직 야구장의 열기에서 다중적 활력이나 역동성을 찾을 수도 있을 것이다.[2] 그러나 그 이전에 부산시가 롯데 자이언츠를 통해 구성하려는 부산의 정체성에 대해 먼저 살펴야 할 것이다. 상징 조작의 작동원리를 인지해야지만 단일한 정체성에 함몰되지 않는 다중의 활력을 얘기할 수 있을 것이기 때문이다.

2. 스포츠와 내셔널리즘, 그리고 로컬리즘

스포츠는 외부의 도움을 받지 않고 이루어지는 개인 간의 순수한 경쟁이라는 이미지 때문에 정치와는 무관한 자율적인 영역으로 생각된다. 그러나 스포츠가 근대 국민국가 형성에 기여했으며 근대적인 신체 만들기의 훌륭한 기제로 이용되었다는 사실은 널리 알려져 있다. 그것은 다음 두 가지 점을 통해 살펴볼 수 있다.

---

2 천정환, 「대중문화 공부와 삼·팔·육」,《인물과사상》, 2005, 1월호 참조,

먼저 스포츠는 내적으로 국민을 하나로 통합시키며 외적으로 정권의 정당성을 확보하기 위한 수단이 되기도 한다. 스페인을 대표하는 축구팀 FC바르셀로나가 유럽에서 우승컵을 차지하자 프랑코를 파시스트라 비난하는 목소리가 잠잠해졌으며, 독일의 히틀러는 자신의 정치적 정당성을 확보하고 입지를 다지기 위해 베를린올림픽(1936년)을 이용하기도 했다. 박정희 정권 또한 스포츠를 통해 자신의 대외신임도를 높이려 '박스컵'을 개최하기도 했으며, 스포츠 발전을 위해 국민체육진흥법(1962년 9월 17일)을 공포하기도 했다. 국민체육진흥법은 경제개발 5개년 계획처럼 스포츠도 개발계획에 따라 몇몇의 우수한 스포츠 엘리트들을 육성하는 프로그램이다. 박정희 정권이 스포츠 엘리트를 통해 국제대회에서 한국의 존재를 알리려고 한 것은 국민통합과 밀접한 관련을 갖는다.

스포츠 엘리트가 국민통합과 연관되는 과정은 상징화와 동일화의 개념으로 설명 가능하다. 우선 상징화는 스포츠 선수가 그 나라, 혹은 지역의 경제력이나 사회정치체제를 대신 나타내준다는 것이다. 이는 곧 선수 개인의 우수한 성취가 그가 속한 팀이나 집단 그리고 지역사회, 국가의 우수함을 표상하는 것을 의미한다. 다음으로 동일화는 다수의 일반국민들이 우수한 성취를 거둔 자국선수와 자신을 동일시한다는 것이다. 이러한 동일시를 통하여 공동체의식을 형성하여 강화시키고, 결국에는 국가 전체사회로의 통합이 가능해진다.[3] 스포츠를 통한 국민통합의 예는 최근 김연아 열풍을 보면 확실히 알 수 있다. 김연아가 2009년 세계피겨선수권대회에서 금메달을 목에 건 것은 대한민

---

3 송형석, 『함께 읽는 체육 스포츠 이야기』, 계명대학교출판부, 2006, 182쪽-183쪽 참조.

국의 우수함을 나타내는 지표이며, 김연아가 아사다 마오를 이긴 것은 대한민국이 일본을 이긴 것이 된다. 그래서 단상 위에서 태극기를 바라보며 눈물을 흘리는 김연아의 모습은 하나의 표상이 되어 언론매체를 통해 거듭 재현되고 있는 것이다. 이처럼 스포츠를 통한 재현의 기능은 한 나라의 국제적 위상을 상징적으로 드러내는데 매우 효과적이며, 국가적 위상에 대한 긍정적 인식을 확대 재생산함으로써 국민통합을 유도하고, 이는 곧 정권안정이라는 정치효과로 이어진다.

다음으로 스포츠는 규범을 형성하여 규율화된 주체 만들기의 장으로 활용된다. 어떤 스포츠라도 규칙 없는 경기는 없다. 특정한 규칙을 따르는 것이 운동 경기다. 그렇기 때문에 규칙을 모르면 스포츠를 직접 수행할 수도 없고 관람 또한 할 수 없다. 따라서 스포츠는 어떤 코드에 따라 학습된 인위적 운동으로 신체를 통해 규범과 규율을 배우는 수단이 된다. 조선에 야구를 처음 도입한 질레트가 가장 곤욕을 치른 것은 YMCA회원들에게 야구의 규칙을 가르치는 것이었다고 한다.[4] 근대적인 신체규율에 익숙지 않았던 당시의 조선인들에게 규칙대로 움직인다는 것은 분명 새로운 것을 요구하는 일이었을 것이다.[5] 이처럼 신체적 표현과 움직임을 일반화할 수 있는 규칙과 코드를 통해서 통일함으로써 국민의 신체를 관리하는 것이 근대 스포츠 교육의 목표였다.

지역이 자신의 정체성을 스포츠를 통해 형성해간다고 했을 때,

---

4 유홍락 · 이종남, 『이야기 한국 체육사 4』, 국민체육진흥공단, 1997, 47쪽.
5 한국 최초의 야구단을 소재로 만든 영화 〈YMCA야구단〉(김현석 감독, 2002)에는 인상적인 장면이 나온다. 처음 야구를 접해본 조선인들에게 야구의 규칙은 이해하기 힘든 것이었다. 공으로 주자를 맞춰야만 아웃이라고 설명하자 주자는 나무 위로 도망간다. 어떻게든 야구공을 맞지만 않으면 아웃이 아니라고 생각하였기 때문이다. 규칙이라는 것을 내면화하지 않은 당시의 조선인들에게 야구 규칙을 설명한다는 것은 서간 어려운 일시 시기였을 것이다.

스포츠의 국민통합의 기능은 지역민의 통합에도 응용된다. 지역을 대표하는 스포츠 팀의 뛰어난 실력은 다른 지역보다 우월하다는 지표이고, 또한 지역 연고팀의 승리는 지역민의 승리가 된다. 여기서도 국가에서와 마찬가지로 상징화와 동일시가 일어난다. 그래서 부산시에서는 스포츠를 통해 지역경제를 활성화시키고 지역사회의 연대와 지역주민을 통합시키려는 시도가 점차적으로 증가하고 있다. 부산시장은 롯데 선수들과의 간담회에서 "롯데가 살아야 부산경제가 산다"는 발언을 했다.[6] 또 롯데 선수들은 부산시의 행사에 여기저기 불려 다닌다. 강민호는 부산 교통공사 홍보대사로 위촉되어 지하철 3호선 종합운동장역과 사직역에서 그가 안내하는 방송을 들을 수 있다. 또 연말연시마다 손민한, 이대호, 강민호 등을 비롯하여 팀의 가장 인기 있는 선수 두어 명이 사랑나눔 산타로 변장하기도 하며, 롯데 자이언츠의 주장 조성환은 새해맞이 타종행사에 부산대표의 자격으로 참석하기도 한다. 이처럼 부산시는 스포츠 스타, 특히 인기 있는 야구선수들을 부산의 얼굴로 기용함으로써 부산시민들을 하나로 묶으려 한다. 그러나 롯데 자이언츠를 통해 지역민과 지역사회를 통합하고, 상징과 규범을 형성하며, 부산시민들에게 공동체의식을 갖게 하려는 부산시의 의도는 부산시가 특정기업과 손잡고 부산의 정체성을 배타적인 방향으로 형성하고 있다는 측면에서 비판적 검토가 필요하다.

---

6 2008년 5월 허남식 시장 초청 간담회(롯데 자이언츠 공식 홈페이지 www.lotte-giants.co.kr 참조).

3. '부산 싸나이' 와 롯데 자이언츠

1) 지역 간 대결을 통한 부산의 정체성 형성

흔히 지방자치 시대는 문화가 자본이 되는 시대라고 한다. 그래서 지역마다 앞다투어 각양각색의 축제들을 만들며 관람객 모으기에 혈안이다. 부산시도 다양한 축제들을 통해 관광객 유치에 여념이 없다. 그런데 굳이 불러 모으지 않아도 자발적으로 시민들이 모이는 곳이 있으니, 그곳이 바로 사직 야구장이다. 야구에 대한 부산시민의 관심은 광적이라는 표현으로도 부족하다. 심지어 2005년 부산을 지역구로 지방선거에 출마했던 권철현 의원은 돔구장인 '갈매기 파크' 건설을 공약으로 제안하기까지 했다. 이 같은 부산의 야구사랑은 어느 날 갑자기 나타난 것이 아니다. 거슬러 올라가면 프로야구가 없었던 시절에도 대학야구나 실업야구가 개최되면 어김없이 부산시민들은 구덕운동장을 꽉 메웠다. 이렇게 인기 있는 야구가 한국에 도입된 것은 불과 100년 남짓이다.

한국 야구는 미국인 선교사 필립 질레트(Phillip Gillett, 한국 이름은 길례태)에 의해 1905년 처음 도입되었다. 최초의 야구 경기는 1906년 2월 11일 훈련원 마동산에서 벌어진 YMCA와 덕어(독일어)학교의 경기이다.[7] 이후 1920년 〈전 조선인 야구대회〉가 개최되면서 야구가 본격적으로 시행되었다고 할 수 있다. 해방 이후에도 자유 신문사가 주최하고 조선야구협회의 주관 아래 제1회 청룡기 쟁탈 전국 중등야구 선수권대회(1946년 9월 11일 경성운동장)가 열렸다. 이후에 〈황금사

---

7   유홍락 · 이종남, 『이야기 한국 체육사 4』, 국민체육진흥공단, 1997, 41쪽

자기대회〉(1947년), 〈쌍용기대회〉(1949년) 등을 개최하기에 이른다. 이들 대회에서 부산상고, 동래중, 경남상업, 부산중, 경남중 등 부산을 연고로 한 학교들이 전국대회를 휩쓸다시피 했다. 물론 이들의 활약을 보기 위해 관중들이 구름처럼 몰려든 것은 말할 것도 없다.

이처럼 부산은 프로야구가 출범하기 이전부터 전통적인 야구의 도시로 인식되었다. 그러나 고교야구에 대한 팬들의 관심은 다른 지역도 별반 다르지 않았다. 고교야구대회가 열리는 날이면 관중들은 동대문 구장을 꽉꽉 메웠으며, 방송에서는 정규방송을 야구중계방송으로 바꿀 정도였다. 이때 사람들은 출신고교를 응원했었다. 하지만 프로야구가 출범하면서 그 양상은 다르게 전개되기 시작했다. 1982년 '어린이에게 꿈을, 젊은이에겐 정열을, 온 국민에겐 건전한 여가선용'을 슬로건으로 내걸고 출범한 한국프로야구는 태동부터 지역연고제(franchise)였다. 「한국프로야구 창설계획서」에 따르면 프로야구는 1979년부터 실시해온 〈야구대제전〉에 기초를 두고 있다. 〈야구대제전〉은 대학·실업선수들이 출신고교별로 모여 모교 유니폼을 입고 경기를 하는 것이다. 이것이 성공을 거두자 당시 프로야구 출범에 관여했던 이용일은 각 구단의 본거지를 지역별로 안배하면 모교와 자기 고장을 응원하는 사람들을 프로야구팬으로 흡수할 수 있을 것이라고 판단하였다.[8] 즉 프로야구가 흥행에 성공하기 위해서는 향토애를 적극적으로 이용해야 한다는 판단하에 지역연고제를 바탕으로 팀이 구성된 것이다. 이처럼 프로야구는 태동 때부터 지역 간의 경쟁구도를 지닌

8　이용일은 "야구의 인기를 구성하고 있는 것은 모교애 30퍼센트와 향토애 70퍼센트"라고 분석했다(대한야구협회 한국야구위원회, 『한국야구사』, 대한야구협회, 1999, 1149쪽).

채 출발했다.

프로야구를 비롯한 프로스포츠에서의 지역연고는 특정 팀이 그 지역의 대표성을 지님으로써 지역주민의 적극적 참여를 유도하고 지역 내의 공동체 의식과 유대감을 증진시킨다.[9] 그러나 지역을 연고로 하는 프로스포츠는 지역 간의 경쟁적 갈등을 조장해서 자본주의의 경쟁 체제를 내면화하게 만드는 한편, 지역 간의 경쟁을 부추겨 지역민들에게 승부에 집착하게 만든다. 특정한 지역을 대표하는 대표 팀의 승리가 곧 그 지역의 우수성을 보여주는 것이기 때문에, 부산시민들은 롯데의 승리를 간절히 바란다. 그래서 롯데는 특히 전라도 광주를 연고로 하는 '해태 타이거즈'(지금은 기아)와 대구를 연고로 하는 '삼성 라이온즈' 에게는 반드시 이겨야 하는 것이다. 한 연구 결과에 따르면 롯데 팬들이 롯데를 응원하는 이유가 "지역연고 팀이기 때문에 응원한다"는 응답이 83.0%로 가장 높게 나왔다고 한다. 다른 지역인 삼성이 62.2%이고, 기아가 35.5%인 것에 비한다면 월등히 높은 수치이다.[10] 이는 부산 출신의 관중들이 다른 지역 관중들에 비해 지역감정이 더 높은 것으로 해석할 수 있다. 롯데는 사실 부산을 연고로 하는 기업은 아니다.[11] 그럼에도 롯데가 부산을 연고지로 선택함으로써 이제 부산시민은 '롯

---

9 김범식에 의하면 "프로스포츠 웹사이트 이용자들은 지역에 연고를 둔 구단이 지역을 대표 하고 있다고 여기며, 프로스포츠로 인해 어떤 공동체나 정치적 공감대가 형성됨으로써 지 역에 대한 정체성을 높이는데 기여하고 있다"(「프로스포츠 웹사이트 몰입과 팀 충성도, 사회신뢰 그리고 지역사회 정체성의 관계」, 『한국체육학회지 인문 · 사회과학 편』, 45권, 2006, 96쪽)고 한다. 이 는 웹사이트 이용자들뿐만 아니라 프로스포츠 팬 모두에게 해당되는 말이라 할 수 있다.
10 임수원 · 이근모, 「영 · 호남팀 프로야구경기가 지역감정에 미치는 영향」, 『한국스포츠사회 학회지』, 16권 1호, 2003, 78쪽.
11 롯데 회장인 신격호는 울산 출신으로 1941년 일본으로 가서 성공한 기업인이다. 울산과 부산은 거리개으로 가깝지만 결코 부산을 연고로 할 이유는 없었다. 프로야구 출범 당시

데'는 곧 '부산'이라는 생각을 한다. 이는 부산 팬들이 롯데를 롯데이기 때문에 좋아하는 것이 아니라 '부산'의 롯데이기 때문에 좋아한다는 말이 된다. 굳이 '롯데'가 아니어도 상관없는 것이다.

부산시민의 롯데 자이언츠에 대한 강한 애정과 다른 지역에 대한 배타적 감정이 합쳐져 종종 폭력적인 난동으로 이어진다. 롯데의 패배는 단순히 팀이 패배한 것이라는 의미를 넘어서기 때문이다. 그래서 스포츠 신문의 일면을 장식했던 롯데 팬들의 난투극이나 원정팀에 대한 거센 항의와 폭력은 롯데의 패배를 용납하지 못하는 부산시민들의 감정이 표출된 것이다. 구체적인 예로 1990년 7월 12일 잠실구장에서 엘지 대 롯데전이 끝난 밤 9시 30분쯤 롯데의 패배에 흥분한 관중들이 롯데 선수단에 청문회를 요청하면서 구단차량과 1시간 동안이나 대치하는 사태가 벌어졌다. 이 사태로 인해 결국 한 명이 병원에 실려 갔다. 같은 해 7월 28일에는 사직구장에서 롯데가 삼성에 패하자 흥분한 관중들이 경기장 유리창을 부수고 기물을 파손하면서 경찰과 몸싸움을 벌였다. 이날 소동으로 7명이 구속됐다. 여기서 롯데 팬들은 롯데 야구팀과 자신을 동일시한다. 그래서 롯데의 패배를 자신의 자존심이 다친 것으로 인식하고, 관람객 수준을 넘어 폭력적인 행위를 일삼는 것이다. 이들의 폭력은 지탄의 대상이 되기도 하지만 한편으로는 롯데 야구단에 대한 사랑으로 묵인하는 경향도 있다. 그래서 종종 롯데에 대한 팬들의 사랑의 수치는 팬들의 난동수준으로 측정되기도 한다.

롯데는 동종업계인 해태가 프로야구 출범에 참여하자 오히려 서울을 연고로 하겠다고 나서기도 했다(대한야구협회 한국야구위원회, 『한국 야구사』, 대한야구협회, 1999, 1155쪽).

이러한 롯데 팬들의 승리에 대한 집착은 인종적 편견도 뛰어넘는 것으로 보인다. 롯데 그룹 신동빈 부회장은 2008년 외국인 감독 제리 로이스터를 영입했다. 그것도 흑인으로. 성적이 좋을 땐 로이스터는 '부산의 히딩크'라고 불리며 '로이스터 교'의 교주로 떠받들어지기도 했다. 그러나 롯데의 성적이 떨어졌을 때는 인터넷 댓글에서 '깜둥이'라는 인종차별적인 원색의 비난을 들어야 했다. 외국인 용병 가르시아는 '가라×발'이라는 욕설을 듣기도 했다. 일부 팬들은 가르시아 탄핵 촛불집회를 하자는 진담 같은 농담을 인터넷에 올리기도 했다. 이는 집단이 잘 운영될 때에는 문제 되지 않지만 그 집단이 위기에 닥치면 집단 속에서 희생양을 찾아 단죄하는 메커니즘과 유사하다. 지난해 4강 진출이라는 분위기에 힘입어 롯데 팬들은 지금 로이스터 감독과 가르시아 선수에 대해 호의를 보이고 있지만, 그것은 언제 또 적의로 바뀔지 알 수 없다. 이처럼 롯데 팬들의 승리에 대한 지나친 집착은 다른 지역에 대해 배타적이 되며 또한 타인을 배려하지 않는 폭력적인 형태로 나타난다.

2) 이벤트(독특한 응원문화)를 통한 부산의 정체성 형성

승리에 대한 지나친 집착은 타 구단과는 구별되는 광적인 응원문화를 만들어냈다. 잘 알다시피 프로야구는 5공의 권력자인 전두환의 작품이다. 프로야구는 국민의 관심을 정치로부터 떨어뜨리려는 치밀한 계획에 따라 만들어졌는데, 그 계획의 하나가 지역 간 경쟁구도를 유발시켜 지역감정을 자극하는 것이었다. 전두환이 지역의 배타적인 정체성을 살리는 방안으로 생각한 것 중 하나가 지역마다 독특한 응원문화를 만들라는 것이었다.[12] 전두환은 스포츠와 지역정체성과의 관계를 알고 있었던 것이다. 국가가 올림픽의 성화 봉송과 같은 이벤트를 통해 내셔널아이덴티티를 형성한다면 지역은 지역에 바탕을 둔 야구 팀 응원이라는 이벤트를 통해 지역적 정체성을 형성한다.

부산 사람들이 돈과 시간이 절약되는 텔레비전 시청을 마다하고 몇 시간씩 줄을 서서 야구장을 찾는 까닭은 무엇일까. 그들은 단순히 야구 경기의 내용을 보러가는 것만은 아닐 것이다. 오히려 방송 기술의 발달로 인해 TV중계가 훨씬 더 야구 경기를 생생하게 잘 전달한다. 그렇다면 사직 야구장에 모여드는 사람들은 무언가 다른 '어떤 것'을 기대하고 간다는 말이 된다. 한 논문에 따르면 프로야구 관전의 가장 큰 동기는 즐거움에 있다고 한다.[13] 이 즐거움에는 관중들이 능동적으로 참여하는 응원의 즐거움이 단연 으뜸일 것이다. 사직 야구장에 가기

---

12 프로야구 창립총회를 마치고 첫 시즌을 앞둔 1982년 1월 20일 전두환은 구단주들을 청와대로 초청하여 다음과 같이 세부적인 지시사항을 내렸다고 한다. 〈구단주들에게〉 ①전력이 평준화되도록 훈련을 철저히 하라. ②지방 유지들이 관심을 갖도록 **지역적인 특성이 있는 응원을 하도록 하라.** ③고교야구 팬들을 프로 팬으로 끌어들이도록 하라. ④국민들을 보다 즐겁게 하라. ⑤외국 프로팀과 친선교류 하라. ⑥스타를 만들라. 이는 프로야구가 발전하는 길이다. ⑦프로야구는 한국스포츠사의 새 장이며 한국스포츠의 활력소가 되며 선풍을 일으키는 계기가 된다. ⑧좋은 선수를 배출하여 운동선수도 부자가 되어야 한다. ⑨잘사는 나라의 국민들은 국민 개개인이 자기에 맞는 스포츠를 하며 즐기고 있다. ⑩각 구단주는 지혜를 짜서 최선을 다해 단시일 내에 성공토록 하라. 〈정부 측에게〉 ①정부관계부처는 프로야구를 적극 지원하라. ②교부와 문공부는 합동하여 언론기관을 통해 대대적인 홍보활동을 하라. ③TV중계방송을 골든아워에 많이 하도록 하라. 현재의 외화, 드라마, 기타 연예프로를 줄이고 중계토록. ④각 구단이 흑자가 될 때까지 면세조치토록 하라. ⑤병역도 면세는 불가하고 방위병 근무를 비시즌에 몇 년간 분할해서 하는 방법을 연구하라. ⑥문교부장관은 관계되는 재무, 국방, 내무, 문공부의 각 장관과 협의해서 지원하라(대한야구협회, 『한국야구사』, 1999, 1156쪽). 강조는 인용자.

13 이상연·박두용, 「프로야구 관람객의 관전동기: 심층분석」, 『한국스포츠 리서치』, 16권 5호, 2005, 173쪽.

위해선 준비물이 필요하다. 자신이 먹을 간식거리와 신문지가 그것이다. 사직에서 신문지는 다방면으로 쓰이는데, 야구 경기가 시작하는 초반에는 깔고 앉는 방석으로, 경기가 중반을 넘어가면 신문지를 갈기갈기 찢어서 응원도구로 활용한다. 신문지 때문에 사직 야구장에 쓰레기가 넘쳐나자 구단 측은 쓰레기봉투를 시민들에게 나눠주었다. 그러자 시민들은 이것마저 응원도구로 활용하는 센스를 보여주었다. 일명 주황색 '봉다리' 응원이 그것인데, 이는 1990년대에 '라이터' 응원을 잇는 부산만의 독창적인 응원문화라 할 수 있다. 또한 파도타기 응원과 야구장 전체를 뒤흔드는 거대한 함성소리는 그곳에 있다는 것만으로도 뭔가 벅차오름을 느끼게 만든다. 그러므로 사직을 찾는 시민들의 대부분은 롯데를 응원하기 위해, 좀 더 정확히 말하면 응원자체를 관람하고 즐기기 위해 오는 것이다. 그래서 한 평론가는 "사직 야구장의

독특하고도 열띤 응원광경은 타지방 사람이 부산에 오면 구경시켜주고 싶은, 결코 해운대나 태종대 못지않은 일종의 지역명물"[14]이라고까지 말한다.

그렇다면 사직 야구장에서의 부산시민의 열광적 응원은 어떻게 가능해지는가. 스피노자에 따르면 그것은 정서의 모방을 통해서이다. 스포츠 경기가 열리는 곳은 감정의 전이가 증폭되기 쉬운 장소다. 그곳에서는 강력한 정서적 상호모방이 일어나고, 그런 상호모방을 통해서 감정이 통제할 수 없는 방식으로 확대 재생산된다.[15] 스피노자에 따르면 '정서의 모방(affectum imitation)'은 우리와 유사한 어떤 것이 우리가 아무런 정서도 갖고 있지 않던 대상으로부터 어떤 정서를 느낀다는 것을 상상하게 되면, 우리는 이 대상으로부터 유사한 정서를 느끼게 되는 것을 의미한다.[16] 이 구절에 의하면 정서의 원인은 대상에 있는 것이 아니라 주관의 상상에 있다고 볼 수 있다. 이 상상적 연대가 정서적 모방의 기반인 것이다. 롯데 야구를 관람하는 관중들은 야구 경기 자체에 관심을 갖기도 하지만 어쩌면 응원에 더 열을 올린다. 이기고 있을 때 응원은 더 신나는 법이고 지고 있어도 '부산갈매기'는 울려 퍼진다. 관중들의 역동적인 에너지가 하나로 뭉쳐져서 3만 관중들과 함께 '부산갈매기'를 열창하며 감격의 눈물을 뚝뚝 흘리는 집단무의식은 놀라울 정도로 사람들을 동질화시킨다. '롯데=부산=나'라는 공식이 성립하는 것이다.

그러나 우리는 여기서 간과해서는 안 될 것이 있다. 부산시민의 열

---

14 천정환, 「대중문화 공부와 삼 · 팔 · 육」, 《인물과사상》, 2005, 1월호, 121쪽.
15 김상환, 「스포츠, 근대성 그리고 정치」, 《철학과현실》, 2002년 여름호, 49쪽.
16 B. 스피노자, 강영계 옮김, 『에티카』, 서광사, 2007개정판, 180쪽 참조.

렬한 응원문화는 그 자체만으로 하나의 관광 상품이 될 만큼 대단할지 몰라도 그 속에는 모든 사람이 다 같이 롯데를 응원해야 한다는 암묵적인 폭력이 존재한다. 일사불란한 일방적 응원은 때로 섬뜩하기조차 하다. 모두가 한목소리로 외쳐야 하고 혹 파도타기에서 빠지기라도 하면 관중들의 야유의 시선을 한 몸에 받는다. 선수 하나하나의 이름을 호명하며 그들에게 승리를 요구하는 부산시민의 모습에 때로는 롯데 선수들조차 부담을 느끼기도 한다. 사직 야구장에는 분명 다양한 목소리들이 있을 것이다. 하지만 그러한 목소리는 거대하고 단일한 목소리에 파묻혀 들리지 않는다.

3) 상징물을 통한 부산의 정체성 형성

갈매기에 부산출신, 포항출신, 목포출신 등의 출신지가 있을까. 아마도 없을 것이다. 그런데 부산에서는 그냥 갈매기라 부르지 않고 '부산' 갈매기라 부른다. '부산' 과 '갈매기' 의 기묘한 조합이 이뤄지는 것이다. 갈매기는 1978년 7월 1일에 부산을 상징하는 새로 정해졌다. 갈매기가 부산을 상징하는 새가 된 이유를 부산시는 "새하얀 날개와 몸은 백의민족을 상징하고, 끈기 있게 먼 뱃길을 따라 하늘을 나는 강인함은 부산시민의 정신을 나타낸다"고 설명한다.[17] 즉 갈매기가 지닌 순결, 끈기, 강인함 등이 부산의 표상이 된 것이다. 갈매기를 부산의 표상으로 하려는 움직임은 여기저기서 포착된다. 광안대교의 가로등

---

17 부산을 상징하는 상징물에는 몇 가지가 있는데, 시화는 동백꽃이며 시목은 동백나무이고 시조가 바로 갈매기다(부산광역시 홈페이지 www.busan.go.kr 참조).

도 갈매기 모양이고, 연안여객부두의 지붕도 갈매기 형상이다.

갈매기가 부산의 표상이라는 생각이 깊어지면서 2005년 사직 야구장 그라운드에 갈매기 엠블럼을 삽입했다. 이어서 2007년에는 '누리', '아라', '파니'라는 이름의 갈매기 마스코트를 만들어 롯데 자이언츠의 엠블럼에 첨가하기도 했다. 롯데 자이언츠의 엠블럼의 변화는 표1과 같다.

〈표1〉

먼저 시그니처의 변화를 살펴보면 1982년에서 1992년까지는 단순한 형태인 롯데의 L과 자이언츠의 G가 결합된 것이었다. 그러나 93년부터는 G에서 야구공이 튀어나오는 힘이 넘치는 모양으로 바뀐다. 그런데 G에서 튀어나온 야구공은 마치 남근을 상징하는 듯하다. 이러한 시그니처의 변화를 통해 롯데 자이언츠는 이름 그대로 강인한 남성의 표상이 된다. 하지만 이로 인해 롯데 자이언츠라는 팀명은 이상한 조합으로 변모하고 만다. 롯데는 샤를 롯데(Char lotte)라는 괴테의 『젊은

베르테르의 슬픔』에 나오는 여주인공의 이름에서 따왔다 한다.[18] 롯데
는 원래 부드러운 여성성에서 출발했던 것이다. 그러나 그것은 강인한
남성성이 결합함으로 인해 묘한 성적 결합의 뉘앙스마저 풍긴다. 다음
으로 엠블럼의 변화를 살펴보자. 엠블럼은 1993년부터 사용되었는데
2002년까지는 엠블럼의 변화가 두드러지지 않는다. 단지 바탕색이 파
란색에서 노란색으로 바뀌었으며 엠블럼을 장식하던 글자를 좀 더 간
략하게 새겨 넣은 것이 전부였다. 그러나 2003년부터는 이전에 있었던
자이언츠, 즉 거인의 모습은 간 곳이 없고 갈매기가 자이언츠의 자리
를 대신하고 있다.[19]

   그렇다면 이러한 시그니처와 엠블럼의 변화는 어떻게 읽어야 할
까? 대략 세 가지 정도의 의미를 지닌다 할 수 있겠다. 먼저 엠블럼에
서 강인한 남성의 표상인 자이언츠가 갈매기로 교체되었다는 것은 갈
매기가 부산의 표상으로 굳어졌다는 의미인 동시에 롯데가 부산의 상
징이 되었다는 의미이기도 하다. 이는 2006년부터 롯데 자이언츠 앞에
'부산' 이라는 글자가 덧붙는 것에서도 확인할 수 있다. '대구 삼성 라
이온즈', '광주 기아 타이거즈', '서울 두산 베어스' 는 뭔가 어색하지
만 '부산 롯데 자이언츠' 는 익숙하다. 롯데 야구단 앞에만 지역연고지
인 '부산' 이 붙을 수 있는 것이다. 이처럼 '부산' 과 '갈매기' 가 롯데
자이언츠의 엠블럼에 새겨진다는 것은 롯데 자이언츠가 부산의 상징

---

18 신격호는 이에 대해 '롯데' 라면 미모와 재덕을 모두 갖추어 누구나 사랑할 수밖에 없는 존
    재라고 생각했다고 한다(정순태, 『신격호의 비밀』, 지구촌, 1998, 83쪽 참조).
19 엄밀히 따지자면 2007년부터 갈매기가 롯데 야구단의 상징으로 활용되기 시작했지만, 롯
    데 야구단의 공식 홈페이지에는 2003년부터라고 되어 있다. 이 글에서는 롯데 야구단의 공
    식 홈페이지의 내용을 따르겠다.

이 되어가고 있다는 증거로 볼 수 있다. 그래서 일각에서는 프로야구를 부산의 관광 상품으로 만들자는 의견을 내기도 하며[20] 실제로 2009년 4월부터는 부산의 관광명소라 불리는 곳을 돌아보는 시티투어 버스 노선에 사직 야구장도 포함되었다.

다음으로, 거인에서 갈매기로의 변화가 뜻하는 것이 롯데가 부산의 상징이 되고 있는 것이라면 노래 '부산갈매기'는 그 상징성을 더욱더 강화시킨다. 2008년 시즌 홈 개막경기에서 부산시장이 참석해서[21] "4강에 진출하면 팬들과 함께 '부산갈매기'를 부르겠다"고 약속하면서, 로이스터 감독에게 "함께 부르자"고 제안했다. 4강 진출이 확정된 이후 로이스터 감독은 허남식 부산시장과 함께 사직 야구장에서 '부산갈매기'를 열창했다.[22] 2009년 시즌에 우승하면 또 '부산갈매기'를 부르겠다는 로이스터 감독, 왜 하필이면 '부산갈매기'일까? 이것은 부산 시민들도 그렇고, 로이스터 감독도 그렇고, '부산갈매기'가 부산을 대표하는 노래라고 인식하기 때문이다. 따라서 '부산갈매기'는 단순히 부산의 갈매기를 뜻하는 것이 아니라 '부산'을 표상하는 것이다.

---

20 한 관광학회에서 발표된 논문은 프로야구를 통해 부산의 관광 상품을 개발해야 한다는 의견을 담고 있다(안성환·김주호·홍기민, 「부산 관광 공모전」, 『한국 관광학회 학술대회 발표논문집』, 2008, 7월).

21 국가 원수의 스포츠 관람은 스포츠를 국가 위신의 상징으로 삼도록 부추긴다. 마찬가지로 부산시장의 야구 관람은 야구가 부산의 상징이 되도록 부추긴다.

22 이날 또한 로이스터 감독은 "부산시민이 오랫동안 원했던 포스트 시즌 진출을 이뤄내고, 이를 통해 시민들의 애향심을 높이고 지역경제에 활력을 불어넣은 데 대한 감사의 표시"로 부산시장으로부터 명예시민증을 받았다(「가을 야구 꿈 이룬 '당신은 자랑스런 부산갈매기'」, 〈세계일보〉, 9월 26일).

사직 야구장에서 롯데 야구 경기가 끝난 후 술 한잔 걸치며 서로 본 적도 없는 남남들이 '부산갈매기'를 목놓아 부르는 곳이 부산이다.[23] 1990년 초반만 하더라도 롯데 응원가는 그 당시를 풍미하던 유행가였는데 언제부턴가 사직 야구장에서 울려 퍼지는 노래는 '부산갈매기'가 되었다. '부산갈매기'(김중순 작사 작곡, 문성재 노래)는 롯데 자이언츠 팀의 공식응원가이다.[24] 노래의 가사는 사랑을 잃은 사나이의 애절한 마음을 담고 있기 때문에, 이 노래는 사실 야구와는 상관이 없다.

지금은 그 어디서 내 생각 잊었는가/꽃처럼 어여쁜 그 이름도 고왔던 순이 순이야/파도치는 부둣가에 지나간 일들이 가슴에 남았는데/부산갈매기 부산갈매기 너는 벌써 나를 잊었나.//지금은 그 어디서 내 모습 잊었는가/꽃처럼 어여쁜 그 이름도 고왔던 순이 순이야/그리움이 물결치면 오늘도 못 잊어 네 이름 부르는데/부산갈매기 부산갈매기 너는 벌써 나를 잊었나.

'부산갈매기'는 파도치는 부둣가에서 꽃처럼 어여뻤던 순이를 목

---

23 "노점에서 술자리를 갖고 있던 중년의 한 롯데 팬이 의자에 올라가 '지금은 그 어디서~'라며 노래를 선창하자 여기저기 흩어져 있던 롯데 팬들이 다 같이 합창을 하여 응원전을 방불케 했다"(「롯데 팬들의 두 모습 '항의와 응원가'」, 〈스포츠서울〉, 2006년 5월 19일)는 기사의 내용처럼 사직 야구장에 경기가 있는 날은 경기가 끝난 후에도 '부산갈매기'를 지겹도록 들을 수 있다. 혹, 그 전체성에 질려하기라도 하면 "거는 부산 사람 아잉교" 하는 질타의 목소리를 듣기도 한다. 부산시민의 롯데 사랑은 이제 '지극정성'을 넘어 배타적인 방향으로 흘러간다.
24 롯데는 8개 구단 중 유일하게 공식음반을 낸 팀이기도 하다. 박성민, 노브레인 등의 가수들과 선수들이 직접 참여하여 응원음반을 만든 것이다.

놓아 부르는 '부산 싸나이'의 뜨거운 순정을 보여주는 것이다. 그런데 이 노래가 사직 야구장에서 목놓아 불리는 것은 부산시민들에게 모종의 메시지를 전하는 듯하다. 그것은 "롯데에 대한 의리를 저버리지 말라, 끝까지 순정을 보여달라 그것이 진정한 '부산 싸나이'이고 남자다"라는 외침으로 들린다. '부산갈매기'를 열창하면서 부산시민들은 스스로를 순정과 의리의 사나이로 호명하고 있는 것이다. 물론 이러한 맹목적인 순정과 의리는 또 다른 대상인 '부산'에 대해서도 똑같이 해당된다.

이처럼 롯데 자이언츠라는 거대한 남성성의 이미지에 부산의 상징물인 갈매기가 결합됨으로써 새로운 의미를 생성한다. 사직 야구장에서 자이언츠라는 강인한 남성의 표상은 갈매기로 치환되고 강인한 남성의 표상이 된 갈매기가 부산의 정체성을 대표하는 것이 된다. 따라서 부산의 표상은 부산갈매기이고 부산갈매기는 곧 부산 남성의 의리와 순정을 뜻하는 것이므로 이때 형성되는 부산성은 남성성이 된다. 부산성이 갈매기가 표상하는 강인함, 끈질김, 그리고 남성다움을 상징하기에 야구를 보지 않는 부산 사람 특히, 부산 남자들은 진정한 '부산 싸나이'가 될 수 없는 것이다.

마지막으로 자이언츠가 갈매기로 바뀌게 됨으로 인해 부산시가 이를 상업적으로 쉽게 이용할 수 있다는 것이다. 롯데 자이언츠가 부산의 명물이 되어가는 이유는 롯데의 성적에 따른 관중수의 증가와 관련 있다. 앞서 스포츠의 상징화와 동일화에 대해 언급하였는데, 그 내용에 따르면 롯데의 승리는 부산시민의 우수함을 드러내는 지표다. 그러나 지금까지 롯데의 성적은 부산 팬들의 응원열기에 비한다면 초라하기 그지없는 성적이었다. 삼성과 더불어 프로야구의 원년멤버인 롯데는 시즌 첫 성적이 해태와 공동 4위였다. 이후 1984년 롯데는 어부지리로 첫 우승을 하게 되고, 이어 변변한 성적을 거두지 못하다가 1992년 두 번째 우승을 하게 된다. 이후 1995년 2위, 1997-1998년 연속 꼴찌, 2000년 6위, 2001-2004년 4번의 연속 꼴찌를 했다. 2006년에는 시즌개막에서 5월까지 불과 한 달 남짓 사이에 롯데는 원정경기 17연패라는 대기록을 세웠다. 그래서 '롯데'가 아니라 '꼴데', 응원하는 롯데 팬들은 '꼴리건'이라는 별명을 얻기도 했다. 그러던 중 2008년 시즌에서 롯데가 포스트 시즌에 진출하자 팬들의 관심은 더욱더 높아졌다.

2008년 한 해 동안 롯데홈구장의 전체 관중은 137만 9천735명이었다. 롯데에 이어 관중 동원 2위를 기록한 두산 베어스가 92만 9천601명이고 최저 관중을 동원했던 우리 히어로즈[25]가 25만 7천577명으로 그 격차는 엄청난 것이다.[26] 이처럼 사직 야구장에 팬들이 몰리자 그에 따른 경제효과는 전문가들의 상상을 초월했다. 야구 경기가 있는 날 사직구장의 홈플러스 아시아드점의 경우 생수와 맥주, 김밥, 통닭, 족발 등 먹거리의 매출액이 평소의 10배에 달했다. 또한 야구장 주변의

---

25 '우리 히어로즈'는 지금은 '우리'라는 단어를 떼고 '히어로즈'만을 사용하고 있다. 히어로즈의 운명은 롯데와 대비된다. 롯데는 창단 이후 지금까지 부산지역을 연고로 해서 팬들의 한결같은 사랑을 받고 있지만 히어로즈는 그렇지 못하다. 원래 히어로즈는 인천을 연고로 하는 삼미 슈퍼스타즈에서 청보 핀토스, 태평양 돌핀스를 거쳐 현대 유니콘스로 이어졌다. 그러다 현대 유니콘스가 서울 입성을 목표로 연고지를 수원으로 옮겨 수원에 잠시 머무르는 동안 사정이 여의치 않아 '우리 히어로즈'로 팀명이 또 바뀌었다. 2008년부터 히어로즈는 서울 목동 구장에 자리를 틀었지만 서울 팬들의 주목을 받지 못하고 있다. 연고지를 옮김으로써 야구단의 운명이 어떻게 되는지를 극명하게 보여주는 사례가 '히어로즈'일 것이다. 그만큼 한국 사회에서 '연고'는 여전히 중요한 것이다.
26 롯데 자이언츠 공식 홈페이지 www.lotte-giants.co.kr 참고.

식당과 술집은 2008년 한 해 동안 경기불황을 모르고 지냈다고 한다. 부산발전연구원은 사직 야구장 주변의 상권 활성화, 야구용품 매출, 고용증대 등 간접효과를 포함해 2008년 롯데의 선전에 따른 부산지역의 경제 파급효과가 1천500억 원이 넘는 것으로 추산했다.[27] 사정이 이쯤 되니 부산시에서도 가만있을 수 없었을 것이다. 그래서 부산시는 2008년 9월 부랴부랴 지하철 3호선 '종합운동장역'을 스포츠테마 역으로 꾸민 것이다.

대기업 롯데 또한 자이언츠의 이미지를 등에 업고 치열한 마케팅을 벌이고 있다. 롯데 구단은 그동안 야구에 투자를 하지 않는다고 팬들로부터 많은 비난을 받아왔다. 지금까지는 팬들의 그런 원성을 못 들은 척하던 롯데가 외국인 감독 영입이라는 카드를 빼들면서 8년 만에 포스트 시즌 진출이라는 좋은 성적을 거두었다. 그러자 그에 따른 광고효과와 여러 가지 금전적 이익을 본 대기업 롯데는 이제 철저하게 이를 돈벌이에 이용하고 있다. 대기업 롯데는 국내 프로야구단 최초로 백화점 내에 구단 상품 매장을 열기로 했다. 또한 롯데 계열사인 '롯데 삼강'에서는 국내 최고 크기의 막대 아이스크림 '자이언츠바'를 출시했으며, 역시 같은 계열사 '세븐일레븐'에서는 '강민호 치킨', '손민한 삼각김밥', '홍성흔 도시락', '가르시아 샌드위치', '이대호 햄버거' 등을 판매하고 있다. 그리고 롯데 자이언츠의 활약상을 담은 다큐멘터리 영화 〈나는 갈매기〉(가제)를 제작하고 있기도 하다. 또한 2009년 시즌에는 사직 야구장을 개보수하여 '익사이팅존'이라는 자리를 신설하여 관람료를 2만 5천 원에 받고 있다. 롯데의 신용카드인 마이

27 「'野都' 뒤흔든 롯데 자이언츠 열풍」, 부산연합뉴스, 2008년 12월 17일.

비카드 선전 광고는 대기업으로서의 롯데와 부산, 그리고 롯데 자이언 츠 선수들의 절묘한 조합을 보여주는 광고다. 로이스터가 버스 운전사 가 되어 충전을 하지 않아 어쩔 줄 몰라 하는 김아중에게 "니 아직도 충전하나"라는 멘트를 날리는 이 광고는 이제 부산에서 롯데가 차지 하는 위상을 단적으로 보여준다.

4. 지역의 배타적인 정체성을 넘어

지역이 다른 지역과의 관계 속에서 정체성을 형성해가는 '상상의 공동체'라 할 때 부산시는 그것을 롯데 자이언츠라는 야구단을 통해 훌륭히 수행하고 있다. 사직 야구장은 부산시민이 프로야구를 통해 자 신이 살고 있는 도시를 하나의 지역공동체로서 경험할 수 있는 기회, 즉 자신들이 특정한 지역공동체에 속하고 있음을 확인하는 장소다. 또 한 '부산 싸나이'들이 '우리가 남이가' 하는 폭력적인 형태의 단일한 정체성을 구축하는 곳이기도 하다. 그래서 사직 야구장에는 오로지 롯 데 팬인 사람과 아닌 사람으로 나뉠 뿐이다. 관중들의 다양한 특이성 들은 드러나지 않고 하나의 단일한 정체성만 요구되는 곳이다.

그러나 부산시가 사직 야구장을 통해 부산시민들에게 배타적인 정 체성을 형성하게 하고 그것을 상업적으로 이용한다 해서 야구장을 찾 지 않는다거나 야구 시청을 거부할 필요는 없다. 전략적으로 유포되는 부산시의 이러한 의도를 비껴가면서 사직 야구장을 얼마든지 새로운 의미를 생성해내는 공간으로 만들 수 있다. 사직 야구장의 열기를 특 정한 정체성 형성의 기제로 활용하지 않고 다양한 특이성들이 존재하는 다중의 능동성으로 사유할 수 있는 예가 있다.

자신만의 독특한 의상과 소품으로 치장하고 야구장의 열기를 자신의 것으로 만드는 젊은 '그녀'들이 그 예다. 1990년대 중반까지만 하더라도 사직 야구장을 찾는 롯데의 주된 팬들은 20-50대까지의 남성 노동자 계층이었다. 그러나 최근에는 남녀노소를 가리지 않고 다양한 팬층을 두루 갖추었다. 특히 젊은 여성 팬층이 두터워졌다고 할 수 있는데, 이러한 여성 팬층의 증가는 여성들이 스포츠를 통해 공개적으로 남성의 육체를 발견하고 즐길 수 있는 기회를 가졌다는 뜻이기도 하다. 80년대 많은 중·장년의 아저씨들이 응원하는 언니들의 치마 밑을 보기 위해 몰려들었다면 2000년의 여성 팬들은 롯데 야구선수들의 육체를 다른 방식으로 전유한다고 할 수 있다. 그래서 "쇄골미인 박기혁", "엉덩이가 예쁜 강민호"와 같은 문구의 등장은 남성 관중이 여성을 관음의 대상으로 여긴 것에서 여성 관중이 남성을 관음의 대상으로 여길 수 있게 되었다는 것을 의미한다. 이러한 의미를 생성할 수 있는 곳이 사직 야구장이라는 것을 염두에 둔다면 부산시와 대기업 롯데의 의도를 비껴가면서 사직구장을 다중들의 단일한 동일성으로 환원될 수 없는 다양한 특이성이 발산되는 곳으로 만들 수 있을 것이다. 사직 야구장의 열기를 바라보는 우리의 고민은 이러한 특이점을 찾는 것에서부터 시작해야 할 것이다.

김대성

부산스러운, 하나가 아닌 여럿인

1. 지역을 '사유' 한다는 것: '이중의 회의' 라는 방법론

'지역에 대해 사유한다' 는 것은 얼핏 일련의 집단들이 특정한 목적을 달성하기 위해 수행하는 행위들을 통칭하는 것처럼 보이는 탓에 일상적인 영역 밖이나 특수한 지점에 놓여 있는 것으로 간주되기 일쑤다. 그러나 '지역에 대해 사유한다' 는 것은 우리가 살고 있는 지반이 어떤 방식으로 구조화되어 있는지에 대해 묻는 것과 다르지 않다는 사실을 상기해볼 때, 그것은 곧 일상의 영역을 구조화된 힘과 권력의 역학관계라는 지평 위에서 인식하는 것이며 그러한 바탕에서 구성되는 삶의 양식을 '의미화' 하는 것이라 바꾸어 부를 수 있을 것이다. 이는 '나' 와 '세계' 가 관계를 맺고 있는 방식에 대해 사유하는 것일 텐데, 여기서 우리는 너무나 자주 들어온 탓에 이제는 일상어가 되어버린 듯한 '지구화(globalization)' 라는 개념이 우리의 삶과 얼마나 밀착되어 있는 것인지를 매번 확인해야만 한다는 사실을 알아차릴 수 있게 된다.[1] 요컨대 '지역에 대해 사유한다'는 것은 일상 너머에 있는 것이 아니라 일상의 바닥, 다시 말해 자신의 삶을 구성하는 전반적인 요소들에 대해 고민하는 것에 다름 아니라는 사실을 자각할 필요가 있다는 것이다. 삶에 있어 가장 근본적인 것들에 대해서 사유한다는 것, 그것은 곧 자명한 것들에 물음표를 다는 행위라고 할 수 있겠다.

자명한 것들을 향한 이러한 '회의'는 서로 상충되는 것처럼 보이는 두 측면에서 동시에 수행되어야 한다는 점에서 그 어려움을 미리 예상할 수 있다. 지역에 대해서 말하는 순간 우선적으로 나오기 마련인 자신이 터해 있는 공간의 구조화 양상에 대한 '회의'는 대개 '위계'의 메커니즘을 밝히는 지점을 향해 있기 마련이다. 그러나 지역에 대한 사유가 이 같은 '위계화' 메커니즘에 대한 규명만을 목적으로 할 때, 사유의 주체가 대개 피해자의 위치에 서게 된다는 사실을 어렵지 않게 확인할 수 있다. 문제는 자신의 삶을 구성하는 제반 요소들에 각인되어 있는 힘의 역학을 '위계'의 재편이라는 한정된 프레임으로 바라보게 될 때, 그것에 대한 '사유(思惟)'가 언제라도 '사유(私有)'의 논리

---

1 '지구적으로 사유하고 지역적으로 행동하라(Thinking Global, Acting Local)'는 다국적 기업의 행동강령을 재해석하는 여러 갈래들을 굳이 언급하지 않더라도 '지역'에 대한 관심은 '지구화'라는, 세계를 인식하는 패러다임의 변혁과 긴밀하게 연관되어 있다는 사실은 이미 상식이 되었다. '지구화'라는 인식적 틀이 국가 대 국가라는 공적이고 거대한 영역에서만 통용되는 것이 아니라 우리의 일상을 촘촘하게 엮어가는 모든 행위에 습합되어 있음을 확인하는 것은 그리 어려운 일이 아니다. 지구화를 소유권의 문제로 파악한 시론적 성격의 글로는 필자의 「약달을 위한 이동과 목숨을 건 이동 사이에서」(《작가와사회》, 2008년 겨울호)를 참조할 것. 특히 이 글에서 필자는 탈국경 서사에서 나타나는 '이동'의 두 양상과 '포함적 배제'인 상태에 놓여 있는 '외부자'의 문제를 지역문학의 존재 방식과 관련지어 논해보았다.

를 구축하게 되는 위험에서 자유로울 수 없다는 데 있을 것이다. '위계'의 메커니즘에 대한 탐구가 대안적인 관계 양식을 생성해내기보다 위계의 '자리바꿈'을 목적할 때, 지역에 대한 사유는 역설적으로 기왕에 구조화되어 있는 위계를 승인하거나 그것의 재생산 기반이 되어버리기 때문이다.

따라서 '지역에 대한 사유'가 취하고 있는 주요한 방법론인 자명한 것들에 대한 '회의'는 자신이 '처해' 있는 상황에 대한 '회의'와 자신이 '누리고 있는' 지반에 대한 '회의'가 짝을 이룰 때 제 모습을 갖출 수 있는 것이다. 요컨대 패권을 가지고 있지 못한 집단이 체감하고 있는 박탈감 속에 으레 똬리를 틀고 있기 마련인 피해의식이 그들의 내부에서 발생하고 있는 또 다른 위계를 괄호에 넣어버리거나 눈감게 되어버리는 지점에 대해 자각하는 것, '지역에 대한 사유'는 이러한 '이중의 회의'를 수행할 때 온전한 의미를 획득할 수 있는 것이다.[2] '비판'의 칼날은 대개 밖을 향해 있기 마련이지만 그것을 휘두르는 순간 그 칼날이 내부를 향해 돌진하는 부메랑이 될 수 있다는 사실, 아니 그러한 부메랑을 던지는 '기술'을 연마하고 습득하는 것이야말로 '지역에 대한 사유'의 온당한 방법론이라고 할 수 있지 않을까.

따라서 '지역이다'라는 명명으로부터 시작된 진술은 매번 '지역이 아니다'라는 진술로 이행해야만 하는 운명에 처해 있는지도 모른다. 자명한 것을 의심하면서 시작된 이 진술들이 매번 빠지고 마는 통로,[3]

---

2 지역 내부에서 발생하게 되는 또 다른 위계에 대한 양상을 필자는 다른 지면에서 간략하게 밝힌 바 있다. 이에 관해서는 「'귀환'과 '출현' 사이: 고군분투가 은폐하고 있던 것들에 관하여」, 《함께가는예술인》, 2008년 가을호를 참조할 것.
3 반복한다는 것은 특정한 욕망이 충족되고 있다는 증표에 다름 아니다. 지역 담론이 만들어

그 홈 패인(striation) 공간에서 나와야 하는 것이다. 자명함에 대한 회의가 역설적으로 자명한 구조의 기반이 되는 데 복무하는 회로를 벗어나 새로운 인식 지점을 구축할 수 있는 자리를 마련하는 것, '지역에 대한 사유'는 이러한 '자리'를 구축할 때라야 비로소 의미를 가질 수 있는 것 아니겠는가.

2. '지역 작가'라는 모호한 대상

지역을 사유하는 주효한 방법론인 이러한 '이중의 회의'는 여러 지점과 방식을 통해 수행할 수 있지만 이 글에서는 먼저 '지역 작가'라는 명명의 모호함을 지적하는 것으로 시작하고 싶다. '지역'이라는 명명과 마찬가지로 '지역 작가'에 대해서 말하기 위해서는 그들이 자리한 구조에 대한 사유가 선행되어야 한다. 그것은 지역이 외부적 힘에 의해 재편되는 공간이라는 시각과 크게 다르지 않은 것이라고 할 수 있는데, 문제는 이러한 관점이 '동변상련'식 정서적 유대의 확인이나 '그들 또한 응당 주목할 필요가 있다'는 획일화된 명제를 도출하는 것에서 크게 벗어나지 않는다는 데 있다.

온 기왕의 경로는 필시 다른 길에 비해 매력적인 것이지 않을 수 없는데, 문제는 그 매력이 누구나 갈 수 있는 '쉬운 길'에 지나지 않은 것일 수도 있다는 데 있다. 요컨대 지역 담론이 좀처럼 갱신되지 못하는 이유가 '쉬운 길'에 대한 유혹에 너무 쉽게 투항해버리는 데서 연유하는 것일 수 있는 것이다. 그러나 그 '쉬운 길'이라는 것이 '누구나 갈 수 있는 길'과 동의어는 아닐 터, '지역의 적자들'이 자신의 '위치'를 더욱 공고히 할 뿐만 아니라 또 다른 차별과 불평등의 구조를 승인 및 정당화하는 논리를 구축할 수 있는 경로이기도 하다는 점을 가가할 때, 비로소 우리는 지역에 대한 척소한의 담론을 구성해나갈 수 있는 것인지도 모른다.

'민족은 상상의 공동체다'라는 명제가 더 이상 새삼스러운 것이 아님에도 불구하고 일상의 다양한 국면에서 강력한 힘을 발휘하는 실체화된 모습으로 출현하는 민족이 그러한 것처럼 '지방'이 아닌 '지역'이라고 명명한다고 해서 중앙과 주변의 이분법적 도식이 손쉽게 극복되는 것은 아니다. 사정이 이러하기에 '지역'이라는 프레임 안에 자리하고 있는 '지역 작가'라는 명명 속에도 이미 '위계화'에 의한 차별과 소외라는 핸디캡을 안고 작업을 하는, 핍박받는 존재들이라는 의미가 각인되어 있다는 점을 부정하기는 힘들다. 따라서 '지역 작가'의 위상에 대한 접근은 대개 그들이 처해 있는 불평등한 관계의 부당함을 지적하는 것으로부터 출발하여 나름의 의미를 부여하는 방식으로 귀결되는 기왕의 행로를 벗어나기란 여간 어려운 일이 아닐 수 없다.

문제는 꽤나 자명한 지반 위에서 이루어지는 것처럼 보이는 '지역 작가'라는 명명이 실은 광장히 곤궁한 지점에 놓여 있다는 데 있다. 서둘러 말한다면 그 누구도 '지역 작가'라고 불리기를 원하지 않음에도 우리는 '지역 작가'라는 호명을 하기 위해 꽤나 많은 노력을 들이고 있다는 것이다. 작가들은 자신이 '지역 작가'로 명명되는 순간 한정적인 틀 속에 갇힌다고 생각하는 탓에 '지역 작가'라는 범주로 자신을 묶는 것을 탐탁하지 않게 생각하며 비평가들 또한 작가들의 작품을 '지역'이라는 범주를 통해서 해명하는 것이 곤혹스럽기만 하다. 요컨대 '지역 작가'라고 불리기를 원하는 사람도, 그렇게 부르는 것을 원하는 사람도 없는 셈이다. '지역 작가'를 명명하는 순간 지역이든 작가든 외려 더욱 한정적인 영역에 고착되어버리는 역설이 발생하기 때문이다.

'지역 작가'라는 명명이 처해 있는 곤궁한 상황은 '지역' 담론이

처해 있는 곤궁한 처지와 맥을 함께하고 있다고 해도 좋다. '작가' 라는 지위가 '지역' 이라는 기반 위에 서 있을 때 비로소 획득할 수 있는 것이라면 이때의 '지역' 이라는 범주 또한 패권을 가지지 못한 집단들이 자신의 몫을 챙기기 위해 사투를 벌이는 장에 지나지 않는 것이라고 할 수 있기 때문이다. '지역 작가' 라는 명명이 한정된 장에서만 통용되는 '그들만의 문법' 에 기반하는 것이 아니라 기왕의 문법 체계 속에서 반복·재생산되고 있는 '위계화' 가 만들어내는 불평등의 정당화 구조를 '회의' 하게 만드는 새로운 인식지점을 제공할 수 있다면 '지역' 과 '지역 작가' 라는 곤궁한 '처지' 가 외려 새로운 의미를 획득할 수 있는 유의미한 조건이 될 수도 있을 것이다.

다시 말해 지역을 패권을 가지지 못한 자들의 인정투쟁이 벌어지는 장이라는 한정된 맥락으로 전유하지 않고 중앙집권적인 국가 권력이 부여하는 힘의 위계를 '넘나들거나' '비켜서는' 궤적을 포착할 수 있는 지점이 될 때, 우리는 한 작가의 위상에 대해 말하기 위해 반드시 '지역' 이라는 기반을 경유하지 않아도 될 것이다. 뿐만 아니라 '위계적 질서' 를 '횡단' 했던 사유의 궤적은 그간 통용되어왔던 '지역' 이라는 범주를 새로운 지평 위에 올려둘 수 있는 동력의 역할을 할 수도 있다. 그것은 앞서 언급했던 '이중의 회의' 를 통해서 도달할 수 있는 것일 텐데, 특히 지역 작가에게 있어 이러한 '이중의 회의' 는 '지역-내-작가' 라는 한정된 장을 넘어서는 일련의 도약들이라고 바꿔 부를 수 있을 것이다. '지역 작가' 의 이러한 도약이 각 지역마다 상이한 방식으로 표출될 것임은 자명하다. 각 지역 작가들의 작품들이 만들어내는 다양한 궤적의 스펙트럼은 중앙과 주변이라는 이분법적 틀을 파기할 수 있는 대안적 지점을 만드는 데 일정한 역할을 담당할 수 있지 않겠는가. 이것이야말로 우리가 지역과 지역 작가를 주목해야 하는 근본적인 이유이기도 한 셈이다.

3. 부산을 본다— 〈도시의 공룡들〉: 김성연의 작업

부산이라는 지역의 독특한 특성은 오직 부산만이 가지고 있는 특권화된 자질이라기보다는 중앙집권적인 국가 권력에 의해 강제적으로 재편된 한국의 거의 모든 지역에서 확인할 수 있는 기형적인 근대화의 모순을 가장 선명하게 현시하고 있다는 데서 찾을 수 있을 것이다. 그러므로 부산에 대해 말한다는 것은 부산에 거주하고 있는 구성원들에게만 해당하는 것이 아니라 국가가 휘두른 위계화에 의해 불공평한 방식으로 재편되어온 이 땅의 모든 지역 구성원들에게도 향해 있는 셈이다. 사정이 이러하다면 부산이라는 지역의 특이성은 바다를 끼고 있다는 지정학적 위치나 제2의 도시라는 규모의 정도를 통해 규명되는 것보다 외려 모든 지역의 공통된 속성이기도 한 '도시성'에 집중할 때 더욱 분명하게 드러날 수 있다.

'부산'의 도시성에 대해 말하는 데 있어, 앞서 언급한 '이중의 회의'라는 방법을 경유해야 할 필요가 있어 보인다. 부산이라는 근대도시가 어떤 위계화 작업에 의해 형성된 것인지를 파악하는 것과 아울러 부산이 '누리고 있는' 혜택, 바꿔 말해 내부에서 발생하는 '위계'까지 동시에 '사유'해야 할 필요가 있기 때문이다. 요컨대 '지역'을 단순히 보호하고 의미를 부여해야 하는 당위적인 공간이 아니라 '도시'라는 보편적인 지위에서 바라볼 때, 핍박받는 희생자의 위치에 있던 '지역'

이 은폐하고 있던 폭력적인 면, 다시 말해 패권을 가지지 않았다는 이유로 면죄부가 부여됨으로써 간과되곤 했던 부분 또한 확인할 수 있다는 것이다. '지역'을 통해 새로운 인식지점을 생성하기 위해서는 이러한 겹의 사유, 예컨대 자기 정당화의 논리로부터 거리를 가질 때 비로소 가능해질 수 있는 것이다.

김성연의 작업, 〈도시의 공룡들(Dinosaur in the city)〉[4]에서 재현되는 부산이라는 공간은 하나의 속성으로 환원되는 것이 아니라 중층적인 의미망에 의해 직조되어 있음을 우리로 하여금 알 수 있게 하는데, 이것은 앞서 언급한 '이중의 회의'라는 방법론이 시각 예술 분야에서 적절하게 수행하고 있는 보기 드문 사례로 삼을 수 있다. 김성연의 시선에 포착된 부산은 무엇보다 '도시'가 가지고 있는 다양하고 중층적인 양상들을 확인할 수 있는 장의 의미를 가진다. 부산이라는 근대도시의 특징에 대한 포착은 우선적으로 '도시화'가 언제나 '슬럼화'라는 바탕 위에서 구축되는 것이라는 기본적인 태도 위에서 이루어지는 것처럼 보인다.[5]

따라서 도시의 공룡들이라는 저 표제는 겹의 의미를 내장하고 있는 것이라고 할 수 있다. 도시 자체가 '공룡'과 같은 폭압적인 속성을 통해서 증식하고 있다는 측면과 함께 도시의 한켠에 아직 멸종하지 않은/못한 '공룡'들의 양상을 보여줌으로써 부산이라는 근대도시가 탈근대도시로 이행하는 과정 속에서 발생하는 여러 가지 문제들을 현시한

---

4 김성연의 〈도시의 공룡들〉에 대한 더 심층적인 분석은 〈도시의 공룡들〉 도록에 실려 있는 김만석의 「공룡의 세기」를 참조할 것.
5 도시의 양극화 문제에 관해서는 신자유주의 세계화라는 기획에 의해 슬럼화되어가는 현대 도시의 문제를 사회학적 관점에서 분석한 마이크 데이비스의 『슬럼, 지구를 뒤덮다』(김정하 옮김, 돌베개, 2008)를 참조할 것.

다는 점에서 그러하다. 부산의 이러한 급속한 변화야말로 '부산적'인 특징이라고 할 수 있는데, 이 이행의 과정 속에서 발생하는 여러 결락들에 의해 역설적으로 부산이라는 도시의 독특성이 더욱 분명하게 드러난다고 할 수 있다.

ⓒ김성연,
Dinosaur in
the city series
복천동 2,
2006.

ⓒ김성연,
Dinosaur in
the city series
민락동,
2006.

무분별한 개발을 통해 제 몸뚱이를 불려가는 '도시'는 '공룡'의 그것과 닮아 있다. 김성연의 작업이 포착하고 있는 여러 지점들은 공룡이 지구에서 사라진 것처럼 도시 또한 그러한 운명에서 자유로울 수 없을 것이라는 점을 우리에게 환기시키고 있는 것처럼 보이지 않는가,

공룡의 식성과 같은 폭압적인 방식으로 공간을 균질화시켜가는 '도시'가 실은 제 살을 갉아먹음으로써 스스로를 파괴하고 있다는 것, 다시 말해 도심 속에 생존하고 있는 '공룡'이 멸종되어가는 양상은 곧 '도시'의 절멸과 이어져 있음을 의미하는 것처럼 보인다. 그의 작업을 통해서 광안리, 주례, 수정동, 광복동, 복천동, 용호동 등 부산의 전 지역을 집어 삼키고 있는 '도시-공룡'과 그 틈바구니에서 서식하고 있는 '공룡'의 존재를 확인하게 된다. 덧칠되어 있는 그 형상은 단순히 작가의 상상력에 의해 직조되는 허구의 산물이라기보다는 우리가 너무나 잘 알고 있다고 착각하는 도시라는 공간이 어떻게 구축되고 있으며, 아울러 그 안에 무엇이 있는지 정작 우리가 모르고 있다는 사실을 환기시켜준다.

여기서 놓치지 말아야 하는 것은 도시 속에 감추어져 있는 이 '공룡'들이 무엇을 함의하고 있는지 질문해보는 것이다. 도시가 자신의 몸을 불리기 위해 삭제하고 은폐시켜버린 '공룡'들은 도시를 구성하고 있는 분명한 실체임에도 불구하고 결코 자신의 존재를 승인받지 못하는 처지에 놓여 있다고 할 수 있다. 그러나 이 '공룡'들은 누군가가 반드시 확인해주어야만 스스로의 존재를 증명할 수 있는 피동적인 위치에 놓여 있는 것만은 아니다. 분명하게 존재하지만 우리의 눈에 보이지 않는 '공룡'들은 역설적으로 도시가 결코 장악할 수 없는 주체들을 형상화한 것이라는 사실 또한 기억해둘 필요가 있겠다. 요컨대 부산이라는 도시의 독특성은 난개발의 힘의 압력에도 불구하고 여전히 살아 꿈틀대고 있는 존재들, 아니 어쩌면 그러한 난개발로부터 발생한 것처럼 보이는 존재들의 형상과 그것들이 남긴 흔적을 포착할 수 있는 시간의 단층을 내장하고 있다는 점에서 찾을 수 있을 것이다.

증식하는 도시가 무엇을 바탕으로 하고 있는지에 대해서는 그의 〈불꽃놀이(fireworks)〉(비디오, 2006)라는 비디오 작업에서 그 모습을 더욱 분명하게 확인할 수 있다.

①김성연, 〈불꽃놀이〉, 비디오, 2006, 일부.　　　　　　　②김성연, 〈불꽃놀이〉, 비디오, 2006, 일부.

부산이라는 도시의 브랜드를 구축하는 데 있어 빠지지 않는 것 중의 하나인 불꽃축제의 이면과 그것의 지반을 탐색하는 이 작업을 통해 우리는 탈근대도시로 재빨리 몸바꿈을 시도하는 부산이라는 도시의 속성을 확인할 수 있게 된다. 광안대로의 상공에 터지는 불꽃들의 화려한 군무를 시작으로 하는 김성연의 〈불꽃놀이〉는 불꽃의 화려함을 보여주는 것에 집중하다가 돌연 영상을 뒤로 돌리면서 불꽃이 터지는 장면 위에 산복도로의 영상을 겹쳐놓는다. 이는 불꽃의 기원을 거슬러 올라감으로써 그것의 진원지, 다시 말해 불꽃축제의 화려함이 딛고 있는 지반이 어디인지를 묻고 있는 것처럼 보인다. 그 물음은 곧 불꽃 '놀이'에 시선을 뺏기는 순간 도시에 켜켜이 쌓여 있는 시간의 단층이 사라져버릴 수도 있음을 경고하는 것에 다름 아닐 것이다.[6]

광안대교 위에서 펼쳐지는 저 화려한 불꽃놀이가 산복도로에 빼곡히 들어차 있는 다세대 주택과 겹쳐지니 마치 슬럼가로 쏟아지는 폭격처럼 보인다.[7] 수직 삼분할 된 영상 위에 슬럼가들이 단층을 이루고 그 위로 'BUSAN'이라는 로고가 겹쳐지는 장면(사진②)에서 우리는 부산이라는 도시의 정체성이라는 것이 도시 이미지 구축 사업으로 추진되고 있는 각종 축제에 의해서 만들어지는 것이 아니라 오랜 시간 동안 적층되어온 산복도로를 따라 가득 메운 저 '슬럼가'에 의한 것임을 알아차릴 수 있게 된다. 아니 어쩌면 불꽃축제와 슬럼가의 겹침, 매끄럽게 다듬어지지 않은 저 이질적인 것들의 불협화음이야말로 '부산적인 것'이라고 부를 수 있는 유일한 것인지도 모를 일이다.

4. 부산을 본다— ⟨another frame⟩: 이인미의 작업

사진가 최민식은 오랜 시간 동안 부산이라는 도시에 거주하고 있는 서민들의 부박한 삶을 담아내는 데 집중해왔다. 그의 작업은 삶에 열중하고 있는 인물들의 표정이 만들어내는 굴곡진 시간의 흔적을

---

6 흥미로운 것은 도시의 밤하늘을 화려하게 장식하는 불꽃과 그 아래에 놓여 있는 슬럼이 긴밀하게 연관되어 있음을 아주 작은 효과를 통해서 보여준다는 데 있다. 이러한 점은 부분적으로 색을 덧칠하거나 흑백으로 처리함으로써 부산이라는 도시의 정체성을 적확하게 재현하고 있는 ⟨도시의 공룡들⟩에서도 확인할 수 있다. 비디오, 설치, 회화 등 김성연의 작업에 관한 전반적인 특징에 관해서는 김만석의 다음과 같은 글을 참조해볼 만하다. 김만석, 「죽음에서 비켜서기, 죽음과 동행하기-김성연론」; 「포장지는 포장이 아니라 항상, 이미 몸이다」

7 불꽃이 터지는 영상에서 우리는 폭죽 소리가 아닌 폭격 소리를 듣게 되는데, 김성연이 축제의 소리를 폭격 소리로 대체한 이유 또한 화려한 불꽃의 군무가 실은 도시의 스펙터클이 나사하는 폭격과 다르지 않다는 판단에서 연유하는 것이라고 할 수 있다.

순간적으로 포착함으로써 그 인물이 걸어온 삶을 사각의 프레임 안에 부려놓고 있다. 인물들의 얼굴에 남아 있는 깊게 패인 주름들은 그들이 살아온 삶의 궤적에 질감을 부여하는 것이었고, 삶의 고단함이 선연하게 드러나는 인물들의 표정은 하나같이 알 수 없는 에너지를 발산하곤 하는데, 우리는 그 에너지가 굉장히 동적이라는 것을 느낄 수 있다. 사정이 이러하기에 최민식의 사진에서 공간이 차지하는 비중은 인물에 비해 부차적일 수밖에 없지만 그렇다고 그가 공간적인 특성을 전혀 고려하지 않았다고 성급하게 규정지어서는 안 될 것이다. 인물들의 얼굴에 펼쳐져 있는 삶의 굴곡들은 그들이 딛고 있는 공간의 형상과 긴밀하게 연결되어 있을 수밖에 없기 때문이다. 예컨대 자갈치라는 공간에서 찍은 일련의 인물 사진과 부민동의 판잣집, 범일동의 공동수도 앞에서 포착한 표정들[8]에서 우리는 피사체의 표정뿐만 아니라 그러한 표정이 직조되는 외부적 환경 또한 감지할 수 있기 때문이다. 요컨대 최민식이 포착한 인물들의 세밀하지만 역동적인 표정은 그 공간의 모습과 그리 떨어져 있지 않다는 것이다. 인물들의 모습뿐만 아니라 그들이 딛고 있던 공간의 역동성이 전달될 수 있는 것 또한 최민식이 포착하고자 했던 '당대의 표정'이 '공간'과 그 속에 자리하고 있는 '주체'와의 긴밀한 관계에 의해 직조되는 것이기 때문이다.

오래전부터 건축 사진 작업을 해온 이인미를 최민식과 비교한다는 것이 어딘지 어색하지만 긴 시간 동안 부산이라는 '도시의 표정'을 담아내고 있다는 점에서 그들의 작업을 나란히 두고 비교해보는 것도 일

---

8 최민식, 그 개회 인용, 『최민식 1957 1907』, 열화당, 1907.

정한 의미를 가질 수 있을 듯하다.[9] 이인미는 인물의 표정보다는 '건물의 표정'을 포착하는 데 집중하고 있다. 이인미가 담아내는 대상은 사람이나 유동하는 형상들이 아닌 탓에 대부분의 사진은 정적인 것처럼 느껴진다. 피사체들은 대개 건축물이거나 건물의 골조가 만들어내는 그림자인 터라 그것으로부터 운동성을 찾아내기란 어려워 보인다. 그러나 조금만 자세히 살펴본다면 움직임이 없는 그 사진들에 '움직임의 흔적들'이 남아 있다는 사실을 확인할 수 있다.

가령, 사진의 안정적인 구도를 만드는 데 일정한 역할을 하는 사선으로 뻗어 있는 건물의 윤곽과 그것이 만들어내는 그림자들은 유동하지는 않지만 시시각각 변하는 도시의 표정처럼 보인다. 뿐만 아니라 이인미의 사진에는 움직이는 피사체가 없는 대신 그것을 대신하는 요소들이 빠지지 않고 배치되어 있다는 점 또한 주목할 필요가 있겠다. 빈번하게 등장하는 신발, 빨래, 자전거 등은 멈춰 있지만 움직임을 지속하고 있던 것이거나 언제라도 움직일 수 있는 것들이라고 할 수 있기 때문이다. 이인미의 사진이 도시의 건조하고 기하학적인 형상을 포착하는 데 집중하고 있음에도 '숨결' 같은 것이 느껴지는 것은 이 때문일 것이다.

이인미는 도시적 삶에 포커스를 두고 있다기보다 그러한 삶이 직조되는 '틀'에 집중하고 있는 것처럼 보인다. 도시를 구성하는 구조물과 그것이 만들어내는 '음영'이 그 자체로 미적인 자질을 가지고

---

9 부산이라는 도시의 표정을 담아내고 있는 이인미의 작업은 개인전 〈another frame〉의 전시 도록과 박훈하와 함께 작업한 『나는 도시에 산다』(비온후, 2008)에 실린 사진들을 참조해 볼 수 있다. 부분적이기는 하지만 계간 《오늘의문예비평》(2003-2006년)의 표지 또한 참조할 수 있을 것이다.

있다는 사실을 우리는 이인미의 작
업을 통해서 다시금 확인할 수 있
다. 그가 수직으로 솟아 있는 고층
건물이나 거대한 다리 등 직선으로
뻗어 있는 건축물에 유독 관심을
집중하는 이유 또한 도시성 그 자
체가 획득하고 있는 모던한 실루엣
이 주는 미적인 측면을 탐닉하고
있기 때문일 터이다. 그렇다고 이
인미의 작업이 도시 구조물의 골조
에만 집중함으로써 미적인 것에 대
한 탐닉으로 수렴되는 것은 결코

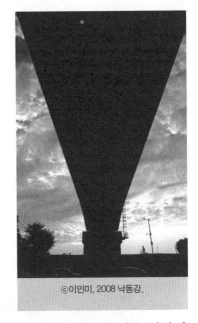

©이인미, 2008 낙동강.

아니다. 저 기하학적인 도시의 조형이야말로 우리들의 삶을 담아내
고 있는 공간에 다름 아닐 것이며, 건물들이 만들어내는 '그림자' 는
도시에 존재하지만 존재감을 부여받지 못한 집단들을 형상화하는 것
으로 볼 수도 있기 때문이다. 이인미가 집중하고 있는 건물들의 형상
과 그 형상들이 만들어내는 음영은 그의 사진이 그저 고층 건물들의
기하학적인 형상을 포착하는 것에 국한되는 것이 아니라 드러나는
것과 드러나지 않는 것들이 만들어내는, 사람과 건축의 어울림이 직
조하는 시간의 결들을 현시한다는 것이다. 이러한 작업 속에서 우리
는 부산이라는 도시의 독특한 표정을 읽을 수 있는 중요한 경로를 확
보하게 된다.

　이인미가 포착하고 있는 피사체와 그것을 바라보는 주체는 닮아 있
다는 점 또한 그의 작업을 설명하는 데 빼놓을 수 없는 특징이라고 할

수 있다. 도시를 구성하는 건축물들이 늘 그 자리를 지키고 있는 것처럼 피사체를 포착하는 이인미의 시선 또한 대상을 오랫동안 바라봄으로써 시선 주체의 의도를 최소화하려는 태도를 감지할 수 있다. 흥미로운 것은 보는 이의 의도를 최소화하려는 이러한 노력들이 도시를 바라볼 수 있는 또 다른 시선을 만들어내고 있다는 점에 있을 것이다. 그것은 '지역'을 주제로 하는 여타의 작업들이 특정 공간을 특정 이미지로 고착화하는 데 집중하고 있는 것과는 전혀 다른 태도를 취한다는 데서 찾을 수 있다. 사람·건물·공간으로부터 '거리'를 확보하는 데 집중하고 있는 저 태도는 도시를 생소하고 다양하게 바라볼 수 있게 하는 지반을 마련한다. 무엇보다 중요한 것은 도시를 바라보는 이인미

ⓒ이인미,
2005 괘법동.

ⓒ이인미,
2008 남천동.

의 시선에 의해 우리는 또 다른 여러 개의 시선과 조우할 수 있게 된다는 점이다.

요컨대 건물과 건물들이 만들어내는 기하학적인 선들의 교차는 그 공간에 또 하나의 프레임을 만드는데, 이 새로운 프레임을 통해서 우리는 공간의 또 다른 표정을 읽을 수 있게 되는 것이다. 피사체를 바라보는 시선이 대상을 장악하려는 욕망으로부터 거리를 두려는 태도에 의해 '겹의 시선'을 가질 수 있게 되는 셈이다. 이인미가 취하고 있는 이 '겹의 시선'은 단지 공간의 다양화에만 국한되는 것이 아니라 시간의 단층들을 바라볼 수 있는 유의미한 경로가 된다는 점 또한 알 수 있다. 예컨대 도시 재개발의 모습을 포착하고 있는 일련의 사진들에서 우리는 남아 있는 것과 사라진 것들, 그리고 앞으로 들어서게 될 거대한 구축물들을 짐작할 수 있으며 그로 인해 남아 있는 것들 또한 곧 왜소한 것이 될 것임을 한 장의 사진 속에서 감지할 수 있기 때문이다.

ⓒ 이인미, 2008 부암동.

5. 부산을 쓴다—기억의 무덤 · 고통의 자리 · 혼종의 공간

요산 김정한 탄생 100주년을 기념하는 문학제의 일환으로 출간된
『부산을 쓴다』(정태규 외 27인, 산지니, 2008)는 여러 면에서 주목하지 않을
수 없는 소설집이다. 편집후기에서 밝히고 있는 것처럼 특정한 장소를
주제로 수십 명의 작가의 소설을 묶은 소설집은 전무하기 때문이기도
하거니와 색인으로써의 장소가 아닌 구체적 삶의 공간으로서의 지역
을 탐문하고 있는 보고(報告)의 의미 또한 가지고 있기 때문이다.[10] 그
러나 이러한 작업이 '전무' 하다는 것이 그 자체로 '가치' 를 획득할 수
는 없는 노릇일 것이며 마찬가지로 이 작업을 '최초' 라는 맥락에서만
접근해서도 안 될 것이다. 『부산을 쓴다』에 대한 온전한 평가는 수록
된 작품들의 질적 수준에 대한 평가와 함께 처음으로 이러한 작업이
이루어진 '전무' 함의 맥락을 동시에 고려해야만 가능한 것이다.

　『부산을 쓴다』의 모든 작품은 부산의 명소와 특정 장소를 배경으로
하고 있다.[11] 기획자의 의도처럼 "부산의 명소나 장소를 배경으로 30
매짜리의 완결된 작품" 임과 동시에 "서사구조를 통해 장소의 역사적,
문화적 의미가 잘 형상화되면서, 거기다가 예술적 감동까지 가미"[12]되
었는지에 대한 평가에 앞서 부산이라는 공간을 명소와 장소로 분할하
여 재조직하는 이 작업이 가지는 특징에 대해 언급할 필요가 있어 보

---

10 『부산을 쓴다』의 「발간사」(구모룡)와 「편집후기」(정태규)를 참조.
11 예외적으로 한 작품만이 '장소' 가 아닌 '명물' 을 주제로 하고 있다. 이상섭의 「다시, 희망을」
　　이 '구포국수' 라는 명물을 주제로 하고 있는 이유는 아마도 구포시장을 배경으로 하고 있는
　　고금란의 「아름다운 숙자 씨」와 장소가 겹치는 것을 피하고자 했기 때문인 것으로 보인다.
12 정태규, 앞의 글, 298쪽.

인다. 그것은 식민지 시기 시도되었던 일련의 기획들과 많은 점에서 비슷하기 때문이다.

1929년에 발간된 잡지 《삼천리》의 「반도팔경」 기획[13]은 특정 지역을 기념화함으로써 '찌그러져 있는' 조선을 균질한 공간으로 재구성하려는 기획이었다는 점에서 『부산을 쓴다』와 많은 점에서 닮아 있다. 이 기획은 '금강산(강원도)-대동강(평양)-부여(충남)-경주(경북)-명사십리(원산)-해운대(동래)-백두산(함북)-촉석루(진주)'라는 특정 공간을 '팔경'으로 맥락화한 후 새로운 의미로 좌표화된 각각의 '점(點)'들을 잇는 것을 목적으로 하는데, 이러한 기획에 의해 '삼천리'라는 새로운 '면(面)'이 구획됨을 확인할 수 있다. 이렇게 이루어진 '면'을 새롭게 '발견된 국토'라고 바꿔 불러도 좋을 듯하다. 그것은 반도에 팔경이 내재되어 있다기보다는 '팔경'에 의해 비로소 '반도'가 구성된다는 도착으로 읽히기도 하는데 이는 지역을 기념화(혹은 상품화)함으로써 정체성을 획득하려는 일련의 지역 정책 혹은 지역 담론의 양상과 일맥상통하는 면이 있다고 할 수 있겠다. 물론 식민지 시기라는 특수한 역사적 맥락을 고려하지 않을 수 없겠지만 《삼천리》의 「반도팔경」 기획이 부산이라는 공간에 각인되어 있는 장소성을 통해 지역성의 고유한 지점을 구축하는 것을 목적으로 하는 『부산을 쓴다』와 여러 면에서 밀착되어 있다는 것만은 분명하다.

이러한 관점은 『부산을 쓴다』에 수록된 대부분의 작품들이 지금 부재하거나 다시 돌아갈 수 없는, 상실감에 대해 반복해서 진술하고

---

13 《삼천리》 창간호(1929년 6월)에 실려 있는 「「半島八景」 發表, 그 趣旨와 本社의 計劃」을 참조

있다는 점을 통해 다시 한 번 확인할 수 있다. 부산의 장소성을 복원하기 위한 일련의 기획이 '부재하는 것'에 대한 회한을 통해 구축된다는 것이 기이하게 느껴지지 않는가? 가령, 정태규의 「편지」의 경우 400년 전의 편지를 통해 가닿을 수 없는 상대를 향한 화자의 감정을 표현한다는 점만큼은 소설의 형식적 면에서 일정한 의미를 가질 수 있다. 그러나 『부산을 쓴다』의 대부분의 소설처럼 결코 조우할 수 없는 소멸한 것, 상실한 것을 찾거나 그것에 고착되어 있다는 점을 염두에 둘 때, 형식적인 완성도로만 소설을 평가해서는 안 된다는 사실을 직감할 수 있다. 설사 이러한 관점들이 '장소성'과 관련된 일련의 정서를 환기하는 부분이 있다는 점을 전면적으로 부정할 수는 없지만 그것은 삶의 구체성이 발현되는 공간으로서의 지역을 구현하는 것을 목적으로 하는 이 기획과는 정반대의 입장이라고까지 말할 수 있기 때문이다.

요컨대 『부산을 쓴다』에 수록되어 있는 작품들을 보면 부산이라는 공간은 기억의 시체와 유골들이 널려 있는 납골당과 처지가 다르지 않아 보인다. 부산이라는 지리적 공간 속에서 활동하고 있는 작가들이 언제나 부재와 상실감이라는 정서를 통해서 부산을 사유하고 있는 이 심성구조는 무엇을 의미하는가?[14] 결여된 것들을 반복해서 호명함으로써 '만' 현존할 수 있는, 사라져버린 것들의 부재감과 상실감을 통해

---

14 얼마 전에 출간된 『서울, 어느 날 소설이 되다』(강영숙 외 8인, 강, 2009)는 여러 가지 면에서 주목을 요한다. 서울이라는 공간을 배경으로 한 아홉 편의 소설은 장소성보다는 욕망이 교환되는 '장'인 도시성에 더 집중하고 있다는 점에서 장소성의 구현에 집중하고 있는 『부산을 쓴다』와 함께 다룰 필요가 있어 보인다. 아주 밀착되어 있는 것처럼도 보이고 굉장히 멀리 떨어져 있는 것처럼도 보이는 이 두 작업을 동시에 고려할 때, 각 작업의 맥락과 의미가 더욱 분명하게 드러날 수 있을 것이다. 이에 관해서는 다른 지면을 기약하고자 한다.

서 현재를 재구성하려는 이 집단적 정서가 무엇을 의미하는지 묻지 않을 수 없다. 과거를 소환함으로써만 현재를 '발화' 할 수 있는 이들의 작업은 현존하는 삶의 공간을 지워버림으로써만 가능한 작업이지 않은가. 이러한 상실감에 붙들리게 된 이유가 급변하는 도시와 삶의 모든 영역을 총괄하는 자본의 폭압적인 면으로부터 비롯되는 것이겠지만 『부산을 쓴다』에서 확인되는 작가들의 입장은 역설적이게도 주거지를 관광지로 바꿔버리는 자본의 논리와 같은 회로를 내면화하고 있는 것처럼 보이기도 한다. 지역의 기념화는 '차이' 를 통한 마케팅의 전략과 긴밀하게 맞닿아 있는 것이기도 하기 때문이다.[15]

이러한 문제를 지니고 있음에도 불구하고 『부산을 쓴다』에 지역을 사유하는 유의미한 지점을 보여주는 완성도 높은 작품도 있다는 사실 또한 간과해서는 안 될 것이다. 조명숙의 「거기 없는 당신」과 이정임의 「태양을 쫓는 아이」는 『부산을 쓴다』의 기획 의도를 고려하지 않더라도 그 자체로 훌륭한 소설이면서 지역과 장소를 사유하는 유의미한 참조점을 제공하는 소설이라고 할 수 있다.

조명숙의 「거기 없는 당신」은 제목에서부터 '부재' 를 전면에 내세우고 있지만 그 '부재' 는 여타의 소설과 전혀 다른 지반 위에 놓여 있다. 요컨대 이 소설은 과거를 회상하며 현재를 위무하는 회로에 갇혀 있지 않다. 오래전 연인을 TV의 촛불 시위 장소에서 다시 보게 된 '여

---

15 지역의 정체성을 구축하기 위한 다양한 실천이 세계화라는 새로운 국면을 맞이하면서 국제적 도시 건설이나 도시 브랜드화 같은 글로벌 마케팅으로 흡수되는 역학에 관해서는 권명아의 「기념의 정치와 지역의 문화 정체성—저항과 글로벌 마케팅 사이」(『식민지 이후를 사유하다—탈식민화와 재식민화의 경계』, 책세상, 2009)를 참조할 것. 뿐만 아니라 이 글은 전국의 대부분 지역에서 추진하고 있는 '문학 기념관' 사업이 가지는 의미와 문제들을 다룸으로써 '지역' 이 다양한 방식으로 점유되고 있는 상황에 대한 날카로운 통찰을 보여준다.

자'는 '그'를 만나기 위해 예전의 '그'와 시간을 함께했던, 그러나 이제는 촛불 시위의 장소로 변한 '서면'으로 향한다. 여기서 우리는 조명숙이 장소를 '상실감'이 아니라 '변함'의 형태로 인지하고 있음을 확인할 수 있다. 그 변함은 '우연'을 낳고 그것은 하나의 현재적인 '사건'이 된다. 다시 말해 조명숙에게 있어 '장소'는 과거의 아련한 기억을 간직하고 있는 곳에 국한되지 않는다는 것이다. "원인이 밝혀지지 않은 채로 잊을 만하면 불쑥 찾아오는 증상"처럼, "갑자기 어느 순간에, 왈칵 벼랑으로 떠밀어 버리겠다는 듯이 찾아"(147쪽)오는 '고통'은 전 존재를 휘감는 현재적인 실체에 다름 아니다. '여자'는 지금 당장 '진통제'가 필요하다. 이때의 진통제는 여타의 소설에서 구현하고 있는 '상실감'과는 너무나 다른 것이라는 점을 지적할 필요가 있겠다. 그들이 황홀한 상실감에 휩싸여 '선잠'이 주는 달콤함을 놓치지 않으려 포근한 이불 속에서 꼼지락거리는 발가락의 움직임과 달리 조명숙이 표현하는 고통은 매번 진통제를 삼켜야만 하는 지금 당면한 다급한 현실이라고 할 수 있다. '서면'이라는 장소는 좋았던 시절을 상실한 곳이 아니라 지금도 반복되는 고통이 있는 자리인 것이다. 아련한 고통이 아닌 전 존재를 흔들어놓는 고통의 진원지라는 점에서 조명숙에게 '서면'이라는 장소는 실체적인 곳일 수밖에 없다.

이 소설의 중요성은 '서면'이라는 장소의 현재성·구체성을 구현한 것에만 국한되지 않는다. 무엇보다 중요한 점은 대개의 상실감을 말하는 소설들이 '그'의 부재에 대한 탄식이나 '황홀한 아픔'으로 점철되어 있는 것에 반해 조명숙의 소설은 여전히 '그'는 '거기'에 있으며 삶에 충실하지 못한 '나'만이 '그'의 곁에도, '거기'에도 없음을 말하고 있다는 데서 찾을 수 있다. 이는 우리로 하여금 주체의 '회의' 와 '반성' 을 추동하는 구체성을 띤 '장소' 의 의미를 환기시킨다. 그것은 장소의 고착으로 귀결되는 것이 아니라 그 장소에 존재하고 있는 '타자' 들과 그들로부터 이격되어 있는 '나' 를 발견하게 한다. 장소는 '나' 와 '타자' 를 발견케 하는 구체적인 장의 의미를 가지는 동시에 새로운 관계를 맺을 수 있는 실천적인 장의 자리를 마련하는 것이다.

이정임의 「태양을 쫓는 아이」는 『부산을 쓴다』에 수록된 작품 중에 가장 높은 완성도를 획득하고 있으며 장소성에 관해서도 풍부한 지점을 사유할 수 있게 하는 작품이다. 이제는 아파트 단지로 바뀐 미군 주둔지였던 '하얄리아부대' 라는 묵직한 장소를 배경으로 하고 있는 이 소설은 유년 시절의 경험을 회상하는 방식으로 이루어져 있다는 점에서 여타의 소설들과 별다른 차이를 가지지 않는 것처럼 보이지만 회상의 구조가 현재 삭제되어 있는 중요한 부분을 환기시키는 역할을 한다는 데서 결정적인 의미를 획득한다. '하얄리아부대' 라는 혼종적인 공간 속에 뒤섞여 있는 인물들의 관계는 그 자체로 해방 이후 한국 사회의 핵심적인 단면을 보여주는 풍경에 다름 아니다. 이 소설은 '하얄리아부대' 라는 독특한 공간 속에서 우리는 어떻게 살아왔으며 저 복잡한 혼혈/종의 실체와 양상들이 언제, 어디서부터 오게 되었는지를 우리로 하여금 사유하게 만든다. '하얄리아부대' 안의 비디오 가게의 딸인 '나' 와 미국으로 도망쳐버린 흑인 아버지를 둔 '최정미' 라는 혼혈아, 그리고 부산 사투리가 입에 밴, 부대 안에 살고 있는 혼혈아 '써니' 가 여름 한 계절 동안 겪는 소소한 사건들 속에서 우리는 결코 가볍지 않은 '역사의 결' 과 조우하게 된다.

그때 길 옆 놀이터에서 놀던 백인 꼬마들이 우리에게 소리쳤다.

개새끼들아! 꺼지라!

노란 머리에 파란 눈을 한 아이들이 부산 사투리로 욕을 하는 것은 우리가 영어를 하는 것만큼이나 어색했다. 나는 지지 않으려 소리 질렀다.

셧 더 마우스! 뻑큐!

녀석들은 아랑곳 않고 계속해서 우리를 거지새끼들이라 놀려 댔다.

그때였다. 최정미가 돌을 들어 아이들에게 던졌다.

내가 왜? 너거나 꺼져라!

— 이정임, 「태양을 쫓는 아이」, 『부산을 쓴다』, 산지니, 213-214쪽.

저 짧은 대화는 '하얄리아부대' 속에서 미국과 한국, 흑인과 백인 그리고 혼혈과 순종을 구분하는 것이 얼마나 어려운 일인지 우리로 하여금 환기하게끔 만든다. '냉전 체제'라는 거대한 세계사적 개념을 사용하지 않더라도 인용문에서 확인할 수 있는 '하얄리아부대'라는 장소는 그 자체로 당시의 세계와 한국이 맺고 있는 관계를 집약적으로 현시하는 공간의 의미를 가진다. 그 순간 우리는 부산이라는 지역이 늘 세계사적 지평 위에 놓여 있었음을 새삼 환기할 수 있게 되는 것이다. 저 혼종적인 장면이야말로 '부산적인', '부산스러운 것'이라고 말할 수 있는, 유일한 것이 아니겠는가.

6. 부산을 넘다

전 지구적 자본주의에 대항하는 저항의 거점이나 근대국가 시스템
이 노정하고 있는 구조적인 모순들을 타개할 수 있는 대안적 공간이라
는 목적하에 지역을 새롭게 인식하려는 기획이 지금 이 순간도 쉼 없
이 추진되고 있다. 그 같은 지역 담론의 다양한 스펙트럼 속에는 토착
자본의 증식을 목적으로 하는 기획도 있을 것이며 '공공미술프로젝
트'처럼 지역의 대표라는 거창한 이름을 달지 않고서도 해당 지역의
특이성들을 잘 살려내어 주민과 작가들이 함께 어울려 기획하고 실천
하여 삶-터를 좀 더 살기 좋게 바꾸는 것을 목적으로 하는 기획들도 있
을 것이다.[16] 요컨대 수많은 지역문화 중 자본과 편승하는 것들이 있는
가 하면 자본에 대항하는 대안적 기획을 모색하는 것도 있다는 점에서
'지역'이라는 말을 쓸 때 흔히 범하게 되는 오류에 대해서 매번 고심
해야 할 필요성이 요청된다. 유독 '지역'이라는 개념만이 어떠한 동의
도 없이 그 자체로 대표성을 획득해버리는 사정은 우리가 지금 열심히
찾아서 쓰고 있는 '지역'을 단일한 것으로 환원해버리는 우를 반복해
서 범하고 있는 것이라고 할 수 있기 때문이다.

근대국가 시스템이라는 대타항의 힘이 너무도 막강한 탓에 그것에
대응할 수 있는 대안적 공간으로써 '지역'이라는 개념을 다시금 분쇄

---

16 〈오픈스페이스 배〉의 운영자인 '서상호'를 주축으로 하고 있는 '공공미술 프로젝트' 팀은
부산의 여러 지역을 대상으로 활동을 해오고 있다. 얼마 전부터는 시행정의 지원 없이 자발
적으로 인원을 소집하여 안창마을 일대를 중심으로 다시금 작업을 하고 있다는 점에서 주
목할 필요가 있다. 최근 이들의 작업에 대해서는 포털사이트 다음 카페 〈안雁창窓고庫 프
로젝트 두 번째 이야기 http://cafe.daum.net/openspacebae〉를 참조.

하여 매번 망각하거나 지워버리는 이질적인 존재들이 뒤섞여 있다는 자명한 사실을 환기할 필요가 있을 것이다. 지역은 그 자체로는 어떠한 의미도 획득하고 있지 않다는 사실을 염두에 둘 때, 현실적 문제를 타개하는 거점으로서의 지역 또한 결코 특정한 의미로 환원될 수 없다는 사실을 자각해야 한다. 다시 말해 지역 내부에서도 편차가 있으며 지역을 바라보는 시선들의 '위치'에 의해 '지역'은 결코 하나의 이미지로, 하나의 개념으로, 하나의 심상지리로 구획될 수 없다는 것이다. 이때 중요한 것은 지역을 호명하는 자의 '위치'가 될 것이다. 누가 왜 어떤 목적으로 지역을 호명하는가? 이를테면 해운대[17]와 범일동[18]은 행정적으로 부산이지만 이 두 공간을 '부산성'이라는 지역적 특징으로 다 포괄할 수 있는가? 탈산업 도시의 첨병으로 '다이나믹 부산'이라는 슬로건 아래 새롭게, 너무나 빨리 구획되어버리는(그리하여 도시에 쌓여 있는 시간의 단층들을 서둘러 제거해버리는) 해운대와 도시의 중심에서 밀려난 사람들이 기거하는 범일동이라는 공간은 과연 '부산'이라는 단일한 명명으로, '지역'이라는 용어로 포괄할 수 있냐는 것이다. 이때의 '지역'은 도시가 가지고 있는 많은 모순들을 은폐해버

---

17 해운대가 부산의 새로운 중심이 되는 구체적인 양상과 의미에 대해서는 박훈하의 「새로운 인터페이스, '광안대로'에서 바라보기」(《오늘의문예비평》, 2003년 봄호)를 참조. 부산이라는 근대도시의 형성 과정에서부터 최근 변모하고 있는 공간 변화의 양상을 문화정치적 맥락에서 정확하게 분석하고 있는 김용규의 「추상적 공간으로 변해 가는 부산」(《오늘의문예비평》, 2002년 봄호) 또한 같은 맥락에서 참조해볼 수 있다. 특히 김용규는 부산성과 그 지역성을 중앙 권력의 지배를 거부하는 가치나 대안으로 격상시키는 것에 대해 비판적인 태도를 견지하고 있는데, 이는 지역성을 논하는 여타의 논자들과 입장을 달리하고 있을 뿐만 아니라 지역 담론이 매번 간과해버리는 부분을 정확하게 지적하고 있다는 점에서 주목할 필요가 있다.
18 범일동이라는 공간의 독특성에 대해서는 필자의 「지도에 없는 그곳에서, 블루스를」(《작가와 사회》, 2008년 가을호)을 참조.

리고 잘못된 구조를 용인하거나 승인하는 기제로 작동한다는 것을 알아차릴 필요가 있는 것이다. 앞서 언급한 '이중의 회의'가 필요한 것은 이 때문이다.

　자신이 서 있는 지반의 자명함과 당위들까지 '회의'할 수 있을 때 '겹의 부산'과 조우할 수 있다. 그것이야말로 '부산'이면서 '부산'이 아닌, 혹은 '부산'을 넘어 새로운 인식의 지점을 구축할 수 있는 장(場)이지 않을까. 배타적인 공간 개념이 아닌 경계를 넘나들면서 매번 새롭게 재편되는 지역, 서로가 연결되어 있음을 매번 확인함으로써 영향을 주고받는 지역 말이다. 그것은 곧 '타자'와의 관계를 맺는 새로운 인식적 지평의 장에 다름 아닐 것이다. 지역이 기왕의 '지역'을 넘어서야 하는 이유가 여기에 있는 것이다. 완결된 하나의 통일체가 아닌 열려 있는 여럿과 조우하기 위해, 아울러 여럿이 되기 위해 우리는 '지역'을 넘어야 한다. '부산스럽게' 말이다.

김필남

아무도 들어주지 않는
'말건넴'의 영화들

: 〈범일동 블루스〉(김희진, 2000)를 중심으로

지금, 여기는 폭력의 시대라고 해도 과언이 아니다. 때리고 부수는 것만이 폭력은 아니다. 폭력을 인지하지 못하고, 억압받는 지도 모른 채 대중을 종속상태에 포섭하는 그것이야말로 폭력이다. 이러한 폭력은 영상매체에서 잘 드러난다. 촛불집회에 대응하고 있는 정부와 언론을 보면 소수자의 목소리는 들으려 하지 않고 그것을 경제논리로써만 환원하려는 것을 알 수 있다. 이는 언론 또는 국가가 그들과의 대화, 그들의 말건넴에 대해서 허용하지 않은 채 처벌적 대응만을 고려하는 자세에서 비롯된 것이다. 다시 말해 국가와 한 몸으로 작동하고 있는 영상매체는 이질적인 시선들이 파고드는 것을 용납하지 못하고 대중의 움직임을 통제하려는 습성을 보인다. 영화의 경우에는 더욱 섬세하고 조심스럽게 대중의 시선을 붙잡는다. 영화는 현실모습을 반영하는 것이기보다, 사회적 삶의 담론들인 형식과 형상과 재현을 이야기로 약호 전환하는 것이다.[1] 또 영화는 사회현실을 구성하는 광범위한 문화적 재현 체계로서 관객의 시선을 붙잡는 데 막강한 영향력을 보여준다. 그로 인해 영화산업은 관객의 열렬한 호응을 등에 업은 채 발전할수 있었다. 하지만 영화에서 재현하고 있는 지금 이 시대야말로 지나치게 폭력적임을 주지해야 할 것이다.

영화는 시각적 이미지와 서사와 사운드가 결합되어 탄생한 장르이다. 이 결합은 관객들에게 영화가 빚어내는 목소리를 읽어내는 데 탁월한 시야를 제공한다. 이 논리가 영화를 쉽게 정의내리는 방법론일수 있다. 하지만 근래에 나온 상업영화들을 살펴보면 이미지와 서사와사운드를 적극 활용하며 현실과 혹은 관객과 소통하려는 의지를 보이는 것이 대부분이다. 특히 자본이 투여될수록 강도가 세지기 마련이며그 방식은 영화를 해석하는 데 있어 폭력적인 방법으로 작동된다. 이미지와 서사와 사운드는 이질적인 것들을 배제시키는 데 탁월한 장치들이다. 그것들은 이질적이고 균열적인 시선이 존재한다는 것을 용납하지 않고, 영화가 지시하는 목소리에 집중하기를 바란다. 다시 말해이미지와 서사와 사운드가 결합된 영화라는 장르야말로 우리 사회에서 배제되어 있는 것들을 전혀 이해하지 못한 채 대중의 시선을 한 곳으로만 집중시키려는 욕망을 내포하고 있는 것이다. 그럼으로써 영화를 관람하는 관객은 감독의 의지 혹은 그 외에 영화적 장치 등을 통해다양한 시각을 가질 수 없도록 하며 상상의 자유를 말살시킨다. 마치영화가 보여주려는 것이, 그것 한 가지뿐이라는 듯 난폭하게 말이다.여기서 영화는 사실(fact)을 재현하는 것이 아니라 사실(reality)이 되도

---

1 마이클 라이언 · 더글라스 켈너, 백문임 · 조만영 옮김, 『카메라 폴리티카-현대 할리우드 영
   화의 정치학과 이데올로기』, 시각과언어, 1996

록 형상화하는[2] 과정 중 일부분임을 기억해야 할 것이다.

이 지점에서 〈범일동 블루스〉[3]와 〈성냥팔이 소녀의 재림〉[4]은 우리가 이미 보아왔던 이미지와 서사와 사운드로 말하는 영화 형식에서 벗어난 영화라고 주장할 수 있다. 특히 영화들은 부산지역을 재현하는데 있어서 부산지역 공간을 고정된 공간이 아니라, 그곳을 새롭게 조명하고 사유할 수 있는 지점들을 영화적 장치들을 통해 선보이고 있다. 영화 〈범일동〉과 〈성소재림〉은 논리적인 의미나 서사의 개연성 같은 것이 하등 중요하지 않는 영화처럼 보인다. 영화의 서사는 간결한 것 같지만 난해하며, 어느 틈에는 부산이라는 공간에서 벗어나 영화라는 본질까지 사유하도록 유도한다. 이미 이 영화들이 만들어진 지오래되었지만 그래서 낡은 방식의 이야기를 다시 끄집어내는 것이 아니냐는 지적을 할 수 있겠지만 이들 영화만큼 지금-여기 내가 살고 있는 현실공간에 대해 철저히 조명하는 영화는 없어 보인다. 그렇기 때문에 영화들을 매혹적으로 받아들일 수 있음이 분명하다.

이 글은 영화 〈범일동〉을 분석하면서, 지역을 재현하는 영화들이어떤 형태로 부산을 다루고 있는가에 대해서 살펴보고 있다. 여기서 김희진 감독을 중심에 둔 이유는 그가 지역에서 활동하는 몇 안 되는 감독이기 때문도 그렇지만 영화 의미의 다양성을 전제로 하고 이러한 표현이 허용된다면, 서울이라고 부르는 최고의 환경에서가 아닌 주변

---

2 문재원, 「문학담론에서 로컬리티 구성과 전략」, 『韓國民族文化』, 釜山大學校韓國民族文化研究所, 2008, 73-74쪽.

3 몽 제작, 김희진 감독, 〈범일동 블루스(Beomildong Blues)〉, 2000. 이하 〈범일동〉이라고 표기하겠다.

4 기획시대 제작, 장선우 감독, 〈성냥팔이 소녀의 재림(Resurrection Of The Little Match Girl)〉, 2002. 이하 〈성소재림〉으로 표기하겠다.

부에 속하는 부산지역에서 가장 '부산(지역에 주목하는)영화' 다운 영화를 만드는 감독이기 때문이다. 그는 '빈 여백' 사이에 과장이 아닌 사실(reality)을 채우려는 감독이다. 그리고 영화가 궁극적으로 말하고자 하는 바, 여백이란 다시 채워지기 마련인 것을, 또한 여백 속에 '사람'이 살고 있다는 것을 발견하게 한다. 사람과 사람의 관계를 잊지 않고 있는 이 영화가 보여주는 것이 무엇인지를 생각한다면 〈범일동〉에서 그리고 있는 공간, 지역의 의미를 충분히 사유할 수 있을 것이다. 그를 통해 부산지역을 새롭게 조명할 수 있음이 분명하다. 다음으로 중요하게 다루고 있는 영화는 〈성소재림〉이다. 김희진 감독이 공간의 빈 여백에 대해 고민했다면, 장선우 감독은 〈성소재림〉에서 '삭제'를 통해 지역을 상상할 수 없도록 만든다는 것이 특징적이다. 달리 말하면 고정되어 있는 부산 이미지(부산 이미지라고 알고 있는 관광 · 바다 · 남성성 · 폭력)들을 삭제시킨 채, 부산을 낯선 도시로 만든다. 〈성소재림〉은 부산에서 작업했지만 〈성소재림〉 속에는 부산을 알리려는 의도가 단 한 컷도 없다. 이는 지금까지 부산이라는 공간을 상상하면 생각났던 (고정된)이미지들을 더 이상 상상할 수 없도록 하면서, 부산 공간을 재배치할 수 있게 만든다. 영화이면서 영화적 해석을 거부하는 영화들이야말로 지역을 다루는 데 있어 표본을 제시하는 것일 거다.

이렇듯 기존의 영화 속에 넘쳐나는 이미지와 서사와 사운드의 경박함들이 거세된 자리에서 이질적으로 만들어진 영화가 위의 두 편이다. 영화들은 배려(〈범일동〉)와 삭제(〈성소재림〉)라는 이상한 방식을 통해 부산지역을 상상하는 데 있어 고민하게 만든다. 그러므로 이들 영화야말로 폭력적인 방식의 영화가 아니라고 주장할 수 있다.

1. 빛의 삭제 후

김희진 감독의 〈범일동 블루스〉는 부산이라고 명명되는 기존의 이미지들을 가져와 재현하는 여타의 영화들과는 다른 공간을 재현하고 있다. 영화가 저예산영화라든지 비주류인 독립영화의 형태를 띠고 있기 때문에 기존의 영화방식과 다르다는 것은 아니다. 그렇다고 좀 더 스펙터클한 화면을 보여줄 수 없어서 드러난 재현방식이라는 것도 아니다. 이 영화가 여타의 영화들과 다른 이유는 지역을 포착할 때의 카메라 조명이 다양한 시선을 제시하고 있기 때문이다. 〈범일동〉은 사람이 도시와 어울려 살고 있음을 카메라의 어둠과 밝음을 통해 직접적으로 보여준다. 일반적으로 지역공간을 다루고 있는 영화들의 경우 '밝기와 어둠'을 통해 인물의 감정 혹은 공간의 분위기까지 느낄 수 있다. 빈민촌의 어느 가정이 행복하다는 것을 표현하고 싶다면 어두운 조명보다는 밝은 조명을 사용하는 방법(반대로 불우한 집을 보여주고 싶다면 어두운 톤으로 비추면 된다)으로 말이다. 이렇듯 영화의 명암(明暗)은 공간을 주시할 때 있어서 영화의 의도가 명백히 담겨 있다고 볼 수 있다.

〈범일동〉은 카메라가 만들어내는 인공적인 빛을 삭제함으로써, 공간 내부에서 벌어지고 있는 별로 중요하지 않는 이 시대의 젊은이들의 일상에 주목한다. 그것은 관객들이 부산이라는 공간을 단일한 시선으로 바라보는 것이 아니라, 다양한 시선을 가질 수 있는 재료로 쓰인다. 화려한 명암은 때때로 관객들에게 영화의 내용을 진실이라 착각하도록 하고, 관객을 영화에 등장하는 인물의 심리 등과 동일시의 감정을 느끼게 한다. 그것이야말로 폭력적이다. 과장된 명암을 지운다면 관객은 혼란에 빠지지 않을 것이다. 물론 명암을 지운 채 사실(fact)을 강요하는 다큐를 찍으라는 것은 아니다. 단지 〈범일동〉이 보여주고 있는 방식처럼 화려한 조명을 삭제하고, 장면들 속에 드러나는 부산이라는 공간을 과장하지 않은 채 보여주라는 뜻이다. 관객이 영화를 보며 인물과 공간에 어떠한 감정의 교란도 느낄 수 없도록 말이다.

영화 〈범일동 블루스〉의 한 장면. 인물들 뒤로 보이는 곳이 부산 범일동이다.

영화 〈범일동〉의 내용은 부산 범일동에 살고 있는 똘이와 민자, 철이와 순이가 만들어내는 이야기를 중심으로 진행된다. 시장에서 막일을 하는 철이는 간호사인 순이를 짝사랑하고, 순이 또한 매번 자신의 집 근처 골목길을 지나가는 철이를 연모하고 있다. 어느 날 철이가 골목을 지나던 중 순이의 빨래가 떨어지고 그것을 철이가 줍게 되면서 둘은 연인이 된다. 그러던 중 어느 날 철이가 '나쁜 꿈'을 꾸게 되면서 그들 앞에 죽음의 그림자가 다가옴을 감지한다. 철이를 따르는 양아치 똘이와 그의 여자친구 민자는 세상의 흐름에 몸을 맡기고 흘러가는 어디서든 볼 수 있는 젊은이들이다. 철이를 중심으로 한 똘이네 패거리는 철길 육교를 중심으로 시장 편에 살고 있고, 또 다른 패거리는 시장 반대편 육교 아래편에 거주한다. 젊은 시절 있을 법한 패거리의 대립은 똘이와 민자가 아기를 낙태한 이후 본격화된다. 그리고 순이를 만난 뒤 양아치 생활을 멀리했던 철이지만 그 싸움에 휘말리게 되면서 결국 칼에 맞아 죽게 된다.

위의 내용으로 진행되는 〈범일동〉의 서사는 매우 순진한 축에 속하는 영화방식일지 모른다. 서사뿐만이 아니라 다른 (상업)영화가 지향하듯 대사를 통해 혹은 카메라의 조명을 통해 관객의 시선을 분산시키지 않기 때문이다. 그로 인해 영화의 이야기는 다소 지루하게 흘러가는 것처럼 보인다. 그러나 〈범일동〉을 비추고 있는 카메라 조명은 그렇지 않다. 영화는 조명을 사용하기보다는 자연광을 통해 인물을 비추고 있다. 자연이 만들어내는 빛/어둠은 과잉된 감정이나 개인의 욕망을 과대(과소)하게 표현하지 않는다. 그로 인해 관객들은 영화에서 서사가 중요하지 않다는 것을 알게 된다. 때때로 영화를 빛의 예술이라고도 부르는 경우가 있는데, 〈범일동〉의 경우도 빛의 각도나 어둠이 표현되는 방식을 통해 영화가 말하는 의도를 읽어내게끔 하는 예술적 행위로 읽힌다. 그것은 과대 포장되거나 과잉된 감정으로서가 아닌 '있는 그대로'를 과장 없이 재현하려 하기 때문이다. 한여름의 오후에 내리쬐는 빛이 눈을 뜰 수 없을 만큼 강렬하다면 〈범일동〉에서 보여주고 있는 빛(조명) 또한 그것과 동일하다는 뜻이다. 그것이 재미있고 재미없고는 차후의 문제이다.

지역을 다루는 여타의 영화들이 관객의 시각을 단일화시키기 위해 인공적인(화려한) 조명을 사용했다면 〈범일동〉은 자연적인 빛을 비춤으로써 카메라의 조명을 최소한으로 줄이고 있다. 이를 통해 이질적인 시선들이 개입할 수 있는 자리를 남겨두는, 여백을 마련한 것이다. 물론 영화가 어떤 현란한 조명을 사용하지 않기 때문에, 영화의 서사가 다큐처럼 잔잔해 다소 지루해 보이기도 하지만 말이다.

이 지점에서 영화 〈친구〉[5]에서 사용하는 조명을 살펴보자. 〈친구〉의 경우 부산이라는 도시를 단일한 이미지로 정의 내리기 위해서 또는 조폭과 폭력이라는 단순한 구조를 정당화시키려고 애쓰고 있다. 이를 위해 영화가 신경 쓰고 있는 부분은 초반부 인물들의 학창 시절의 재현이다. 영화가 재현하고 있는 부산과 부산에 살고 있는 인물의 모습은 정답고 소박한 것으로 제시된다. 이때 조명은 어두운 색(검은색)을 철저히 배제하고, 뿌연 회색과 밝은 빛의 모노톤 등으로 인해 '그리운' 부산의 모

영화 〈친구〉. 영화 후반부의 폭력적 분위기와 달리 영화 전반부는 친구들 간의 우정 또는 고향이라는 그리운 이미지를 표현하기 위해 모노톤이 주로 사용되었음을 알 수 있다.

습으로 일관하고 있다. 영화 전반부에서 부산을 그리움(고향)의 공간으로 만들기 위해 노력했기 때문에 영화 후반부터 적극적으로 그려지는 폭력도시로서의 부산이 관객에게 이해되는 데도 쉬웠던 것이다. 지역을 생산하고 동시에 억압하는 메커니즘의 최종판은 언제나 그렇듯 조명(명암)을 통해 미적대상으로 전환하는 심미적 과정으로 쓰인 것이다.

---

5   시네라인(주)인네트 제작, 곽경택 감독, 〈친구(Friend)〉, 2001.

부산공간을 재현하는 데 있어 조명을 통해 부산을 쉽게 정의 내리려는 또 다른 영화로는 〈사생결단〉[6]을 들 수 있다. 〈사생결단〉의 경우 〈친구〉에서 보여주고 있는 단순한 구조에서 한 발자국 더 나아가 있는 작품이다. 물론 이 영화도 〈친구〉류가 지향하는 깡패들의 이야기인 것을 부인할 수 없다. 하지만 〈친구〉와 달리 〈사생결단〉은 좀 더 사실적인 부산의 공간에 집중하고자 노력하는데 빛의 사용을 통해 알 수 있다. 영화는 형형색색의 화려한 빛을 이용해 부산공간을 묘사하고 있다. 동시에 영화는 부산 연산동의 화려함과 대조될 만큼, 어두운 뒷골목도 동시에 보여준다. 이는 〈친구〉에서 보여주었던 (추상적)그리움이라는 개념과 달리 극에 사실감을 불어넣는 요소가 된다. 하지만 영화에서 보여주고 있는 빛(조명)은 부산을 저곳(서울)과 이곳이 다르다는 것을 보여주기 위해 사용될 뿐이다. 부산 연산동을 비출 때의 조명은 그곳이 마약의 동네, 악의 순환을 절대로 끊지 못할 것 같은 어두

영화 〈사생결단〉. 이 영화는 1998년 IMF 이후의 타락한 인간군상을 보여주기 위해 부산 연산동, 초량 텍사스, 온천장 등 부산에서도 음습한 공간을 찾아다니며 촬영했다.

6　MK 픽처스 제작, 최호 감독, 〈사생결단(Bloody Tie)〉, 2006.

운 공간임을 보여주기 위해 '과잉된 화려함'으로 포장하고 있기 때문
이다. 마치 부산이 서울과 다른 부족한 공간(혹은 과잉된 곳)으로밖에
보이지 않는다. 이를 통해 지역의 삶은 언제나 표상을 생산하는 대타
자의 시선 속에서만 자유롭고 그 속에서만 삶의 형식을 부여받을 수
있는 것처럼 상상되는 것이다.

　영화 〈친구〉와 〈사생결단〉에서 보여주고 있는 부산공간을 보면
밤·폭력·남성들을 반복적으로 조명함으로써 그러한 이미지들이 마
치 부산의 전부인 것처럼 상상하게 한다. 즉 관객은 감독이 원하는 방
향이나 카메라 조명이 가리키는 쪽을 보도록 강요당해왔던 것이다. 조
명이 만들어내는 환하고 밝은 빛은 무언가 다른 지표가 있음을 상상할
수 없도록 했으며, 이질적인 요소를 배제시켰으며, 모두와 동일한 시
각을 가지도록 종용한 것이다. 그러나 〈범일동〉이 비추고 있는 이미
지들은 빛/어둠이라는 인공적인 요소를 거둬내고 자연스러움을 통해
부산공간이 단일하게 작동하지 않음을 보여준다. 환하게 내리쬐는 오
후에 사람과 사람이 육교 위에 있다면, 육교 아래로 기차가 지나가고
있음을 보여주는 것이다. 〈범일동〉이 바라보고 있는 부산공간은 고정
된 곳이 아닌 점점 확장되어가고 있다.

2. 소리들의 향연

　〈범일동〉은 인물들의 대사나 음악 등을 통해 영화의 서사를 이해
할 수 없다. 또한 인물들이 어쩌다 주고받는 대화는 입 속에서 웅얼거
리는 것 같아 잘 들리지 않으며 대화를 통해 무언가 극적인 내용을 알

아채려는 것은 불가능하다. 그뿐 아니라 몇 안 되는 인물들 간의 대화를 제외하면 주인공들은 거의 침묵하고 있다. 그러하니 영화의 서사를 간파하는 것은 쉬운 일이 아니다. 인물들의 침묵은 관객이 서사를 따라가는 데 불편하게 하지만, 관객의 시선을 주변부로 돌리는 데 유용한 기제로 작동한다. 영화의 침묵은 관객의 시선을 대사 따위에 현혹시키지 않으려는 의도이다. 관객의 시선을 주인공에게만 머무는 방식이 아니라 그 외 주변의 사물들, 즉 카메라가 배제하고 있던 것들에 고개를 돌릴 수 있도록 하기 때문이다. 그럼으로써 감독은 인물들의 목소리를 침묵하게 하는 대신 외부(바깥)에서 들려오는 모든 소리들을 프레임 내부로 개입시킨다. 인공적인 빛이 관객의 시선을 하나의 이미지에 집중시키며 폭력적인 원근법을 생산하게 했다면, 영화 외부에서 들려오는 소리들은 현재의 시선에서 고개를 돌려 다양한 시선과 다양한 소리들을 상상할 수 있게끔 만든다.

영화를 주의 깊게 살펴보면 알 수 있는데 감독은 의도적으로 프레임 안으로 소리들을 불러들이고 있다. 자동차 소리, 바람 소리, 빗소리, 천둥소리, 기차 소리, 껌 씹는 소리, 뛰는 소리, 싸우는 소리, 분주한 상인들의 목소리, 발자국 소리 등 현장음이 그것이다. 이러한 소리들은 일상생활에서 늘 들려오는 소리이다. 기존의 상업영화들은 이 소리들을 배제시키기 위해 노력한다는 것을 안다면 현장음을 영화 내부에 개입시키는 〈범일동〉은 마치 별종 같아 보인다. 관객을 영화의 서사에 집중시키는 것만도 상업영화는 버겁기 때문이다. 그러나 〈범일동〉은 생활에서 들려오는 소리들에 주목한다. 그것은 타자들의 소리이다. 타자들 혹은 바쁜 일상생활에서 잊고 있었던 '나'에게서 배제되어 있던 생활의 소리인 것이다. 소리들은 늘 곁에서 들을 수 있는 것이지만 우리는 그 소리를 들으려고 하지 않았다. 그러므로 〈범일동〉 속에서 들려오는 소리들은 낯선 소리이면서 영화를 관람하는 관객에게는 불편한 소리가 된다. 불편한 소리들의 개입은 인공적인 소리를 삭제시킴으로서 내부에서 들려오는 소리를 더 잘 들을 수 있도록 한다. 또한 이는 공간을 특정한 방식으로 읽히기를 거부하는 방법 중 하나이다.

영화 속에서 들려오는 소리들은 영화의 주인공들의 삶뿐만 아니라 내부에서 들려오는 타자의 소리들에 관대하다. 타자들의 소리는 무심코 지나칠 만큼 미세하다. 무심코 지나칠 만큼 미세한 소리들에 관심을 가진다면 그것들은 결코 쉽게 지나쳐서는 안 될 것임을 알 수 있다. 시장에서 막일을 돕는 철이의 경우 일을 시작하기 전 범일동 일대를 어슬렁거리며 돌아다닌다. 똘이 또한 범일동 일대의 전자상가를 돌아다니며 사지도 않을 물건들을 구경하고 있다. 이들이 어슬렁거릴 때 들려오는 소리들은 영화 속으로 무방비하게 들어온다. 철이가 지나가기 전에 바람 소리가 먼저 들려오고, 길을 걷기도 전에 자동차 소리가 들려온다. 시장통에서 상인들의 목소리가 웅성웅성 들려온다. 카메라는 철이와 똘이를 쫓고 있지만 철이와 똘이가 주인공이 아님을 그저 지나가는 행인 정도로 자각하게 만든다. 관객은 주인공이 아닌 그들에게 애써 주목하지 않는다. 그들은 어디서나 볼 수 있는 오늘 내 곁을 지나간 무수히 많은 사람 중의 한 사람이며 그들의 행동 하나하나에 민감하게 반응하지 않아도 괜찮다는 것을 알고 있기 때문이다.

〈범일동〉은 관객의 시선을 주인공에 묶어두는 방식을 취하지 않는다. 똘이가 전자상가에 들어가 주인과 흥정을 하고 있다면, 관객은 그들의 흥정에 주목하는 것이 아니라 상가 바깥에서 들려오는 소리들에 주목하도록 밖에 서서 그 장면을 바라보도록 한다. 철이와 똘이가 살고 있는 범일동 내부의 소리들을 들려주고 있는 것이다. 자동차가 지나가는 소리처럼 말이다. 〈범일동〉은 범일동에 사람이 살고 있음을 사람들이 함께 어울려 살고 있음을 소리들을 통해 들을 수 있게 한다. 인물들은 침묵하고 있지만, 가끔씩 들려오는 소리가 마치 웅얼거림 같지만 영화의 주위에서 들려오는 소리들은 관객에게 소리치고 있는 '말'이다. '제발 들어달라는.' 지금의 영화는 현실을 재현하는 매개 장치임이 분명하다. 하지만 아무도 들어주지 않는 영화의 소리라고 하더라도 내부에서 들려오는 소리에 집중한다면 그것은 왜곡된 현실이 아니라, 왜곡되고 가장된 현실 속에 감춰진 진실을 보여주려는 의도가 숨어 있음을 곧 알게 될 것이다.

　〈범일동〉이 들려주고 있는 소리는 영화 외부에서 들려오는 것 같지만 영화 내부에 존재하는 소리이다. 달리 말하면 그것은 타자의 소리가 아니라 늘 그곳에 있던 것이다. 그러므로 우리 삶에서 들려오는 소리들을 배제해서는 안 된다. 아마도 내가 그 공간에서 사라지더라도, 소리들은 계속 들려올 것이 분명하다. 또한 들려오는 소리로 인해 또 다른 누군가의 삶도 진행되고 있음을 알 수 있을 것이다. 이는 '그'가 살고 있는 범일동이 그만의 공간이 아님을 인지하도록 만든다. 이제 외부의 시선이 만들어낸 공간 혹은 공간의 이미지를 배제하고 동네와 동네로 만들어진 공간에서 들려오는 소리들에 주목해야 한다. 동네에 살고 있는 사람과 사람들의 다양한 목소리에 귀를 기울인다면 그곳은 더 이상 환상/허상의 지역만은 아님을 알 수 있을 것이다.

3. 변신의 공간

범일동은 부산에서도 '못' 사는 동네에 속하는 곳이다. 그곳은 아직
도 집들이 다닥다닥 붙어 있으며 이웃집의 소란이 여실히 들려오는,
비밀을 지켜주지 않는 동네이다. 하지만 영화 〈범일동〉은 이러한 범
일동이 가진 이미지의 잔재들을 전혀 보여주지 않고 있다. 영화는 〈범
일동〉을 통해 내가 알고 있는 동네의 이미지를 부각시키는 데 이바지
하지 않고 공간을 다시 상상하는 방법을 배우도록 한다. 이것은 공간
을 낯설게 다가오도록 하는 방식이 아니라 일상과 자연스럽게 조화하
면서 기능한다. 철이와 똘이가 살고 있는 부산 범일동은 그들에게 낯
선 공간이 아니다. 어제도 그제도 살았던 익숙함이 묻어나는 곳이다.
그들의 하루 일과를 추적해보면 알 수 있다. 똘이와 철이가 어슬렁거
리는 곳은 범일동 근처이다. 똘이의 일과는 보림극장[7]에서 영화를 보
거나 주변의 중고 전파상에서 시간을 보내는 것이 전부이다. 철이의
경우 시장 일을 시작하기 전 범일동 일대를 어슬렁거리며 돌아다니거
나 짝사랑하는 순이를 쫓아다닌다. 여기서 그들의 일과를 통해 범일동
이라는 지역의 다양한 면모를 살펴볼 수 있다.

철이가 범일동에서 오랫동안 살았다는 것을 알 수 있는 지점은 '국

---

7 지난 41년 동안 범일동에 위치하고 있는 〈보림극장〉은 부산 사람들에게 여타의 극장과는
다른 의미를 지닌 특별한 곳으로 존재한다. 현재 이 극장은 7년 전부터 무기한 휴업에 들어
간 상태이지만(사실상 폐업 상태이다) 사람들의 추억(기억) 속에는 여전히 살아 있다. 사춘
기 소년들에겐 꼭 한 번 들어가서 영화를 보고 싶은 선망의 공간이기도 했고, 어른들에게는
길의 좌표가 되어주기도 했다. "보림극장에서 5분을 걸어오면 전봇대가 보이는데 거기 서
있을게"라는 식으로 말이다. 이렇듯 〈보림극장〉은 쉽게 잊히는 극장 중의 하나가 아니라,
부산 사람들에게 추억의 장소이기도 하며 또 변하지 않는 부산의 얼굴이기도 하다

밥집' 장면을 통해서이다. 철이가 국밥을 먹고 있을 때, 국밥집 주인 할머니는 아무 말 없이 철이의 밥그릇에 고기를 얹어준다. 철이 또한 고개를 숙이고 할머니의 행동이 당연하다는 듯 국밥을 먹는다. '고맙다' 는 말이나 '잘 먹겠다' 는 상투적인 말들이 오고 갈 필요가 없는 그들의 행동은 어제도 그제도 있었던 일처럼 당연하게 받아들여진다. 그러므로 철이가 국밥집을 나와 범일동 근처를 어슬렁거리는 행동들은 매일의 반복처럼 느껴질 뿐 어색하게 보이지 않는다. 철이의 일상을 찬찬히 뒤쫓다 보면 어떤 사건이 발생할까 싶어서 궁금증이 이는 것이 아니라, 개인과 공간이 자연스럽게 융화되고 있음을 볼 수 있다. 이때 공간은 특별한 사건들이 내재되어 있어야 할 곳이 아니라 오늘을 살아가는 생활의 공간임을 알 수 있다.

〈범일동〉이 그리고 있는 범일동은 고정(정지)된 공간이 아니라 매일 변화하고 있다. 그곳은 시시때때로 움직이고 변화함으로써 어떤 것으로 명명되어지지 않는다. 예를 들어 골목과 골목길 사이를 보여주더라도 그 골목길은 어제와 다른 골목길임을 주지하고 있다는 말이다. 어제도 지났던 골목길에 오늘은 아이가 그곳에서 거울놀이를 하고 있거나, 퇴근길에 짝사랑 하는 여자를 훔쳐보기 위해 지나치는 곳이거나, 골목길 사이 2층집 빨랫줄에 걸려 있는 옷들이 바람에 날리고 있거나, 쓸쓸한 골목길 사이로 어느 겨울바람이 지나가고 있는 소리가 들리거나, 여자가 빨래를 널고 있거나. 육교 위의 모습을 보여줄 때에도 이런 방법을 시도하고 있다. 감독은 아무도 지나가지 않는 육교 위를 보여준 다음에 인물들이 육교 위로 하나둘씩 몰려드는 장면을 비춘다. 또 시간이 지난 후 육교 위에는 땅따먹기에 열중하고 있는 아이가 있다. 때로는 육교 아래로 기차가 기적 소리를 내며 지나가고 있다. 어느 때는 육교 위에서 패싸움을 하는 장소이기도 하다. 부산진시장도 마찬가지이다. 오후의 시장 안의 사람들도 사람들과 만나거나 지나가거나 분주하다. 오후 나절이 지나 저녁때쯤 되면 시장은 텅 비게 되어 그저 빈 공간이지만 감독은 그곳마저 그저 지나치지 않고 있다. 분주한 상인들 혹은 등이 구부정한 할머니가 흘리고 간 봉지가 바람에 날려오고 있기 때문이다.

영화 〈범일동 블루스〉의 한 장면. 가짜 눈을 뿌리고 있는 이들에게 공간이란 고정된 곳이 아니라 변화할 수 있는 희망을 주는 공간이기도 하다.

이렇듯 영화 〈범일동〉이 그리고 있는 범일동 공간은 누군가들의 시선에 따라 제각각 달라질 수 있는 변화의 공간을 말한다. 패싸움이 벌어지고 있지만 그것은 '뮤지컬'이 될 수도 있고 혹은 '액션'이라고 말해질 수도 있다. 누군가에게는 폭력이지만 누군가에게는 흥에 겨운 놀이가 되는 것이다. 영화는 이러한 다양한 시선들을 배제하지 않고 있다. 감독이 바라보는 〈범일동〉은 한순간도 '같음'을 이야기하지 않고 있다. 공간에는 시시때때로 들려오는 소리들과 다양한 시선들이 있다고 말하는 것이다. 일상적으로 반복되는 일들이 그저 사소한 것이라고 자명할 수 없어 보인다. 〈범일동〉이 그리고 있는 범일동은 고정된 공간이 아니라, 시시때때로 움직이고 변화 중인 공간이기 때문이다. 다시 말해 그 공간은 나만의 공간이 될 수 없으며, 우리 모두에게 다른 이야기로 존재할 수 있는 곳이다. 특정한 표상 방식이나 규정 방식을 통해 그들만의 이야기가 될 수 없다. 〈친구〉가 오래된 기억을 끄집어 내 부산을 추상화했다면, 〈사생결단〉에서 보여주는 부산이 낡고 오래 된 낙후된 곳이었다면 〈범일동〉은 한순간도 부산(범일동)을 하나의 고정된 이미지로 보여주지 않는다. 즉 정지된 적 없는 늘 '변화 중인 공간'을 보여주는 것이다. 그래서 범일동이란 공간을 무엇ㆍ어떤 것 이라고 명명할 수 없게 한다. 범일동은 환상/허상을 거부하고 개인의 삶, 개인들이 살고 있는 범일동 내부의 삶을 주시하기 때문이다. 스무 살 전후의 젊은이들이 살고 있는 오늘은 분명 내일과 다른 그곳이다.

영화 속에 등장하는 젊은이들은 어디서든 흔히 볼 수 있는 인물이 다. 그러나 〈범일동〉에 등장하는 젊은이들은 기존의 상업영화에 등장 하는 무식하거나 거칠거나 단순한 모습을 하고 있지 않다. 그들은 일 상을 살아가고 있는 현실의 평범한 청년들이다. 영화가 그들의 일상과 관련해 매우 특별한 하루를 조망하는 것이 아니라는 점은 주목할 만하 다. 그들을 통해 알 수 있는 것은 그것이 비록 비루한 일상이라고 하더 라도 공간에 사람과 사람이 살고 있다는 점이다. 그리하여 〈범일동〉 은 부산공간에 살고 있는 사람들에 주시한 영화가 될 수 있는 것이다. 이제 영화 속으로 끊임없이 들어오려고 했던 소리들을 우리 삶에서 배 제시키지 말고 그것들이 우리 곁에 있음을 자각해야 할 때가 온 것이 다. 그렇게 한다면 공간은 고정적이지 않고 계속적으로 변화하고 있음 을 알게 될 것이다.

4. 상상/환상의 공간

〈친구〉이후에 부산이 등장했던 대개의 영화들은 부산의 일천한 현재성에 시·공간적 깊이와 폭을 제공하고 있지 못한 것이 대부분이었다. 부산영화들에 주로 나타나는 부산공간을 해석하는 방법은 생산(혹은 보편)적인 욕구일 수 있다. 그러나 이것은 중심에서 지역을 생산해내는 하나의 기제로써 중심보다 못한 지역이라는 깨달음을 얻기 위해 사용될 뿐이다. 이는 부산영화들을 통해 근대가 만들어낸 저 단단한 배치의 권력관계를 재확인하는 작업 이상의 것이 될 수 없음을 주지시킨다. 이를 논리적으로 극복할 수 없기 때문에 부산이 등장하는 영화들은 매번 〈친구〉류가 지향하는 부산의 삶 혹은 부산의 정서라는 근거 없는 낙관론(만들어진 기억·고향의 향수)으로 나아가는 것이다. 물론 〈범일동〉에서 재현하고 있는 부산의 모습처럼 지역을 사유해야 한다고 주장하는 것은 아니다. 다만 〈친구〉와 〈사생결단〉에서 보이고 있는 부산을 재현하고 있는 단일한 시선에서 벗어나 지역·공간을 사유할 수 있다면 다양한 지역의 모습을 영화 속에서 만날 수 있다는 것이다.

여기서 〈범일동〉과 다른 영상을 구현하고 있는 영화를 살펴보자. 부산공간을 무엇과 어떤 것으로 귀결하거나 국한시킬 수 없음을 인지하고 있는 것이 바로 〈성냥팔이 소녀의 재림〉이다. 〈성소재림〉은 부산에서 찍었지만 부산공간이 전혀 드러나지 않는 것이 특징이다. 부산은 제2의 도시로 또는 자갈치로 표상되어질 수도 있고, 깡패들의 소굴로, 또 늘 폭력적인 공간으로 사유될 수도 있다. 그러한 속성을 띠는 것 또한 부산공간임을 부정하지 않는다. 다만 무한한 속성이 내재하고 있는 부산을 한 가지의 이미지로 고정시켜 '도시가 덜 된 도시의 이면들'[8]로 규정내리고 보여주는 것은 목적론적이라는 것이다. 공간은 그 자체로서 무한대로 상상가능한 곳이 되어야 한다. 부산은 매번 새로이 창조되어 존재하고 또 논의되어야 한다. 그것은 모방으로는 불가능하다. 창조적 상상력으로 빚어낸 상호 간의 연대를 통해서만 가능하다. 마치 게임의 공간처럼 말이다. 버전 1이 죽어도 버전 2가 생성될 수 있는 영화 〈매트릭스〉의 무한대의 세상처럼.

그런 의미에서 〈성소재림〉은 부산을 삭제하면서 규정된 부산공간에 저항하고 있는 작품이라고 볼 수 있다. 영화는 기억이라는 모호한 의식에 기대지 않고 진행된다. 이 영화에는 죽여주는 경치도 존재하지 않는다. 부산에 거주하는 사람이라면 모두가 알만한 롯데백화점 · 을숙도 · 광안대교 등이 등장하지만 영화의 인물들이 '롯데백화점'과 서로 연관되는 부분은 없다. 영화는 게임을 하고 있는 '주'[9]의 생존 여

---

8 '도시가 덜 된 도시'의 모습들을 재현하는 데 있어, 구질구질해 보이는 자갈치 · 범일동 · 연산동 · 을숙도 등에서 영화를 찍는 것은 꽤 적당한 선택으로 보인다. 게다가 2002년 9월 광안대교가 임시개통(2003년 1월 완공)을 한 이래로 부산공간은 해운대로 표상되고 있는데 이는 부산공간이 양면성을 띠는 데 활용되고 있다. 그러니까 사회의 악으로 표상되는 조폭 · 깡패 · 마약밀매 등의 악당무리가 활개칠 수 있는 공간이 전자의 공간이라면 첨단미래 등 도시의 생활과 어울리는 공간이 후자의 광안대교라는 것이다.

9 〈성소재림〉은 게임 프로그래머를 꿈꾸며 중국집에서 자장면을 배달하는 철가방 '주(김현성)'의 시선에서 진행되는 이야기이다. 주는 그가 자주 가는 오락실의 소녀 '희미(임은경)'에게 마음이 있다. 그러던 어느 날 희미를 닮은 성냥팔이 소녀 재림을 만난 주는 그녀가 내미는 라이터를 사게 된다. 그는 라이터에 적혀 있는 전화번호를 누르는데 이때부터 영화는 환상의 영역에 개입된다. 전화기에서 들려오는 목소리는 "성냥팔이 소녀의 재림에 접속하시겠습니까?"라는 딱딱한 기계음의 안내이다. 이렇게 게임에 접속한 주는 성소재림을 구하고 사랑을 얻기 위해 시스템에 도전하기로 결심한다. 이제 주는 현실 세계에 존재하는 것이 아닌 성소재림이 있는 가상공간에 몰입하기에 이른다. 현실과 가상공간이 혼재된 주는 외부의 위험으로부터 재림을 구해서 그녀를 편안한 죽음을 맞도록 유도하기 위해 애쓴다.

부만이 중요하다. 주가 끝까지 살아남아 마지막 라운드까지 간다면 광안대교로 연결되는 그 환상의 공간으로만 갈 수 있다면 그래서 해피엔딩으로 게임이 끝나면 그뿐이다. 혹시 해피엔딩이 되지 않더라도 버전 2, 버전 3이 무한히 있는 관계로 부산공간은 또다시 재편될 수 있는 여지가 남게 된다.

〈성소재림〉 속에 나타나는 부산의 모습은 부산이 자랑하는 경치가 삭제되고, 부산을 환상적인 공간으로 제시하고 있다. 환상성은 부산을 낯설게 만들면서, 공간을 바라보는 독특한 시각을 부여하는 재료이다. 그것을 통해 영화 속 부산공간은 모호하고 이질적인 곳으로 그려진다. 이제껏 부산영화는 창조(상상)되는 것임을 망각하고 실재라는

영화 〈성냥팔이 소녀의 재림〉. 〈성소재림〉에서는 부산의 모습이 사라지고 매트릭스의 공간만이 남아 있다.

그것(실체라고 믿는 '조작된 기억')만 재현하고 있었다. 하지만 〈성소재림〉에 등장하는 부산공간은 실재공간과 상상의 공간이 분리되어 있기 때문에 영화는 그동안의 사유에 저항한다고 볼 수 있다. 다시 말해 〈성소재림〉은 그 자체로 완결되는 세계를 제시(재현)하지 않으면서, 우리에게 참/거짓을 판별하는 관점을 부여하지 않는다는 것이다. 영화는 환상성을 통해 무미건조한 일상을 탈출하는 탈출구이자 고통스런 삶의 위안인 동시에 현실의 보상책으로 작동한다. 영화가 주장

하듯 이제 고통스러운 현실과 과거를 생각할 필요가 없다. 또한 〈성소재림〉 속의 부산은 낯설고 환상적이기 때문에 해석(뿐만 아니라 관객의 영화 해석 참여도 늘어난다)도 다양해진다. 그러므로 〈성소재림〉을 통해 부산이 등장하는 부산영화들의 실체란 것을 부정할 수 있는 계기가 된다.

환상은 부조리한 현실을 볼 수 있게 도움을 주는 유익한 도구이다. 환상을 통해 이제까지 부산이라는 공간에 내재해 있던 이미지의 정치학을 노골적으로 부정할 수 있다. 이는 이미지로 가득 찬 세계가 가상인 동시에 현실임을 주지하고 있기 때문에 가능하다. 영화 속(게임 속)에 등장하는 "만약 형상이 아님을 보(알)면 곧 여래를 보리(若見諸相非相 則見如來)"라는 금강경의 구절이 눈에 띄는 것도 그 때문이다. 가상과 현실 사이의 본질을 설파하는 이 구절은 〈성소재림〉에서 다양한 형태로 반복되고 있다. 이 구절을 통해 부산공간은 재해석될 수 있다. 영화 속 부산공간은 현실/상상이라는 이분화를 통해 부산이 혼종적 공간임을 주장할 수 있게 한다. 이는 부산이 가진 실체라는 성(城)은 무너지고 어떤 것으로도 통합될 수 없는 하얗게(〈매트릭스〉 공간) 변한 환상만을 남긴다. 하얗게 변한 공간은 이제 어떤 색으로도 칠해질 수 있는 공간이 된다. 환상적인 공간을 두고 굳이 부산이 어떠한 곳이라고 이야기하는 것이 무의미해 보일 지경이다.

〈성소재림〉 속 부산의 모습은 실재의 공간이기도 하면서 동시에 게임의 공간이다. 그러한 속성을 가졌기 때문에 이제까지 규정되어 온 부산공간은 부정될 수 있었으며 천착된 이미지는 쉽게 지워질 수 있는 것이다. 부산공간은 어떤 형태로든 만들어질 수 있다. 게임의 공간처럼 말이다. 거칠게 말해 부산(성)은 실재하는 것일 수 있지만,

진짜 부산성이란 말해질 수 없는 것이다. 버전 1이 죽어도 버전 2가 버전 3이 무수히 존재할 수 있는 것처럼 부산의 버전(부산이 이야기되는 방식) 또한 여러 가지로 사유되어야 함을 보여주는 영화가 바로 〈성소재림〉이다. 우리는 이제껏 제한되어 있는 부산 이미지들을 통해 부산을 사유했다고 믿어왔지만 사실 어떤 것도 진짜로 사유할 수 없었다. 혹은 그것은 만들어진 사유에 불과했다. 만들어진 사유는 부산(성)을 파악했다고 믿게 하면서, 부산공간의 부산성을 확정(고정)시킨 것이다. 이는 내부자가 만든 시선에 포획 당했기 때문에 비롯된 것이다.

〈성소재림〉과 〈범일동〉에서 보여주고 있는 서사와 사운드와 이미지가 보여주고 있는 방식은 기존의 (상업)영화와는 다르게 작동한다. 그렇기 때문에 이들 영화는 관객에게 무시되었고 흥행에서 참패했다. 나름의 철학을 가지고 영화의 서사는 진행되었지만 영화의 서사에 대해 이해할 수 없거나, 재미없다는 견해가 지배적이었다. 흥행의 여부가 다음번 영화를 결정짓게 만드는 요소가 된다면 〈성소재림〉이나 〈범일동〉과 같은 다양하고 변화 가능한 시선을 제공하는 영화는 다시 만들어지지 않을지도 모른다. 굳이 영화의 제작에까지 관심을 가질 필요는 없겠지만, 이러한 사유마저 포기하게 된다면 단일한 폭력적인 영상을 제공하는 영화만을 보게 되는 위험에 노출될 것이다. 폭력적인 영화 장치들이야말로 관객의 시선을 단일한 공간 속에 갇히도록 만들 수 있는 여지가 충분하기 때문이다.

5. 살아 있는 자들의 공간

이제까지 지역을 다루었던 혹은 지역(부산)공간을 재현했던 영화들은 관객들에게 단일한 시선을 강요하기 일쑤였다. 부산영화라고 명명되는 영화들만을 살펴보아도 부산은 대부분 동일한 시선(거친 남성, 바다, 사투리 등)을 일정량 가진 채 관객들에게 소개(소모)되었다. 그것은 영화가 관객들에게 부산이라는 공간을 상상하지 못하도록 하기 위해서이다. 즉 영화는 관객에게 '보이지 않게' 폭력을 휘둘러왔던 것이다. 관객은 폭력을 인지하지 못하기 마련이다. 폭력은 영화라는 매체의 속성을 통해 유화되었기 때문에, 관객들은 영화가 휘두르는 폭력을 폭력이라고 인지하지 못하고 즐거운 마음으로 관객이 된다. 도리어 관객은 영화적 장치(이미지·서사·사운드 등)들을 통해 영화 내부의 사건이나 인물 등에 동일시의 감정을 느낀다. 그것들을 통해 영화의 공간이 유토피아 혹은 디스토피아인 것처럼 환상/허상의 감정을 가지고 바라본다. 관객은 영화가 재현하고 있는 모습 이외의 것은 상상할 수 없다는 듯, 단일한 이미지들이 실재인 것처럼 생각하기에 이른다. 왜냐하면 관객은 내가 살고 있는 이곳이 항상 유토피아이기를 욕망하기 때문이다. (상업)영화의 단순하고 언제나 행복한 내용처럼 말이다.

위험이 초래되지 않는 공간이 지금-여기일 수 있으나, 그곳은 실제 장소일 수 없으며 단지 잠깐 동안의 위안의 장소로 존재할 뿐이다. 우리는 가끔 힘이 들어 지칠 때 과거의 기억을 끄집어내 기뻐하거나, 이곳에 존재하는 악의 무리를 물리쳐 나만의 행복한 공간이 될 수 있다는 망상을 하기도 한다. 하지만 그러한 완결된 논리야말로 지금-여기에서는 비현실적인 것이다. 우리는 더 이상 유토피아의 공간처럼 꿈같은 도시를 염원해서는 안 된다. 여기는 유토피아의 공간이 아니라, 헤테로토피아(heterotopia)임을 주지해야 한다는 뜻이다. 헤테로토피아는 사회의 기본적 기초 내에 형성된 '현실'의 장소로써, 현실/허구라는 이분법적인 도식이 무너지고 존재/비존재의 경계가 허물어지는 곳이다. 또 수직적 위계질서가 해체되었기 때문에 누구든 무한히 확장되어나갈 수 있는 의미의 공간이기도 하다. 그것은 유토피아처럼 안정감을 주지만 동시에 하나로 포섭되지 않기 때문에 '다양한 존재'들이 세상에 공존할 수 있음을 보여준다. 다양한 존재들이 공존하고 있기 때문에 환상의 공간일 수도 있으며 또 변화 가능한 공간이 될 수도 있다.

지역에서 영화를 찍거나, 지역에서 살고 있는 사람들의 삶을 다루는 영화는 이제 그들의 삶이 고정되어 있을 수 없으며, 이질적인 요소들이 곳곳에 내재해 있음을 눈치채야 한다. 또한 공간이란 변화하고 지금도 변화 중인 곳임을 알아야 한다. 그것을 통해 영화를 보는 관객은 관념의 공간, 즉 우리가 지금 살고 있는 여기가 '헤테로토피아'의 공간임을 인정할 수 있게 된다. 누군가가 만들어낸 상(像)들을 받아들이되, 그것이 진실이라 믿지 말아야 하며 동네와 동네로 만들어진 공간에서 들려오는 소리 등에 주목해야 한다는 것이다. 그렇게 하지 않는다면 우리는 그것이 폭력임을 주지하지 못한 채, 계속적으로 고정된 공간에 머물러 있게 될 것이다.

이제 우리는 폭력을 묵인하지 말고 동네에 거주하고 있는 '다양한 목소리'에 귀를 기울여야 한다. 지금이 바로 그때이다.

지역–장소를 생각한다

전성욱

부재하는 것의 공포,
지역이라는 유령

1. 지역이라는 환상

지역은 상상의 심상지리다. 지역은 또한 지(地)와 역(域), 즉 땅의 경계다. 지역은 스스로를 호명함으로써 중앙이라는 타자를 발명한다. 그리하여 지역은 역시나 주체와 타자의 경계로 이루어진 근대주의의 산물임을 드러낸다. 그러나 그 전에도 중화(中華)와 소국(小國)의 분별은 있었고 다시 그것은 경(京)과 향(鄕)의 분별로 지속되었다. 근대 이전의 저 분별지가 힘의 조화와 균형이라는 논리에서 나온 것이었다면, 오늘날 지역과 중앙의 분별은 차이를 통한 배제와 실력의 행사라는 위압적인 근대체제의 결과라고 할 수 있다. 그 폭압적인 분별지는 내지와 조선이라는 식민과 피식민의 계서적 구도를 반복적으로 재현한다.

지역은 중앙이라는 괴물에 대한 증오가 만든 관념의 공간이다. 따라서 중앙만큼이나 지역은 허구적이다. 지역과 중앙은 겉으로 대립하지만 안으로는 동일한 구조로 서로의 존재를 적극적으로 유인하는 교묘한 공모의 관계로 맺어진다. 따라서 중앙을 향한 극복의 열정은 지역에 대한 연민과 마찬가지로 부질없다. 중앙으로부터 차별과 배제의 폭력을 당했다는 지역의 피해의식은 지금 이곳의 '나'를 위안하는 '집단적 희생자 의식(hereditary victimhood)'에 불과할지도 모른다. '나'의 불안과 공포는 분열적일 정도의 복잡한 원인들로부터 만들어진 것이지만 지역과 중앙의 대립구도는 그 불안과 공포를 간단하게 해명해버린다. '지역' 또는 '중앙'은 내가 살고 있는 현실의 모순과 부정성을 한 데 응고시키는 일자(一者)다. 일자로서의 중앙은 나의 무능과 내 삶의 비루함이 모두 저 '중앙' 때문이라는 환상을 만들어낸다. 동시에 힘없는 지역의 다중적 연대야말로 중앙의 헤게모니를 해체할 수 있는 거의 유일한 방법이라는 대안적 서사를 구성하는 것도 저 일자가 조장한 환상에 지나지 않는다.

지역은 없다. 그럼에도 우리는 '나'의 불행한 처지를, 현실의 두려움을 '지역'이라는 남루한 이름에 돌리곤 한다. 내(주체)가 너(타자) 없이는 불가능한 것처럼 지역은 중앙이라는 짝패 없이는 불가능한 이름이다. 지역은 중앙을 통해 스스로를 정의한다. 그렇다면 도대체 그 무시무시한 중앙이란 무엇인가? "〈중앙〉이 어딘가?/〈중앙〉은 무엇이고 누구인가?/보이지도 들리지도 않는 〈중앙〉으로부터/임명을 받았다는 이 자의 정체는 또 무엇인가?/〈중앙〉을 들먹이는 그 때문에/자꾸 〈중앙〉이 두려워진다."(장정일, 「중앙과 나」 중에서) 애초부터 중앙은 존재하지 않았기에 그것은 보일 수도 들릴 수도 없다. 하지만 보이지도 않고 들리지 않기에 그것은 현실에서 더 큰 위력을 발휘한다. 마치 존재하지 않는 유령이 두려움을 불러일으키는 것처럼. 존재하지 않기 때문에 오히려 그 비존재는 상상을 자극하고 상상은 공포를 생산하기에 이른다. 그런데 비존재로서의 지역과 중앙을 끊임없이 환기시키는 '그'는 누구인가. 정체를 알 수 없는 누군가가 우리들에게 지역의 자리를 강요하고 중앙과의 적대를 조장한다. 온통 알 수 없는 것투성이 속에서 '나'는 속고 또 속는다. 그 속음 속에서 '나'는 조금씩 휘발된다. 진짜 무서운 것은 두려움의 환상을 불러일으키는 중앙이 아니다. 수탈하는 중앙과 희생당하는 지역이라는 견고한 이분법의 신화야말로 정말 두려운 괴물이다.

2. 기호의 정치경제학: 흔들리는 기호로서의 지역

'지역'은 정말 국민국가의 내부 식민지인가. 하지만 이런 발상은 세계체제의 논리를 일국체제의 구도 안에 그대로 재현하는 일종의 환원론이다. 다시 말해 이것은 자본주의 체제의 진화와 더불어 제국주의 열강이 제3세계를 식민지화한다는 레닌의 가설이나 중심부와 주변부의 '불평등교환(unequal exchange)'을 문제 삼은 라틴 아메리카 경제학자들의 '종속이론(dependency theory)'의 구조를 반복한 것에 불과하다. 더군다나 천지사방을 가로질러 횡단하고 유목하는 자본의 놀라운 증식력은 더 이상 중앙과 지역의 경계를 용납하지 않는다. 자본주의는 전 지구적 시스템이며 그래서 그것은 '세계체제'로 불린다. 물론 그 체제는 제국주의(중앙)와 식민주의(지방)라는 이항대립의 짝수체계에 대해 중심부-반주변부-주변부라는 홀수체계로 응대한다. 하지만 중간에 끼어 양가성을 갖는 '반주변부' 만으로는 체제의 복잡성을 드러내기에 역부족이다. 이 황량한 시대에 이런 담대한 거대서사의 구상은 쓸쓸하다. 어쨌거나 중앙으로부터의 지역수탈이라는 논리는 설득력을 갖기엔 너무 낡고 초라하다. 첩보와 전략미사일의 효과적 운용이 승패의 중요한 변수로 작용하는 현대전에서 전후방의 개념이 무력화되는 것과 마찬가지로 네트워크화된 자본의 신체제는 중앙과 지역의 분별을 무력화시킨다.

다시, 지역은 없다. 그럼에도 불구하고 지역은 언제나 격렬한 분쟁의 장소였다. 호남의 소외의식이라든가 이른바 TK정서와 충청민심이라는 것이 한국의 현대정치를 결정하는 중요한 변수로 분석되어왔다.[1] 정치·사회·문화의 상징자본이 서울을 중심으로 한 수도권에 집중됨으로써 그 외의 '지역' 들이 결핍의 공간으로 배치되는 현실은 엄혹하다. 자본주의가 공간을 재편함으로써 잉여가치를 더 효과적으로 창출한다는 것은 엄연한 사실이다. 하지만 오늘날 우리가 말하는 지역갈등, 지역문제라고 부르는 그 모든 지역모순은 지역-중앙의 '쌍형상화 도식' (사카이 나오키)이 만든 담론효과일 뿐이다. 이 쌍형상화 도식은 권력의 미시정치를 가동시킴으로써 지역과 중앙이라는 표상을 통해 실효적 힘을 행사한다. 따라서 지역은 기호의 정치경제학을 추동하는 중핵이다.

---

1 최장집은 '지역감정의 정치' 가 서울의 초집중화와 그에 따른 지방의 배제라는 갈등구조에서 비롯되는데, 특이하게도 갈등의 분획선이 지방 대 중앙의 구도가 아니라 지방 대 지방의 대립으로 드러나는 것에 주목한다. 그는 이처럼 초집중화의 문제를 지역 간의 갈등으로 환치하는 논리가 한국 민주주의의 보수성에서 기인한다고 지적한다. 최장집, 『민주화 이후의 민주주의』, 후마니타스, 2002, 27-28쪽 참조.

오늘날 중앙이라는 기의를 함축하고 있는 '서울'은 불완전한 기호다. 언젠가 그 서울은 '경성'이라는 또 다른 이름으로 만주, 타이완, 오키나와 마찬가지로 일본제국(중앙)의 일개 지역이었던 것이다. 이처럼 중앙과 지역은 흔들림 없는 고정된 실체가 아니라 상황과 맥락 속에서 유동하는 불안한 기호일 뿐이다.

문제는 지역이 아니다.[2] 진짜 문제는 지역이라는 풍문을 만들어 그것을 널리 고발하는 해방의 열정이다. 지금처럼 지역이라는 담론이 뜨거운 열기로 충만했던 때가 있었던가. 오늘의 현실은 지역의 소외가 아니라 지역의 번성을 증명하는 것처럼 보인다. 지역 담론은 지역축제의 호황만큼 성업 중이다. 지역의 역사와 설화가 문화산업의 콘텐츠로 상업화되는가 하면 지역의 진귀한 풍물이 도시의 화려한 스펙터클과 마찬가지로 유람객의 소비욕망을 포획한다. 도시와 촌락의 차이가 무색할 정도로 지역은 이미 자본의 내부 깊숙이 포섭되어버렸다.

지역적인 가치의 발굴과 지역끼리의 연대를 주장하는 지역주의자들의 당찬 목소리는 주변부로 밀려나 시련의 세월을 보냈던 '타자로서의 지역'이라는 관념을 대변한다. 지역적인 가치, 예컨대 부산성 혹은 인천성이라고 하는 지역의 특수성에 대한 천착은 '다른' 지역들과의 '차이'를 발명하는 자기동일성의 욕망을 드러낸다. 사실 그 지역적

---

2 호남차별과 같은 지역갈등은 엄존한다. 그럼에도 '지역'이라는 심급은 계급, 인종, 젠더와 같은 보편적 문제설정과는 구별된다. 지역갈등을 사회구조의 보편적 문제로 보기에 그것은 너무나도 심정적인 불만과 피해의식으로 왜곡되어 있다. 정서적 분노에 가득찬 지역주의자들에게 이런 논리는 아마 더 큰 분노를 격발시킬지 모른다. 흔히 지역차별에 의한 배제라고 일컬어지는 것의 이면을 보면, 사실 그것은 사회적 계층이나 계급 혹은 성차에 의한 차별인 경우가 많다. 사회적 모순을 보편적 구조의 틀을 통해 사유하는 데 있어 지역이라는 범주는 장애가 될 수 있음을 주의해야 할 것이다.

특수성이라는 것은 자갈치와 해운대, 만국공원과 중국인거리와 같이 부산 혹은 인천의 정체성을 구축하는 상징적 표상이다. 그리고 네트워크화된 자본의 위력 앞에서 실천을 매개하는 힘겨운 고투를 생략한 지역의 연대란 그저 허망한 구호일 뿐이다.

그럼에도 지역은 강력한 담론효과를 발휘하면서 현실의 구체성을 압도한다. 그중에서도 '지역문학'이라는 테제는 문학 연구의 영토 확장에 대한 욕망을 해방의 수사로 교묘하게 위장한다. "지역문학에 대한 관심은 마침내 민족문학의 다양성을 되살리고 겨레문학의 가능성을 새롭게 찾으려는 학적 호기심과 모험심"[3]을 반영하고 있는 것으로 이해되곤 한다. 하지만 지역문학론의 옹호는 '민족문학'과 '겨레문학'이라는 퇴락한 성체에 기대어 '다양성'과 '가능성'의 장밋빛 미래를 소망하는 주술적 사고를 드러낸다.

근대문학(민족문학/국민문학/민중문학)이 종언을 고한 자리에서 다시 피어난 지역문학에의 열정이란 도대체 무엇인가. 연구자의 향토애적 사명감과 같은 연고주의만으로 그 열정을 해명하기는 어렵다. 아마도 그 열정은 지역문학 연구가 주류문학사의 서울문단주의를 극복하는 새로운 대안일 수 있다는 믿음에서 비롯된 것은 아닐까. 하지만 그런 믿음이나 바람과는 달리 '지역문학'이라는 또 하나의 호명은 문학 연구의 강역을 확장함으로써 기존의 국문학을 더욱 강화시키는 결과를 불러올 수 있다. 중앙(주류문학사와 서울문단주의)의 극복은 지역의 발굴을 통해 이루어지는 것이 아니라 중앙과 지역이라는 구도 자체의 해체를 통해 이루어질 수 있는 것이다.

---

3 박태일, 「인문학과 지역문학의 발견」, 『한국 지역문학의 논리』, 청동거울, 2004, 96쪽.

스스로에 대한 반성 없는 타자에의 윤리적 책임은 무모하다. 지역을 보호해야 한다는 타자에의 윤리는 그 정당성에 대한 믿음으로 인해 자기에의 반성과 성찰을 가로막는다. 타자를 향한 책임감에 사로잡힌 주체는 타자를 '우리'라는 이름으로 감싸 안음으로써 결국은 '전체'의 구상으로 나아가기 쉽다. 지역이라는 기호의 정치경제학은 바로 이들의 미시권력을 규정한다. 그리하여 그 '책임감'과 '윤리'에 대한 막연한 신념은 위험한 권력의지로 귀착될 수 있다. 그렇다면 이제 그 막연한 신념을 접고 "지역은 발명되고 타자화된 장소라는 재현의 악무한적 사슬에서 벗어나 제자리, 제 목소리를 되찾을 필요가 있다."[4] 물론 지역이라는 허구의 처소가 되찾아야 할 '제자리, 제 목소리'라는 것 역시 의문스럽기는 마찬가지지만, 삶의 구체성과 사건의 특이성을 살피는 것이 그 자리를 더듬고 그 목소리에 귀 기울이는 실천의 순간임을 기억해둔다.

3. 제자리, 제 목소리: 이옥의 『봉성문여』

세상의 모든 것은 시간과 공간 속에 있다. 그런데 흔히 말하는 '시간'과 '공간'이란 삶의 특이한 순간들과 존재의 구체적인 형상들을 인위적인 논리의 체로 걸러 하나의 유기적 체계 안으로 귀속시키는 근대적 개념이다. 다시 말해, 시간과 공간은 근대적으로 탄생한 것이다.

---

4 김양선, 「탈식민의 관점에서 본 지역문학」, 『인문학연구』, 한림대학교 인문학연구소, 2003, 20쪽.

근대적 시 · 공간의 탄생 속에서 삶의 특이한 순간들과 존재의 구체적 형상들은 근대적 체제에 구속된다. 따라서 애매모호하고 두루뭉술한 시 · 공간의 불확실성은 근대적 체제에 구속된 삶을, 불안하지만 살아 있는 구체성의 터로 되돌릴 수 있도록 자극한다. 이옥의 『봉성문여』를 읽는 것은 바로 그 살아 있는 구체성의 터를 상상하기 위해서다.[5]

조선후기 성균관 상재생(上齋生) 이옥(李鈺, 1760-1813)은 그의 나이 36세 되던 1795년(정조 19년) 정조로부터 문체가 불순하다는 견책(譴責)을 받아 충군(充軍)의 벌을 받는다. 귀양살이를 하고도 행정상의 문제로 다시 삼가현으로 내려가 귀양을 산다. 이 황당하고 괴로운 상황 속에서 1799년 10월 18일부터 1800년 2월 18일까지 118일 동안의 귀양살이에서 보고 듣고 느낀 것을 적은 수고(手稿)가 「봉성필(鳳城筆)」(이 글은 후에 그의 절친한 벗인 김려에 의해 『봉성문여(鳳城文餘)』라는 책으로 편찬되었다)이다. 제목 그대로 '봉성'이라는 곳에서 적은 글이다. 글의 말미에서 「봉성필」을 술에 비유함으로써 이 글이 귀양살이의 힘겨움에서 오는 근심을 잊기 위해 쓰인 것임을 밝히고 있다.

'봉성'은 오늘날 경남 합천군 삼가면에 속하는 곳으로 나의 고향이기도 하다. 남명 조식 선생이 터를 잡고 '뇌룡정(雷龍亭)'을 짓고 제자를 기르며 학문에 정진했던 곳도 여기 언저리다. 『봉성문여』는 내가 나고 자랐던 곳의 옛 풍물을 너무 핍진하게 그려내고 있었다. 시골 장터 풍경이라든가 사투리, 복식, 놀이, 인물, 민속 등 18세기 후반의 봉

---

5 『봉성문여』는 중세에서 근대로의 이행기에 나온 텍스트다. 서구적 근대의 영향에서 자유로우면서 중세 한자문명권의 보편적 체계로부터의 부분적 일탈을 드러내고 있다는 점에서 『봉성문여』의 의미는 각별하다.

성의 풍속이 핍진하게 그려져 있다. 이옥이라는 이방인의 시선에 포착된 봉성은 200여 년 시간의 거리를 훌쩍 뛰어넘어 지금의 '나'에게 생생하게 되살아난다. 재도지기(載道之器)로서의 글쓰기라는 조선조 '文'의 제약에 도전하면서 사소해 보이는 일상의 여러 풍경들을 담담하게 풀어내는 『봉성문여』의 비리함은 당대의 주류 글쓰기가 빠져 있던 고루함을 당차게 넘어선다.

서울사람[6] 이옥에게 한양에서 봉성까지 890리 먼 거리는 오히려 봉성이라는 장소를 낯설게 바라볼 수 있는 긴장감을 만들어준다. 익숙했던 세계를 뒤로하고 새로운 세계와 만나는 것은 그 자체로 하나의 문화적 충격이다. 이옥의 『봉성문여』는 그 충격의 살아 있는 기록이다. 봉성사람들의 옷차림을 보면서 "이 지방 사람들은 아마 푸른색을 천하게 여기고 흰색을 숭상하는 것 같다"[7]고 생각하거나, 이 고장의 잘록하고 뾰족한 붓 모양을 보고 "이곳 필공(筆工)들이 다 중국식을 모방하다가 제 것을 잃어버린 것이라 생각"(56쪽)하는 것, 그리고 "보통 여자 이름으로 금(琴), 매(梅), 단(丹), 월(月)이 같은 것이 많"(69쪽)은데 영남 여자들의 이름은 거의가 심(心)이라든가, 이 모두가 그 이질적 풍경에서 비롯된 문화적 충격을 드러낸다. 특히 봉성의 어린 아낙네들이 하고 있는 '생체계(生菜髻)'라는 머리 모양새를 보고 "갓 해산하고 몸을 푼 지 얼마 안 된 여자 같아 보이기도 하고, 목욕하고 난 뒤 채 빗질도 하지 않은 여자 같아 보이기도 하고, 남편에게 소박맞고 질질 짜

---

6 경기도 남양 매화산 아래(오늘날의 경기도 화성군 서쪽 일대)에 본가가 있었고 여기에 가족들이 살았지만 오랫동안 서울에서 객지생활을 했다.
7 이옥, 정용수 옮김, 『봉성에서』, 국학자료원, 2001, 21쪽. 이후 이 책을 인용할 때는 본문에서 쪽수만 밝힘.

는 여자 같아 보이기도 한다"(67쪽)는 인상적인 평가는, 서울에서 보아온 '천도계(天桃髻)'나 '등자계(鐙子髻)'와의 '차이'에서 나온 것으로, 익숙한 세계와 낯선 세계의 충돌의 한 모습을 잘 보여준다. 이곳의 여자들은 "서로 치장을 잘했다고 자랑이 대단"(67쪽)하지만 이옥이 볼 때는 단정치 못하게 보였던 것이다.

"영남지방 풍속에는 부녀자를 따라 신행(新行)가는 사람이라면 아무리 나이가 많아도 붉은 치마를 입는다. 참 진귀한 볼거리다"(74쪽)라고 그 감상을 이야기한 데서 보이듯 '진귀한 볼거리'에 대한 놀라움은 이 고장 풍속의 독특함을 강조한다. 하지만 이옥이 '진귀한 볼거리'들을 이국적 취향으로 즐기고만 있는 것은 아니다. 그의 시선에는 나름의 비평적 판단이 깔려 있다. 예컨대 대개 괴이하고 허탄한 무당들의 굿판과는 달리 "영남의 무당은 모두 이와 달라 방술(方術)을 하지 않는다"(121쪽)고 한 것은 유자로서의 이옥의 정체성이 투영된 것으로 "가히 인생을 즐기되 영남의 무당같이 할 수만 있다면 사람들을 쓸데없이 시끄럽게 하여 잠을 못 자게 하지는 않을 것 같다"(124쪽)는 감상과 함께 무속에 대한 비판적인 자의식을 드러낸다. "이 지방 풍속은 매우 무뚝뚝하다. 그래서 다투면 반드시 송사를 벌인다"(157쪽)고 한 것 역시 이곳 시정의 각박한 세태를 비판한 부분이다.

이옥은 자기에게 익숙한 세계와의 다름과 차이에만 빠져 있지 않고 세상 어디서든 관철되는 현실의 보편적 갈등에 대해서도 비판적 의식을 드러낸다. 향음주례(鄉飲酒禮)의 예법을 두고 기양의 향교에서 분란이 이는 것을 보고 이옥은 "아! 단지 개 잡을 때도 내 아직 왕도(王道)가 쉬이 바뀌는 것을 본 적이 없다. 궁벽하기 그지없는 작은 고을의 향교마저 또 어찌 서인·남인을 구분해야 하겠는가?"라고 개탄한다.

정치적 붕당의 갈등이라는 것이 후미진 시골에까지 영향을 미치고 있는 현실을 비판하고 있는 것이다.

이옥이 겪고 바라본 봉성과 그 주변은 놀라움과 기이함의 대상이면서 동시에 비판과 함께 따뜻한 긍정의 대상이기도 하다. 놀라움과 기이함의 정서, 비판과 긍정의 평가를 이끌어내는 준거는 이옥에게 익숙한 세계, 즉 유교적 교양과 자기가 살던 서울의 풍속과 같은 것이다. 『봉성문여』에는 이처럼 준거를 갖고 주관을 드러낸 부분이 적지 않지만 있는 그대로의 사실을 곡직하게 기술하고 있는 부분도 많다. 그중에서도 가장 인상적인 글은 1799년 12월 27일 정오 무렵의 장날 풍경을 묘사한 것이다. 근대적 시·공간의 개념에 포획되지 않은 삶의 특이한 순간들과 존재의 구체적 형상들이란 이런 것이 아닐까.

송아지를 몰고 나온 사람, 소를 두 마리 몰고 나온 사람, 닭을 안고 나온 사람, 팔초어를 쪼개 말려온 사람, 돼지 네 발을 묶어 짊어지고 나온 사람, 청어를 묶어서 가지고 나온 사람, 청어를 묶어서 축 늘어뜨린 채 오는 사람, 북어를 안고 대구를 가지고 나온 사람, 북어를 안고, 대구나 팔초어까지 갖고 나온 사람, 약초를 말려 나온 사람, 바다미역을 갖고 나온 사람, 쌀가마니를 지고 나온 사람, 곶감을 가지고 나온 사람, 두루마리 종이를 끼고 나온 사람, 수습지 한 폭을 가지고 나온 사람, 대 광주리에 무를 가득 담아 나온 사람, 풀을 든 채 짚신을 신고 나온 사람, 짚신 신고 떡과 엿을 가지고 먹으면서 나온 사람, 단지의 목을 내어서 끌고 나온 사람, 짚으로 묶은 물건을 메고 나온 사람, 버들 상자를 짊어지고 나온 사람, 광주리와 둥구미를 이고 나온 사람, 바가지에 두부를 가득 담아 나온 사람, 머리에 짐을 이고 지고 나온 여자, 어깨에 짐을 멘 남자에 짐을 이고 나온 아이까지, 머리에 인 채 왼쪽에 끼고 나온 사람, 치마에 물건을 담아 옷섶으로 잡은 채 나온 사람, 서로 만났다고 허리를 굽혀 절하는 사람, 서로 말을 나누는 사람, 서로 성을 내는 사람, 남녀가 손을 맞잡고 좋아하는 사람, 가다가 다시 돌아오는 사람, 왔다 갔다 하면서 부산떠는 사람, 넓은 소매에 긴 옷자락의 옷을 입은 사람, 위에 도포를 걸치고 아래에는 치마를 입은 사람, 좁은 소매에 긴 자락 옷을 입은 사람, 소매가 좁고 짧아 자락이 아예 없는 옷을 입은 사람, 제립에 상복을 갖고 있는 나졸, 승포(僧袍)에 승립(僧笠)까지 한 스님, 평량립을 쓴 사람, 모든 여자들이 흰 치마를 입었는데 유독 눈에 띄는 푸른 치마 입은 여자, 의대(衣帶)를 한 아이, 삿갓 쓴 남자로 붉은 양털 두건을 두른 사람이 열연아홉, 목에 두른 사람이 열두셋이다. 패도(佩刀)는 동자처럼 생긴 연약한 사람들이 또한 차고 다녔고, 여자들도 서른 이상이면 모두 검은 두건을 썼다. 흰 두건을 쓴 사람은 상(喪) 중에 있는 모양이다. 노인들은 지팡이 짚고, 어린아이들은 어른의 손을 잡고 있다. 길가는 사람들은 취한 사람들이 많아 가다가 넘어지기도 했다. 급한 일이 있는지 보이지 않을 때까지 멈추지 않고 달리는 사람도 있고, 땔감을 한 짐 지고 내 집 창문 밖에서 뵈는 담장 정면에 기대서서 쉬고 있는 사람도 있다.(101-103쪽)

현실은 스스로 그러할 뿐이라서 현실의 '그러함' 과 마주하기 위해서는 몸소 체험하는 길 이외에는 따로 방법이 없다. 하지만 현실의 발랄한 생기를 언어로 담아내고픈 인간의 욕망은 역사가 생긴 이래로 한

번도 중단된 적이 없다. 그러나 살아 생동하는 현실을 언어로 재현하는 것은 언제나 무리수를 동반한다. 그래서 '표현'의 창발을 통해 '재현'의 어려움을 뚫고 현실로 다가가려는 끝없는 기투가 시작된다. 그 기투를 외면하는 게으른 글쓰기들 속에서 가끔이나마 저런 문장을 만나는 것은 반갑다.

이것은 지휘자들과 그 함선의 목록을 장황하게 서술하는 『일리아스』 2장의 유명한 장면을 떠오르게 한다. 비슷하게 보이지만 실제로는 전혀 다른 무수한 차이들의 반복. 주관적 논평을 자제하고 시간을 멈추어 한 장소에 깃든 삶의 구체성을 담담하게 열거하는 대담한 기술의 방법이 오묘하다. 언어의 멋을 부리기 위한 수사는 거의 없고 '무관심의 관심'[8]으로 글로 현실을 옮겨 적었다. 장면에 대한 해석을 직접적으로 드러내지 않아 무관심한 관찰자의 시선을 느끼게 하지만 사실 그 시선은 나름대로의 질서를 통해 의식된 것이다. 저 지루한 나열은 무질서하게 그냥 이어져 있는 것처럼 보이지만 사실은 그렇지 않다.

시장풍경의 나열은 엄격히 보면 네 개의 의미단위로 구성되어 있다. 먼저 '송아지를 몰고 나온 사람'에서부터 '대 광주리에 무를 가득 담아 나온 사람'까지는 시장에 나온 사람들이 가지고 나온 물건들의 목록을 제시한다. 다음으로 '풀을 든 채 짚신을 신고 나온 사람'에서부터 '왔다 갔다 하면서 부산떠는 사람'까지는 들고 나온 물건도 있지만 그보다는 사람들의 분주한 움직임과 동작을 열거한다. 세 번째로 '넓은 소매에 긴 옷자락의 옷을 입은 사람'에서부터 '흰 두건을 쓴 사람'까지는 사람들의 복장과 행색을 나열한 것이고, 마지막의 나머지

---

8 조동일, 「파격의 글쓰기로 국가의 법도와 맞서다」, 『의식각성의 현장』, 학고재, 2007, 219쪽

짧은 언급은 상황적 묘사로서 취하거나 쉬는 사람들을 그리고 있다. 현실의 무질서를 무질서한 그대로 드러내는 것이 살아 움직이는 현실의 특이성들을 생생하게 묘사하는 방법이라고 할 수 있겠지만 여기서는 난삽함을 경계했던 이옥의 유자적 면모를 충분히 이해할 수 있다.

봉성 저잣거리의 생생한 묘사와 견줄 수 있는 것이 「남정십편(南程十篇)」의 한 편인 '寺觀'에서 묘사한 송광사 나한전의 오백 나한의 모습이다. "나한전을 보니 나한은 오백으로 헤아리는데, 눈은 물고기 같은 것, 속눈썹이 드리워진 것, 봉새처럼 둘러보는 것, 자는 것, 불거진 것, 눈동자가 튀어나온 것, 부릅뜬 것, 흘겨보는 것, 곁눈질하며 웃는 것, 닭처럼 성내며 보는 것……"[9]으로 끝없이 이어지는 오백 나한의 생김새와 표정에 대한 디테일한 묘사는, 대상을 연역적으로 규정하지 않고 대상의 타자성을 그대로 살려 대상으로 하여금 스스로 드러나도록 하는 이옥 특유의 서술법을 잘 보여준다. 「남정십편」 역시 한양에서 삼가로의 귀양길을 기록한 일종의 여행기라는 점에서 장소감각의 섬세함을 엿볼 수 있는 문건이다.

패사소품체라 일컫는 이옥의 문체는 이기(理氣)와 성정(性情)이라는 관념적 대상을 거부하고 인(人)과 물(物)의 활달한 기운과 그 생동하는 형상을 담아내는 데 최상의 기량을 드러냈다. 봉성의 저잣거리를 담아낸 저 문장 역시 이옥의 글쓰기에 대한 자의식과 무관하지 않다. 동시에 그것은 차이와 이질성을 봉쇄하고 모든 것을 주자학적 관념주의로 동일화시켰던 당시의 지배적 논리에 대한 과격한 도전이기도 하다. 유교 이데올로기의 경직된 사유체계는 이렇게 붕괴되고 있었던 것

9　이옥, 김진균 옮김, 「남쪽 귀양길에서(南程十篇)」, 『이옥전집1』, 소명출판, 2001, 257쪽.

이다. 1980년대라는 이념의 시대가 지나자 1990년대 이후 일상과 문화라는 이름으로 사소한 것들에 대한 관심의 폭발이 일어났던 것처럼 역사란 이렇게 주기적으로 반복되곤 한다.

이옥의 다른 글에서도 마찬가지지만 『봉성문여』에는 군주나 성인처럼 권위적인 인물보다는 무당, 사당패, 기생, 도둑 등 당대의 미천한 인물군상에 대한 관심이 두드러진다. 요순우탕으로 대변되는 군주의 이상이나 공맹으로 표상되는 성인의 전범은 모두 관념화된 인물의 전형이라는 점에서 비루하고 치졸한 인간의 들끓는 욕망을 반영하지 못한다. 마이너리티에 대한 이옥의 애정은 그가 지니고 있는 구체성의 감각을 드러낸다. 그러나 이옥은 봉성이라는 낯선 장소에서 마주치는 이름 없는 타자들을 감히 대변하려 하지 않는다. 다만 그들의 모습을 주관을 절제하여 최대한 있는 그대로의 형상으로 그려낼 뿐이다. 이런 작법은 재현과 표현의 열정에 도취되어 타자들을 언술의 대상으로 가두어버리는 글쓰기의 위험스런 파국을 비껴가게 해주는 근거가 된다.

『봉성문여』는 다루는 대상의 소수성과 그 대상을 서술하는 서술주체의 스타일, 그리고 문체의 파격에 이르기까지 매우 흥미로운 텍스트라고 할 수 있다. 이옥은 한문으로 글을 썼지만 국문 글쓰기에 근접하는 언어적 자의식을 드러냈고 그것이 정조의 문체반정과 불화했음은 주지의 사실이다. 『봉성문여』에서 이옥의 언어적 자의식을 드러내고 있는 것이 봉성의 사투리를 일별하고 있는 '方言' 부분이다. 이옥은 여기서 소통의 어려움을 토로하면서 그 이유가 "아마 성음이 매우 급하다 보면 자못 때까치가 깍깍거리듯이 알아들을 수 없는 말이 많을 것이므로, 이해하지 못하는 것이 많은가 보다"(99쪽)고 생각했다. 봉성의 말소리가 다른 곳에 비해 상대적으로 빨라서 잘 알아들을 수가 없다는 말이다.

소통이 어려울 정도의 언어적 이질성은 그 언어공동체로부터 소외감을 불러온다. 언어는 장소에 대한 귀속감과 밀접하게 연관되어 있다. 그것은 근대적 국민의 탄생에 있어 '국어라는 사상'의 구축이 얼마나 중요한 의미를 갖는가 하는 데서도 분명하게 확인된다. 관동대지진 때 조선인 학살을 위해 조선인을 구별하는 수단이 바로 그 '국어(표준 일본어)'였다는 사실은 '언어'와 '공동체'의 관계가 우리와 타자를 구획하는 정치적 맥락에서 이해되어야 함을 확인시켜 준다.[10] 그것은 반드시 근대정치학의 맥락이 아니더라도 마찬가지다. 이옥은 「남정십편」에서 "나는 모르겠다, 호서인이 영남인의 말을 두고 웃는 것이 옳은가, 영남인이 호서인의 말을 두고 웃는 것이 옳은가. 또 어찌 알겠는가, 호서인과 영남인이 우리의 말을 두고 웃지 않을지"[11]라고 하면서 방언이 불러일으키는 난처함을 표하면서도 서로의 방언을 상대적으로 인정하고 있다. 이옥의 시대에는 표준어와 방언이라는 위계적 구분 대신 한문과 국문의 구분이 더 본질적이었다. 이옥은 바로 이 위계적 언어체계에 균열을 일으켰던 인물이기에 방언의 상대성을 인식할 수 있었던 것이다.

이옥은 「봉성필」을 귀양살이 혹은 타향살이의 괴로움을 잊기 위해 지었다고 밝혔다. 그 괴로움은 서울이라는 보편의 세계, 즉 생활의 익숙한 감각이 통하고 주자학적 유교주의의 질서가 관철되는 공간으로

---

10 고모리 요이치, 정선태 옮김, 『일본어의 근대』, 소명출판, 2003, 291쪽.
11 이옥, 김진균 옮김, 「남쪽 귀양길에서(南程十篇)」, 『이옥전집1』, 소명출판, 2001, 265쪽.

부터의 이탈에서 비롯된 것이다(물론 그 이탈은 당대의 보편적 체계를 거스르는 자신의 글쓰기 때문이었다). 서울이라는 보편공간으로부터의 심리적 거리는 어느 시골의 낯선 풍경들을 겪고 보고 사유하게 함으로써 구체성의 감각을 일깨운다. 그리하여 그 구체성의 풍경들은 동시에 서울이라는 보편적 세계를 새롭게 인식하도록 이끈다. 서울과 시골, 보편과 구체, 익숙함과 낯섦, 그리움과 괴로움의 체험은 양자가 언제든 서로의 자리를 바꿀 수 있는 상대적 처소임을 깨닫게 함으로써 구체적 보편 혹은 보편적 구체라는 사유의 지평을 열어준다. 이옥은 분명 「봉성필」의 저술로 보편과 구체의 교섭을 통해 마음의 괴로움을 당당히 견딜 수 있었을 것이다.

'지역'이라는 관념을 떨치고 발 딛고 있는 '제자리', 그곳에서 살아가는 뭇 생명들의 '제 목소리'를 듣기 위해, 그리고 근대주의적 이데올로기로부터 벗어나 구체성의 감각을 되살려내기 위해 200여 년 전 한 지식인의 노트를 꺼내 읽었다. 『봉성문여』는 '지역'이나 '국가'와 같은 개념적 틀 없이도 사건의 특이성과 현실의 구체성을 잡아낼 수 있는 전위적 글쓰기의 실험이 가능하다는 것을 확인시켜준다. 익숙한 것은 편하지만 한편으로 그것은 매우 의심스럽다. 삶의 활력은 익숙함이 주는 편안함을 거부하고 기꺼이 '낯설게 하기'의 불편함 속으로 스스로를 밀어낼 때 가능한 것이 아닐까. 이옥의 『봉성문여』는 그토록 불편한 '근심' 속에서 쓰인 것이기에 200년이 지난 지금에도 다시 읽어볼 만한 글로서 살아남을 수 있었던 것이다.

4. 지역에서 구체성의 삶터로

윌리엄 포크너(William Faulkner)에게 미국 남부의 미시시피 지역은 그의 작품들을 배태한 상상력의 공간이었다. 그러나 아무도 그를 '지역 작가'라고 부르지 않는다. 그의 소설은 오히려 미시시피라는 국지적 공간을 벗어나 세계의 독자들에게 널리 읽히고 있다. 위대한 문학은 그런 것이다. 구체적인 삶의 터에서 상상력의 꽃을 피우지 않은 걸작이란 무엇인가. 김정한의 낙동강, 이청준과 한승원의 장흥, 이문구의 보령, 현기영의 제주도가 바로 그 구체적인 삶의 터다. 그 터를 '지역'이라는 한정적 의미의 관념어(개념어)로 제약할 수는 없다. 그것은 바다를 무대로 한 문학을 '해양문학'이라고 하거나 농민들의 삶을 다룬 문학을 '농민문학'이라고 부르는 만큼 억지스럽다. 문학에다 국적을 부여하고 그것도 모자라 거기에 행정단위로 재편된 구획의 논리를 들이대는 것은 무모하리만치 쓸모없는 짓이다. 지역문학은 없다. 아니 그런 것은 있을 필요가 없다.

이른바 중앙이라는 위상학적 개념을 통해 정의되는 서울의 삶은 그 모든 이역의 삶을 규정하는 보편적 모델이 아니다. 서울 역시 구체성의 장소이기는 마찬가지이며, 자본의 물신숭배가 강요하는 획일적인 삶의 양식이야말로 경과 향의 차이를 지우고, 우리들의 구체적 삶의 난무하고 생동하는 활력을 규정하는 무서운 보편이다. 오히려 지금이야말로 지역이라는 관념 속에서 비루한 것으로 멸시받았던 삶의 가치들이 새롭게 공인될 수 있는 시간이 아닐까. 개발에서의 소외, 차별의 만연 속에서 길러진 변두리 의식, 이런 것들은 타락한 보편의 위험한 확장을 경계하는 구체성의 감각으로 재생될 수 있을 것이다.

오늘날 '지역'은 부득이한 용어가 되어버린 것 같다. 그래서 진정으로 삶의 터를 사랑하는 사람들마저도 저 문제적인 기표를 발설하지 않을 수 없게 되었다. 하지만 진짜 문제는 지역이라는 기표가 아니라 그 안에 담긴 치욕과 분노와 투쟁과 갈등의 남루한 욕망들이다. 민족해방의 사명감이 민중해방의 책임감이, 그 빛나는 열정들의 순수함이 현실을 구출하기는커녕 문학을 구속하는 결과로 치달았던 것처럼, '지역'을 향한 뜨거운 의지는 오히려 의도를 배반하는 결과를 불러올 수 있다. 이제 지역을 내버려두자. 삶의 복잡한 모순들을 굳이 지역의 문제인 것으로 착각하지 말자. 지금은 지역이란 이름에 담긴 모든 것들을 토해낼 시간이다. 지역으로부터 구체적인 삶의 터로 되돌아갈 시간인 것이다. 지금, 신생을 위한 파국의 시간은 임박했다.

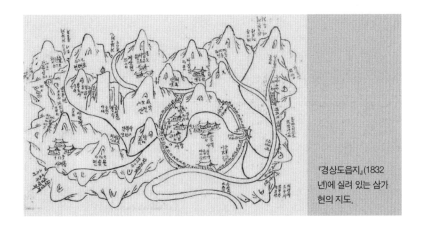

『경상도읍지』(1832년)에 실려 있는 삼가현의 지도.

고은미

'시/공간' 과 조우하는 몇 가지 방법

1. '원초적 범죄' 의 기억을 부르는 '시/공간'

박찬욱 감독의 영화 〈올드보이〉(Oldboy, 2003)의 한 장면에서부터 이야기를 시작하려 한다. 오대수가 자신의 삶을 송두리째 흔들어버린 결정적인 과거의 사건을 기억하게 되는 장면 말이다. 고등학생 시절 오대수는 이우진과 이수아, 두 남매의 애무 장면을 우연히 엿보게 된다. 볕이 눈부신 한여름이었지만, 먼지로 덮인 유리창은 탁한 회색에 가까웠고, 과학실 안은 희뿌연 공기에 휩싸인 꿈속의 풍경처럼 쉽사리 속내를 드러내지 않았다. 그러나 오대수는 마치 예전부터 그를 위해 준비된 듯한, 유리창에 난 '깨진 구멍' 을 발견한다. 홀린 듯, 두려움과 기대감이 혼재된 마음으로, 현미경 렌즈에 눈을 갖다대듯 그는 그 '구멍' 으로 안을 들여다본다. 그리고 자신의 인생을 뒤바뀌게 할 금기를 목도하게 된다. 영화는 의미심장하게도, 이 장면을 플래시백과 같은 단순한 회상으로 처리하지 않고, 현재와 과거가 뒤섞이는 순간으로 묘사했다. 호기심에 휩싸여 이우진을 쫓아가는 것은 고등학생인 오대수이기도 하지만, 과거의 기억에 휩싸인 중년의 오대수이기도 하다. 동일인물의 과거와 현재를 한 씬 안에서 묘사하는 이와 같은 교차편집은, 실제로는 하나의 시간대에서 벌어질 수 없는 불가능한 일을 표현하고 있지만, 그러하기에 더욱, 진실과 마주하는 순간의 긴박감으로 가득하다. 오대수가 평생 잊고 살았던 기억, 사설감옥에 갇힌 15년 동안 수 권의 참회록을 써댔어도 결코 떠올리지 못했던 심연 속의 기억과 마주하는 순간이기 때문이다.

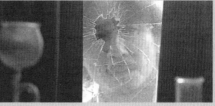

〈올드보이〉 과학실 장면에서 과거는 현재와 뒤섞이고, 오대수는 심연의 기억과 마주하게 된다.

그것은 흡사 '원초적 장면(Urszene)' 같은 것이다. 무의식에 정신적 상처를 남긴 채 억압되거나 망각된다는 점에서 이우진과 이수아의 근친 행위 역시 프로이트적인 원초적 장면의 역할을 실행하고 있다. 그것이 단순히 사회적 금기이기 때문에 그것의 목격이 오대수나 관객에게 그토록 충격적이었던 것은 아니다. 결정적인 '회상'의 순간을 맞이하기 전까지는 전혀 그 사건을 기억조차 하지 못했음에도, 망각되었던 그 일이 오대수의 삶을 근본적으로 뒤틀어놓는 역할을 했기 때문이다,

이수아가 들고 있었던 거울이 구멍을 통해 자신을 엿보는 오대수를 비췄던 그 순간, 오대수는 그들의 도플갱어(double goer)로 선고받은 셈이다. 타인의 욕망은 거울에 반사되듯 자신의 욕망이 된다. "끊임없이 거울을 통해 타인의 욕망을 훔쳐보아야 하고, 그 욕망을 통해 자신을 반성하는 일을 영원히 멈출 수 없는 것"이 행위 주체로서의 의지와 주객분열의 운명을 동시에 짊어진 인간의 존재론적 고뇌일 것이다.[1]

'임금님 귀는 당나귀 귀'라는 말이 혼자 품고 있기엔 너무 벅찬 비밀이었던 것과 마찬가지로 그 오누이의 관계도 오대수 혼자 알고 있기엔 두려운 일이었음이 분명하다. 두려움을 감소시키기 위해 오대수는 자기가 목격한 일을 친구인 주환에게 '말(言)'한다. 그런 뒤 훨씬 가벼워진 마음으로 전학을 가고, 곧 그 사건을 잊었던 것이다. 아무에게도 말하지 말라는 오대수의 불안한 당부에도 불구하고, 소문은 소문을 낳고 상상임신을 낳고, 자살을 낳고, 부메랑처럼 근원지인 오대수에게로 돌아와 처절한 복수를 행한다. 오대수의 '말'이 내뱉어진 그 순간 '원초적 장면'은 개인적 트라우마의 차원을 벗어나 타인을 향한 사회적인 행위인 '원초적 범죄'[2]의 순간으로 이행한 것이다.

자신이 왜 '몬스터'가 되었는지 알지 못했던 오대수에게 모교 혹은 '깨진 구멍'은 범죄의 순간과 대면(회상)하게 함으로써 그의 존재 이유를 드러내주는 잔인한 인식의 공간이다. 또한 오대수의 현재라는 의식의 시간 차원이, 과거라는 무의식의 또 다른 시간 차원과 만나는 순

1 박훈하 글·이인미 사진,「거울과 휴대전화」,『나는 도시에 산다』, 비온후, 2008, 36쪽. 앞으로 이 책을 인용할 시에는 본문에서 소제목과 쪽수만 표시하기로 한다.
2 들뢰즈는 영화에서 드러나는 시간의 출현에 대해, 장-루이 셰페르를 응용해, '범죄'라는 표현을 사용하고 있다. 질 들뢰즈, 이정하 옮김,『시네마II: 시간-이미지』, 시각과언어, 2005, 82쪽. 들뢰즈의 이 책 역시 본문에서 다시 인용할 시에는 저자명과 쪽수만 표시한다.

간이기도 하다. 오대수가 전학 가던 날, 상록고등학교 과학실은 '몬스터'라는 또 다른 오대수가 태어난 고향인 동시에 탄생일이라 해도 틀리지 않다. 그 '시/공간'은 상록고등학교 과학실의 유리창에 난 작은 구멍을 통해서만 다시 떠올려 질 수 있으며, 절실히 요구하는 주체에게만 우연을 가장해 펼쳐진다. 그것은 주체를 둘러싼 서로 다른 차원의 '시/공간' 평면이 접목되는 교차점이면서, 무수한 주름으로 겹겹이 접혀 있어 드러나지 않다가 어느 순간 인식의 수면 위로 떠오르는 중핵과 같은 것이다. 그것은 자기 삶의 근원과 본질을 격렬히 탐색하려는 의지를 지닌 사람에게만 신기루처럼 나타나는 순간이기도 하다. 근원이면서, 파괴적 결말인 그 '시/공간'을 발견함으로써 주체는 안락하지만 소외된 일상생활에서 벗어나, 두렵지만 진정한 실존적 고민 앞에 서게 된다.

우리는 이 순간을 맞아 비로소 자기 존재를 반성하게 되고, 때로 자신을 부정하기에 이르고, 절멸에 가까운 결단을 감행하게 되기도 한다. "아무도 기억해 내지 않는, 초라하고 보잘 것 없는", "부정됨으로써만 오늘의 내가 긍정될 수 있는 그것들. 혹은 부정은 아니라 하더라도 당당하게 극복했다고 말해지는, 극복하고 넘어서야 할 대상으로 주어진 고통이나 난간 같은 것들"을 더듬어 기억해내는 것. 그래서 현재를 가능케 한 과거는 "우리들에게 중요한 모든 운명의 모습이었다는 사실"(「기억의 단층」, 73쪽)을 깨닫는 것이 필요하다. 그 깨달음은 주체인 줄 알았던 자신이 실은 대상이었다는 충격, 외부라고 생각했던 것이 사실은 내 삶과 속속들이 연관되어 있었다는 반성에 다름 아니다.

결론부터 말하자면, 나는 이런 운명적이고 결정적이면서 원천적인 '시/공간'을 만나고 깨닫는 것이 어떤 '장소'의 의미를 발견하는 최상의 방식이라 생각한다. 현재가 과거로, 과거가 현재로 침투하고 연결되는 시간의 중첩을 통해서만, '주체', '공간' 이 가지는 의미의 극한에 가까이 다가갈 수 있게 된다. 공간을 사유하는 주체에게 공간의 '원초적 순간' 을 대면하는 일은 삶의 터전에 대한 실존적 탐색이라는, '범죄' 에 가까운 '잔인한 인식' 의 순간을 체험하게 하기 때문이다.

2. 시간, 공간, 인간, 그리고 내 삶의 관계

더불어 사는 것의 고됨과 그럼에도 더불어 살아야 함의 당위를 알려주는 것이 다름 아닌 '장소' 이다. 장소를 다른 말로 '공간(空間)' 이라 칭할 수 있을 텐데, 우리는 그 '사이(間)' 에 사는 이들을 이른바 '인간(人間)' 이라 부르지 않는가. 하이데거 역시 그런 의미에서 인간을 '터존재(Dasein)'[3]라 칭한 바 있다. 공간은 기억을 감싸고 있다. 인간은 주체적 시선을 가지고 공간의 기억으로부터 스스로의 존재감을 얻을 수 있다.

특정 장소에 대해 논할 때 우리는 흔히 그곳이 가지는 '의미' 를 따지곤 하는데, 이때 표면적인 이미지의 선입견에 사로잡히기 쉽다. 그러나 어떤 장소의 정체성 혹은 유의미성이란 미리 주어져 있어 고정된 의미를 가지는 것이 아니라, 접속되는 주체나 상황의 연관 속에서 현시되는 것이다. 그런데 많은 사람들에게 어떤 장소가 의미를 가지는

---

3 특정 사회적 · 역사적 조건 혹은 공간적 · 시간적 처지와 분리하여 생각할 수 없는 존재라는 뜻의 'Dasein' 은 '현존재' 로 흔히 번역되지만 이 글에서는 '~에 거주하는 존재(das In-Sein)' 라는 어원에 좀 더 가까운 '터존재' 라는 번역어를 사용했다.

필요충분조건은 타자의 공개적이거나 암묵적인 인정과 부러움인 듯하다. 타인이 인식해주거나 인식시켜주는 순간 비로소 나 역시 인식하고 인정하게 되는 것이다. 그 한 예로 '아파트 CF'들을 떠올려 보자. "수정 씨 집은 레미안입니다"(레미안 CF '수정 씨 편'), "당신의 이름이 됩니다"(레미안 CF '열쇠 편')와 같은 광고문구가 나오는 타이밍이란 '지인들의 부러운 눈빛' 바로 직후이다. 타인의 그 눈빛은 자신의 삶이 성공했음을, 헛되지 않았음을 확신시켜주는 근거로 작동한다.

물론 이러한 인식은 여러 가지 면에서 '허황된' 만족일 수밖에 없다. 좋은 집에 산다는 사실이 경제적인 지위 외에는 그 어떤 것도 보장하지 않음에도, 좋은 집이 가지는 경제적 가치가 곧 나의 삶의 수준으로 환치된다. 그것은 굳이 '그' 집이라는 실질적이고 구체적인 공간일 필요가 없는, 자본주의 세계의 단순한 경제논리에 의한 환원일 뿐임에도, 삶의 질과 그에 따른 만족감까지 부여받는 것이다. 유의미하기 때문에 비싼 것이 아니라, 비싸기 때문에 유의미해진다. '나의 삶'이 외부 공간의 이미지에 의해 결정되고, 비싼 집은 '나'를 위안하는 대리만족물이 된다. 그러나 그것은 나의 삶을 판단할 기준이 되지 못하는 것은 물론이고, '나와 공간의 관계' 역시 본질적으로 설명하지 못한다.

타인의 판단이 자기 삶의 의미를 결정할 때 '내 삶'으로부터 '나'는 점점 더 소외된다. 똑같은 이유로 태어난 곳이거나, 행정상의 주소지일 뿐인 '지역'의 이미지가 나의 삶을 대변할 수 없다. 경제적으로 부유하고, 문화적으로 풍부하고, 정치적으로 중요한 곳에 산다고 해서, 그 도시가 '내 삶의 질'을 보장하지는 않는다. 하물며 '내 삶의 근원'을 설명해주거나, 발견케 하는 것은 더더욱 아니다. 무엇보다 우리는 우리가 살고 있는 곳의 지리적 특징이 반드시 삶과 직접적으로 연관되는 시대에 더 이상 살고 있지 않다. 전 지구적 자본화와 일상의 규칙적 패턴이 깊은 홈처럼 세계 곳곳을 동질화하고, 많은 사람의 삶을 단순화시키고 기계화시키기 때문이기도 하지만, 원한다면 얼마든지 현실의 공간을 넘어설 수 있는 IT시대에 살고 있기 때문이다.

이런 상황에서, 내가 속해 있는 어떤 공간의 이미지를 그리게 될 때 중요한 것은, 얻어진 이미지의 형상이 아니라 그것을 얻는 데 있어서 주체적 능력이 어떻게 작동하고 있느냐 하는 문제이다. 자신이 속한 지역의 이미지가 외부자의 피상적인 시선으로 단정 지어질 때, 그것은 그곳에서 삶을 영위하는 자의 일종의 자존감의 문제와 연결되며, 삶의 공간과 태도를 정확히 응시하는가 하는 질문과 관계된다. 외부자의 시선만 꼭 문제가 되는 것 역시 아니다. 그것이 개인들로 흩뿌려진 주체들의 공통된 의견과 의지를 집약하고 실행한다고 여겨지는 대표자로서의 '관(官)'의 시선일 때에도 문제가 된다. 민주주의혁명 이후 등장한 전체주의적 '지도자'가 자기 권위의 준거로 내세우는 것(인민, 계급, 민족, 시민 등)은 실제로는 '존재하지 않는 것'과 마찬가지이기 때문이다. "중심이란 실제로 존재하는 것이 아니라 궂은 삶의 허다한 조각을 애써 하나로 꿰어 맞춰놓은 허구적인 기준점에 불과"(「매화 꽃잎을 떠우다」, 19쪽)한 것이다.

3. 이미지로 존재하는 부산

사람들은 살면서 저마다 수많은 장소를 거치고 수십 년의 시간을 지난다. 어떤 곳은 오랫동안 지나다녔지만 기억에서 사라진 반면, 어떤 곳은 평생 단 한 번 거쳐 갔지만 남은 삶 동안 뇌리에 남아 있기도 한다. 시간의 경우도 마찬가지다. 어떤 순간은 느끼지도 못하고 흘려버리지만, 어떤 순간은 과거와 현재, 미래까지 좌우할 만큼 결정적일 수도 있다. 그런데 그런 '시간/공간'은 사실 따로 떨어져 있지 않다. 시간과 공간을 구분지어 인식한다는 것은 불가능하다. 시간 없는 공간, 공간 없는 시간이란 개념을 논한다는 것은 허깨비 같은 환각의 그림자를 좇는 것처럼 허무한 일이다. 앞서 사용한 '시/공간'이란 용어는 이런 시간과 공간의 불가분의 관계를 내포하는 개념이다.

시간 혹은 공간이 이토록 밀접하게 연결되어 있음에도 우리가 흔히 그들의 고리를 망각하는 이유는, 흔히 생각하듯 시간이 차곡차곡 벽돌 담장처럼 쌓이는 것이 아니기 때문이다. 역사책에 그려진 도표에서 확인되듯이 선택된 사건들만 굵은 선으로 남을 뿐 역사의 지속성, 시간의 연쇄란 환상에 불과하다. 개인의 자잘한 일상들, 아무도 새삼스럽게 기억하려 하지 않는 초라하고 보잘 것 없는 밍밍한 이야기들은 말 그대로 시간 사이로 잊혀져버린다. 무엇보다 하루가 다르게 일률적으로 변하는 오늘날의 공간 역시 과거의 시간을 상쇄시킨다.

장소 '성'을 논하려 할 때도 역시 우리는 자못 곤란에 직면한다. 이는 정체성이라는 말과 크게 다르지 않게 인식되는데, 특정 장소의 정체성이란 시간의 흐름과 구체적 개인의 차이를 소멸시키고서야 가능한 일종의 판타지이기 때문이다. 앞서, '장소'라는 용어는 구체적인 경험적 맥락과 구분될 수 없는 것이라 설명했다. '장소'의 작은 다른 범주라 할 수 있을 '지역'이란 용어에 대해서도 이와 크게 다르지 않은 정의를 내릴 수 있을 것이다. 대개 정체성이란 대상의 단일화를 통해서만 가능한 것인데, 지역성을 논하는 즉시 우리는 이미지에 그릇된 외관을 주게 된다. 흔히 생각하는 어떤 장소의 본질이란, 역사에 가하는 선택과 배제, 지리적, 문화적인 특색의 부각 등을 통해 정립되고 고정된 것일 가능성이 크다는 뜻이다. 이런 방식의 밑바탕에는 항상 권력의 의도적이거나 임의적인 시선이 존재한다. 여기서도 외부자의 한마디는 강력한 규정력으로 작용한다.

구체적인 예로 부산은 바다와 인접하다는 지리적 특징, 개항지였다는 역사적 사실, 부산 사투리, 무뚝뚝한 기질, 부산국제영화제를 비롯한 각종 문화행사와 같은 문화적 특색으로 규정되어왔다. 바닷가에 살거나 해운업에 종사하지 않아도 같은 행정 공간에 산다는 이유로 별다른 거부감 없이 이러한 규정을 수용했으며 실제로 거리상 더 가깝고 익숙한 부산 외곽 지역이 행정상 부산에 포함되지 않는다는 이유로 알게 모르게 이질적인 거리감을 느끼기도 한다. 그러나 이런 규정되고 고정된 이미지는 진정 누구의 것인가. 들뢰즈의 말처럼 현대사회는 "이미지의 문명"이라 할 만하다. 그러나 그것은 사실상 "판에 박힌 것의 문명, 즉 모든 권력들이 이해관계상 우리에게 이미지를 감추는, 필연적으로 이미지 그 자체가 아니라, 이미지 안에 있는 어떤 것을 감추는 문명"(들뢰즈, 46쪽)이다. 김용규는 "단적으로 말해 오늘날 부산시민의 주체를 형성하는 공통적 특징이란 존재하지 않는다", 있다면 그것은 "매체와 담론에 의해 상상적으로 구성되는 것일 뿐"이라고 말한다.[4] 박훈하 역시 "부산의 근대화 과정이란 부산이라는 지역의 공간적 자율성이 소멸되어 가는 과정과 그 궤를 같이

---

4 김용규, 「추상적 공간으로 변하는 부산」, 《오늘의문예비평》, 2002년 봄호, 41쪽.

한다 해도 지나친 표현이 되지 않는다"(「콜라주로 만나는 부산의 풍경」, 118쪽)고 단언한다.

하나의 이미지란 태생적으로 외부 규정적인 면이 있다. 개별 인간 주체뿐 아니라 지역이라는 공간 덩어리 역시, 스스로 자신의 이미지를 가지는 것은 쉽지 않은 일이며, 극단적으로는 현실과 동떨어진 나르시시즘적 환상 속에 머무는 결과를 가져올 수 있다. 반대로 자신을 향한 이미지는 자신 아닌 다른 것에 종속되거나 연관된 상태로 머물러, 타인의 욕망을 자신의 욕망으로 착각하며 자신으로부터 소외되기도 한다. 끊임없이 상대적 박탈감을 불러오는, 지역과 대립적인 중심이라는 타자는, 혹은 그 타자가 지역에 비추는 욕망은 항속적이거나 불변적인 것이 아니다. 그렇기에 중앙과의 관계에서 형성되(었다고 여겨지)는 지역의 정체성 역시 삐뚤어지거나 왜곡된 욕망의 결과이기 쉽다. 묶이지 않는 줄로 개인들을 집단화시키고, 반강제적으로 개인들을 부속화시키는 '이미지'의 편견이란 얼마나 폭력적인 재단도구인가. 공간의 이미지를 통해 자신의 삶을 대변하려는 사람과 마찬가지로, 공간의 이미지를 적용해 타인을 혹은 가상적인 집단의 성격을 규정하려는 시도들 역시 지적 편집증의 하나일 뿐이다. 다만 콜라주적인 도시를 진정 콜라주적인 방식으로 바라볼 필요가 있다.

콜라주는 거대한 상상적 유기체를 욕망하지 않는다. 다만 각각의 몸들로 구성된 이미지가 또 다른 이미지를 불러오는, 일종의 포토몽타주(photo montage)를 꿈꾸는 상호주관성만이 약동할 뿐이다. 뿐만 아니라 그렇게 중첩되고 병렬된 이미지는 공간의 균질성에 맞서 여러 개의 겹을 만듦으로써 전일적인 역사가 아니라 지역의 기억을 보존하는 무수히 작은 구멍을 만들고 있다.

—「콜라주로 만나는 부산의 풍경」, 119쪽.

　때로 우리는 잃어버린 어떤 부분들을 다시 복구하거나 우리가 이미지 안에서 보지 못한 모든 것, 우리가 이미지를 '이해관계 속에' 놓기 위해 삭제해버린 것들을 되찾아야만 할 것이다. 그러나 때로 그와는 반대로, 균열을 만들고 공백과 빈 공간과 여백들을 이끌어들이고 이미지를 희소화하고, 그로부터 우리가 모든 것을 보았다고 믿게 하기 위해 덧붙였던 많은 것들을 제거해야만 할 것이다.

—들뢰즈, 47쪽.

　그런데 최근 이루어지고 있는 '지역연구' 의 가장 큰 단점은 중앙과 주변의 이분법의 체계에만 초점을 맞출 뿐 '공간감(혹은 지역감이라고 해도 무방한)' 이라고 할 수 있을 주체의 인식 차원을 무시하는 데 있다.

　전 지구적으로 자본화, 메트로폴리탄화가 진행되고 있고, 중심부를 향한 주변부의 열망이 중심의 무한한 복제를 불러옴에 따라, 주변부인 지역이란 권력 중추인 중심부에 오르기 위한 계단으로 각인되거나 열등감과 소외감을 불러일으키는 공간이 되었다. 많은 사람들이 지역을 중앙이라는 선택된 공간과 대비시켜, 정치 · 경제 · 문화적 측면에서의 지역의 낙후성을 개탄하면서 분노에 휩싸여 지역(민)들의 실천적 저항을 부르짖는다. 그것이 소외된 지역(민)들이 가질 수 있고, 할 수 있는 유일한 '저항' 이며 긍정적 '가능성' 이라는 듯, '연대' 를 발견하고, 주장한다. 하지만 여기서도 여전히 발견과 주장의 주체는 '지역

(민)'이 아니고, 지역의 성장이 개인의 성장이 된다는 대리충족의 원리는 여전하다. 무엇보다 '지역(민)'이라고 대체 누가 묶어 부를 수 있단 말인가. 상대적인 지역 구분과 열등감, 울분이 결합된 호오의 감정은 말 그대로 '지역감정'을 낳을 뿐이다. 처음부터 '그(또는 이)' 지역과 개인을 묶어주는 끈이라는 것은 때로는 너무도 허술한 가상의 결과물이지 않을까. 전 지구화와 대비되는 의미로 지역화를 사용할 때 역시, 지역의 특수한 문화와 역사적 경험들이 중심부의 문화들과 서로 경쟁하고 교섭함으로써 새로운 형태의 정체성을 확립해나가는 일종의 수행 과정으로 공간의 질적 차이를 구분하고 있는 것이다. 그러나 전 지구화와 지역화는 서로 상이한 세력들 간의 충돌이라기보다는 핵심부 자본의 무한한 확장과 개별 핵심부 자본들이 지역의 거점을 구축하는 지역블록화 간의 충돌의 한 양상일 뿐이다.

4. '비인간적인 시선'과 '존재론적 시선' 사이의 힘겨운 긴장

일상생활뿐 아니라 문화생활, 사회생활에 이르기까지 곳곳에 존재하는 포획 체계 속에서 소수적(minority)으로 사고하며 사는 것은 말처럼 쉽지 않다. 그러나 소수적 사고가 '모든 곳'에서 가능하지 않기에 오히려 '어떤 곳'에서는 가능한 일일 수 있지 않을까. 몇몇 영화들과 글들은 어떤 확고한 것에 뿌리박거나 확실한 뿌리를 찾는 것이 아니라 그런 것들에서 벗어나야 함을 일깨운다. 서열을 만들고 가상적인 욕망을 불러일으키는 허위적인 뿌리를 폭로하고, 그 허위로부터의 이탈을 요청한다. 그것은 특정 공간을 사유하고 향유하는 최선의 방식이다.

그 한 예로, 〈그들 각자의 영화관〉(To Each His Own Cinema, 2007)이라는 옴니버스 영화 중에서 허우 샤오시엔의 단편을 살펴보고자 한다.

〈그들 각자의 영화관〉 중 〈전희 영화관〉 극장의 안과 밖엔 서로 다른 시간이 흐른다.

3분짜리의 이 짧은 영화에는 두 개의 시간이 존재한다. 물론 지금까지 논의한 바와 같이, 하나의 공간에는 현재의 시간만이 있는 것이 아니라 늘 두 개 이상의 시간이 함께할 수밖에 없다. 적어도 그 공간이 누군가에게 어떤 의미를 가졌다면 더욱 그러하다. 한때 〈전희 영화관〉은 사람들로 북적이며 영화(榮華)를 누렸다. 손으로 그린 커다란 영화포스터가 줄지어 걸려 있고, 먹을거리를 파는 행상들이 진을 치고 있었다. 그 사이로 군용차를 타고 한 가족이 도착한다. 딸아이에게 옥수수를 사주고, 표를 끊고, 팸플릿을 집어 들고 극장 안으로 들어간다. 극장 밖과 안을 나누는 붉은 장막 사이를 열고, 그들의 뒤를 따라간 카메라는 시간을 훌쩍 뛰어넘는다. 화려한 과거는 사라지고 폐허와 같은 모습이 된 극장 내부가 드러난다. 어두운 실내는 마치 〈올드보이〉의 과학실처럼 아득한 느낌을 준다. 카메라 렌즈라는 구멍을 통해 우리는 무엇을 보는 것일까. 허물어져가는 스크린 위로 영화 속 한 장면이 영사된다. 로베르 브레송의 〈무쉐뜨〉(Mouchette, 1967). 가난, 질병, 강간, 학대 속에서 불쌍한 무쉐뜨가 유일하게 행복해했던, 놀이동산에서 범퍼카를 타는 장면이다. 소리는 들리지 않지만 무쉐뜨의 웃음소리가 극장을 메운다. 어쩌면 전쟁 때문에, 어쩌면 시간의 흐름에 따른 자연스런 퇴화로 과거의 영화는 고스란히 사람들의 기억 속에만 남게 되었다. 한 장소를 떠올릴 때 우리에겐 이런 방식이 있다. 과거를 비추어 현재를 기억하거나, 현재에 비추어 과거에 잠기거나. 헛헛한 미래에 대한 불확실한 약속으로 가득한 이미지로서의 공간이 아니라 삶과 시간이 공유하는 공간. 그것은 필연코 우리의 현재 상태와 존재 이유를 사유하도록 강요한다.

또 한 편의 영화 오즈 야스지로의 〈동경 이야기〉(Tokyo Story, 1953)에는 과거와 현재가 뒤섞이는 순간이란 없다. 순차적인 이야기의 흐름 속에서 다만 똑같은 카메라 구도로 찍은 몇 장면이 반복 배치되어 있을 뿐이다. 일상은 변함없이 반복된다. 대부분의 사람들에게 일상은 균질적이고 때로 순환적인 의미로 받아들여진다. 그러나 오즈의 카메라는 장면의 유사함이 아니라, 미세한 차이를 강조하기 위해 똑같은 위치에 놓인다. 이런 삶의 단면을 통해 그 순간과 그 공간에 대한 사유를 유도하는 힘이 바로 '카메라의 시선'의 가능성이다. 영화 초반, 단순히 배경을 설명하기 위해 삽입된 장면으로 보였던 전형적인 어촌의 풍경은 영화의 마지막에서도 별반 달라지지 않았다. 누군지 알 수 없는 마을 사람 몇이 지나간다. 빽빽하게 서 있는 지붕들 사이로 자동차가 지나가고 물결을 따라 천천히 배가 멀어진다. 너무나 일상적이고 평화로워 권태롭기까지 한 이런 이미지들은 마치 시간이 멈춰진 곳에

존재할 것만 같다. 그러나 '끝'이라는 자막이 나올 때까지 마을의 뒷
모습을 응시하는 카메라의 시선을 통해 우리는 시간을 인식하고 변화
를 인지하며, 현재 속에 과거가 이제야 도착했고, 미래가 이미 와 있음
을 깨닫는다. 그것은 낭만적이지도 감상적이지도 않다. 그저 편견 없
이 오랫동안 찬찬히 들여다보는 '비인간적인 시선'이다.

조경을 위해 심어졌던 꽃이 뿌리 뽑히는 순간을 포착하고, 자신의
발밑을 클로즈업하고, 평면화된 현재의 작은 공간에서 '시/공간'을 끌
어내야 한다. "모든 것을 풍경으로 만들어 사유화하려 드는 것, 그리고
그 풍경을 과도하게 상찬하는 것은 세속적인 어른들의 자기기만에 불
과"하다. 우리는 시선 너머로 대상을 찾아야 할 것이 아니라 "모든 경
계를 지우"(「꽃에 무관심하기」, 11쪽)도록 애써야 한다.

5. '시/공간'과의 조우

우리는 안팎으로 지극히 천편일률적인 반복들에 직면하고 있다.
물론 이런 반복들이 완벽히 똑같은 것의 재현이지는 않을 것이다. 그
반복들로부터는 끊임없이 작은 차이들이 분출되고 있다. 다만, 그런
차이를 지각하지 못하고 반복만을 보(게 되)는 것이 현대적 삶의 특징
일 것이다. 규격화된 채 무비판적으로 반복되는 일상에 대한 감각은
인간의 지각체계를 더욱 획일화시킨다. 그 반복들에 지독하게 날카로
운 시선을 들이대지 않을 때 헐벗고 기계적인 반복은 다시 재생산된
다. 그 시선은 발견의 욕망을 가진 시선이어야 하고, 개인의 삶의 절대
적 필요에 의해 추구되는 시선이어야 하며, 생각지도 못한 치부를 들

킬 각오가 된 자의 결단이어야 한다. 상징적 질서가 끝나는 곳인 동시에, 상징적 질서의 이유가 되는 것. 자신의 삶의 끝인 동시에 토대가 되는 것. 우리는 현재 우리의 삶을 뒤흔들고 고민하게 하고, 어쩌면 파괴시키는 사유와의 대면을 피하기 위해 환상을 작동시키고, 우리를 둘러싼 것들에 그릇되고 고정된 이미지를 입혀왔지만, 불수의적인 심층 기억으로부터 영원히 도망갈 수는 없다. 두려움을 무릅쓰고 우리가 발견해야 하는 것은, 지역/공간이 가진 단일한 정체성이 아니라, 내 삶과 더불어 그 지역/공간의 심층에 숨겨진 '원초적 범죄'의 '시/공간'이다.

김주현

마산, 그 거대한 우울증을 씻는 길

> "누군가 여행길에 오르면 그는 무언가 얘기할 거리가 있다."
> …이때 사람들은 으레 이야기꾼을 먼 곳으로부터 온 사람으로 생각했다. 그러나 이에 못지않게 사람들은 또한 정직하게 생업을 꾸려가면서 고향에 눌러앉아 자기 고향의 이야기와 전설을 잘 알고 있는 사람의 이야기를 듣는 것도 좋아했다.
> —발터 벤야민, 「이야기꾼과 소설가」 중에서

1. 친절한 안내인

2001년 벽두, 진해만을 굽어보는 명당에 경남문학관이 문을 열었다. 경남이라는 제호가 알려주듯, 마창진을 중심으로 경남일대의 문학텍스트를 집성한 이곳에는 한 시대를 문학이라는 특별한 열정으로 살다간 문인들의 흔적이 가지런히 전시되어 있다. 멀리 권환, 지하련, 김말봉, 김달진, 천상병으로부터 6,70년대의 이제하, 김원일을 거쳐 90년대 전경린에 이르는 이름들을 클릭(click)하다 보면 어느새 경남은 문향(文鄕)이 된다. 문향. 그것은 마창진 따위보다 정감 있고, 밋밋하기 그지없는 신항만도시보다 격조 높으며, '혁명의 도시' 보다 몇 배쯤 세련되고 부드러운 명칭이다. 어찌 마산만이 문향일까마는 이름의 저작권을 주장할 수 없는 다음에야 나고 자라 뼈를 묻을 고향에 대해 바치는 어떤 헌사도 이보다 우아할 수 없으리라. 문향은 일찍이 고향이 가르쳐준 삶의 밀의와 비의, 우정과 배신의 모든 드라마틱한 요소를 어떤 소설, 어떤 시에서 이미 재현되었거나 혹은 재현되어야 하는 특별한 서사적 기억으로 만든다. 그렇게 저마다의 기억을 연결하면서 문학관은 당신 앞에 잘 정돈된 아카이브로 임재한다.

바람이 부는 날 당신은 문학관에서 이 아카이브를 구성하는 텍스트인 자신의 존재를 다소 감상적으로 긍정하게 된다. 그러니 문학관은 특별한 장소이다. 그곳은 경남에 산재한 문인들의 행적을 한 자리에 모아 그들을 지리적 인접성에 근거한 특별한 집단으로 환원한다. 혹이 편의적 발상이 불편하더라도 그 전에 얼마나 많은 세금이 어이없이 낭비되는지 생각하면 문학관이 이미 없어진 문학적 장소의 상징적 복원이자 지역 출신 문인들의 감성을 지역의 공공 재산으로 등록시킴으로써 지역을 '진정한' 장소[1]로 만드는 데 일조함을 어렵지 않게 동의할 것이다. 그것은 김달진문학관도 마찬가지이다.

허나 오늘날 지역 사랑은 이러한 미덕 너머에 있지 않을까. 본질적으로 문학이 지역을 기억하는 방식은 오늘날 전 지구적 자본이 공간을 통제하면서 만드는 도시 공간의 직선화에 반대해 구불구불한 장소의 내력을 끊임없이 소환하는 것이다. 소읍과 소도시의 시장 모퉁이 어디

---

1 에드워드 렐프, 심승희 옮김, 『장소와 장소상실』, 논형, 2005.

쯤에 보석처럼 숨은 역사의 편린들. 이렇듯 작품을 옆에 끼고 발품을 팔아야만 비로소 만나는 진경의 굽이들이 문학관에서는 한 번의 클릭으로 연결된다. 아니 문학관에 직접 갈 필요도 없이 안방에서 해결되는 간편한 클릭은 복잡한 문학 장르나, 이데올로기, 사상을 따지지 않는다. 이곳에서는 지역문학 작품과 문인들이 평등하게, 가나다 순번, 연대순 등으로 수장되어 공개된다.

일찍이 어느 문학사에서도 본 적 없는 이 평등성은 경남문학관이 강원도의 이효석문학관이나 테마파크와 결합한 경기도의 황순원문학관, 곧 만들어질 박경리문학관과도 달리 권역을 넓게 설정해 다양한 운영 주체들이 들어와 있는 데서 비롯한다. 경남 문협을 주축으로 지역 대학에 직간접적으로 연결된 지역 문인들, 문학관의 문학 아카데미에 출석하며 등단을 준비하는 지역의 예비 문인들, 문학을 교양으로 소비하는 시민들이 모두 경남문학관의 운영 주체들이다. 이러한 다양성을 굳이 흠집 내고 싶지는 않다. 모든 문학이 저항 문학일수도 없거니와 그러려면 공정하게 김달진문학관이나 마산문학관도 문제 삼아야 하는데, 이 글의 목적은 거기에 있지 않기 때문이다. 이 글은 경남, 그중에서도 과거의 마산[2]이라는 정치적 장소를 기억하는 지역 출신 문인의 텍스트에 드러난 정치적 무의식으로부터 오늘의 경남(마산)문학이 가야 할 방향을 짚어보려는 데 목적이 있다.

현재 적지 않은 이들이 자본의 몰염치와 미국식 세계화를 우려하며

---

2 과거 마산은 현재 창원을 포함하는 경남의 거점 도시였다. 1980년 창원이 계획도시로 선정되어 83년에 경남도청이 들어설 무렵까지도 여전히 마산은 모든 면에서 경남의 중점도시였다. 이 글에서 경남-마산은 경남-부산과는 달리 마산을 중심으로 일어난 사건과 정서를 간직한 구마산권을 통칭하는 개념이다.

그것에 반대하는 글을 쓴다. 그때 우리는 자신을 전 지구적 자본주의의 변방에 있거나 그것을 비판하는 최소한의 자의식을 가진 경계인으로 설정한다. 이러한 판단에는 매우 복잡한 역학이 작용하지만 확실한 것은 그럼에도 일상에서 우리는 여전히 둔감한 소비자이기 일쑤라는 점이다. 물론 주별 행사로 대형마트를 드나들고 아낌없이 일회용품을 쓰고 태평양을 건너온 온갖 식료품을 먹으면서도 세계화를 비판하고, 주식투자 비결을 읽으며 영혼의 정화를 외칠 수 있다(이상한 예지만 어쨌든 문학의 자율성을 논할 때 정전처럼 내세우는, 저 왕당파지만 훌륭한 리얼리스트였던 발자크도 있다). 허나 그러한 모순의 대명사로 쉽사리 문학을 거론할 수도 없음은 세계화와 공모하는 문학의 천박한 상품화를 저지한다고, 과거에 그랬듯이 이러저러한 작품 생산을 작가에게 주문할 수는 없기 때문이다. 사실 문학관(文學觀)은 문학관보다 다양하다.

이러한 상황에서 자연과 분리된 문학의 무용성을 지적해온 《녹색평론》의 주장은 지역문학의 가능성을 전혀 새로운 각도에서 보도록 이끈다. 극단적으로 그것은 문학이라는 전문성을 버려도 관계없는 일상적 네트워크의 조직이라는 정치적 실천에 닿게 되지만 그 길에서 "농적 감수성"이라는 가장 오래된 문학적 감성을 되살리는 것에서 어쩌면 근대문학이 도저히 피할 수 없는 것처럼 보이는 상품화의 운명에 맞설 수 있는 힘이 나오지 않을까. 나는 문학(인)이 조금이라도 자신을 특별한 존재로 인식하는 한 세계화에 맞서는 지역의 자생성과 존엄성을 고무하고 거기에 몸을 열어줄 의무가 있다고 믿는다.[3] 어쩌면 이 글

---

3 《녹색평론》은 이 글의 구상에 많은 도움을 주었다 《녹색평론》 창간에 얽힌 사정과 문학

은 마산문학의 과거와 현재를 겁 없이 진단하는 글일지도 모르나 "자본의 위력 앞에 단단한 모든 것이 녹아 없어지는" 사태에 대응하기 위해서라도 반쯤은 타자의 시각이 필요할 것이다.

2. 우울증의 뿌리, 결핵

마산문학관은 도심이 내다뵈는 마산시 노산동의 노비산 언덕에 서 있다. 본시 노산문학관으로 이름 지으려 했으나 사정상 마산문학관으로[4] 2005년 문을 연, 여러모로 갈 길이 먼 새내기 문학관이다. 이 신생 문학관이 눈에 띄는 것은 경남 김달진문학관과 달리 마산의 문학 전통을 역사적으로 규정하고자 하는 노

마산문학관 전경.

력 때문이다. 물론 이곳에도 "문향 마산의 빛나는 정신을 이어받아 지역문화의 활성화에 이바지"하기 위해 마산을 거쳐 간 문인들은 사이좋게 전시실에 배치되어 있다. 그러나 마산 근대문학의 전통 위에서

비평에 관한 발행인 김종철의 입장은 서영인과의 대담(「21세기 한국문학과 지성의 현주소」, 《실천문학》, 2007년 여름호)을 참조.

4 마산문학관 학예사에 따르면 여기에는 몇몇 단체들의 입장 차가 있었던 것 같다. 이 글에서 인용하는 마산문학의 성격은 마산문학관 학예사 한정호 선생과 그가 제공한 문학관 안내 책자에 빚졌는데, 책자는 마산문학의 성격을 결핵문학, 자유·민주문학, 바다문학으로 정의하고 있다(「문향 마산의 문학 자산」, 마산문학관 자료집, 2008 참조).

마산문학의 성격을 규정하고 있는 문학관의 책자에는 마산문학을 마산의 근대사로부터 태어난 몇 줄기 특질로 요약한다. 그것은 전시실을 나와 내다뵈는 3·15거리, 저 멀리 푸르른 태평양을 꿈처럼 안고 있는 결핵요양원의 구체적 역사 속으로 우리를 이끈다. 이 역사적 모멘트를 보지 못한다면 마산문학은 강원도도 영월도 아닌 서울 중심 문학(사)에 대한 소박한 이의제기 수준에서 근근이 정체성을 수립하고 있는 숱한 지역문학 중 하나에 그칠 것이다.

그렇다면 결핵, 그것은 마산문학에 어떻게 개입하고 있는가. 현재 대표적인 후진국 질병인 결핵은 과거 외부인들이 태평양의 관문인 마산을 찾아들고 떠나는 큰 이유였다. 누구든 배를 타고 좁은 합포만을 빠져나오면 대한해협을 지나 태평양으로 나아가게 된다. 대부분의 항구도시가 그렇듯 마산에서 바다는 귀환과 떠남이라는 이중적 심상으로 표상되어왔다. 근대초기 일제의 기획에 따라 10여 년의 개항기간(1899. 5. 1-1911. 1. 1)이 끝나고 1914년 형식적으로 남아 있던 공동조계지마저 폐지되었지만,[5] 그 전에도 그 후에도 마산은 항구였다. 그것도 태평양을 가슴에 품은 항구. 문학사에는 결코 태평하지 못했던 세월의 질곡이 징용으로 형상화되어 있거니와, 한편으로 마산은 천혜의 자연환경을 바탕으로 기획된 근대적 질병을 치유하는 장소이기도 했다. 허나 결핵 그것은 병이라기보다 차라리 항구를 떠나 끝내 스스로 이야기가 되어버릴 자들이 남은 자들을 위해 남겨둔 기이한 치료제였다.

1935년경 임화가 요양차 마산에 다녀간 후 세워진 가포동의 결핵

---

5 히병도, 『긴통도′의 이민기저 근대회』, 신서인, 2005, 93쪽.

병원에는 그 뒤에도 나도향, 권환 등 당대의 문인들이 머무르며 합포만을 바라보며 갱생의 의지를 다졌다. 생각하면 일제가 만든 전 상이군인 요양소에서, 죽을병이었던 결핵과 싸웠던 의지란 무언가 아이러니하지 않을 수 없다. 이 경우 개인적 질병과 국권 상실, 혼돈의 해방정국은 어느 만큼 분리될 수 있었을까. 나아가 근대 자체가 병리상태이고 신념의 전환이 가로놓여 있을 때 합포만을 바라보며 꿈꾸었던 재활은 더욱 복잡한 문맥에 놓인다. 바야흐로 1930년대 후반은 아시아주의가 무르익고 중일전쟁의 기운이 피어나고 있었다. 머지않아 태평양전쟁도 마련되어 있었다. 일제의 패망은 누구도 예측하기 어려웠다. 민족과 함께 아프기는 오히려 쉬웠으되 낫기는 몇 배로 두려웠던 시절이 아니었을까. 건강하다는 것, 그것을 부끄러워할 수밖에 없었던 역사의 시간이 시작되었던 것이다.

지하련의 「체향초」(1941)에는 이런 복잡한 심경이 잘 드러나 있다. 요양차 고향에 온 삼희가 만나는 두 사나이는 전향자지만 그들의 처세는 판이하다. 여기에는 카프 2차 검거 후 마산에 내려간 임화(태일)의 모습이 엿보이는데, 그들의 성격은 외부인/원주민이라는 입장에서 일종의 중앙과 변방의식을 선보인다. 태일의 쾌활한 남성성, 생명력, 야심은 역사의 중심에 서는 이들을 환기시키지만 오라버니의 소심함과 우울은 흔히 이와 대조되는 자질이다. 이러한 구분이 전이된 제국주의의 산물이라는 식으로 말하고 싶지는 않다. 사실 오라버니의 말과 달리 태일은 그렇게 유쾌한 청년이 아니다. 내일을 계획하기 어려운 점에서는 태일과 그는 매일반인데도, 그는 막연히 동경이나 사관학교로 들어갈 작정으로 빈둥거리는 태일에게 모종의 존경심을 품고 심한 콤플렉스를 느낀다. 물론 임화의 모습이 투영된 인물로서, 태일에 대한 이러한 평가는 작가 지하련이 기억 속에서 퍼올린 당시 임화의 '인상'일 터이다. 그러나 내가 주목하는 것은 태일을 그렇게 바라보는 오라버니의 자의식이다.

이 글의 관점에서 태일과 오라버니는 서로 다른 뿌리에서 탄생한 이야기들의 창조자이다. 태일의 에너지가 벤야민이 말한 선원의 그것이라면 오라버니는, 농부치고는 엘리트적 자의식이 강하기는 하지만, 자신이 자란 땅을 지키는 농부를 닮았다. 그는 지금 고향에 있기 때문이다. 그런데 그는 왜 이렇듯 심각한 자기모멸에 빠져 있을까. 추측하자면 혹 그것은 마산을 찾아온 태일이라는 중앙에 대한 주변인의 열등감이, 정신/육체라는 기묘한 방식으로 전환되어 표출된 것은 아닐까. 지역 주체의 강박적 자기검열은 건강한 그를 자주 환자로 만든다.

주지하듯 우리의 문인들은 자주 아팠다. 일제 강점기 그들은 두통, 신경증, 광증과 같은 원인 모를 근대적 질병에 시달렸다. 결핵은 이 폭력적 근대에 맞서는 강도 높은 자학이자 이들의 예술적 섬세함에 어울리는 심미적 질병이었다. 생사를 건 각혈은 시대의 중압을 받아내는 문제적 개인의 처절한 투쟁이었다. 식민지의 휴양도시로 성장한 마산의 지식인들이 결핵의 이러한 메타포로부터 얼마나 자유로울 수 있었을까. 「체향초」를 통해 봤을 때 이 질문에 대한 답은 회의적이다. 오라버니에게 태일은 역사의 무대에서 빛나는 욕망의 대상이며 그는 굳은 신념과 의지로 구성된 관념적 존재이다. 태일의 정신주의는 변방의 육체성과 대비되어 고정된 지식인상을 만들어낸다. 무릇 지식인이라면 육체를 학대할진저. 이것이 그가 매우 심각한 실존의 고뇌에 빠졌음에도 세상과 담을 쌓은 도피자로만 자신을 규정하는 이유이다.

그의 건강한 육체는 독이다. 생각해보자. 어째서 핏줄을 세우며 노동하는 오라버니보다 빈둥거리는 태일이 더 시대에 어울리는 인물인가를. 산자락에서 단련된 그의 육체가 태일의 눈빛과 취중 싸움 앞에서 스스로 초라해지는 까닭은 아이러니하지만 그가 건강하기 때문이 아닌가. 농부로서 이러한 선택은 더없이 정당하지만 식민지 휴양도시의 정치적 무의식에 사로잡힌, 선원을 동경하는 자로서는 산에서 가축을 키우고 장작을 팰 것이 아니라 심신이 피폐해지고 아픈 채로 환영과도 같은 이상을 열렬히 동경해야 한다. 이렇게 본다면 그의 선택은 무의식중에 자신의 뿌리로 돌아가려는 건강한 방법이다. 그러나 이런 시대이므로 최소한 그는 정말 몸이 아픈 삼희보다 소심하고 우울해야 한다. 삼희와 그의 신경전은 이 과정의 기록인 바, 첫 단추가 잘못 꿰인 이 거대한 우울증을 비단 「체향초」만의 특징으로 밀어둘 수는 없을 것이다. 해방 후 요양소가 국립결핵병원으로 바뀌고서도 그 우울증은 전쟁과, 민주주의에 대응하는 마산 출신 주체들에게서 폭넓게 발견된다.

그러므로 결핵병원이 마산의 중요한 문학적 장소이고, 결핵문학을 마산문학의 특질로 꼽더라도 많은 문인들이 결핵병원을 거쳐 갔다는 실증에 매혹되어서는 안 된다. 더욱이 이러한 치유와 갱생의 의지가 "민주주의의 위기 때마다 앞서 변혁을 이끌었던 마산 지역의 의로운 기상과 맞닿아 있"다는 시각은 지역문학을 어떻게든 고평하고 싶은, 안으로 굽는 팔의 유혹을 이기지 못한 내부 연구시각의 결과이다. 나는 결핵병원이 마산의 중요한 문학적 장소라는 데 동의하지만 이른바 결핵문학의 증거물로 확보한 《청포도》와 《무화과》[6] 동인지에서 이러한 의식을 찾기는 어려웠다. 50년대와 60년대에 인쇄된 두 동인지는 당시 한국문학을 강타했던 실존주의의 영향이 오롯이 살아 있다. 외부와 격리된 요인들은 다양한 정열로 생사의 감각을 토로한다. 그러나 이때 병은 역사적 맥락이 부재하는 개인적 고통이며 바다는 고통을 의탁할 존재거나(김대규, 「가포바다」, 《청포도》) 어리석은 인간세상을 응시하는 대자적 존재(이성우, 「바다」, 《청포도》)이다. 편집인의 말마따나 《청포도》는 유파나 경향을 같이하는 시인의 동인지이기 전에 먼저 동일한 환경에 처해 있는 투병자의 동인지[7]인 것이다. 사정은 《무화과》도 마찬가지다. 《무화과》는 양과 질에서 《청포도》보다 수준이 높지만 전체적으로 내면 지향적인 서정시가 대부분이다.

영영 다시는/ 돌아오지 않는다는 세월이/ 휙휙 가버리는 바람 속에/ 남모를 슬픈 사연이 시간을 쌓았다// 해가 잠들면/ 밀물처럼 다가오는 어둠/ 내 작은 방에는/ 고운 생명이 탄다/// (불빛으로 다

---

6 《청포도》와 《무화과》는 1950년대와 60년대 마산의 결핵병원 요우들이 펴낸 동인지이다. 《청포도》는 4집까지 《무화과》는 6집까지 펴냈다. 이 글은 두 동인지가 마산문학에 기여한 바를 전체적으로 논할 역량이 없지만, 두 동인지 모두 김춘수가 격려사를 쓴 것과 훗날 동인 가운데 일부가 지역문단에서 활발하게 활약했다는 기록으로 보아 문학적 열정은 대단했던 것으로 보인다. 이에 대해서는 김춘수의 평을 참고해도 좋겠다.
  "〈청포도〉 동인들의 시언어가 밖으로 유로하는 언어가 아니라 안으로 응결하는 언어였다는 것은, 그들의 시가 지성적(知性的)이려고 하는 태도만을 보여 주었다고 생각한다. 여기에 그들이 가진 세대적(世代的) 의의와 동시에 그들의 위험이 있는 것이다.—한국의 신시(新詩)는 지나친 애상적 서정의 언어만을 과장적으로 제스처하여 왔다.—삼십대 이상의 신시 시인들의 시가 개거(皆擧) 평판(平板)한 서정의 유희에 떨어지기 쉬운 위험을 내포하고 있었다고 하면 이십대의 〈청포도〉 동인들의 시는 언어의 지적 유희에 떨어지기 쉬운 위험을 내포하고 있다고 하기보다는 이미 그런 유희로부터 시작되고 있다. 그렇게 때문에 그들의 시가 얼마쯤씩 모두 개념의 허망한 공전(空轉)을 하고 있다."(《청포도》 2집, 『마산의 문학동인지1』, 208쪽 참조).
7 「청포도 노-트」, 《청포도》 1집, 앞의 책, 194쪽.

가왔다간 사라져버리는 그림자 하나……)//목숨이 타고/촛불이
녹아내리는/시간과 맞선/내 작은 생명이여//고요히 손을 모아/
임을 부른다.

—최성발, 「기도」.

이 시는《무화과》의 시편 가운데 주제나 기교면에서 평균을 보여주
는데, 매우 평범해서 마산의 결핵문학이라고 할 어떤 특질도 없다. 동
인도 10명(4집)으로 늘어나는 등 의욕이 넘치지만 동인 결성의 가장
큰 동기—"가슴에 불타는 생에의 의욕을 지니고 가만히 동면하는 인
생들의 어쩔 수 없는 생리의 발산"—를 참조하더라도 이 시는 결핵병
원의 역사성을 잇는 후예가 아니라 남한 순수문학의 후예라고 해야 할
것이다. 그렇다고 이 동인지의 가치가 폄하되지는 않는다. 실증은 실
증대로의 가치가 있기 때문이다.

오늘날 마산의 바다를 떠올릴 때 주목해야 할 대상은 따로 있다. 우
리는 「가고파」를 간과하고 있지 않은가. 아름다운 노래로 애창되는
「가고파」는 "내 고향 남쪽 바다 그 파란 물"의 원형적 이미지를 시간
과 장소에 구애 없이 퍼뜨린다. "그 물새 그 동무들"은 식민지 휴양도
시의 얼룩과 징용의 기억을 넘어, 그 옛날의 마산을 유토피아로 재구
성한다. 그러나 사실 「체향초」의 오라버니의 우울증은 전혀 다른 방식
으로 치료되었다. 놀랍게도, 역사는 가끔 변방의 지식인들을 예기치
못한 만찬에 초대한다.

3. 혁명과 초식

마산은 '혁명의 도시' 다. 마산시 자산동, 몽고정을 지척에 둔 도심에 3·15기념탑이 있다. 시내버스는 3·15기념탑을 무심히 스쳐 지나간다. 어린 시절 어른들의 술상에서 얻어들었던 '그날' 의 용기를 일깨우는 이 탑에도 얼마나 많은 시간이 흘러갔는가. 이제 추억은 국립 3·15묘지에 보금자리를 틀었고 3월이면 마산은 습관처럼 바빠진다. 어디에선가 3·15기념사업회와 김주열추모사업회가 나타나고 3·15기념행사가 시작된다. 백일장, 웅변대회, 학술대회까지 열리는 행사의 꽃은 3·15마라톤이다. 3·15정신을 새기며 질서 있게 도로를 달리는 시민들 곁에는 경찰이 오토바이로 그들을 호위한다. 3·15는 공권력의 호위를 당당히 요청할 수 있는 마산시의 유산인 것이다. 마산의 미래를 걱정하는 관청의 누군가는 훨씬 잘 팔리는 아이템으로 3·15의 문화 콘텐츠화를 진지하게 고민하고 있을지 모른다. 그의 가슴에서 자

마산문학관에
전시된 자료들.

본의 논리와 자유, 민주주의의 이념이 어떻게 섞이는지 따지지 말기로
하자. 4월 혁명에 관한 수많은 연구에 이러한 아이디어가 첨가될 때도
되었다.

그러나 나는 여기서 교과서의 해석을 따르겠다. 3·15는 4월 혁명
의 도화선이었고, 독재 정권에 대한 의로운 분노였다는 것. 그날 마산
의 학생들과 시민들은 자유, 민주주의를 수호하기 위해 거리로 나왔
고, 마산의 문인들은 그들이 목도한 역사적 순간을 마산의 새로운 이
미지로 그려냈다.

마산은/고요한 합포만 나의 고향 마산은/썩은 답사리 비치는
달그림자에/서정을 달래는 전설의 호반은 아니다.//봄비에 눈물
이 말없이 어둠 속에 괴면/눈등에 탄환이 박힌 소년의 시체가/대
낮에 표류하는 부두//학생과/시민이//〈전우의 시체를 넘고 넘어〉
민주주의와 애국가와//목이 말라 온통 설레는 부두인 것이다.//파
도는/양심들은 역사에 돌아가 명상하고/붓은 마산을 후세에 고발
하리라./밤을 새며 외치고//정치는 응시하라, 세계는/이곳 이 소
년의 표정을 읽어라./이방인이 아닌 소년의 못다한 염원을 생각
해 보라고/무수히 부딪쳐 밤을 새는/피절은 조류의 아우성이 있
다.//마산은/ 고요한 합포만 나의 고향 마산은/세계로 통하는 부
두!//썩은 답사리 비치는 달그림자에/서정을 달래는 전설의 호반
은 아니다.//진통이/아우성이 소년의 피가/분노의 소용돌이 속에
/또 하나의/오! 움직이는 세계인 것이다./기상도인 것이다.
―김태홍, 「마산은」.

그만이 마산을 이렇게 본 것이 아니다. 정진업, 김세익, 김용호의 시에도 그날의 마산은 '대동(大同)' 의 세계였다. 그 '역사의 분수령' 에서 "민주혁명의 꽃"들이 지고, "물결이 노효" 했으니, 생각하면 그날 마산은 진정 태평양을 품은 항구로 거듭난 셈이었다. 이는 「체향초」의 주인공이 우울증을 벗어나기까지 걸린 시간이기도 하다. 이것이 중요한 까닭은 이로 인해 드디어 육체와 정신이 동일한 차원에서 긍정된다는 데 있다. 쓰러진 육체가 해방시킨 것은 「체향초」의 그가 죄악시했던, 건강한 육체의 순수한 자기표현의 의지이다. 그날의 자유, 민주주의는 피 흘린 육체로 현현됨으로써(시작은 심하게 훼손당한 어린 육체였다) 육체로 하여금 이념을 말하게 했던 것이다. 그리하여 3·15는 마산문학이 나갈 길을 확실히 제시했으며, 4·19문학사의 첫 장에, 멀리 남녘에서 타오른 "참다운 용기" 로 기록되었다.

안타까운 것은 그 용기가 쇠하는데 채 십 년도 걸리지 않았다는 점이다. 서울이 그랬듯이 마산 역시 5·16을 두고 갈팡질팡하는 사이에 혁명의 의미는 빠르게 변질되었다. 이제하의 「초식」(1971)은 그것을 목도한 나(서술자)가 전하는 환멸의 이야기다. 자유당 말기, 선거철이 되면 그 도시의 주민들은 탐욕스러워졌다. 육식성 기질을 노골적으로 드러내는 유권자들의 눈을 뜨게 하기 위해 한 사내가 초식(草食)을 선언한다. 다니엘[8]서를 읽는 사내에게 초식은 성스러운 제의이다. "어려운 시대요! 더러운 시대" 라고 외치며 약대와 지팡이 대신 얼음 운반용 자전거에 유세용 깃발을 꽂고 저자로 나온 사내의 모습이

---

8 구약 시대의 선지자. 「다니엘서」의 주인공이다. 유대민족과 함께 바빌론으로 끌려갔을 때 유대식 전통을 지키다가 사자굴에 떨어지나 여호와의 힘으로 살아남는다.

어쩔 수 없는 피에로라 해도 그 메시지는 매우 분명하다. 그의 연설은 비유와 상징으로 가득하다. "나를 사자 아가리에 처넣어 보시요! 펄 펄 끓는 불 속에 나를 콱 던져 보시요! 내한테 어디 평생 풀만 먹여 보 시요! 끄덕도 안 할 것이요, 나는 여러분……"[9] 이를 풀어보면 다음과 같은 경고가 된다; 시민들이여, 민주주의를 말하는 사기꾼들에게 속 지 말라. 그들은 자기가 하는 말을 모른다. 그들은 결단코 사자 아가 리에 들어갈 용기가 없으며, 불 속에 뛰어들지도 못한다. 그들은 초식 성이 아니다.

이 희극적인 유세에 시민들은 '서광삼 무표' 혹은 '서광삼 3표'로 응답한다. 그런데 굴욕적인 결과에도 사내의 용색은 "청명한 구름 속 을 혼자 걷고 있는 듯", "갓 벌어진 무슨 커다란 꽃봉우리 속에 의젓이 또아리를 틀고 있는 듯", 늠름하고 고고하다. 그는 스스로에게 떳떳하 기 때문이다. 그러나 사내는 권력에 눈 먼 '똥파리' 같은 친지들과 어 리석은 대중의 욕심에 서서히 무너진다. 수도승처럼, 온갖 친척들의 무지와 허세를 견디던 그가 어이없이 허물어지는 것은 마음을 주었던 여자의 배신 때문이다. 여기서 자신보다 해산물을 속여 파는 사기꾼을 더 사랑한 여자로부터 타격을 입고 뜻을 꺾는 사내의 모습에는 결정적 인 국면에서 공적 영역을 침범하는 불온한 여성성에 대한 작가의 편향 이 불가피하게 개입해 있다. 그러나 한편으로 이는 지극히 짧게 타올 랐다가 스러진 '순수한 혁명'에 대한 환멸의 은유이기도 하다.

결국 사내는 눈물을 흘리며 '초식'을 폐한다. 다음으로 택한 방법 은 눈에는 눈으로 맞서기. 폐일언하고 그는 육식 세계의 총수인 도수

9 이제하, 「초식」, 『밤의 수첩』, 나남, 1971, 125쪽.

장 주인을 지목해 항복을 받아냄으로써 정파(政派)의 고수가 인연을 따라 사파(邪派) 제자에게 무공을 전하듯이 초식이란 무공을 전수하려 한다. 그런데 이 웃지 못할 전략은 4·19와 5·16을 거치며 마침내 도수장 주인을 움직인다. 그 첫 번째는 4·19가 터졌을 때이다. "4천 몇 년 만에 찾아온 거의 온전한 축제(祝祭)"의 기쁨을 나누기 위해 도수장을 찾은 그가, 선문답인 양 풀 초(艸)자를 썼을 때 비로소 우리는 풀뿌리 민주주의의 승리를 본 것이다. 그러므로 이 순간 도수장 주인이 과연 사내의 뜻을 이해했을까는 그다지 중요하지 않다. 안타깝지만 역사는 이미 우리에게 이후의 사정을 알려주기 때문이다.

4·19의 여파로 집안에는 끊임없이 크고 작은 싸움이 일어나고 있었다. 외할머니와 모친의 불타와 예수와의 싸움, 모친과 누이의 반찬 싸움, 당숙과 시동생의, 고모와 이모의, 삼촌과 조카와 다시 외할머니의(90세가 넘었으면서도 외할머니는 어이없게도 너무나 정정하셨다) 그 모든 분쟁은 모두 4·19가 탓이다. 그들은 민중의 봉기를 선거대목으로 착각하고 있었으며, 석 달이 넘도록 시골로 돌아갈 염을 않고 있었던 것이다. 도배한 장판과 벽지는 새로 더러워지고 부엌은 파리들로 들끓었으며, 자전거는 아주 망가져버렸다. 무엇이 민생들을 불러 모으는가? 무슨 고기(肉)가 그들의 창자를 굶주리게 하는가? 도대체 모처럼 정결하게 타오르던 불꽃에 누가 재를 뒤집어씌우는가? 그들이 돌아가자 우리는 대문을 굳게 걸어 잠그고, 전전 긍긍했다. 부친은 노쇠해 있었다.

—이제하, 「초식」, 134-135쪽.

혁명은 이런 방식으로 시든다. 그리하여 4·19의 열매가 채 익기도 전에 세상은 다시 육식으로 돌아가게 되었으니, 61년의 군사혁명은 드디어 도수장 주인으로 하여금 저자에서 소를 잡는 의식을 부추긴다. 도수장 주인은 군중과 함께 몰려와 그의 집 문을 두드리며 "혁명이요, 서 선생! 혁명입니다!"라고 외친다. 이 장면은 매우 상징적이다. 도수장 주인은 카니발의 연출자가 되어 저잣거리에서 소를 때려잡는 퍼포먼스를 벌인다. 군중들의 홍분은 극에 달해 있다. 이성이 광기로 변하는 데는 약간의 '쇼'가 필요할 뿐이다. 이 모습을 지켜보면서 서술자는 냉소한다. 그는 이렇게 말하고 싶은 것이 아닐까; 저마다 도살자가 되어 고기를 기다리는 군중들에게 죽어가는 초식동물의 절규 따위가 무엇이랴. 은 삼십 냥에 예수를 판 것은 제자 가롯 유다가 아니었던가. 역사의 교훈대로 배신은 언제나 내부에서 일어난다.

이쯤 되면 「초식」은 6,70년대에 대한 지독한 자학의 글쓰기다. 그후 미쳐버린 도수장 주인의 광태(그는 매일 역 광장에 나가 하늘을 질타한다)는 죽지 않았더라면 틀림없이 그러했을 서광삼의 모습을 보여준다. 이러한 태도를 지식인의 나르시시즘 따위로만 몰 수 없는 까닭은, 불편하지만 그것이 4·19 이후의 한 단면인 탓이다. 실제로는 미쳐버린 도수장 주인보다 도살자의 임무를 기꺼이 수행함으로써 조국에 충성했던 이들이 훨씬 더 많았으리라. 이른바 60년대의 '한국적 민주주의'가 그것이 아니었던가.

이미 알려져 있듯 5·16을 지지했던 지성들은 적지 않았다. 그들은 교수였고, 교사였으며, 가장이었고, 평범한 소시민이었다. 또 그들은 애국자였나. 그러니 이 명단의 첫 장에 이름을 올리고 있는 남녘의 항구도시가 왜 그 책임을 떠안아야 하냐고 항의한다면 먼저 마산을 자랑스럽게 만들어주었던 지난날의 정의를 포기해야 할 것이다. 단적으로 마산은 더 이상 혁명의 도시가 아니기 때문이다. 마산은 차라리 혁명의 기억을 지워온 도시다.

한 논자의 지적처럼 3·15에 대한 제대로 된 증언이나 다큐멘터리 한 편 없이 40년을 흘려보내고, 이제야 몇 개의 기록물 보관소와 기념비[10]로 그날을 기억한들 3·15의 리얼리티를 우리들 삶에서 어떻게 목도할 수 있으며, 그날의 감격에 어떻게 '나'를 있게 할 것인가. 지금 필요한 것은 오래된 혁명에 부치는 노래가 아니라 광장을 휩쓴 육체의 기억을 현재화하는 것이 아닐까. 기억을 지역민의 일상에 틈입시키는 실천. 그것은 마산을 떠나간 이들이 남긴, 저 우울한 질병의 증세들이 파도처럼 넘실거리는 환멸의 글쓰기로는 가능하지 않다. 그것은 지나치게 우울하다.

---

10 구모룡, 「3·15시와 기억투쟁」, 『지역문학과 주변부적 시각』, 신생, 2005 참조.
   구모룡은 이 글에서 3·15를 문화적 기억으로 되살리는 증언, 재현, 그리고 공적인 성찰과 토론의 필요성을 역설한다. 구모룡이 제시한 3·15 기억투쟁은 "3·15를 망각할 때 3·15를 다시 경험할지도 모른다"는 데서 드러나듯이 앞서 제기했던 3·15의 무차별적 문화 콘텐츠화와는 달리 과거 독재정권하에서 3·15가 정당하게 해석되지 못한 점, 3·15를 정치적으로 악용해온 데 대한 반성을 전제하고 있다. 그러나 문제는 3·15 주역들의 지나친 권위 주장에도 있을 터이다. 모든 운동과 마찬가지로 시민운동 역시 다음 세대로 주도권을 넘기면서 자연스럽게 계승되고 혁신되어야 할 요소들이 있다. 이 점에서 지금은 지역의 '어른'이 된 3·15의 주역들에게도 책임이 없다고는 하지 못할 것이다. 예컨대 이 글을 쓰는 지금 마산 지역 뉴스에서는 3·15기념식과 3·15를 국가기념일로 지정해야 한다는 지역 정치인들의 목소리를 전하고 있다. 취지야 백번 옳지만 과연 지금 기념일 제정이 그렇게 중요한가. 대중의 정서와 괴리된 이러한 발상이야말로 기념과 의례를 지배이데올로기의 기제로 활용(흡수)하려는 대표적인 예게이다.

4. 잡문을 옹호함

오늘날 지역(문학)의 욕망은 어디일까. 서울 혹은 중앙 문단이 답이라면 극단적으로 주변부 의식을 스스로의 정치적 에너지로 삼는 저항적 지역문학은 없다. 그러나 이는 지역이 없다면 중앙 또한 없다는 식의 명증하나 진의가 의심스러운 논리와는 다르다. 예컨대 이 논리는 스스로를 유목민으로 칭함으로써 자본의 통제에서 자유로운 '접속의 환상'을 제공하는 21세기판 노마디즘과 다를 바 없다. 중앙/지역이 부여한 강고한 이분법적 관념체계를 깨는 전술의 일환으로 지역 개념을 거부할 수도 있다. 그러나 초국적 자본주의의 체제에서 이러한 전술은 자본의 허브(hub)에 접속하는 개인들을 시스템의 고독한 단자들로 만들어버릴 확률이 더욱 높다. 사실 이러한 착시를 불가피한 현실로 수용하는데 큰 역할을 한 것이 90년대 이후 우리 문학이 아니었던가. 접속함으로써 확장되는 자아라는 매력적인 관념은 작가를 문학시장에서 '온순한 장인'으로 만든다. 설령 그가 어떤 측면에서 한껏 까다롭다고 해도 그 까다로움조차 고상한 상품이 되는 현실에 길들여진 작가는 어느 틈에 왜소한 근대인이 되어 책임지지 않아도 좋은 글들에 대한 면죄부를 제공받는다. 그 결과 작가들은 종종 노트북으로 글을 쓰면서 자신이 어디에 있는지를 잊는다.

물론 이것이 다는 아니다. 뭉뚱그려 중앙이지만 거기에도 주류와 비주류, 중심과 주변은 있다. 따라서 이러한 상상의 심상지리를 가볍게 돌파하면서 자신을 적극적으로 지역민으로 규정하는 작가가 필요하다. 그러면 서울, 춘천, 마산 어디에 있든지, 자신이 사는 지역의 삶과 생명을 위협하는, 접속에 접속을 거치면서 평범하게 지역화한 얼굴로 우리 옆에 서 있는 괴물의 얼굴을 마주볼 것이다. 비록 그것이 그를 까다롭고 모난 인물로 만들지라도 그의 질문은 진정 지역을 지향하는 문학을 만들 것이다. 그런 의미에서 지역문학은 정통 소설이나 세련된 문학성을 갖춘 미적 구조물이지 않아도 좋다. 어떻게 보면 지역문학이 빈곤한 것은 그런 문학성을 표준으로 삼아 '테크닉'을 가르치는 문화 센터나 문학관의 문예창작과식 학습에 있지 않은가. 지금 지역 문단은 골방에 자신을 파묻고 퇴고를 거듭해 마침내 '한 편'을 만들어내는 작가가 아니라 그가 살고 있는 시장을 거닐고, 그 좌판 귀퉁이에 주저앉아 지역의 온갖 소문에 귀를 여는 작가가 필요하다. 그가 지역의 좋은 작가이다.

나는 현재의 마산문학을 논할 만큼 마산문단에 정통하지 못하다. 생존을 위해 농부의 기억을 버린 도시들처럼 마산 역시 과거 경남의 대표적인 산업화 기지로 꽤 오랫동안 특수를 누렸다. 그 기억의 일부는 『내 사랑 마창노련』(김하경), '객토문학' 같은 족적을 남겼지만 여기서 관련된 글들의 공과를 따지지는 않을 것이다. 80년대 민중문학의 자장에 있는 이 작품들은 이미 여러 경로로 조망을 받았고 미진한 부분은 민족문학사의 장에서 별개로 다루어져야 할 터이다. 나의 관심은 정치적 환멸을 딛고 신생하는 마산문학의 가능성이며, 이미 밝혔듯이 나는 그것을 우리가 떠나보낸 농부의 이야기에서 본다.

근대사에서 농부는 대개 침묵을 강요당한 타자였다. 7,80년대에 도시에서 자연을 긍정했던 이들은 정치적으로 순수하지 못한 혐의를 받아야 했다. 사실 그 순수는 얼마쯤 권력의 전횡에 눈을 감은 대가로 주어진 '피안의 환상'이었다. 우리의 순수문학에 매개되어 있는 자연이라는 환상들, 그렇다면 지금 자연을 말하는 자들은 어떤가 한때 시장을 휩쓸었던 '웰빙(wellbeing)'처럼 지금은 '녹색'이란 말이 무차별로 통용되고 있다. 녹색 경제, 녹색 성장 등 무조건 녹색만 내걸면 생태주의요, 환경보호인 양 떠드는 관제 기관들의 부화뇌동이야 그렇다손 치더라도 일상에서 진정으로 녹색의 가치를 지키려 분투하는 문학인들에 대해 한국문단은 지나치게 인색하지 않은가. 중앙을 보는 데 바깥만큼 좋은 위치가 없다면 한국문단에 지역의 응시가 요구된 지는 이미 오래되었다. 현재의 녹색담론에 대한 재산권을 주장해야 마땅한 《녹색평론》이 진즉 문학의 장을 뛰쳐나간 이유가 거기에 있을 것이다.

그리고 지금 《녹색평론》과 연을 맺고 있는 문인들 중에는 서울을 떠나는 이들이 적지 않다. 공교롭게도 그들이 현재 애호하는 장르는 '잡문'이다. 정통 시나 소설 대신 잡문을 사랑하게 된 작가들. 최성각(『달려라 냇물아』), 김곰치(『발바닥, 내 발바닥』), 유소림(『퇴곡리 반딧불이』), 김성동, 서정홍의 잡문들이 되살려내고 있는 것은 우리가 폐기했던 농부의 기억들이다. 소박하고, 풍부하고, 정직하며, 무엇보다 이전과 달리 자신이 어디에 있는지를 분명히 아는 이가 써내는 언어들, 여기에는 시나브로 사라져가는 근대문학의 이념들이 뚜렷이 살아 있다.[11] 한편

---

11 2008년에는 부산에서 요산 탄생 100주년 문학제가 있었다. 그 자리에서 최성각은 환경운동가로서의 삶과 소설을 쓰지 않는 자신에 대한 문단의 반응을 거침없이 고백한 바 있다. 그에 따르면 문단이 외면했던 산문집 『달려라 냇물아』(녹색평론사)는 가천환경문학상을 받아 비로소 '체면'을 차렸다(최성각, 「생태적 위기와 새로운 글쓰기」, 『요산문학 100년, 21세기 생명과 평화를 찾아서』부산작가회의, 2008, 131쪽). 내 판단에 이 책은 소설과 에세이의 경계에 있다. 그러나 책은 수필 부문 수상작으로 선정되었고 소설 부문은 당선작이 없었다고 한다. 물론 발표문은 개인적 술회지만, 주기적으로 나오는 일부 작가의 산문집에 과도하게 호응하는 문단 저널리즘을 생각할 때 그의 고백에서는 지역 문학인에 대한 주류문단의 시선과 그것을 의식할 수밖에 없는 근대문학제도의 단단한 벽이 강고하게 느껴진다. 또 이에 앞서 김종철도 1999년 요산문학제에 강연자로 초대받은 적이 있었다. 그때 사회자(남송우)가 서구식인 담론 위주로 구성되어 있는 《녹색평론》의 한계를 지적했고 김종철은 다음과 같이 답했다.

으로 저 80년대에 사북 탄광을 찾았던 조세희의 사진집 『침묵의 뿌리』를 떠올리게 하는 이 잡문들의 정체성은, 그들이 떠나온 '흙'으로 자진해 들어가는 녹색의 현장 감각이다. 이로써 이 '잡문'들은 르포 시대를 열었던 80년대의 노동문학이나 문단 주도권과 맞바꾼 남한의 순수문학 전통과도 다른 선을 긋는다. 그렇기에 나는 이 잡문들이 당장은 미흡하더라도 지역 문화센터까지 점령한 근대문학제도의 세련된 모델을 뛰어넘어 지역에 문학을 되돌려줄 수 있는 진지한 실천이라 믿는다.[12]

이들의 존재는 오늘날 지역에 좋은 작가가 없다고 한탄하는 현장 비평가나, 반대로 지역문학관에서 고고학적 상상력에 몰입하는 문학 연구자 모두에게, 다시, 지역과 지역문학의 의미를 근원에서 묻는다. 이 글은 연구자의 입장에서 마산문학의 뿌리를 거대한 우울증으로 진단했지만 현장 비평의 위치에서는 뒤로 주춤 물러날 수밖에 없다. 「체

새겨들을 부분이 있다. "한국의 전통사상이나 동양사상 중 생태학적 사유를 적극 발굴하고 소개하는 작업의 필요성은 저도 통감하고 있습니다. 그러나 저의 능력의 한계로 이를 제대로 실현하지 못하고 있습니다. 저는 어차피 주로 서양에서 나온 책을 읽고 살아온 사람이니만큼 지금에 와서 갑자기 우리의 전통문화와 사상에 대해서 알려고 해도 그 한계는 너무나 뻔해요. 그러니까 여러분들이 이런 한계를 메워 주셔야 합니다. 그리고 꼭 《녹색평론》이 이 모든 걸 다 포괄해야 하는 건 아니잖아요. 좀 더 지혜롭고 능력이 있는 사람들이 다양한 공간을 통해 다채로운 목소리를 내는 게 도리어 바람직한 일이겠지요."(김종철, 「시인의 큰 마음」, 『땅의 옹호』, 녹색평론사, 2008, 345쪽).

12 당연하지만 지역에서도 빼어난 정통 문학 작품이 나올 수 있다. 훌륭한 문학 작품은 문학을 사랑하는 모든 사람의 기대며 지역에 사는 이의 큰 소망이다. 이 글의 잡문 옹호는 빈곤한 지역문학(정말로 그렇다면)을 애써 '미화'하려는 것이 아니다. 나는 이러한 잡문이 현재 세련된 상품으로서의 문학 작품이 감당할 수 없는 농적 감수성을 재발견하고 일상에 침투한 자본의 위력을 드러내는데 더 적합한 글쓰기라고 말하는 것이다. 즉 매체 환경은 이질적이지만 블로그나 개인 홈피의 글쓰기와 유사하게, 잡문은 위력적인 단편 미학의 취향을 뛰어넘어 오히려 소설 장르 본래의 열린 잡종성으로서 이런저런 권위와 격식을 지키는 제도화된 근쓰기로부터 가유로운 근쓰기를 가능하게 한다.

향초」와 「초식」 사이에 있는 텍스트를 제외하더라도 이 글은 그 후의 마산문학에 대해 사실상 다루지 못했다. 그것은 내가 그것을 논할 위치에 있지 않았기 때문이다. 허나 어렴풋이나마 이 위치를 자각하게 된 지금, 녹색의 잡문에서 마산문학의 미래를 생각하고 있다, 고 하면 마산의 문인들은 무어라 답할까. 대답이 기다려진다.

윤인로

파국의 문턱으로

: 유비쿼터스의 공간적 지배에 관한 단상

다만 어디까지 가야 끗이 날지 모르는 來日

그것이 또 窓박게 等待하고 잇는 것을 느끼면서

오들오들 떨고 잇슬 뿐

— 이상, 「倦怠」, 1936. 12.

1. 지역론의 바깥

서울과 지방, 곧 중심과 주변의 문제에 초점을 맞추는 것이 '지역론'의 조건이라고 한다면, 이 글은 지역론이 아니다. 중심이 자행하는 폭력적 힘의 작동을 규명하는 작업과 그 힘을 돌파해나갈 주변의 대항적 힘을 논증하는 작업은, 내게 있어 보편과 개별을 관통하고 매개하는 특수 영역에 육박해가는 것이라고 생각되지 않는다. 왜냐하면 중심과 주변의 그 두 힘이 선명히 구획되고 이분화될 수 있는 것으로 인식되는 순간, 주변의 힘은 그 자체로 견고한 대안으로 등극하고, 그럴 때 중심과 주변 각각의 내부에서 벌어지고 있는 힘들의 각축과 그 엉킴의 복잡함은 단선적으로 해소되고 말기 때문이다. 중심과 주변이라는 대쌍의 문제설정에 의해 절대화되는 것은 주변의 대항적 힘이라는 가짜 보편이며, 말소되는 것은 힘들 간의 길항에 따른 개별적 삶의 각기 다른 실감들일 것이다.

예컨대, 어떤 한 지방에서 대통령의 사촌으로, 토박이로, 부자로, 지방의회 의원으로, 법집행자로, 남성으로, 성인으로 살아가는 사람이 느끼는 '지방에서의 삶'의 의미는, 그런 삶의 처지와는 전혀 무관하거나 아니면 한 가지, 혹은 두 가지와만 관련된 사람이 느끼는 지방에서의 삶의 의미와 판연히 다를 수밖에 없다. 그렇게 서로 다른 삶의 조건들 위에 선 이들은 때때로 날카롭게 대립하면서도 협상하며, 모순을 드러내면서도 야합하는 가변적이고도 유동적인 관계의 망(網)을 이룬다. 중심의 폭력과 수난당하는 주변에서 출발해, 그런 폭력과 수난을 극복하기 위한 지방에서의 삶의 특이성의 발견과 연대로 도착(到着/倒錯)하는 지역론의 논리 전개는 꽤나 매끄럽고 안정적이다. 그 원인으로, 지방에서의 삶의 여러 상이한 처지와 조건들의 상호작용을 통해 구성된 복합적이고 비균질적인 관계망이 단일하고 등질적인 것으로 '처리'되고 있기 때문이라고 한다면 지나친 억측이 될까. '지역론'은 개별적이고도 차이 나는 지방에서의 삶의 의미에 대한 섬세한 물음들이며, 그런 물음들의 지난한 반복이며, 표나게 불거져 나왔거나 안으로 곪아 있는 계급·세대·젠더·인종·정상성 등 지방에서의 삶을 중층적으로 규정짓는 여러 조건들/힘들의 대립적 공존에 대한 탐구이다. 그런 탐구를 통해 사회와 사람과 사건을 관류하는 보편적 심급에로 고양되어가야 할 그 무엇이다.

이 글은 '지방에서의 삶'에 대한 몇 가지 단상과 질문의 가능성을 내 삶의 터가 되고 있는 이곳 부산에서의 삶을 통해 타진하려는 시도다. 앞의 저 보편과 개별의 관련 양상을 이해하기 위한 특수성의 영역으로서 부산이라는 도시 공간의 형질(形質) 변화를 문제 삼고자 한다. 공간은 삶살이의 선험적 토대이며 그 자체로 보편적 자질을 띤다고 범박하게나마 말해볼 수 있다. 허나, 그런 선험성이나 보편성이 절대성을 가리키는 것은 물론 아니다. 공간은 명백히 서로 다른 조건들에 의해 구성되는 사회적이고 역사적인 생산물이다. 그런 한에서 그것은 상대적이기도 하다. 좀 더 과감하게 말해, 그 같은 공간의 속성은 정치경제적 힘들의 관계에 의해 변화되고 있으며, 그 변화는 공간 속에서의 개별적 삶들의 행로를 근원적으로 틀짓고 있다. 선험적/보편적 토대로서 공간이 규율하는 힘, 개별적인 삶들의 생생한 무질서, 이 둘은 각기 다른 쪽을 향해 일방적으로 작용하는 것이 아니라 '교호(交互)'한다. 그러니까 개별과 보편을 관통/매개하는 특수성의 영역이란 그러한 교호의 자장(磁場) 안에서 이미-언제나 구성되고 있었던 것일 수 있다. 이런 몇 가닥 생각들의 가는 끈을 잡고서 이 글은 유비쿼터스화하고 있는 부산의 도시 공간과 그 정치경제적 의미, 그런 공간의 지배를 거슬러 웅전하려는 방법들의 가능성에 대해 말하려 한다.

2. U-City의 활력:
죽음으로 가는 마조히즘(masochism)의 향연

유비쿼터스 도시(U-City)는 행정, 경찰, 학교, 교통, 건강 등에 관련된 도시기반시설과 서비스 체계를 센서를 통해 지능화시키고, 그런 도시 시설들이 생산한 방대한 정보들을 USN 또는 BcN[1] 등 광역통신망을 따라 전달받은 통합운용센터에 의해 U-행정, U-교통, U-복지, U-환경, U-방범 등 서비스의 원격시스템을 구축한 도시를 말한다. 'U-IT강국 및 U-Korea 구현'은 현 정부의 중점 국정과제 중 하나이며, '미래형 U-City 건설'은 "안전하고 차별 없는 인터넷세상 구현"이라는 우습고도 공포스런 슬로건과 함께 그 중심적인 세부 사업을 차지한다. 2010년대 수십조 원의 국내시장, 7천억 달러의 해외시장이라는 막대한 규모의 U-City 사업은 세계적인 정보기술국가임을 내세우는 한국의 신성장 동력의 하나로 인식되고 있다. 전국 20여 개 도시가 제각기 U-City 건설에 나서고 있으며, 그것을 통합·보증·가속화하는 법안이 공포되었다. 국내외의 연합을 통해 U-City 구축의 제반 노하우를 축적하고 그것으로 세계시장의 석권을 노리고 있다.

유비쿼터스(Ubiquitous). '시공자재(時空自在)'로 한역되는 이 단어는 시공의 제약을 넘어 '언제 어디서나 존재한다'는 뜻의 라틴어다. 1988년 제록스에서 '유비쿼터스 컴퓨팅'이라는 용어를 사용한 이래, 넓어진 네트 속에 사람들은 들끓었으며, 그런 들끓음만큼이나 자본의 축적도 증대했다. 자본 축적을 위한 기술의 배려와 위무는 늘 삶의 고통과 상처를 키우고 덧나게 했으면서도, 놀이와 즐김을 통한 가짜 해방감을 선사함으로써 고통에 둔감해지기를, 아니 애초부터 고통이란

---

1 USN(Ubiquitous Sensor Network): 필요한 모든 것/곳에 전자태그(Radio Frequency Identification, RFID)를 부착하고 이를 통하여 사물의 인식정보는 물론 주변의 환경정보까지 탐지하여 이를 실시간으로 네트워크에 연결하여 관리하는 것. BcN(Broadband Convergence Network): 광대역 종합통신망. 음성·데이터, 유·무선, 통신·방송 융합형 멀티미디어서비스를 언제 어디서나 이용할 수 있게 하는 유비쿼터스 기술기반.

부재했었음을 널리 퍼뜨린다. 고통이 부재하는 그 자리, 곧 기쁨으로 들어찬 U-City의 기획된 미래 속에는 자본의 확대재생산을 위해 최적화된 맞춤옷을 갈아입으려는 도시들의 나신(裸身)이 있다. 그 나체의 적나라함과 벗어놓은 헌 옷의 후줄근함에 대해 가만히 생각해보면, '도시라는 거대한 상품'이 이제 막 생산되려 함을 알아차리게 된다. 그것은 자본의 기준과 시선을 자신의 사유와 행동의 척도로 삼는 '자본주의적 주체'의 생산을 가속화하면서 서로가 서로를 보증하고 강화한다.

정치경제적 힘을 가진 집단에 의해 구축된 19세기 파리의 한쪽 얼굴을 반(反)혁명의 공간분할과 굴종적인 주체의 생산을 위해 기획된 판타스마고리아의 체계로 인지할 때, U-City는 19세기 파리의 그 같은 얼굴 구도를 시공자재의 기술력으로 코드 변환함으로써 더욱 농밀하고 세련되게, 더욱 정밀하고 심대하게 확장시킨 21세기의 파리다. U-City 속에서의 개별적 삶들은 그 같은 '거대한 상품'으로서의 도시를 제조하는 생산자이자 자신이 생산한 삶의 공간인 그 도시 자체를 웃돈 얹어 구매하는 소비자다. 이제 '소외'와 착취는 공장과 집의 경계, 노동시간과 여가시간의 경계를 넘어 늘 일어난다. 그 같은 '한계 없는 소외와 착취'의 체계는 기획된 미래로서 U-City가 선사하는 편리와 유용, 자유와 해방의 즐거움들로 가려지고, 그렇게 생산된 즐거움들은 삶의 밑바탕을 독차지한다. 그때 섬뜩한 이미지 하나가 선연하게 떠오른다. 제 삶을 자기 스스로 찢어발겨 나온 피와 살로 자본/국가의 연합체를 살찌우면서도, 그 사실을 알지 못한 채로 기뻐하며 즐기고만 있는, 주입되고 제작된 피학증적 삶들의 밤낮 없는 축제. 기획된 미래는 그 같은 제작된 마조히즘의 인간을 양산하고 관리하는 체제다. 그것이

U-City 안에서의 즐거운 삶, 넘치는 활력의 본체이며, "Dynamic Busan"이라는 슬로건의 실재(real)다. 그렇게 주어지고 제작된 피학증적 삶은 신실(信實)한 것일 수 없으며, 그런 피학증의 경쾌한 웃음은 진정한 웃음일 수 없다. 그래서 생각한다. 존재의 부조리를 아프게 감각하고 그런 감각의 고통을 통해 삶을 더욱 견딜만하게 하는 웃음, 쓴 웃음. '고도(Godot)'의 오지 않음과 올 수 없음의 상황에다 자신의 현황을 아프게 견주어보는 고통스런 즐거움, 주체적 허무(nihil).

3. 굳어가는 허브(hub)

위와 같은 현 단계 자본 축적의 구도에 견주어볼 때, '자치(自治)' 도시 부산의 실재적인 자치 주체는 자본이다. 자본의 자치 혹은 통치 속에서 U-City 부산의 시·공간은 직선적 발전의 드라이브에 의해 일관되게 구조화되고 있다. 부산시가 내놓은 U-City 건설의 로드맵[2]은 설정된 목표점까지의 최단거리를 최대의 속도로 나아가는 직선적 발전모델의 '전형'이며, 그것이 전형인 만큼, 부산의 기획된 미래의 형질을 분석함으로써 거대도시들의 유비쿼터스화에 대한 이해의 켜를 더할 수 있으리라 생각한다.

부산의 U-City 건설은 2005년 초안이 작성된 이래, 경제유발 효과를 절대적인 기준으로 삼아 2012년까지 3단계로 나눠 전략적으로 추

---

2 부산광역시, 『U-City 활성화 및 지역기업 경쟁력 강화를 위한 2008년도 「U-City 사업설명회」』 자료집, Ⅲ장, 2008. 부산시청 홈페이지 http://www.busan.go.kr 참조.

진되고 있다. 항만, 전시, 관광 등 부산의 특이한 자질들을 살려 경제적 활로를 재구축하려는 목적으로 1단계 핵심 5대사업(U-Port, U-Traffic, U-Convention, U-Health, U-Safety)이 2006-10년까지, 1단계를 기초로 차별화된 U-City 서비스 확산을 목표로 하는 2단계 사업(U-Security, U-School, U-Valley)이 2008-12년까지, '부산시의 특성에 기초한 고부가가치 신성장 동력 창출' 이라는 정책목표에 따른 3단계 사업(U-Entertainment, U-Environment)이 2010-12년까지 이뤄진다.

알다시피, 시계의 시간이란 공간화된, 다시 말해 표상된 시간이다. 그런 표상은 시침과 분침이 움직인 동질적인 거리 혹은 양을 전제하지 않고선 불가능하며, 그때 시간의 고유한 특질들은 소거된다. 동질적인 양으로의 표상과 변환을 통해 시간은 삶을 아우르는 균질적인 척도로 작용할 수 있었다. 시간은 더해져 쌓여갈 수 있는 양적인 것이 되었으며, 그런 양적 시간의 누적은 시간의 변화에다 이른바 '발전'과 '진보' 라는 방향성을 부여했다. U-City를 향해 직선적으로 나아가는 2005년부터 2012년까지의 저 누적되고 합계된 시간은 22세기를 향해 뻗어나갈 연속적 시간의 종자로서, 직선적 진보 개념에 뿌리를 내리고 자라날 것이다. U-City 구축을 향해 달려가는 이 직선의 로드맵 아래에서 설정되고 있는 진보의 목표지점은 "흐름과 연결의 Asian Gateway", 곧 '허브(hub)' 이다.

'바퀴살들이 모인 부분' 으로 뜻풀이되는 허브는, 사람/사물의 고정과 정착을 통해서가 아니라 흐름의 지속적이고 생성적인 집산(集散)을 통해 가치와 의미를 얻는 고차원적인 공간의 한 형태다. 허나, 축적을 향해 직선으로 뻗어가는 자본주의적 구도 속에서 허브는 흐름은 흐름이되 상품만의 흐름으로 비대해진다. 그런 방만과 비대가 여러 흐름들을 막아 경화(硬化)시키고는, 이어 저 자신의 흐름마저 스스로 막고 끊을 것임은 자명하다. 항만물류의 신속성이 유발하는 경제적 가치가 여러 가치 '들' 의 정점에 올라설 때, 허브의 다양성과 역동성은 사멸한다. U-Port의 RFID 항만효율화시스템, 게이트 자동화, 컨테이너 위치추적 시스템, U-Traffic의 지능형교통체계 구축(동서고가로 자동 요금징수) 등이 허브의 그 같은 사멸에 이바지하고 있다. 동서고가로 와 광안대교는 속도주의/경제주의에 기초한 상품의 죽은 흐름과 한 통속이 되어 자본 증식의 연결고리로 기능하는 건축물로만 그 의미가 제한되지 않는다. 가만히 서 있는 그것들은 명백히 물질적 힘의 지배를 행사한다. 그 도로들은 도심을 지나면서도 구체적인 일상을 철저히 비켜가는 모호한 높이의 흐름을 통해, 부산에 살면서도 관광객의 시선으로 부산을 보게 한다. 그래서 부산에 사는 사람을 부산에서의 삶의 실재로부터 분리(separation)되게 하고는, 그런 분리를 지속시키기 위해 저 관광객의 시선에다 실재의 삶을 허위적으로 통합(unification)한

광안대교의 허위적 스펙터클.

다.[3] 직선적 발전의 자본주의적 구도와의 관계 속에서 '스펙터클 (spectacle)'의 그 같은 물질적 지배는 이뤄지고 있다. 그런 지배에 의해 삶은 '터'에서 분리되고, 구체성을 잃은 삶은 공중에 내걸린다. 고차원적 허브의 구성이 요원한 것은 그 때문이다.

4. 현 단계 자본의 축적 전략: '공간-기계'의 '시간-기계' 화(化)

광대역 종합통신망과 무한대의 인터넷 계정 확보를 통해 이동성과 접근성을 높인 IPv6(Internet Protocol version 6)에 의해 구축될 정보고속도로(Ubi-way)는 막대한 정보를 집적한다. '통합관제센터'는 그런 정보를 선별하고 가공하며 분배하는 권능을 가진 집단으로, 미시적인 일상을 관리의 대상으로 삼는 정보파놉티콘의 통제소다. U-Health · Medicine · Emergency, U-Safety · Security, U-School, U-Valley, U-administration 등 U-City의 세부 항목들은 자본 · 국가 · 학교 · 경찰권력 등에서 구축하는 각종 DB를 통해 정상과 병리, 안전과 불안전, 세련과 낙후, 선진과 후진, 적응과 부적응, 문명과 미개의 이분법을 시 · 공간의 한계를 넘어 확장시키면서, 비가시적인 감시와 관리의 시선으로 주체를 포획한다. 주체를 가장 확실히 포획할 수 있는 방법은, 두말

---

3 김용규, 「스펙타클 이론으로 본 부산공간의 변화」,《오늘의문예비평》, 2008년 봄호; 「추상적 공간으로 변하는 부산」,《오늘의문예비평》, 2002년 봄호 참조. U-관광(/전시/연예), 곧 U-Tourpia/citytour, U-PIFF 등은 WiBro(Wireless Broadband), 스토리텔링, RFID, GPS(Global Positioning System) 등 척고도의 정보기술력을 통해 삶의 체득(體得)을 가로막는다.

할 나위 없이, 지배집단의 입맛에 맞는 주체 그 자체를 생산하는 것이다. 주체 생산이 포획의 첨경이다. 그런 포획은 물리적이고 가시적인 폭력을 통해 이뤄지면서도, 동시에 개인의 내면으로 침투하는 정서들(해방감, 자유로움, 만족감, 즐거움 등)의 생산을 통해 비물질적이고 비가시적으로도 이뤄진다. 그런 비물질적·비가시적 포획을 통한 주체 생산이야말로 지속적이고 치명적인 힘을 행사한다. U-City는 그런 힘의 행사를 전면화하는 지배의 기획이다.

근대적인 시·공간 분절기계는 '선분화' 된 부분시간과 '구획화' 된 부분공간을 생산함으로써 그것들에 정확히 대응되는 삶의 특정한 형질을 강제한다는 점에서 공통적이다. 그럼에도 그 둘은 명백히 구분되는 것이기도 하다. 시간-기계가 생산해내는 부분시간은 양적인 동질성을 통해 각 공간에서의 행위를 분석하고 규율할 수 있는 보편적인 척도로 기능한다. 그래서 선분화된 시간은 특수한 영역들이나 장소, 공간 등의 경계를 넘어 작용하면서 주체를 생산하는 '일반성' 의 자질을 띠게 된다. 그렇게 경계 없이 작동하는 시간-기계는 의식적 행위는 물론 무의식 깊은 곳까지 통제함으로써 '알아서 기게 하는', 자기규율의 '내적인 존재형식' 을 이룬다. 이에 반해, 공간-기계가 생산하는 부분공간은 모든 공간 속에서 일어나는 행위들에 균질하게 작용할 수 있는 보편적 척도로 기능하는 것이 아니라, 각각의 부분공간마다 개별적으로 규정됨으로써 그 공간에 상응하는 양식화된 행동들을 생산한다. 학교에서의 공간적 통제는 학교라는 부분공간에서만 이뤄질 수 있는 구성요소들의 고유한 결합방식과 운용법칙이 있기에 공장·감옥·병원·집 등에서의 공간적 통제로 일반화될 수는 없는 것이다. 그 점에서 공간-기계는 시간-기계의 일반성과는 달리 '특수성'

의 자질을 띠며, 각 공간의 특수한 배치 속에 놓인 근대인들의 '외적 형식'이 된다.[4]

U-City의 시 · 공간은 그런 근대적 시 · 공간 분절기계의 일반성과 특수성, 내적 형식과 외적 형식이라는 차이 혹은 구분을 없앤다. 삶의 외적 형식으로서 공간-기계의 특수성이 내적 존재형식으로서 시간-기계의 일반성으로 전변해가는 상황. 줄여 말해, 공간-기계의 시간-기계화(化). 이는 후기 근대적 시 · 공 복합의 분절기계가 갖는 주요 속성이자, U-City 구축을 통해 시도되는 자본축적의 전략적 본체다. '경계의 해체'라는 해방의 기획이 갖는 효과를 모조리 부정하기 어렵듯, 그러한 해체가 해체 이전에 이뤄지고 있는 규율과 착취의 효과를 극대화하기 위한 전략 외에 다른 것이 아니라는 생각 또한 부정하기 어렵다. 이런 사정을 자본 축적의 관점에서 보면, 그 이면에서 작동하는 물질적인 힘의 행사과정을 좀 더 분명히 포착할 수 있다. 시 · 공간의 구획과 차이를 통해 자본을 안정적으로 확대재생산하려는 전략이 이제는 낡고 추레해졌으며 한계에 직면했다는 것, 그런 전략적 한계의 돌파 수단으로 유비쿼터스 기술혁신을 통한 시공의 경계 해체가 실현되고 있다는 것. 유비쿼터스는 시공자재(언제 어디서나!)의 '자유로움'과 '해방감'이라는 '비물질적 정서'를 생산하며, U자라는 라벨을 붙이고 생산되는 U-City 속 그 모든 삶의 양상들은 그 같은 비물질적 정서의 생산과 소비에 기초해 있다. U-City는 상품화한 자유와 해방의 정서들이 만드는 파생상품들의 유기적 체계이며, 그 체계는 자신에게 알맞은 주체를 성공적으로 생산한다.

---

4 이진경, 『근대적 시공간의 탄생』, 4장, 푸른숲, 2002 참조.

오늘날의 유비쿼터스 기술 기반하에서, 각기 다른 형질을 띤 공간과 장소의 고유한 배치가 자본의 축적을 제약할 수는 없게 되었다. 그러니까 자본은 공간적 한계를 돌파하면서 '언제 어디서나' 축적하고 있다. 축적을 위해 아무것도 거슬릴 것 없는, 모든 장애와 버그(bug, 變移)를 제거한 매끈한 평면이 그렇게 구축되고 있다. 유비쿼터스, 그것은 경계를 넘어 지구를 횡단하는 현 단계 자본의 존재론적 기반이다. 시공자재의 그 자재(自在)함의 주체는 다른 무엇이 아니라 편재(遍在)하는 자본이다. 자본의 그런 운동이 반세계화·반자본을 내건 세계적 규모의 연대투쟁들을 한 발 늦게 뒤따라가는 것에 불과하다는 말의 '뜻'에는 공감하면서도, '삶(투쟁)은 자본보다 늘 앞선다'는 그 신념 어린 말의 '힘'을 쉬 믿을 수는 없다. 이렇게 말한 이상, 편재하는 자본의 운동에 대한 대응 혹은 응전의 방법과 태도에 대해 말하지 않을 수 없다.

5. 진보의 파국, 파국의 진보

자본 축적의 속도와 양을 절대적인 기준으로 삼은 U-City 구축의 로드맵은 앞서 보았듯 직선적 진보의 개념에 매몰되어 있다. 파시즘에 대한 다부진 저항을 다짐했던 이들이 파시즘체제의 중추적 토대였던 직선적 진보 개념을 공유하고 있었고, 그런 까닭에 파시즘의 승산은 결코 줄어들지 않을 것이라는 진단은 이미 널리 알려진 참조사항이 되었다. 참으로, 저 진보 개념에 드리워진 폭력의 기운에 대한 비판은 줄기차고도 다양했던 듯하다. 이 자리에서 그런 비판들에 대해 다시 말하려는 까닭은, 그 비판들의 상호비교를 통해 구성될 어떤 '틈(闖)' 혹은 '사이' 에 사유의 거처를 마련하기 위해서이며, 더불어 그런 틈새에서의 발언이 어떤 의미를 지닐 수 있는가 하는 '물음의 가능성' 을 자문해보기 위해서이다. 그 자문이 독백적인 자답에만 그치지 않기를, 다른 누군가의 자문자답 '곁' 에서 그 문답의 재구성에 하나의 '눈짓' 으로 관계 맺을 수 있기를 나는 조심스레 바라고 있다.

직선적 진보 개념에 대한 비판 하나. 탈주선(脫走線). 진보란 내적 완전성으로 수렴하는 합목적적 · 연속적 · 누적적인 발전이 아니라, 외부 환경과의 관계 속에서 생성되는 불연속적인 변이선들/탈주선들—예컨대, 영화 〈매트릭스〉의 빨간약을 먹은 이들 같은, 전국학력평가 시험일 학생들과 야외학습을 나간 선생님들 같은, 우연하고 돌연한 창안들과 발명들 같은—을 관리하고 포섭함으로써 이뤄진다는 것. 진보의 체계 안에서 언제나 생성되고 있었던 탈주선이야말로 진보의 절대적 조건이라는 것. 그런 탈주선은 이질적인 다른 요소 하나의 추가나 제거만으로도 기존 체계가 조직해놓은 삶의 강고한 배치가 다른 배치로 '이행' 할 수 있다는 낙관적 신념에 기초한 것이다. 그런 이행에의 신념이 이진경으로 하여금 배치의 변환을 위한 이질적인 것들과의 접속을 '훨씬 쉽고 가벼운 관념' 으로, 국가나 생산양식의 전복을 '무거운 관념' 으로 갈라 세울 수 있게 했던 근거다. 그는 '언어의 의미는 그 용법' 이라는 비트겐슈타인의 화용론을 따라 '어떤 공간의 의미는 그 용법' 에 달려 있다고 선언하면서 공간의 의미를 '공간적 실천' 의 문제로 연결시킨다.

'기계' , '배치' , '계열' 등 세계의 관계론적 변화태를 규명하려는 인식론적 사유의 과정이 '활동' , '용법' , '실천' 등 변혁적 행동론으로 곧바로 합치되는 것은, 들뢰즈 · 가타리의 전복적 사유가 전개되어

가닿은 논리적이고 실천적인 귀결점이겠으나, 동시에 인식론에서 실천론으로의 가파른 '비약' 혹은 '급전(急轉)'의 지점은 아닐 것인가. 이른바 '우정'의 정치학 혹은 '기쁜 만남'의 정치학의 밑바탕에 놓여 있는 것이 그런 비약과 급전이라고 한다면 지나친 비난이 될까. 나는 인식과 실천의 그 같은 발랄하고 확고한 합치에 의해 구성될 배치의 효과를 기대하는 딱 그만큼, 인식과 실천을 이어주는 매개에 관한 '더딘' 판단의 가치를 조금은 더 깊게 천착하고자 한다. 더불어, 그런 인식과 실천의 괴리와 결렬 속에서 온축되어갈 주저와 회의의 정치적 가능성에 대해서도 더 많이 고민해보고 싶다. 더딘 판단과 주저와 회의. 그것들은 공히 '사이'에서의 미결정의 상태를 가리킨다. 그 미결정이 어떤 형질(形質)을 띨 수 있는지, 혹은 어떤 형질을 띠어야 하는 것인지는, 사이와 틈에서의 흔들림과 요동 속에 사상의 거처를 짓고서 직선적 진보를 논파했던 한 역사철학적 개념군(群)의 가시밭길을 따라 물어져야 할 질문들인 것 같다.

　'파국/구원'. 발터 벤야민이 말하는 파국이란 어떤 상황을 가리키는가. 역사의 연속적 진보가 멈춰선, '정지'된 상황을 가리킨다. 벤야민은 삶의 여러 사태들이 합목적적이고도 인과적인 로드맵을 따라 완전성의 정점으로 수렴해가는 균질적인 것이라는 믿음을, 그 같은 "시대의 균질성을 폭파한다."[5] 좀 더 말해, 그의 역사유물론은 '역사의 연속성'을 물화(物化)에 기초한 것이자 물화를 심화하는 것이며 나아가 물화 그 자체라고 인지한다. 역사와 물화의 저 합치와 공모를 상대로

5　발터 벤야민, 조형준 옮김, 『아케이드 프로젝트』, 새물결, 2005, 1078쪽. 이하 이 책에서 인용할 때는 [N, 일련번호]로 표기.

그는 "몰락을 추구"[6]하며, 그런 몰락의 추구가 그에겐 세계정치의 당면 과제였다. 폭파와 몰락이 도래시킬 파국: "진보 개념은 파국이라는 이념 속에서 근거를 마련해야 한다."[N 9a, 1]

이어, 「역사철학테제」의 여덟 번째 단장 중 다음 한 대목을 눈여겨본다. "억압받는 자들의 전통은 우리가 그 속에서 살고 있는 '비상상태(Ausnahmezustand, 예외상태)'가 일상적인 상례임을 가르쳐준다."(336쪽) 주권(sovereign)이 행사하는 비상상태가 드물고 일회적인 예외적 상황이 아니라는 것, 평범하고 일상적인 보통의 상태야말로 그같은 비상상태의 항상적인 지속에 다름 아니라는 것. 저 '억압받는 자들'이란, 벤야민의 몇몇 글들에서 제시되고 있는 '단순한 생명(blossen Leben)'을 말하며, 그것은 국가주권의 호명에 자발적으로 응함으로써 국가의 구성원이 됨과 동시에 그 국가의 경계 바깥으로 내몰리고 있었던 벤야민 당대의 실재적 삶들을 가리킨다. 국가/주권자는 사회계약에 기댄 개인들이 위임하고 맡겨 놓은 일체의 권리들을 흡수·통합한 후, 그런 개인들 각각에게 법권리를 분배하고 호명함으로써 주체(subject)로 포섭·구속(subject)한다. 그렇게 법권리를 분배받고 호명되기 위해서는 개인들 각각이 이미 지니고 있었던 모든 권리를 애초에 먼저 내놓아야만 했던 것이다. 벤야민은 그런 국가폭력의 행사가 예외적 비상상태와 일상적 보통상태의 구획과 분할을 통해 이뤄지고 있음을 간파했다. 비상상태와 보통상태를 구획하는 그런 분할의 정치를 멈추게 하는 것이 벤야민이 말하는 '정지상태(의 변증법)'이다.

---

6 발터 벤야민, 최성만 옮김, 「신학적·정치적 단편」, 『발터 벤야민 선집5』, 도서출판 길, 131쪽. 이하 이 책에서 인용할 때는 쪽수만 표기.

이 정지상태의 역사철학/정치학은 그것에 너무도 깊숙이 들어와 온통 물들어버린, 아니, 차라리 그 역사철학/정치학 자체로 화해버린 '희미한 메시아적 힘', 그 신학적 도래상태에 대한 검토를 요청하고 있다.

「신학적 · 정치적 단편」에 나오는 화살의 비유. 벤야민이 날아가는 화살의 방향에다 '세속적인 것'과 관계된 것들(세속의 질서, 그것의 동력과 목표)을 연결시킬 때, 그것은 일상적 삶살이의 관계의 조율이라 할 '정치'의 영역에 다름없다. 그렇게 정치를 향해 날아가는 화살의 반대 방향이 "메시아적 집약성의 방향", 곧 '신학'의 영역이다. 벤야민은 날아가는 화살의 반대되는 저 두 방향, 곧 정치와 신학의 관계에 대해 다음과 같이 쓴다. "자신의 길을 가는 어떤 힘이 반대로 향한 길에 있는 다른 힘을 촉진할 수 있는 것처럼 세속적인 것의 세속적 질서 역시 메시아적 왕국의 도래를 촉진할 수 있다. 즉 세속적인 것은 그 왕국의 범주는 아니지만, (⋯) 바로 그 왕국의 지극히 조용한 다가옴의 범주이다."(130쪽) 활시위를 떠나 한 방향으로 날아가는 정치적 화살의 힘이 그 반대 방향으로 향해진 신학의 다른 힘을 죽여 종속시키는 것이 아니라 오히려 촉진시킨다는 것. 정치가 신학의 범주는 아니지만, 메시아의 고요한 다가옴의 범주이자 특별한 간섭의 범주라는 것. 극히 신비주의(mysticism)적인 이미지들로 채워진 저 문장들은 명백히 '희미한 메시아적 힘'의 '도래(到來)'라는 '기다림'의 문제이며, 기다림이라는 시간 형식의 문제이다. 그 기다림의 시간이 벤야민의 정치/신학을 밑바탕에서부터 관류하며 지탱한다. "역사는 구성의 대상이며, 이때 구성의 장소는 균질하고 공허한 시간이 아니라 지금시간(Jetztzeit)으로 충만된 시간이다."(345쪽) '균질하고 공허한 시간'은 직선적 진보를 떠받치고 있는 시간이며, 비상상태와 보통상태를 결정짓고 선포하는 주권자의 시간이다. 반대로, 그 같은 연속적 진보와 파시즘의 분할정치 모두를 정지시키고 폭파함으로써 몰락과 파국으로 치닫게 하는, 고요하고 희미하게 다가오고 있는 '충만한 지금시간'으로서의 메시아. 이 메시아가 바로 "진정한 비상상태를 도래시키는 것"(337쪽)으로서의 '구원'인 것이다. 이미-언제나 도래를 준비하고 있는 그런, 구원.

꽤나 멀리 돌아, 탈주선의 진보론을 다시 들여다본다. 벤야민의 정치/신학은 탈주선들의 접속이라는 '쉽고 가벼운 관념'으로서의 실천론이 지닌 '이행에의 신념'을 거부한다. 아니 거부를 넘어 차라리 반대한다. 벤야민에게 역사는 이행하는 것이 아니라, 도래하는 것이며, 도래의 준비인 것이다. 벤야민의 반(反)이행. 신학적 도래상태에 대한 '기다림'과 정치적 '정지상태'를 통해 인식에서 실천으로의 산뜻한 급전을 거절하는 벤야민. 속도와 강도와 밀도를 더해가며 급물살을 타고 흐르는 정치적 변혁론의 경쾌함 곁에서, 신학적 기다림의 깊이를 정치적 변혁의 폭과 일치시키려는 벤야민의 곤욕스러운 행보, 자가충돌(self-collision)하는 입장. 벤야민의 사유의 양태를 그렇게 인식하는 한에서, 그는 내게 '주저'와 '회의'의 존재론적/정치적 가능성을 풍성하게 펼쳐놓은 사상의 집, 흔들리는 집이다. 그럴 때, 앞서 말한 '사이'에서의 미결정의 상태란 무엇이며, 어떤 운동인가. 그런 미결정의 상태 속에 스스로 머물며 일구어갈 과업이란 어떤 것인가. '지극히 조용한 다가옴'을 기다리는 것과 '탈주기계들의 삐걱거리는 작동 소리'를 듣는 것, 이 둘을 섬세하게 충돌시키는 매 순간의 판단의 한계지대에서 문제의 재정의를 위한 물음들을 거듭 구성하고 거듭 허무는 것, 그것이다.

6. 권태의 시간: 기획된 미래를 구멍 내고 틈입하는 거센 말대가리들(闖)

'지금시간(Jetztzeit)'에 대한 부연: "이 지금[Jetzt] 속에서 진리에는 폭발 직전의 시간이 장전된다(이러한 폭발이 바로 [필연적 · 직선적 역사발전을 향한] 지향intentio의 죽음으로, 따라서 이러한 죽음과 동시에 진정 역사적 시간, 진리의 시간이 탄생하는 것이다)."[N 3, 1] 균질적 · 직선적 시간의 파괴와 폭발은 합목적적 역사발전으로의 지향을 죽이고 정지시키려는 몰락의 추구이며, 그 같은 몰락/니힐에의 추구를 통해 진정한 역사와 진리의 시간—이는 '국가폭력/주권의 탈정립', '진정한 전쟁', '신의 폭력' 등 「폭력비판을 위하여」의 개념들과 맞닿는 것이기도 하다—은 구성된다. 그러니까 지금시간은 국가폭력의 분할정치를 정지/폭파시키는 잠재적 계기를 배태하고 있다. 이는 '변증법적 이미지'들로 충만한 시간이라고 달리 말할 수 있다. 벤야민이 말하는 '이미지'는, 딱딱하고 견고해서 그 자체로 유기적/폐쇄적 총체를 이룬 것이 아니라, 영화의 몽타주 혹은 서사극의 소격효과와 같은 어떤 단절되고 깨진 채로 존재하는 파편적 세계와 관계한다. 그런 '이미지'와 결합해 만들어진 '변증법적 이미지'라는 개념은 수렴과 집계를 강조함으로써 몸집을 불리는 균질적 변증법의 자기동일성을 파괴하는 운동이라 하겠다. "이미지란 과거에 있었던 것이 지금[Jetzt]과 섬광처럼 한 순간에 만나 하나의 성좌를 만드는 것을 말한다. 다시 말해 이미지는 정지상태의 변증법이다."[N 2a, 3] 지금시간은 '섬광'과도 같은 순간적인 구성의 시간이다. 직선적 진보/국가폭력의 부산물이자 동력원인 저 이미지, 곧 깨져 조각난 부스러기 혹은 쓰레기들은 지금시간 속에서 섬광같이 만나 '진정한 비상사태'로서의 '성좌(星座)', "긴장들로 가득한 성좌"[N 10a, 3]를 구성한다. 지금시간은 벤야민 정치/신학이 운동하는 터전이자 그런 운동의 질료이며 동력원인 것이다.

벤야민은 그 '지금시간'을 "자기 안으로 불러들여야 한다"고 썼다. 그가 말하는 '도박꾼'은 지금시간을 내쫓는 자다. '산책자'는 베터리를 충전하듯 그 시간을 온축하는 자다. 온축된 지금시간을 "형태를 변형시킨 다음, 기다림이라는 형태로 다시 방출"[D3, 4]하는 자가 '기다리는 자'다. 기다리는 자의 '기다림'은 위의 정치적/신학적 운동의 모든 과정을 체현하고 있는 상태를 뜻한다. 벤야민이 말하는 '권태'란 무기력함이나 힘의 소진이 아니라, 바로 그렇게 기다리는 자의 감정이자 삶의 태도다. 그에게 권태는 "위대한 행위로 나아가기 위한 문턱이다."[D 2, 7] 위대한 행위, 그것은 주권의 정지상태/메시아의 도래상태를 향한 기다림의 행위에 다름 아니다. 벤야민과 같은 때를 다른 터에서 살았던 또 하나의 권태의 삶과 글을 찾아, 저 문턱의 질(質)을 가늠하려 한다. 작가 이상의 두 어깨에 걸쳐진 권태라는 외투, 권태라는 사상.

「終生記」 발표 이후 한 달 만에 지어진 「倦怠」. 1936년 12월 19일 새벽 동경에서 탈고된 이 미발표작은 박태원이 찾았고, 죽은 이상의 유해가 돌아오는 날에 맞춰 〈조선일보〉(1937. 5. 4~11)에 연재되었다. 평안남도의 시골 성천(成川). "어제보든 답싸리 나무, 오늘도 보는 金서방, 來日도 보아야할 신둥이 검둥이."[7] '나'의 권태는 저런 생활의 끝없는 반복에서 연원하며, 동시에 그 반복을 웃돈다. '나'는 생각한다.

---

7 이상, 「倦怠」, 『정본 이상전집』, 소명출판, 2005, 106쪽. 이하 인용할 때는 쪽수를 따로 밝히지 않는다.

"끗업는 倦怠가 사람을 掩襲하얏슬때 그의 瞳孔은 內部를 向하여 열리리라"고. 이 "內面[의] 省察"이 권태의 가능성, 그것도 정치적 가능성이다. 근대합리주의가 낳은 체계의 운용원리를 거절하고 전복하려 했던 이상의 몇몇 텍스트들의 문제설정에 비추어볼 때, '나'의 저 권태란 체계의 관리를 거부하는 '자기 관리/관조'의 시간이다. 이는 벤야민의 사상적 교우 지크프리트 크라카우어가 자본의 운동체계에서 자유롭기 위해 '자기 자신에게 오래 머무르는 것'(「권태」, 1924)으로서의 권태의 가능성을 제시했던 것과 정확히 포개져 있다. 그럼에도, '나'의 권태는 그런 포개짐에 머무를 수만은 없는 다른 조건들에 휩싸여 있었던 듯하다. "지금 이 개울가에 안즌 나에게는 自意識過剩조차가 閉鎖되엇다. 이러케 閑散한데 이러케 極度의 倦怠가 잇는데 瞳孔은 內部를 向하야 열리기를 躊躇한다." 이 주저함이란 무엇인가. 이 물음은 첫째 이상의 식민지 모더니티에 대한 인식의 이중성과 내적 모순에 관계된 것이기에, 둘째 이상의 권태와 벤야민의 권태를 견줄 수 있게 하는 하나의 시선이 깃들고 있는 것이기에, 셋째 기획된 미래 도시의 비물질적·정서적 상품세계 속에서의 삶살이의 어떤 태도를 암시하는 것이기에 조금은 더 자세한 설명이 뒤따르지 않을 수 없다.

박태원의 '구보(仇甫)'가 도시 경성을 거닐었다면, '나'는 '시골의 고현학(考現學)'이라 할만치 시골의 질식할 것 같은 풍경 속을 끝없이 거닐고 있다. 권태를 느끼지 못하는 시골 농민들을 "거대한 天痴"와 "屍體"로 파악했던 '나'는 그 같은 '산책'을 통해, 농민들에 대한 그런 판단이 본체를 놓친 "失體로운 생각"이었음을 자각하고 "停止해야만되겟다"고 생각한다. 그런 산책을 통해 '나'가 발견했던 것 하나. 뜨거운 뙤약볕에 썩고 있는 웅덩이 속을 "方向을 整頓해가면서 움즉

이고 있는 "無數한 汚點"들, 송사리들. 그것들의 세계 속에도 "時急한 目的"이 있음을 자각한 '나'는 속으로 외친다. "動機!" 그 동기의 발견은 "興奮"의 다른 말이면서, "珍奇한 現像"을 감각함이자 '나'의 내면의 미세한 변화를 알리는 외침이다.

산책을 통해 발견한 것 둘. 애상적인 뿔을 지닌 소. '나'에게 소는 권태에 질려 반쯤 소화된 음식의 맛을 되풀이 즐기는 체하는 "地上最大의 獸怠者"다. '나'는 그렇게 되새김질하는 권태로운 소 앞에 누워, 자신의 고독을 사소한 것으로 겸양하며, "思索의 反芻"가 가능할지를 조심스레 타진한다. '나'에게 생활의 반복과 변하지 않는 초록의 풍경, 그 권태는 분명 "恐怖"스러운 것이었으나, 그 공포는 균질적인 것이 아니다. 시골의 산책을 통해 성찰된 권태는 '동기'의 발견이며 '사색의 반추 가능성'에 대한 고민을 머금은 권태이기 때문이다. "自己腐敗作俑이나 하고 잇는 웅덩이 속을 實로 송사리떼가 쏘다니고 잇드라. 그럼 내 臟腑 속으로도 나로서 自覺할 수 업는 송사리떼가 蠢動하고 잇나보다." 송사리떼의 준동, 준동하는 동기들. 그것을 감각한 '나'는 날된장과 풋고추조림의 맛을 예전과는 달리 느끼며, 먹어야겠다고, 그리고 잠을 자둬야겠다고 마음먹는다.

곧이어 "房에 도라와 나는 나를 살펴본다." 그런 살핌 끝에 '나'는 "倦怠의 極"에 놓이고, 그 속에서 '나'는 "來日이라는 놈"을 피할 수 없는 "凶猛한 刑吏"로 인지한다. '나'에게 '내일'은 삶의 뜻 깊은 변화를 기대할 수 있는 것이 아니라 흉포하고 독한 형집행자의 모습으로 드러난다. 그것은 송사리의 동기와 소의 반추를 통해, 나아가 그런 권태를 "즐기는 方法"을 통해 진보의 연속성 개념을 절단하는 장면이 아닐 수 없다. 이 같은 절단이 다음과 같은 단락으로 끝막음되고 있다는 것은 주목을 요하는데, 왜냐하면 그 한 대목에 이상의 주저하는 얼굴 표정과 그 표정에 스며든 식민지 모더니티의 특수성의 한 단면이 고스란히 새겨져 있기 때문이다: "暗黑은 暗黑인 以上 이 좁은 房 것이나 宇宙에 꽉 찬 것이나 分量 上 差異가 업스리라. 나는 이 大小없는 暗黑 가운데 누어서 숨 쉴 것도 어루만즐 것도 또 慾心나는 것도 아무 것도 업다. 다만 어디까지 가야 끗이 날지 모르는 來日 그것이 또 窓박게 等待하고 잇는 것을 느끼면서 오들오들 떨고 잇슬 뿐이다."

역사의 직선적 발전에 대한 '나'의 저 절단이 주권의 정지/메시아의 도래를 향한 고요한 기다림과 권태의 시간으로서가 아니라 '오들오들 떨고 있음'으로서의 권태로 드러날 때, '나'를 비추는 "무수한 별들"이 '지금시간'으로 충만한 '성좌'를 구성하는 것이 아니라 "到達할 수 업는 永遠한 彼岸"에 그치고 말 때, '나'를 둘러싼 "海底와 가튼 밤"이 '진정한 비상사태'가 도래하는 '구원된 밤'이 아니라 "暗黑"으로만 덧칠될 때, '나'의 권태는 벤야민의 권태의 문턱과는 다른 문턱 앞에 서게 된다. 이는 '나'의 저 권태가 중역(重譯)을 통해 이식된 식민지 조선의 근대성을 온몸으로 체험하는 과정에서 구성된 삶의 태도임을 뜻한다. 줄여 말해, '식민지 근대성의 체득'으로서의 권태. 이상에 대해 모더니티의 극복이라는 '비극적 운명'을 감당했던 최후의 모더니스트라는 평가(김기림)가 이미 있었음은 알려진 바다. 모더니스트이고자 하면서 모더니티의 극복을 시도할 수밖에 없었던, 곧 근대 추구와 근대 초극의 동시적 감행이라는 역설적이고도 비극적인 운명을 감내(堪耐)해야만 했던 상황. 제국과 식민지 '사이'에 자처(自處)함으로써 빚어진 그 같은 자가충돌의 불가항력적 상황이 이상의 저 '오들오들 떨고 있음'으로서의 권태의 본체일 것이다. 이는 식민지 경성의 가짜 모더니티 너머 진짜 모더니티를 찾아 제국의 수도 동경으로, 동경에 대한 환멸로, 동경 너머 뉴욕 브로드웨이(「東京」, 1939)와 런던 (「失花」, 1939)에 대한 상상으로 나아갔던 한 식민지 지식인의 존재론적 고투의 산물에 다름 아니다. 벤야민의 사상은 이상이 상상했던 모더니티의 본토 즉 진짜 모더니티 속에서, 그것이 배설한 부스러기와 쓰레기 더미 속에서 넝마주이의 아포리즘을 구축해가고 있었다. 각기 다른 경로, 다른 조건, 다른 지향 아래서 자가충돌의 계기들을 잔뜩 머금게 된 두 권태, 두 사상.

저 두 권태의 사상이 본 것과 볼 수 없었던 것, 감행했던 것과 좌초했던 것, 오직 그것만이 중요하다. 그런 한에서, 내게 그들의 이름은 삶에 접맥되어야 할 어떤 시간의 계기로 다가오고 있다. 기획된 미래의 착취 구조가 생산한 해방감의 장막을 구멍 내고 틈입(闖入)하고 있는 권태의 시간, 시간들. 그 권태의 시간들이야말로 강고하게 폐쇄된 문을 비집고 들이밀어진 말대가리들, 글자 그대로 '틈(闖)'들이다. 틈입하는 틈들. 체계의 누수가 일어났던 곳, 기획된 미래의 자기붕괴가 일어날 곳이 바로 거기다.

정훈

생성의 조건

: 지역 담론 작품의 새로운 관계 인식을 위하여

1. 머리말: 삶의 구체성과 장소

요즘 들어 학계와 문단에서 '지역'과 '지역성'에 많은 관심을 기울이고 있다. 이런 현상이 한국 지성계가 가지고 있는 고질병 가운데 하나인 '새것 콤플렉스'의 한 모습인지, 아니면 이 새로운 바람이 담론 고갈에 시달리고 있는 인문학계에 미칠 정신·사상의 영향력을 떠나 각자 발 딛고 있는 삶의 자리를 돌아다보는 바람직한 태도를 이끌어낸다는 점에서 긍정의 현상이 될는지는 좀 더 지켜봐야 할 것이다. 그러나 이런 현상은 삶의 구체적인 자리를 되돌아보고 다시 이를 극복해서 창조적인 현실로 되돌아오는 일이란 면에서 오히려 환영할 만하다. 이론이 현실에 발붙이지 못하고, 이로부터 나오는 '탈현실'의 상아탑에 안주하는 모습을 우리는 너무도 똑똑히 보아왔기 때문이다. 이를테면, '보편주의'와 정보·지식의 중앙 권력 집중화에 맞서서 개별·특수의 중요성을 강조하고 가치의 다양함을 새롭게 의식하려는 지금의 '지역' 논의가 보편주의의 또 다른 얼굴인 상대주의에 빠질 위험이 있다. 이 상대주의는 지금까지 후기 근대담론이 극복하려고 했던 서구와 타자의 이분법 대립을 지역연구를 통해서 오히려 영속화하고 강화하는 경향을 보이고 있다.[1]

상대주의든 보편주의든 둘 다 '결과론적 인식'의 범주에 속하지만 오히려 후행(後行)하는 연구태도에 선험성을 가지게 한다는 점에서 문제점이 두드러진다. 그렇다고 해서 사안과 쟁점에 대한 연구와 탐색을 '이즘(主義, -ism)' 형성의 두려움으로까지 연결 짓는 잘못을 저질러서는 안 될 것이다. 다시 말해 연구의 초심에 들어 있는 연구목적의 필요성과 논지에 따르는 정당성은 어떠한 헤게모니를 지향하는 일로부터 자유로워야 한다는 의지를 갖추어야 하겠다. 이를테면 우리가 지역을 문제 삼을 때 거대한 중앙 권력에 맞대응하여 또 다른 개별 권력의 울타리를 만들고 싶다는 욕망에서 벗어날 필요가 있다.

이런 뜻에서 지금까지 '중심'과 '힘'의 이념으로 모아졌던 근대담론은 새로운 계기를 맞이하고 있다. 탈근대와 탈중심의 이론 조류에도 아랑곳하지 않고 펼쳐야 하는 담론구성원들의 열정이 아쉬운 때다.

---

1 김경일, 「지역연구의 정의와 쟁점들」, 『지역연구의 역사와 이론』, 문화과학사, 1998, 40쪽 참조. 김경일은 이 글에서 비서구문화가 물신화되는 것과 관련해서, "서양과는 근본적으로 다른 이국적이고, 전적으로 통합되어 있으며 변화가 없는 동양과의 절대적이고 본질적인 차이를 강조하는 오리엔탈리즘적 편견이 오늘날의 지역연구에서도 여전히 일정한 형태로 재생산되고 있는 것이다"라 하여 '인류학에 기반을 둔 문화적 상대주의'의 영향력에 경계를 표시한다. 김경일의 논의는 나라 사이의 '지역연구'에 초점을 맞추고 있고, 이러한 국제 지역연구에서 맞닥뜨리는 이데올로기의 편중에 빠지기 쉬운 논리를 지적하고 있다. 그렇지만 국제 지역연구의 담론·이념 쟁점들은 여러 시간과 공간을 아우르고 개별화하는 데 유용한 오늘날의 지역·지역성 탐구에도 그대로 적용할 수 있을 듯하다.

'지역'으로 눈길을 돌리는 일은 뒤늦게나마 생활 터전이 보여주는 싱싱한 활기를 체득하겠다는 의지이며 바람이다. 여기서 삶의 구체성은 빛을 낸다. 그리고 이 빛을 내는 자리는 급속한 자본주의 운명으로 버림받고 소외된 우리 자신의 둘레이다. 기억 속에서 짐짓 태연하게 지나쳐온 장소는, 지역 담론이라는 새로운 이론 조류에 소환되는 '행복했지만 이미 퇴색해버린' 소재들이 아니라 '지금 여기'에 맞닿은 연접공간으로서 개인의 삶의 장(場, field)[2]을 형성하고 자치의 꿈을 키워내는 밭이 된다. 최원식이 말한 '중도의 장소'[3]나 김지하가 수운(水雲)의 사상을 들고 와 되풀이해서 천명하는 '무위이화 조화정(無爲而 化 造化定)'의 진리는 이러한 장소의 구체성에 대한 자각으로부터 무궁무진하게 회통하는 범아일여(梵我一如)의 상태가 아닐까. 이 글은 지역문화운동이 최근의 지역 담론으로 나아가는 양상과, 지역 담론과 작품이 서로 관계하는 모습을 개관하면서 논의를 펼치고자 한다. 지역성을 드러낸 작품들이 담론의 영역으로 들어올 때 추론할 수 있는 새로운 가능성을 끄집어낼 수 있겠는지 논구한다. 부산에서 요산 김정한 선생 탄생 100주년 기념으로 기획ㆍ출판한 『부산을 쓴다』에 실린 작품들이 그 대상이 된다. 이를 통해 작품과 지역성의 문제를 되새겨보고 마지막으로 생성하는 장소로써 지역(local)의 현재성을 고찰하여

---

2 여기서 '삶의 장'은 윌킨슨(Wilkinson)이 말한 '사회적 장(social field)'에 기초한 개념으로 쓰고자 한다. 이에 현상학에서 말하는 '생활세계(life-world)'의 뜻을 포함하여 '상징적 상호작용론의 다양한 미시적 차원의 상호작용 과정이 현상학적인 관점의 객관화, 물화 과정을 거쳐 일상화된 구조로 인식되는 생활세계'까지 아우른다. '삶의 장'에 관한 논의는 강대기, 『현대사회에서 공동체는 가능한가』, 아카넷, 2001, 176-178쪽 참조.
3 최원식, 「로컬ㆍ문화ㆍ로컬리티」, 부산대학교 한국민족문화연구소 HK연구단 제2회 초청 강연회 〈로컬ㆍ문화ㆍ로컬리티〉(2008. 7. 2) 발표 원고.

생명에서 나고 생명으로 들어갈 수밖에 없는 고금(古今)의 진실이 지금의 지역론에 바탕하여 어떻게 적용해야 하는지 탐색해보고자 한다.

2. 지역문화운동에서 지역 담론으로

일정한 사회 · 역사의 흐름에서 지역운동이 예술작품의 공연처럼 문화운동 차원에서 진행된 경우가 있다. 80년대에 민주화 · 산업화에 따른 여러 민족문화운동이 각 지역마다 조금씩 다른 빛깔을 띠고 펼쳐졌다. 그즈음 한국 사회가 독재와 제국의 종속에서 비롯하는 민중 억압이 알몸으로 노출되던 시기라는 점 말고도, 식민문화의 팽배로 위기에 빠진 전통 고유문화를 문화운동 차원에서 새롭게 창조해야 한다는 문제의식 또한 그 시기 민중 · 민족문화의 일면을 대변한다. 주로 대학이나 YMCA와 같은 시민 문화단체에서 이루어진 민중극과 판소리 · 탈춤을 변형한 공연 작품들은 넓게 보면 민족 운동의 일환이지만 민중에 대한 수탈과 공권력으로 피폐해진 지역의 터전을 알리고 공감대를 형성하는 데 목적이 있었다. 이 당시 지역문화운동은, 각 지역성을 살리는 데 주력하기보다는 당면한 제국주의 문화의 폐해와 본질을 고발하고 풍자하는 데 힘을 쏟았다. '거대담론'이라는 그물에 사로잡힌 문화운동의 한 측면이거니와, 통일과 외세로부터 해방이라는 절대 절명의 민족과제를 떠안은 결과라고 볼 수 있다. 따라서 이때 전국의 각 지역에서 공연되거나 실천해왔던 문화운동은 지금처럼, 다양성과 개별 · 특수성을 토대로 탈중심화하는 형태로 나아가는 것이 아니라 단일한 이념으로 수렴하는 종속성을 지녔다. '문화'보다 '운동'에 초점이 있었던 것이다.

　문화운동이란 '문화' 와 '운동' 이란 용어가 합쳐진 복합어이나, 전체적으로 그 뜻을 규정하는 비중은 '문화' 보다는 '운동' 에 치우쳐 있다고 보아야 할 것이다. 즉 운동을 전제로 하고 있으며 또한 운동에 의해 그 내용이 규정된다는 점에서 문화에 비중이 주어진 문화 활동이라는 말과는 엄청난 차이가 있다는 것을 전제로 한다. 운동이란 "한 사회가 요구하는 과제를 해결하기 위한 사람들의 집단적이고 지속적이며 계획적인 움직임" 이라 정의할 수 있다. 사회의 궁극적 과제는 변증법적 모순의 논리를 적용하여 설명해야만 좀 더 치밀한 과학성을 획득하겠으나 이에 대한 구체적 언급은 다른 종류의 운동 논리를 참고하는 것이 옳겠다. 다만 문화운동에서 말하는 운동의 명제 역시 이른바 '운동' 혹은 '운동권' 에서 나오는 운동의 이념과 맥락을 같이하는 것으로 보면 될 것 같다.[4]

　서울을 비롯한 각 지역을 중심으로 펼쳐진 문화운동이 사실은 '운동' 의 이념에 빠진 당대 조류의 한 가지였다면, 이즈음의 공연과 창작 민중극 같은 작품들의 이면 또한 일정한 '목적의식' 으로 만들어진 경향성을 대부분 드러낸다.[5] 문화운동이 사회변혁과 정치 · 사회 · 문화

4　정이담, 「문화운동시론」, 『문화운동론』, 공동체, 1985. 문병란, 「지역문화운동의 현 단계와 문제 인식」, 지방사회연구회, 『지역사회와 민족운동』(제1집, 창간호), 한길사, 1987, 122쪽에서 재인용.
5　위 문병란의 글에서 인용하고 있는, 〈극단 신명〉이 1980년 3월 창립 기념 공연으로 펼친 마당굿 「돼지풀이」의 한 장면만 보아도 쉽게 알 수 있다. 이 마당굿은 이른바 '돼지파동' 을 피해농민의 시선으로 증언한 농촌풍자 사회극의 하나이다. 한 대목을 들어보자.

를 비롯한 중요 제도 영역의 '혁신'을 염두에 두고 진행되면서 드러난 '경향성'은, 일부 지식인이나 학생들이 주축이 된 엘리트 위주의 하향 운동방식으로 체계화한 변혁 모델과 결합하면서 그 파급효과가 사그라진다. 단지 외세에 대한 경제·정치의 종속이나 구체적인 모색방안이 없는 통일·계급문제의 소거를 민족발전의 최우선 전략으로 내세웠지만 여러 계층의 욕망과 실상에 대한 진지한 성찰 없이, 단지 '선전' 효과로 활용한 민중예술작품의 '현대화'는 각 지역주민들의 역사·문화의 자각과 근대 자본주의 체계로 '상실한' 인식가치를 되살리고 적극 수렴하는 데서는 별로 도움이 되지 못했다.

80년대 지역문화운동은 그 대의로 보나 실제 성취했던 전술 방식으로 보나 지배계급과 주류문화(엘리트문화)에 맞서는 안티테제로서 일정한 성공을 거두었다. 90년대 들어서면서 우리는 달라진 세계정세와 지배계층의 위상변화[6]로 여러 부문에서 '민주화' 작업이 이루어졌

(다가와서 부채로 각설이를 탁 치며) 야, 이놈아, 허던 구걸 안 허고 아까부터 뭘 혼자 구시렁대고 있냐? (한숨) 뭐, 하긴 나도 부채장시밖에 안 되지만, 자, 부채 사려, 부채, 담양산 침대로 엮은 합죽선이요, 백우선이요, 양귀비 뺨치는 오엽선이오. 여름에는 에어콘 뺨치는 씨원한 바람, 겨울엔 히타 못지않은 뜨끈한 바람을 솔솔 내요. 자 전기세도 안 들어, 석유 땔 필요도 없어, 시집 못 간 노처녀 노랑내 없애주는 꼽장선이여. 일본놈의 마빡 지른 독립군의 태극선! 미선! 팔딱선이요, 데모할 때 최루탄 막아주는 민주부채요. 휴우- 장사 더럽게 안 되는구나. 당최, 사람들이 인플렌가 뭔가 땜시 돈을 내놔야지 말이제. 징허게 시세 없네. 하여튼 곽곽한 시상이여. (언성을 높여) 물값, 불값, 옷값, 신값, 약값, 술값, 담뱃값, 연탄값, 신문값, 책값, 비눗갑(말끝마다 각설이가 장단을 쳐준다), 이발·목욕값에 하다못해 똥값까지 껑충껑충 깡충깡충 작것들이 연병땐스를 허면서 올라가는디 아이고 그놈의 나락값은 먼 지랄헌다고 버둥거리고만 있는고! -문병란의 위의 글, 129-130쪽.

6 정확하게 말하자면 정권의 변화라 할 수 있겠다. 노태우·김영삼으로 이어지는 '보수대연합' 안에서 이루어진 최고 권력층의 자리바꿈은 '군인'에서 '민간인'으로, 다시 말해 한국 현대사에서 1961년 5월 군사쿠데타로부터 이어져 내려온 기나긴 군사정권에 종지부를 찍은 큰 사건이었다. '문민정부'의 등장은 기실 1987년 6월 항쟁으로 성숙한 한국 시민계급의 힘을 보여구는 측면이기도 하나.

다. 아래로부터 운동차원에서 요구한 민주사회의 '정체'가 정권차원
에서 '제도'로 수용한 것이다. 그 한 가지 보기로 들 수 있는 것이 '지
방자치제'이다. 지방자치제의 도입은 세계화 추세와 융합하여 자연
스럽게 지역학에 대한 관심으로 이어졌다. 대학마다 지역학을 신설하
고 지역연구(Area Studies)를 적극 추진하면서, 이러한 흐름이나 학문
경향을 총괄하는 새로운 학문으로서 '지역학'이라는 개념을 모색하
기 시작하였다. 부산에 한정하자면, C. W. Mills의 『사회학적 상상력』
을 바탕으로 '부산학적 상상력'을 내세워 부산지역학의 담론을 새롭
게 정리해내려는 김석준의 논의를 살펴볼 필요가 있을 것이다.[7] 그에
따르면,

　　'부산학적 상상력'은 부산에서 살아 왔고 살고 있고 또 앞으로
　살아갈 부산 사람들의 삶을 규정하고 있는 다양한 역사적 · 사회
　적 · 자연적 요인들의 실태를 정확하게 포착해 냄으로써 부산 사람
　들의 삶의 질을 개선하려는 능력(/노력)이다. 이러한 '부산학적 상

7　김석준이 빌어온 C. W. Mills의 『사회학적 상상력』의 주된 논지는 다음과 같다. "현대와 같
　은 '사실의 시대'에서 사람들이 필요로 하는 것은 정보만이 아니다. 사람들이 실제로 필요
　하다고 느끼는 것은 세상이 어떻게 돌아가는지 그리고 자신들 내부에서 무엇이 일어나고
　있는지를 선명하게 요약해 낼 수 있도록 정보를 이용할 수 있게 하고 사고를 발전시킬 수
　있도록 하는 정신적 자질 즉 '사회적 상상력'이다./사회적 상상력은 인간과 사회, 개인의
　일생과 역사, 그리고 자아와 세계 사이의 상호작용을 파악할 수 있도록 해준다./또한 사회
　학적 상상력을 '생활환경에 대한 개인 문제'와 '사회구조에 대한 공적 문제'를 구별할 수
　있도록 해주며, 사회구조의 관념을 인식하고 그것을 분별 있게 이용할 수 있도록 해준다./
　사회학적 상상력은 이성과 분별력이 작용할 수 없도록 하는 현대의 불안과 무관심의 근원
　을 명백히 밝혀내도록 해준다."(C. W. Mills, 강희경 · 이해찬 옮김, 『사회학적 상상력』, 홍성사,
　1983, 9·34쪽. 이상 김석준, 「지역학으로서 부산학」, 『부산학 총서』1집, 신라대학교 부산학 연구센터,
　2003, 32쪽).

상력'은 편협한 정공 영역의 벽을 뛰어 넘어 현실을 총체적으로 파악하려는 학문적 실천을 의미하며, 혜택받는 소수보다는 소외되고 배제된 다수의 입장에서 지역문제를 파악하고 그 해결발안을 추구하는 사회적 실천에 맞닿아 있다.[8]

'부산학적 상상력'이 '학문적 실천'과 '사회적 실천'에 이어져 있다는 판단은 되새겨볼 만하다. '상상력'이 상상하는 힘에만 그치는 것이 아니라 지금 여기 '부산'을 이루어왔고 지탱해왔던 온갖 역사·문화·지리·생태·경제 영역에 대한 총체 인식능력까지 아우른다는 사실을 넌지시 던져준다. 인식은 실천을 전제로 할 때에만 그것이 마땅한 인식이 되고 사회의식으로 성숙한다.

80년대 지역문화운동과 90년대 이후 다양하게 논의된 지역 담론은 그것들이 생겨난 사회·정치 배경은 서로 다르다. 한쪽은 지배계급의 민중에 대한 기만을 폭로하고 지역 민중의 문화력을 결집하여 눈에 보이도록 팽팽해져 더 이상 그 존립근거를 회복할 수 없도록 '파시즘적' 지배구조를 혁파하는 데 밑거름이 되었다. 다른 한쪽은 비록 세계화 담론에 힘입고 좀 더 '민주제도'를 형식으로나마 도입하려는 '지방자치'의 틀에 영향을 받았지만, 그 근본에서는 지역 거주민들의 '삶의 현주소'를 공정하게 살펴 점점 복잡하고 다양하게 변모하는 지역문화의 실상을 이해하는 데 있다. 각각 정치와 문화에 무게중심을 두고 있는 것이다. 그러나 탈근대사회로 들어서는 이십일 세기 공간에서 벌어지고 있는 '지역' 관심은, 이전의 냉전구도에서 한국 사회

---

8 김석준, 「지역학으로서 부산학」, 『부산학 총서』 1집, 신라대학교 부산학 연구센터, 2003, 34쪽.

의 특수한 문화운동으로 시작했던 지역운동과는 차원을 달리하지만 궁극으로는 소외받고 주변부로 밀려났던 사람들의 삶의 지표를 되돌아보게 한다는 점에서 긍정의 효과를 산출한다. 더욱이 '계몽주의적 근대성'을 표방하는 근대도시의 구조논리 속에서 일어나는 '탈인간주의'[9]의 특징은 지역을 떠나 모든 사람들을 '보편화된 타자'[10]로 만들어버린다. 이러한 근대사회의 부정적인 양상 속에서 상품화·물신화의 지배에 더욱 노출될 수밖에 없는 도시인의 일상과 생활문화가, 정책과 획일화된 근대제도의 재편으로 그 의미 변이를 일으키는 삶의 공간의 모습이 어떻게 작품으로 형상화하는가. '지역성'을 드러내는 작품에서 우리는 근대도시의 표면과 내밀한 갈등이 빚어내는 균열의 양태를 볼 수 있지 않을까. 획일화되고 균등한 지역발전이라는 허울로 일그러진 지역사회의 오늘을, 과거와 현재에 걸쳐 변이되고 축적된 시·공간의 지층을 탐구하는 일은 지역의 정체성뿐만 아니라 (탈)근대사회의 도시 담론을 만드는 데에도 적지 않은 도움이 되리라 생각한다.

---

9 조명래, 『현대사회의 도시론』, 한울아카데미, 2002, 220쪽 참조.
10 자유의지를 가졌던 도시인들은 더 이상 그 스스로의 육체, 의지, 의식에 대해 주체가 되지 못한다. 이런 현상은 흔히 말하는 '탈근대 현상들'이 두드러지면서 더욱 깊어진다. 기호, 상징, 담론의 힘들이 전통적인 물질의 규정력을 대신함에 따라, 탈근대도시에서는 기존의 계급위계가 탈중심화되는 동시에 일정한 해방이 이루어지는 것처럼 보이지만 상품논리를 궁극적으로 반영하는 탈근대 기호들의 순환은 도시 주체들에게 '감각적 과부하'로만 전락시킨다. 탈근대도시의 주체가 도시적 기표로 전락했다는 것은 계몽주의적 도시민이 가졌던 자유의지를 상실한 '보편화된 타자'로 전락된 것을 뜻한다(조명래의 앞의 책, 221쪽 참조).

3. 지역과 작품의 관계

지역은 과거와 현재가 만나 소통하는 생생한 공간이다. 그리고 그 속에 역사화된 시간이 스며들고 빠져나가는 삶의 장소이기도 하다. 근대도시가 자본주의의 발전과 함께 균질하고 통제된 계획으로 거듭 더듬어나가고 있는 역사 현실은 자체만으로는 악도 선도 아니다. 변하는 것은 지역공간의 위상이고 시간의 축에 따라 기능 전이하는 계급구조이다.

호텔이 있는 타카다노바바역에서는 와세다대학까지 노선버스가 있다. 나는 역 앞에서 170엔을 내고 한가한 차에 올랐다. 그리고 네 정거장. 버스는 정문도 없는 대학 입구, 시계탑이 보이는 강당 옆에 선다. 일요일이라 한가한 구내에는 은행나무들만 폭염과 싸우고 있다. 나는 그늘진 낡은 나무벤치 아래에 앉아 담배를 피워 물었다. 요산은 30년 4월부터 32년 여름방학 전까지 여기서 공부했다. 재학증명서의 일본 연호를 그대로 쓰면 명치 41년생인 김정한은 소화 5년 4월 1일에 와세다대학부속 제1고등학원 문과에 입학하여 소화 7년 9월 26일 학비미납으로 제적되었다./내가 교열을 보다 만 해운대에서 청춘남녀가 해수욕하는 장면이 나오는 소설은 39년에 발표했다. 저 풀밭 어딘가에 앉아 담배연기를 날리며 문학도를 꿈꾼 지 7년 만이다. 탄생 100주년을 맞아 전집을 준비 중인 요산은 유학시절, 일본체험을 한 번도 소설로 옮겨 적지 않았다. 융희(순종) 2년생이 메이지 41년생으로 바뀔 수밖에 없는 식민지 유학생 신분이 자랑스럽지 못했을까. 바람이 나뭇잎을 흔든다. 새

건물이 서고 이 길을 거닐던 학생들은 늙고 죽지만 바람은 나무를
키우며 세월을 지켜보고 있다. 그러고 보면 어디에도 매이지 않는
바람이나 깊은 땅에 뿌리내린 고목만이 영원일까.
                        ─조갑상, 「모리상과 노래를」, 정태규 외 27인,
                              『부산을 쓴다』, 산지니, 2008, 220-221쪽.

    요산 탄생 100주년을 맞아 전집을 편집하고 있는 화자가 일본사람
모리 씨와 잠깐 만나서 겪은 일을 줄거리로 한 소설의 한 부분이다. 조
갑상에 따르면 요산은 "30년 4월부터 32년 여름방학 전까지" 와세다
대학에서 유학했다. 식민지 조선 땅에서 태어났지만 신학문을 배우기
위해 일본으로 유학했던 대부분의 청년들이 그렇듯이 요산 또한 민족
현실과 이상 사이에서 괴로웠을 것이다. 그가 일본 유학을 다녀온 뒤
로 줄곧 부산에 터를 잡고 민중과 민족 현실을 사실주의 정신으로 한
결같이 작품에 그려낸 점은 올곧은 작가정신의 발로로서 여러 사람들
에게 감동을 주었다. '사람답게 살아라'는 그의 말은 곧 그가 쓴 소설
들의 주제를 아우르는 비수의 한마디였고, 그가 평생 동안 지켜왔고
지향했던 것도 이 한마디에 녹아 있다.
    요산의 정신은 부산 작가들에게 눈에 보이지 않는 유전인자로 남아
있다. '요산기념사업회'와 '부산작가회의'는 요산 탄생 100주년을 기
념하여 2008년에 장소 사랑 시집 『부산을 쓴다』(전망, 2008)와 부산지역
소설가들이 〈부산일보〉에 2008년 8월 14일부터 격주로 연재한 후 묶
은 합동 소설집 『부산을 쓴다』(산지니, 2008)를 출간했다. 위 글은 부산
의 여러 지역을 테마로 한 합동 소설집 『부산을 쓴다』 가운데 한 편이
다. 「모리상과 노래를」은 '해운대'를 소재로 다룬 작품이다. 요산 선

생이 39년에 해운대 해수욕장을 소재로 쓴 소설을 화자가 '대교작업'을 벌이는 가운데 몇 마디 말을 고치면서 좀 더 구체성(말의 현실성)을 되살리는 대목은 칠십 년 전의 말법과, 오늘날의 현대 한국 말법의 차이를 떠나 곰곰이 살펴볼 필요가 있다. 화자는 "지문의 입말을 얼마나 살려야 할지 표기법이 문제였"고 이에 고심한다. 작품에서 인용한 요산의 소설 가운데 '여자가 물에 뛰어들었다가 쥐가 난 장면' [11]을 두고 "안간힘, 불경불경은 잘 씹히지 않고 입 안에서 불거지는 모습이란 뜻인데 쥐 난 다리를 주무르는 의태어로 썼고, 벌헴질은 벌헤엄질로" 고쳐나간다. 예부터 이름났던 '휴양지 해운대'는 여러 곡절 끝에 오늘날과 같은 면모를 갖추었다. 「모리상과 노래를」의 화자가 오늘날의 맞춤법에 맞게 요산의 글을 고쳐나가는 작업은, 칠십 년 전의 '해운대'와 오늘날의 '해운대' 사이에 가로놓인 시차를 지우는 행위이며, 역사 바깥으로 나 있는 일상 밖의 휴양 공간이 그간 쌓여온 지역 사람들의 땀과 눈물이 배제된 '중성화한 상징'이 되어버리는 건 아닐까. '풍경'으로서 '해운대'가 보여주는 이러한 상징 작용은 「모리상과 노래를」의 뼈대를 이루는, 지식인인 화자와 일본인 모리 씨가 해운대에서 노래방으로 가는데 합의하면서 주고받는 말에서도 뚜렷하다. [12]

---

11 아니나 옳을까. 그만 왼편 다리가 뻗질리기 시작하겠죠. 그러나 첨에는 제법 혼자서 안까님을 쓰며 불경불경 주무러 보았지요. 허지만, 그까짓것 소용 입읍디까. "아이구 선생님!" 하고 그이를 부르지 않을 수 없었지요. 그랬더니 그는 고래 새끼처럼 거품을 내뿜으면서 허둥지둥 벌헴질을 쳐왔습니다.

12 "저녁 먹으며 술부터 한잔 하죠." / "그리고 노래방 가야지요. 동백섬에 왔으니 돌아와요 부산항부터." / 모리상의 발걸음은 나보다 앞질러 갈듯이 가벼웠다. 내가 해운대 엘레지는 아느냐고 물으려는데 모리상이 말을 이었다. / "그래도 해운대 에레지가 낫겠지요. 더 먼저 불러야." / 나는 그의 등이라도 치며 "야, 이 친구야, 너무 많이 알면 다쳐!"라고 할까 싶어 걸음을 늦추었다.

『부산을 쓴다』에 실린 대부분의 소설들은 각각 나름대로 부산에 있는 장소를 때로는 작가의 체험을 바탕으로, 때로는 상상으로 형상화하고 있다. 그런데 대체로 드러나는 특징은 장소에 얽힌 사랑이야기[13]나 어릴 적의 추억을 더듬는[14] 내용들이 대부분이라는 사실이다. 시간이 지날수록 장소에 대한 인식은 '현실'에서 벗어나 점점 회상으로 치닫거나 '한때' 흥망했던 개인·공동체의 다난한 체취를 박제한 기호로 탈바꿈한다. 조갑상의 소설 「모리상과 노래를」이 시간을 뛰어넘어 온존하는 '휴양지 해운대'를 사회·역사의 지층을 단일하고 중성화한 상징으로 제시하였다면, 다음에 인용하는 '부산항'과 '해운대'를 소재로 한 시의 경우는 '탈역사'화된 장소를 애써 역사의 지층으로 소급하여 구체적인 현실성을 지워버린다.

현해탄은 알고 있을까?/학병으로 위안부로/정신대로 아오지 탄광으로 붙잡혀 가/"어머니이- 보고 싶어요."/"아버지이- 배가 고파요."/일본군 막사, 갱구 벽에 써 갈긴/어린 아들 딸들의 뼈저린 그 외침을//제1부두에서 제7부두에 이르기까지/산더미같이 쌓인 컨테이너 박스 위에/눈부신 불빛으로 국제항이 된 부산항/발길 아래, 출렁이는 파도 속에/이별의 슬픔 그리움 정서 묻어나는/대중가요의 가사들과 전쟁 환란의/혹독한 아픔 함께 출렁인다.
　　—오정환, 「부산항」, 부산작가회의, 『부산을 쓴다』, 전망, 2008, 부분.

---

13 '이기대'를 소재로 한 나여경의 「월가(月歌)」, '을숙도'를 소재로 한 박향의 「연인」, '범어사'를 소재로 한 정인의 「마지막 인사」 같은 작품들이 그렇다.
14 '영도다리'를 소재로 한 구영도의 「영도, 다리를 가다」, '하얄리야부대'를 소재로 한 이정임의 「태양을 쫓는 아이」의 경우이다.

모래알 한 알 한 알이 그저 해운대 백사장에/모여 사는 것이
아니란 것을 무릎 치며 알겠더란다./시커멓게 탄 독도의 외로운
섬이/찰박찰박 밀려와 망망대해 가슴 속을 떠다니는 밤이면,/대
성통곡 나라를 잃고 우는, 모래알보다 작은 미미한/백성들의 손
을 잡고 모래불처럼 일어나서/하룻밤에도 몇 번이나 현해탄을 건
넜다가 돌아오겠더란다.

—송유미, 「해운대 백사장에서」, 부산작가회의, 『부산을 쓴다』,

전망, 2008, 부분.

'탈역사'란 '역사'로부터 자유롭거나 '역사성'을 지니고 있지 않
아 '역사'가 주는 개인에 대한 중압에서 멀리 떨어져 있는 것을 뜻하
지 않는다. 오히려 중층화되고 왜곡·단절된 시간의 흐름 때문에 여기
저기 뜯겨나가고 덧칠되어 '모자이크'가 되어버린 시·공간 인식 개
념이다. '역사'를 벗어나기란(탈-역사) 지난날에 명명된 역사 현장의
'정체'들이 다가올 날들에 어떤 식으로든 영향을 미치는 소급성을 인
정하지 않는다. 오히려 역사적 의미 맥락이 흩어지고 날로 변하는 근
대 세계의 속성에 따라 달리하는 면모마저 그 안에 들어 있다. 동북아
물류기지로 더욱 발돋움하려는 '부산항'과 부산에서 이미 복합소비
문화도시의 기호가 되어버린 '해운대'가 '현해탄'이라는, 한국인들에
게는 하나의 '집단 트라우마'인 식민지 체험과 한국전쟁의 참화로 거
슬러가는 '시의 상상력'은, 역동하는 지역민들과 여러 계층의 사람들
이 오로지 살기 위해 일구어나가는 국지적 현장성을 뒤로 제치는 결과
만을 낳게 할 위험마저 남긴다. 과거 한국역사에서 전국 곳곳에 남겨

진 상흔은 한낱 역사책에 적힌 글자로만 남는 것이 아니고 아직도 그 상처가 알게 모르게 배어 있지만, 이 또한 '지금 여기'에서 하루하루를 '생산'하고 '소비'하고 '생명'을 온전히 지켜나가는 주체들의 생활의지를 부추기는 면역체일 것이다. 아직도 지식인들이 '대한해협' 대신에 일본식 이름인 '현해탄(玄海灘)'을 쓰는 것부터가 우리 정신에 남아 있는 식민근성에서 벗어나지 못했다는 증거이다. 장소를 사랑하는 일은, 그 장소에 일어난 과거 역사의 체취를 환기하고 상기하는 일보다도 그 장소와 함께 존재하는 지역공동체의 현실을 바로 보는 눈을 갖추고, 슬픈 과거로부터 얼른 발을 떼고 다가올 날에 마찬가지로 우리들과 몸을 뒤섞게 될 터전을 새롭게 만들려는 의지로부터 시작해야 한다고 본다.

어떤 의미에서 지역은 '있지만 없는' 상상의 공간일 수도 있다. 작가가 '지역'을 소재로 하는 작품을 만드는 행위는 지역의 시·공간에서 어느 한 좌표를 떼와 고정시키는 일이다. 따라서 현실의 장소를 채택하더라도 그곳에 말라붙은 상징기호들만이 떠다닌다. 이 기호는 지역에 있는 장소의 '정체성'을 나타내는 표지가 되어서는 곤란하다. 오히려 장소의 탈맥락화가 요즘 시대에 걸맞은 장소 인식의 하나이지만, 이러한 "탈근대의 기호와 의미는 새로운 억압과 박탈을 신비화하여 포장한 것에 불과하다고 본다면, 근대성의 해체가 수반하는 소외, 주체, 실천의 쟁점은 여전히 남아 있다"[15]는 지적은 되새겨볼 만하다. 장소에 대한 역사성의 '무의식적 반응'은 아직도 진행형인 장소 박탈과 소외층의 억압 현실을 한갓 지엽적인 문제로 따돌려버릴 위험을 가지

---

15 조명래, 앞의 책, 227쪽.

고 있다. 작품은 여전히 인간의 '생태'를 고발해야 하지만 궁극에는 '인간'의 기본 문제로 되돌아오는 순환성을 내보여야 한다. 지역에 혼합된 사람들의 사회·역사의 퇴적물이 썩어 없어지지 않고 투명하게 드러내는 일은 억압·수탈·폭력·기만에 덧칠된 잿빛 공간을 떳떳하게 주체로서 삶을 영위하는 주체자와 민중들에게 내맡기는 일이다. 그러므로 지역은 눈에 보이지 않는 실천이다.

4. 늘 생성하는 자리인 국지(局地, local)의 현재성

사회 모든 분야에서 '중앙'으로 쏠리는 현상을 비판하고 그 극복을 위한 대안을 수없이 내놓았던 일은 어제 오늘이 아니다. 정치와 경제뿐만 아니라 문화예술 부문에 이르기까지 자신이 살고 있는 삶터를 외면하고 재화가치나 '정신의 상승효과'가 높을 듯한 서울로 향한다. 오래전부터 이 나라에 두드러진 '중앙집권'은 오늘날 나라 살림과 정신문화에 미치는 힘이 혀를 내두를 정도이다. 구심점으로서 힘의 중심이 존재해야 한다는 것은 새삼스레 말할 필요가 없는 사회의 일반원리이다. 그러나 '힘의 균형'을 잃어버리고 주변에 산포해 있는 '자발적 역동'을 깨뜨리면서까지 중심을 떠받드는 제도와 의식은 그 사회를 기형화하고 그로테스크한 사회 구성체로 만들어버린다. 오늘날 지역학이 나아가야 할 길은 무엇보다도 탈근대담론 수준에서 논의되는 추상·관념과 '지적 헤게모니'의 장으로부터 하루 빨리 벗어나서 사회 각 부문에서 드러나는 기우뚱한 힘의 역류를 올바로 살피는 데서 출발해야 할 것이다. 80년대 지역문화운동은 이 점에서 선구적인 역할을 했다고 할 수 있다. 그렇지만 당시 정세로 보면 지역민들이 스스로 참여해서 새로운 문화 자치연대를 가능하게 하는 데까지는 나아가지 못했다. '운동권' 시각에 사로잡힌 진보 지식인과 학생 위주의 하향 조직 틀과, 이를 바탕으로 해서 민속극의 재창작과 공연으로까지 나아갔지만 거대담론의 틀에 갇혀 작품을 경향성 일색으로 다루어버린 한계가 있었다. 그러나 그 대의는 오늘날에도 유효하다. 오랜 세월 지배 권력에 짓밟혀 응고해버린 생명성을 틔워냈다는 점과, 이 생명의 활기를 정작 생산양식을 만들어내고 숭고한 삶의 가치를 위해 목숨을 잇는 지역 민중들의 현실을 다시 바라보게 하였다는 점에서 그렇다.

최근 지역 담론의 활기찬 논의로 문학 작품에서 자주 형상화하는 지역공간에 대한 작가 인식 또한 이와 연관시킬 수 있을 것이다. 그러나 '장소 사랑'은 일종의 '문화이벤트'가 아니라면 한 번 타올랐다가 어느새 사그라지는 불꽃놀이 같은 게 아닐까 의심한다. 작가들은 굳이 자신이 살고 있는 장소가 아니더라도 수도 없이 알게 모르게 '작가적 공간'을 만들어냈으며, 독자들 또한 자신들이 숨 쉬고 밥 먹고 일하는 자리에서 작품을 읽고 비판해왔다. 작가에게 부여한 '장소색(場所色)' 소재의 탐색은 하나의 기획으로 머무를 가능성이 커졌다.[16] 그런데도 우리가 '이제야' 지역을 어수선하게나마 들먹이는 그 본뜻을 생각해 보지 않을 수 없다. 물론 그동안 계속해서 제기된 '지역' 문제가 지금의 담론과 변화된 사상 수준에서 볼 때 '본질'을 비껴간 초보 수준이었

---

16 물론 이 말은 섣부른 판단일지도 모른다. 요산 100주년 기념사업의 일환으로 부산에서 2008년 10월에 열리는 요산문학제가 얼마나 큰 성과를 이루어 지역문학 발전과 지역에 대한 전 국민의 관심을 불러일으킬지는 미지수다. 영향과 파급 효과의 정도를 떠나 '대작가'의 이름을 내걸고 진행하는 지역 문화잔치가 앞으로 작가들뿐만 아니라 담론을 생산하는 지식인들에게 '지역'을 고민하는 본격 시발점이자 계기가 되었으면 하는 바람이다.

다고 단정해서는 안 된다. 같은 지역연구라 해도 각 부문별 학문 영역별 연구방법과 범위가 있고 다양한 수준의 연구 성과가 있어왔음을 부인해서는 안 된다. 국제정치학에서부터 나라 안 각 지방의 역사와 문화에 이르기까지 그 대상과 목적은 여럿이다. 문제는 학문의 차원에만 머물러서는 안 된다는 깨달음과 함께, 다양한 스펙트럼을 보여주는 지역 담론에서 지나쳐서는 안 될 중요한 핵을 찾아나서는 일이다.

먹고 사는 일이다. 생명이다. 저마다 나고 죽는 개별 생명체들의 일생뿐만 아니라 서로 보이지 않게, 느슨하게 묶여 있어서 군집하고 분산하는 자유로운 질서 원리가 바로 생명이라는 한마디에 귀속되는 이치를 알아가는 작업이다. '무위이화'를 주민자치의 기본원리로 보는 김지하의 태도[17]는 '지역'과 '지역학'으로서 담론을 풀어나가는 데 참조가 될 수 있으리라 본다. 그에게 "주민자치는 개인 내면에 모신 끊임없이 생성하는 신령 무궁한 그 신령함을 실현하는 것이므로 바로 개인 개인의 자각적이고 개성적인 자기 성취, 개성화이며 새로운 생명과학으로서의 도덕적 행위 자체"[18]라는 말이 함축하는 근본 바탕에 놓인 마음을 알아내는 일이다. 공간지리와 (탈)근대도시 구조의 위상 변화는 지역주민들에게 닥친 새로운 시대를 적응하고 이에 자신을 맞추기 위한 모델로 다가서는 것이 아니라, 생명이 그물코처럼 확산하며 동시에 각각 속으로 영속해서 결합해 들어가는 신성한 주체들이 자신들의 행위를 모시고 섬김으로써 더욱 무궁한 변화를 이끌어내는 가능성의 영역이 아닐까.

---

17 김지하, 「'무위이화 조화정'으로서의 주민자치」, 『생명학』2, 화남, 2003 참조.
18 김지하, 앞의 책, 194쪽.

주제어

필자 소개

허정 : 1971년 경남 의령에서 태어났다. 초등학교 5학년 때 부산으로 이주해와 지금까지 부산에 살고 있다. 2008년에 동아대학교에서 「임화 시 연구」라는 제목 으로 학위를 받았다. 문학을 하면 멋있어 보일 것 같아 문학을 지망했는데, 1996 년 「먼 곳의 불빛」으로 제3회 창비신인상을 받은 이후 지금까지 비평 활동을 해 오며 문학은 상당히 힘든 작업임을 깨달았고 한계도 많이 느끼고 있다. 지금은 내가 선택한 일에 대한 책임감과, 문학하는 행위에 대한 즐거움을 찾으려는 의식 적인 노력을 밑천 삼아 문학에 대한 끈을 놓치지 않고 있다. 지금은 원래 관심분 야였던 시 비평과 시 연구에 대한 관심을 키우고 있다. '시의 사회성'이라는 모 순, 그 불가능해 보이는 영역에 대한 정밀한 이론체계를 수립하고 싶다. 경성대 학교, 부경대학교 강사와 동아대학교 초빙교수를 거쳐 현재 부산대 인문학연구 소 HK연구교수로 재직 중이다. ≪오늘의문예비평≫ 편집주간 역할도 함께 하고 있으며, 저서에는 비평집 『먼 곳의 불빛』이 있다.

박형준 : 부산외국어대학교 인문사회대학 국어국문학과에서 글벗 김륭, 차선일 과 함께 문학살이를 시작하였다. 자취방에서 함께 데카르트를 읽던 두 벗은 서울 로 가고 없지만, 대신 이곳 부산에서 평생을 함께할 새로운 벗, 아내를 만났다. 문학이 문학 그 자체로 존속하는 것이 아니라 다양한 사회적 심급 속에서 구체화 된다는 사실에 주목하고, 문학 장의 중요한 작동 기제인 교육과 문화 영역으로 관심을 확장하고 있다. 부산대학교 대학원 국어교육학과 박사과정을 수료하였 으며, 발표한 글로 「한국 문학교육 장의 구조 변동에 관한 연구」, 「1950년대 문학 교육의 지형학」, 「1950년대 반공교과서의 서술 전략 연구」 등의 논문이 있다.

손남훈 : 1978년 부산 영도 출생. 어렸을 적 부산에서의 기억이라고는 몇십 년 만에 내린 눈 위에서 '돕빠'를 엉거주춤하게 입고 사진 찍었던 일 정도다. 똑같은 작업복을 입고 똑같은 시간에 출퇴근하는 장관을 아침저녁으로 연출하는 울산에서 자랐다. 이 책에서 '장소의 거리 두기'를 제안하는 것도 내부자(부산 출생)의 외부자(울산에서 성장)적 시선이 몸에 박혀 있기 때문인지도 모른다. 최근에는 '놀이'와 '비평'을 어떻게 결합할 것인가를 고민하고 있다. 2008년 부산일보 평론 당선. 평론으로 「단독자의 역설적 허무주의-이형기의 시와 시론」, 「배반의 아이러니, 그 강박의 상상적 발현」 등이 있고, 논문으로 「개화계몽담론과 놀이의 근대적 재편」이 있다.

조춘희 : 1980년 겨울, 섬에서 태어났다. 고등학교 때부터 섬을 떠나 뭍으로 나왔으나, 여전히 섬을 벗어나지 못한 삶을 살고 있다. 섬이 일러준 풋내기 감수성으로 겁 없이 '문학'을 하겠다고 마음을 먹었다. '추상적인' 문학을 '구체화'하겠다는 무모함으로 국문학과를 갔고, 여전히 대학의 그늘 아래에 있다. 스스로 '문학함'에 대한 정당성을 찾기 위해 헤매다 보니, 어느새 '여기'까지 왔다. 그러나 여전히 문학은 속내를 알 수 없는 도반이다. 지금껏 창작과 비평 모두에 뜻을 두다가 어디에도 정착할 수 없었기에, 이제는 버려야 할 것들에 대한 미련을 떨치는 중이다. 중심과 주변의 논리 아래 배제되어버린 것들에 관심을 두고 있다. 특히, '대문자 문학사'에 저항하는 문학을 하고 싶다. 지금은 박사 논문을 위해, '앎'의 저변을 넓혀가고 있는 중이며, 창원대에서 강의를 하고 있다.

임회록 : 호적상으론 경남 합천이 고향이지만 태어나자마자 부산으로 이사 와서 지금까지 부산을 벗어나 본 적이 없는 부산토박이다. 대학 와서 처음엔 철학과에 적을 두고 공부를 했었고 졸업 후 뜻한 바가 있어 '전과자'가 되었지만 여전히 '철'이 덜 들었음을 느낀다. 그래서 이 나이 되도록 인문학의 주변을 맴도는 것인지도 모르겠다. 그러나 내가 인문학을 공부하는 이유는 무엇보다도 인문학이 세상을 바라보는 또 다른 창을 제공할 것이라는 믿음 때문이다. 30대 후반에 접어든 요즘은 삶의 반환점인 30대를 마냥 허비한 것 같아 아쉽기도 하지만 삶의

목표를 세우지 말고 살자는 좌우명에 따라 관심 가는 대로 행동하고 사유한다. 경성대와 동아대에서 강의를 하며 학생들과의 세대차를 '절실' 히 느끼는 요즘 엔 문학/문화가 가지는 사회변혁의 힘에 관심이 있다.

김대성 : 부산의 어느 산복도로 한 자락에서 태어나 부산의 또 다른 산복도로에서 살고 있다. 고등학교 시절을 수많은 록밴드의 음반을 듣거나 영화를 보면서 즐겁게 보냈다. 대학시절 록밴드 활동과 독립 영화 작업에 참여했지만 지금은 그와는 무관한 삶을 살고 있다. 도서관과 도서관 밖에서 익힌 경험을 바탕으로 글을 써 2007년 ≪작가세계≫ 평론부분 신인상을 수상하며 등단했다. 이후 여러 매체에 글을 발표하면서 글-쓰기와 삶-살기의 관계에 대해 심각하게 고민하고 있다. 때때로 밤을 새워서 글을 쓰거나 소주를 마실 수 있을 정도로 건강하며, 그와중에 기쁘게도 올해 서른이 되었다. 사교적이지 못한/않은 터라 언제나 외롭지만 지적 · 정서적으로 긴밀한 유대를 맺고 있는 측근들이 가까운 곳에 포진하고 있는 관계로 주기적으로 찾아오는 우울의 수렁에서 빨리 빠져나오는 편이다. 원한과 증오에 빠지지 않기 위해 노력하고 있으며 노예와 주인의 관계밖에는 허락하지 않는 구조로부터 해방될 수 있는 삶의 방식을 꾸리기 위해 공부하고 있다. 『고통의 공동체』라는 표제를 달게 될 비평집을 꾸준히 쓰고 있으며 한국근대문학 연구방법론 비판과 근대주체와 지역의 위계를 주제로 하는 박사학위 논문을 준비하고 있다.

김필남 : 태어난 곳은 경북 안동이며 지금 거주하고 있는 곳은 부산이다. 가끔 누군가 '고향이 어디냐' 고 물어오는 경우가 있는데 나는 그럴 때마다 적잖이 당황한다. 안동이 고향이지만 워낙 어렸을 때 부산으로 내려온 관계로 그곳을 고향이라고 칭하는 것이 영 어색하기 때문이다. 아마도 고향의 의미를 고민해야 한다면 지금 살고 있는 이곳 부산을 고향이라고 하지 않을까 싶다. 사실 고향이라 할 만큼 부산공간의 '정체' 를 알지는 못하지만 말이다. 잘 알지 못하기 때문에 나는 이곳을 변화무쌍한 미지의 공간이라고 믿어본다. 요즘 내 고민거리는 박사과정으로 진학해야 할지 혹은 공부를 그만둬야 할지에 관한 것이다. 하지만 이 고민

은 공부하는 사람이 되기 위한 혹독한 과정 중의 일부이며, 또 내 정체성을 찾기 위해선 필요한 시간이라고 생각한다. 그 외에는 도서관에 틀어박혀 문화와 문학의 타협 가능한 지점에 대해 관심을 쏟고 있다. 허나 딱히 연구가 잘 진행되지 않아 하는 일 없이 '백수'로 지내는, 이 시대의 한심한 또는 빛나는 청춘이다.

전성욱 : 1977년 경남 합천에서 나고 자랐으며 초등학교부터 대학원까지 부산에서 배웠다. 학부시절부터 문학비평 학회와 독서 동아리에서 활동하며 문학작품을 읽고 함께 이야기하는 것을 즐기다가 드디어 '인문공간(人文空間)'이라는 공부모임을 만들어 대학원을 마칠 때까지 정겨운 동학들과 많은 것들을 읽고 토론했다. 2007년 봄 계간《오늘의문예비평》을 통해 등단했으며 2008년 봄부터는 이 잡지의 편집위원으로 활동하고 있다. 국가권력에 의한 폭력과 그것의 기억과 재현이라는 주제로 박사 논문을 준비하고 있으며 동아대, 경성대, 동의대 등 부산의 여러 대학에서 강의하고 있다.

고은미 : 〈인어공주〉를 세 번 보았던 열 살 때 내게 영화는 '환상'이었고, 부모님께 거짓말해가며 심야영화를 즐겼던 열다섯의 내게 영화는 '충격'이었으며, 스무 살의 내겐 '즐김' 그 자체였다. '인문공간'이라는 학문공동체를 만난 인연이 지금의 나를 있게 한 결정적 순간의 하나라고 믿고 있다. 이후 영화는 내게 '의무이자 권리'로 군림하며 매 순간을 깨달음의 환희와 무지의 자학 사이를 오가도록 만들었다. 언젠가는 '나'와 행복하게 조우한(할) 영화들의 기억을, 영화가 가르쳐준 모든 방식대로 표현해보겠다는 목표를 가지고 있다. 「홍상수론」을 썼고, 현재 동아대 문예창작학과 박사과정에 적을 두고 시간강사로 일하고 있다.

김주현 : 1971년 창원에서 태어나 마산에서 10대를 보낸 후 서울에서 지내다가 창원으로 돌아왔다. 중앙대에서 「1960년대 소설의 전통인식 연구」로 박사 논문을 썼고 지금은 다시 근대를 공부하며 한국문학에서 전통의 문제를 풀어낼 방법을 궁리하고 있다. 공부를 하면서 전에는 연구 따로 생활 따로인 방식을 어쩔 수

없다고 생각했다. 반성하면서, 현재는 '농적(農的) 감성'을 가진 문학 연구자, 윤리적인 소비자로 살고자 노력 중이다. 논문을 쓴 후 스승께서 나를 '말갈족 여인'이라 칭한 적이 있었다. 그때는 강력하게 부정했는데, 대체로 어떤 아이디어가 떠오르면 좋아라 달려가는 모습이 그런 듯도 하다. 문학 연구 외 언젠가 '도시 농업'에 관한 창조적인 글을 쓰고 싶다.

윤인로 : 1978년에 태어났고 현재는 시간강사로 일하고 있다. 학부와 대학원에서 만난 벗들과 '인문공간'이라는 공동체에서 함께 살았고, 꽤 긴 시간 동안 '관계'를 가꾸고 있다. 관계라는 것이 그렇게 '서로' 가꾸어가야만 하는 것임을 알게 되어 조금은 다행이다. 나는 근대문학사상사의 골과 마루가 사유의 한 가지 척도이자 방법이 될 수 있다고 믿는다. 얼마간 산문적이고 메마른 그런 믿음을 바탕으로, 우선 한국 마르크스주의자들의 삶의 굴곡과 사유의 부침, 그 변화의 궤적을 사려 깊게 탐구하고자 한다.

정훈 : 1971년 마산에서 태어났다. 부산외국어대학교 국문학과를 졸업하고, 대학원에서는 현대문학을 공부했다. 시와 비평을 전공했지만 문학예술 일반에 대한 관심이 점점 커지면서 오히려 미학 쪽으로 테두리를 넓히게 되었다. 민족미학 공부와 함께 작품과 담론을 분석하고 이끌어주는 방법론으로서 민족미학이 주는 복된 결을 더듬어나갈 생각이다. 2003년 부산일보 신춘문예 당선으로 비평 활동을 해왔으며 부산외대와 동아대에 출강하고 있다. 평론으로 「기형도론」, 「쓸쓸한 풍경들의 원근법」, 「살아있는 날들을 위하여-박남철론」 따위가 있다.